KB046581

미란다 복제하기

캐럴 마타스
장편소설

김다봄 옮김

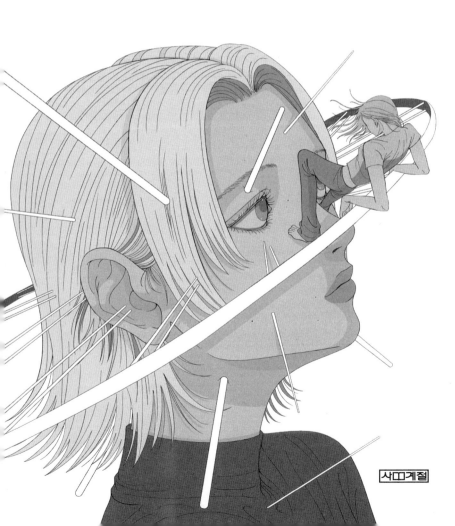

사계절

손자 제비, 나오미, 루실, 데이비스, 노라, 카이와 메이라에게.

사랑을 담아 할아버지, 할머니께.

일러두기

— 본문의 괄호는 모두 옮긴이 주다.

— 본문 중 고딕체는 원서에서 이탤릭체로 강조한 부분이다.

1장

"미란다, 진짜 그렇게 착하게만 굴 거야? 너 때문에 미치겠다!"

영어 시간에 자리에 앉아 어젯밤 엠마와 나눈 대화를 곱씹으니 엠마가 한 말이 머릿속에 울려 퍼진다.

엠마는 새빨간 얼굴로 엉덩이에 양손을 올리고 서 있었다. 고개를 내저을 때마다 검은 곱슬머리가 따라 흔들렸다.

"화내지 마!" 내가 말했다.

"화 안 났어."

"화났잖아."

"그냥…… 어이가 없는 거야. 재미있는 건 전부 안 한다고 하니까."

"귀가 시간 지나서까지 밖에서 노는 게 뭐가 재밌어? 부모님이 걱정만 하실 텐데."

"그래서?"

"그래서라니, 상관없다 이거야?"

"그래!"

"전혀?"

"전혀! 부모님이잖아. 부모라면 원래 걱정하는 거야. 그게 그분들의 임무라고. 내 임무는 십 대답게 구는 거야. 늦게까지 집에 안 들어가고 재미있게 노는 거. 밥 오빠가 아트스미스 등산로까지 태워 줄 거야. 야간 하이킹이라고. 엄청 재미있을 거야."

"안 돼." 내가 고집스럽게 말했다. "부모님은 날 믿으셔. 정신이 나갈 만큼 걱정하실 거야." 나는 자전거에 올라탔다. 팜데저트에 있는 수의 집 앞이었다. 수의 오빠 밥이 갑자기 하이킹 얘기를 꺼냈고, 수는 우리도 데려가 달라고 졸랐다. 하지만 밥 오빠는 그냥 우리 장단에 맞춰 준 거다. 친구들이랑 놀러 가는데 웬 꼬맹이들이 따라오는 게 내킬 리가 없지.

"어차피 우리는 초대받지 못한 손님이야. 오빠가 그냥 우리를 놀리는 거라고. 집에 갈 거야, 말 거야?" 내가 재촉했다.

"안 가, 너나 가." 엠마가 부루퉁하게 말했다.

"집에 혼자 가고 싶어?"

"아니."

"그럼 얼른 와."

"너 때문에 진짜 열받아!" 엠마가 내키지 않는 듯 자전거에 올라탔다.

엄마가 엠마네 집으로 데리러 올 예정이었다. 엠마네로 향하는 동안 나는 엠마를 달래려고 애썼다.

"내일 중요한 리허설 있는 거 알잖아."

엠마가 한숨을 쉬었다. "알지. 근데 어차피 넌 공연 때 잘할 거잖아."

"그냥 잘하는 거론 부족해." 내가 중얼거렸다. "완벽해야지. 연습하고, 연습하고, 또 연습해야 해."

너무 어두워서 보이진 않았지만, 엠마가 눈을 굴리고 있을 게 뻔했다. 하지만 난 뭐든 완벽히 해내야 한다. 완벽하지 않은 건 상상도 할 수 없다. 당연하지. 발레 공연에서 얼마나 중요한 역을 맡았는데. 발이라도 헛디디면 어쩌지? 박자를 놓치면?

"애 말하는 것 좀 봐." 엠마가 쏘아붙였다. "제시간에 집에 가야지, 전 과목에서 A를 받아야지, 완벽해야지······. 완벽한 사람은 없다고!"

물론 엠마 말이 옳다. 엠마가 제일 친한 친구라서 좋은 점이 바로 이거다. 엠마는 내가 완벽하기를 기대하지 않는 유일한 사람이니까. 아주 잠깐 엠마 말이 옳고 내가 너무 모범생이기만 한 건 아닌가 하는 생각도 들었지만, 너무 깊게 생각하고 싶지 않았다.

"우리 엄마가 널 그렇게 좋아하는 게 당연해." 엠마가 투덜거렸다. "미란다는 네게 참 좋은 영향을 미치는 친구란다……."

"우리 부모님이 얼마나 합리적인지 알겠어?" 내가 활짝 웃으며 말을 이었다. "내가 널 좋아하니까 그냥 널 좋아하시잖아. 게다가 네가 나한테 나쁜 영향을 끼친다고 말씀하신 적도 없어. 나쁜 영향을 주는 게 사실인데도 말이야."

"영향을 주려고 애쓸 뿐이지." 엠마가 내 말을 고쳤다. "한 번도 성공한 적은 없지만."

✱

수업은 하나도 귀에 들어오지 않고 엠마가 한 말만 머리를 맴돈다. 그리고 어쩔 수 없이 궁금해졌다. 사실 엠마네 부모님은 꽤 합리적인 분들이지만, 엠마는 전혀 개의치 않는다. 그저 부모님을 화나게 하려고 반대로 행동할 뿐이다. 엠마는 만약 정말 부모님이 틀리고 자신이 옳다고 생각하면, 자기 마음대로 하려고 거짓말을 하거나 부모님을 속이기도 한다. 엠마는 왜 저렇고, 나는 왜 이렇지? 내가 정말 궁금한 건 이거다. 나는 왜 이렇게 착할까? 착한 게 나쁜가? 내가 정말 십 대가 맞긴 한가? 가짜 십 대라는 게 있을 수 있나? 좀 더 평범해지기 위해 엄마 아빠한테 싫다고 말하는 연습을 해야 할지도 모르겠다. 스스로가 약간 괴짜처럼 느껴지기 시작한 건 사실이니까.

"미란다? 선생님 말 듣고 있니?"

심장이 철렁했다. 드롬보스키 선생님이다.

"네, 네."

"네 생각은 어떤지 얘기해 줄 수 있을까?"

제가 속으로 무슨 생각을 하고 있었는지 반 애들 앞에서 얘기하라고요? 그건 안 되겠는데요.

"네 생각 말이야, 미란다. 우리가 얘기하고 있는 〈폭풍우〉(영국의 극작가 윌리엄 셰익스피어의 희곡) 주인공이 마침 너와 이름이 같으니까. 미란다가 '인간은 참으로 아름답구나! 오 멋진 신세계여, 어찌 이런 분들이 있을까?'라고 말한 게 무슨 의미일까?"

"음." 내가 불쑥 대답했다. "미란다는 그 사람들이 쩐다고 생각한 거죠. 그리고 그런 사람이 많으니까 좋은 거고요."

반 전체가 웃음을 터뜨렸다.

"쩐다." 드롬보스키 선생님이 내 말을 따라 했다. "늘 그랬듯이, 미란다 네 말이 맞아. 정확히 그 뜻이란다."

이거 봐. 사고를 쳐 보려고 해도 절대 안 된다니까.

마침내 수업이 끝나고 엠마와 나는 서둘러 교문을 나섰다.

"저기 우리 엄마인가 보다." 나는 눈살을 찌푸렸다. 한 무리의 남자애들이 엄마의 새 벤츠 오픈카를 둘러싸고 있는 바람에 차가 거의 보이지도 않았다.

내가 다가가자 아이들이 비켜섰고, 나는 앞자리에 털썩 올라탔다. "가요, 엄마." 내가 속삭였다.

엄마는 마치 국민들에게 인사하는 여왕처럼 애들을 향해 손을 흔들더니, 타이어에 불이 나게 무리 사이를 빠져나갔다. 나는 눈을 굴렸다. "제발 좀!"

"넌 여차하면 정말 고리타분한 사람이 되겠어." 엄마가 투덜거렸다. 그러고는 바람에 긴 머리를 휘날리며 미소 지었다. 우리는 똑같이 키가 크고, 마르고, 금발에 푸른 눈인 탓에 자주 자매로 오해받는다. 옷 입는 스타일도 비슷하다. 딱 떨어지는 재킷, 밑단을 접은 통이 좁은 바지, 빳빳하게 다린 셔츠, 빼놓을 수 없는 페니 로퍼까지. 엄마가 왜 그렇게 번쩍번쩍한 자동차를 샀는지는 이해할 수 없지만 말이다. 하지만 엄마는 자기는 이 차가 좋다며 나야말로 자의식 과잉이라고 했다.

발레 학원에 도착하자마자 서둘러 탈의실로 향했다. 다른 애들은 이미 제각기 다른 속도로 옷을 갈아입고 있었다. 나는 모두와 조금씩 거리를 두지만, 애들도 나를 싫어하지는 않는다. 아, 캘리는 어떨지 모르겠다. 몸집이 크고 뚱뚱한 캘리는 늘 어색하게 군다. 부모님이 살도 좀 빼고 우아해져 보라고 억지로 발레 학원에 보낸 모양이다. 캘리한테는 재앙과도 같은 일이지만.

캘리는 본인의 덩치를 약간의 유머로 만회하려고 했다. 내가 들어가자마자 농담을 던진 거다. 그 애는 나를 보지 못한 것처럼 굴었지만 캘리의 말을 듣자마자 그렇지 않다는 걸 알 수 있었다.

"금발이 머리를 갈색으로 염색하면 뭐라고 부르는지 아니? 인공 지능!"

나를 두고 한 말이라는 걸 알면서도 나는 다른 아이들과 함께 크게 웃었다.

내 의상은 짙은 빨간색 레오타드에 긴 검정 치마다. 레너드 선생님이 안무를 구상한 이번 작품에서 나는 악랄한 여왕 역할을 맡았다. 선생님은 내 발레 실력에는 매우 만족했지만, 연기는 아쉬워했다. 선생님은 마음속 깊이 내려가 어두운 곳을 찾아내야 한다고 몇 번이나 말했다. 하지만 모든 사람이 어두운 면을 지니고 있다고 어디 규범서에 쓰여 있기라도 한가? 그렇지 않은 사람도 있을 텐데. 적어도 나는 아니다.

우리가 무리 지어 연습실로 들어가자, 레너드 선생님이 언제나 그렇듯 우리를 보는 듯 마는 듯하며 인사를 건넸다. 선생님은 항상 이곳과 저곳에 동시에 있는 것처럼 보인다. 저곳이 어딘지는 모르겠지만.

"아, 여러분. 좋아요. 의상을 점검해 봅시다. 앤지, 옷이 좀 크구나. 마를렌, 아주 좋아. 마이클, 나쁘지 않네……."

우리 반에는 남자가 두 명 있는데, 그중 피터는 훌륭한 무용수다. 그 애가 왕 역할을 맡았다.

"자 미란다, 시작하기 전에 잠깐 생각해 보자. 누군가 너에게 했던 가장 잔인한 말을 떠올려 보렴." 선생님이 말했다.

머릿속을 헤집어 보았지만, 그나마 최악에 가까웠던 멍청한 금발 농담밖에 떠오르지 않았다. 나는 대답 대신 고개를 절레절레 흔들었다.

"미란다!" 선생님이 화가 머리끝까지 나서 외쳤다. "누구나 살면서 잔인한 경험을 하기 마련이야. 학교에서 괴롭힘을 당하거나, 친구가 마음을 상하게 할 수도 있지. 어서, 역할에 몰입하는 데 꼭 필요한 일이야. 넌 아직도 너무 착해."

재빨리 다시 기억을 더듬어 보았지만, 온통 행복한 기억뿐이었다. 설령 내게 끔찍한 일이 일어났었대도 기억이 나지 않았다. 나는 다시 머리를 흔들었다. "죄송해요, 선생님. 전 꽤 행복한 어린 시절을 보냈나 봐요."

선생님이 과장된 몸짓으로 허공에 팔을 휘둘렀다. "그럼 상상력을 동원해 보렴. 분노가 치밀면 어떤 기분일지, 누군가가 너무 미워서 그를 해치려고 계획하는 게 어떤 느낌일지 상상해 봐. 직접 느껴야 해."

"노력해 볼게요."

"좋아, 시작해 보자." 선생님이 웅장한 음향 장치에 미끄러지듯 다가가 연결된 휴대폰을 켰다.

"모두 위치로!" 선생님이 손뼉을 쳤다.

모두 자기 자리에 섰다. 선생님이 화면을 누르자 음악이 터져 나왔다. 공주 레이철과 왕자 마이클이 첫 장면을 열었다. 나는 옆에 자세를 잡고 서서 스스로를 화나게 하려고 애쓰며 차례를 기다렸다.

금발 농담이 별로긴 했어, 그렇게 생각하니 조금 화가 나는 듯도 했다. 나는 생각을 이어 갔다. 하지만 불쌍한 캘리가 매일 견뎌야 하는 놀림을 생각해 봐. 어쩌면 캘리도 다른 사람을 놀리고 싶은데 되레 반격당할까 봐 두려운 건지도 몰라. 나는 가만히 있으리라는 걸 알았겠지. 그러니까……. 화는 이미 가라앉은 상태였다. 나는 한숨을 쉬었다. 엄마는 나를 꼬마 심리학자라고 부른다. 어렸을 때부터 사람들이 어떤 행동을 하는 이유를 곧바로 알아챘기 때문이다. 다섯 살 때 부모님이 연 파티에서 롭 삼촌이 술에 취하자, 나는 아빠한테 삼촌이 아빠만큼 성공하거나 부자가 아니라서 우리 집에 오면 기분이 나빠진다고 설명해 주었다. 모든 사람이 경악한 표정으로 나를 바라보던 게 기억난다. 엄마가 말했다. "프로이트 선생님을 소개합니다." 나는 그 말을 이해하지 못해 엄마에게 프로이트가 누구냐고 물었고, 그때부터 사람들은 내가 얼마나 똑똑한지 수군거리기 시작했다.

내가 등장할 차례가 다가왔지만, 화가 날 기미는 더 보이지 않았다. 나는 레이철을 주의 깊게 바라보며 박자를 세기 시작했다. 레이철 쪽으로 첫 주테(발레에서 한 발을 쭉 뻗어 도약했다가 떨어지는 동작)를 해야 한다. 그때 갑자기 레이철의 모습이 흐려졌다. 눈을 깜박거려 봤지만 소용이 없었다. 눈앞이 온통 뿌옜다.

"미란다!" 레너드 선생님이 음악을 껐다. "네 순서를 놓쳤잖니."

"알아요." 내가 속삭였다. "그런데…… 그런데…….."

"무슨 일이니?"

"앞이 잘 안 보여요."

이제는 정말 뭔가 느껴졌다. 두려움. 아무리 눈을 깜박이고 머리를 흔들어도 나아지지 않았다. 주위의 모든 것이 흐릿하고 어지러웠다.

레너드 선생님이 나를 끌고 가 의자에 앉혔다. "어머님을 불러올게." 선생님이 말했다. 걱정스러운 목소리였다.

"빨리요." 내가 재촉했다. "점점 더 나빠지고 있어요."

2장

엄마는 내 눈에 속눈썹이나 모래가 들어갔다고 생각하는지 아래쪽 눈꺼풀을 내리고 이리저리 살폈지만, 아무것도 없었다.

"의사한테 가는 게 낫겠어요." 엄마가 레너드 선생님에게 말하고 나를 탈의실로 데려가 순식간에 옷을 갈아입힌 뒤 차에 태웠다. "눈을 대수롭지 않게 생각하면 안 되거든. 뭐가 들어갔다면 각막이 상할 수도 있으니까."

그동안 나는 마음을 가라앉히려 애썼다. 문제는 내가 아파 본 적이 없다는 거다. 과장이 아니라 정말 단 한 번도 말이다. 가끔 코를 훌쩍이거나 살짝 목이 아프긴 해도 내 뻑뻑

한 일정에 지장이 된 적은 없었다. 딱 한 번 장염에 걸렸을 땐 아주 괴로웠지만 그때뿐이었다. 엠마는 나를 슈퍼우먼이라고 부른다. 학교에 유행병이 돌 때마다 엠마만 걸리고 나는 멀쩡했으니까.

"엄마, 뭐가 문제예요?" 내가 작은 목소리로 말했다.

눈은 나아질 기미가 없었다. 마치 부모님 소유의 골프 리조트 사우나에 들어와 있는 것 같았다. 모든 것이 흐릿했다.

"갑자기 그랬어?" 엄마가 물었다.

"네."

"모르겠구나, 미라." 엄마는 아주 가끔, 걱정스러운 상황이거나 함께 특별한 순간을 보낼 때만 나를 미라라고 부른다. 엄마도 불안해하는 게 분명하다.

내가 아직 소아과에 다니기 때문에 대기실로 가려면 산더미 같은 장난감과 찢어지게 울어 대는 아기들 사이를 지나야 한다. 그래도 곧바로 진료실에 들어갈 수 있었다. 이 병원의 주인이 바로 우리 엄마 아빠니까. 부모님은 미국 전역에 병원이 있는 대형 의료 법인 코번의 소유주다. 코번이라는 이름은 아빠가 이런 거대 왕국을 건설하는 데 필요한 돈을 댄 할머니 이름을 따서 지었다.

콘 박사님은 언제나 그렇듯 진중하게 나를 맞이했다. 소아과 의사들은 항상 미소를 띠고 농담을 던지지만, 콘 박사님은 다르다. 나는 한 번도 박사님이 웃는 걸 본 적이 없다. 그렇다고 박사님이 못되거나 심술궂은 분은 아니다. 그저 한없이 진지할 뿐이다.

"한번 보자, 미란다." 박사님이 말했다. "눈에 뭐가 들어갔니?"

"모르겠어요. 발레 연습 중에 입장할 차례를 기다리고 있는데 갑자기 눈앞이 뿌예졌어요. 아직도 그래요."

선생님이 펜라이트 불빛을 비춰 양쪽 눈을 살피곤 진료 기록을 확인했다. "일 년 전쯤 마지막으로 왔을 때는 아무런 문제가 없었는데 말이야."

"맞아요." 엄마가 고개를 끄덕였다.

선생님이 다시 한번 내 눈을 진찰했다. "미란다, 검사를 좀 해 볼 거란다."

그때, 처음 눈앞이 흐려졌을 때처럼 갑자기 증상이 사라졌다.

"선생님, 이제 눈이 괜찮아졌어요!" 내가 소리쳤다. "증상이 없어졌어요."

"미란다, 여기서 잠깐만 기다리렴." 콘 박사님이 말하고 손짓으로 엄마를 진찰실 밖으로 불러냈다. 두 사람이 나가면서 제대로 닫지 않은 문틈으로 대화가 드문드문 들렸다.

"검사를…… 뭔가가…… 말도 안 돼요…… 걱정이…… 그건…… 아니, 기다려 봐…….."

다시 문이 열렸다. 진료실로 걸어 들어온 엄마는 피가 다 빠져나간 듯 창백한 얼굴이었다.

"무슨 일이에요?" 내가 불안해하며 물었다.

"정확하지는 않아, 미란다." 콘 박사님이 말했다. "그런데 네 눈 안에 뭔가 있단다. 있으면 안 되는 게 말이야."

"뭔데요? 하지만 이제 사라졌는걸요. 전 괜찮아요."

"흐린 시야는 잠깐 가셨지만, 그래도 검사를 해 봐야 해. 알겠니? 아프진 않을 거야."

나는 어차피 선택권이 없다는 걸 깨닫고는 알겠다고 대답했다. 부모님 병원이라 기다릴 필요도 없었다. 모든 검사가 즉각 이루어졌다. 간호사가 먼저 피를 뽑더니 온갖 검사를 해 댔다. CAT, EEG, MRI—이게 다 뭔지 알게 뭐람—왜 병원 사람들은 알아들을 수 없는 말만 쓰는 걸까?

시간이 아주, 아주 늦어지자 배도 고프고 심통이 나기 시작했다. 아빠는 검사 중간쯤 나타났고 손에는 당연하게도 새로운 곰 인형이 들려 있었다. 병원에 오기 전 짬을 내 산 모양이다. 내게 성가신 문제가 생기면, 언제나 곧바로 새로운 곰 인형이 등장한다. 이번에는 아주 부드럽고 사랑스러운 몸통과 매우 귀여운 눈을 가진 커다란 갈색 인형이다. 아빠는 내가 MRI 검사를 마치고 나오자마자 인형을 건넸다.

"고마워요, 아빠." 아빠한테 팔을 두르자 아빠가 꼭 껴안아 주었다.

"괜찮지, 미미?" 아빠는 나를 걱정할 때 미미라고 부른다. 부모님이 아무리 전혀 문제가 없는 것처럼 굴어도, 아빠가 내 애칭을 부르는 걸 보니 뭔가 잘못 돌아가는 게 분명했다.

"괜찮아요. 눈이 갑자기 이상했는데 이제 괜찮아졌어요. 좁은 공간에 갇히는 걸 무서워하지 않아서 천만다행이에요." MRI 기계를 바라보며 내가 대답했다.

"어떤 사람들은 저 안에 1분만 있어도 정신이 나갈 지경이 된단다." 아빠가 활짝 웃으며 말했다. "하지만 넌 아무것도 무서워하지 않잖니."

눈앞이 갑자기 흐려졌을 때 얼마나 무서웠는지 아빠한테 어떻게 털어놓을 수 있을까? 나는 그저 미소를 지었다.

"그것 봐라." 아빠가 말했다. "별일 아닐 거야. 그냥 확실히 하려고 저러는 거란다."

8시가 넘어서야 검사가 마무리되었고, 우리는 집으로 향했다. 팜데저트에 있는 병원에서 우리가 사는 라퀸타까지는 별로 멀지 않다. 차를 타고 10분에서 15분이면 충분하다.

집에 도착해서 엄마는 스테이크를 굽고, 나는 샐러드를 준비하며 여느 저녁이나 다름없이 굴기 위해 애썼다. 우리는 9시가 다 되어서야 부엌 식탁에 둘러앉았다. 배가 고파 기절할 지경이었다. 식사를 반쯤 마쳤을 때, 현관 초인종이 울렸다. 엄마가 문을 열어 주러 갔다가 콘 박사님과 함께 들어왔다. 박사님은 심각한 얼굴이었지만, 그분은 늘 심각한 얼굴을 하고 있으니 걱정하지 않으려 했다. 박사님이 부모님과 병원 일을 논의하기 위해 우리 집을 찾는 건 자주 있는 일이니 이상할 것도 없다. 하지만 입이 바싹바싹 마르고 방금까지만 해도 허겁지겁 집어 먹던 음식을 삼킬 수가 없었다. 나는 손을 뻗어 물컵을 잡았다.

"미란다, 마저 먹으렴. 부모님과 잠깐 상의할 일이 있단다." 콘 박사님이 말했다.

엄마가 의자 등받이를 움켜쥐었다. 아빠는 칼을 떨어뜨렸고, 칼이 쨍그랑 소리를 내며 바닥에 떨어졌다. 무슨 일이지? 내가 심각한 병에라도 걸린 건가?

"뭔데요?" 높고 날카로운 목소리로 내가 물었다.

"곧 이야기해 줄게, 미란다. 약속할게. 일단 부모님과 먼저 얘기하도록 해 주렴."

박사님은 부모님을 따라 부엌 반대편에 있는 아빠 서재로 들어갔다. 나는 자리에 앉아 음식을 뚫어지게 바라보았다. 작은 탁자에 놓인 영수증 더미 아래로 삐죽 나온 휴대폰이 보였다. 병원에 휴대폰을 가져갔더라면 엠마한테 문자를 보낼 수 있었을 텐데. 뭐, 지금이라도 영상 통화를 해 봐야지.

"엠마?"

"안녕. 연습은 잘 했어?"

"진짜 이상한 일이 일어났어. 갑자기 눈앞이 완전히 흐려져서 엄마가 급히 병원에 데려갔거든. 온갖 검사를 다 하더니 지금은 콘 박사님이 집에 와서 부모님이랑 얘기를 나누고 계셔."

"와우." 걱정으로 눈썹을 찌푸리며 엠마가 말했다. "너 아픈 건 아니지? 넌 절대 아프지 않잖아."

"아프진 않아."

"다행이네." 엠마가 말을 멈추었다. "그럼 왜 콘 박사님이 너희 집에 가신 거지?"

"나도 그게 궁금해. 내 눈 안에 있으면 안 될 뭔가가 있대."

"뭔데?"

"나도 모른다니까!"

"알겠어, 알겠어. 진정하자. 뭐 별것도 아닌 다래끼 같은

거겠지. 에이미 호로비츠도 그랬어. 간단한 수술로 다 해결
됐잖아."

"눈꺼풀이 아니라 눈 안에 있다니까."

"맞아, 그랬지. 그래도 진정하자."

엠마가 한마디 할 때마다 나는 점점 더 공포에 질렸다.

그때 불쑥 엄마 목소리가 들렸고 나는 깜짝 놀라 휴대폰
을 떨어뜨릴 뻔했다.

"미라, 서재로 좀 와 볼래? 할 얘기가 있단다." 엄마의 얼
굴은 창백하다 못해 거의 푸른색이었다. 이제 정말로 걱정
이 되기 시작했다.

"엠마, 가야겠다."

"다시 전화해!" 엠마가 외쳤다.

"그럴게."

나는 엄마를 따라 서재로 갔다. 엄마가 내 손을 잡았다. 얼
음장처럼 차가운 엄마의 손이 떨리고 있었다. 내가 푹신하
고 커다란 가죽 의자에 앉자 엄마가 잡고 있던 손을 놓았다.
나는 그 이유가 궁금했다.

콘 박사님은 벽난로 옆에 서 있었다. "미란다, 나쁜 소식이
있단다."

아빠가 내 옆에 무릎을 꿇고 앉아 손을 잡았다. 엄마는 뒤

로 물러나더니 방 안에 있는 것조차 두려운 듯 문에 바짝 붙어 섰다.

박사님이 말을 이었다. "미란다, 검사 결과를 보니 네 눈 뒤에 종양이 자라고 있구나."

"종양이라고요?" 내가 박사님 말을 되풀이했다. "암 같은 건가요?"

"아니, 암은 아니야. 아주 희귀한 병이란다. 혈관에 문제가 생긴 거야. 혈관이 제대로 자라지 못하는 거지. 그래서 혈관에 종양이 생겼어. 간에서도 발견되었고 신장과 폐로도 퍼지기 시작했단다."

나는 아무 말도 하지 않았다. 이해할 수가 없었다.

"무슨 수를 써서라도 널 치료할 거야." 콘 박사님이 나를 안심시켰다.

"하지만 전 괜찮은 걸요. 아프지 않아요." 내가 항의했다.

나는 아빠를 바라보았다. 어쩌면 아빠가 선생님이 방금 한 말을 취소하게 만들지도 모른다. "괜찮아, 미미. 우리가 해결할 수 있어. 확실해." 아빠가 말을 멈췄다. "엄마와 나는…… 글쎄, 믿을 수가 없구나. 네가 언제나 건강했으니 이런 상황이 올 거라고 예상하진 못했지만, 우린 준비가 되어 있어. 항상 준비하고 있었단다."

"앨런!" 엄마가 한 발짝 다가왔다. 날카로운 목소리에는 책망이 담겨 있었다.

"아무 말도 안 했잖아." 아빠가 변명하듯 말했다. "내 말은, 걱정할 필요가 없다는 거란다……."

나는 콘 박사님을 물끄러미 바라보았다. "수술해야 하나요?"

"수술로는 시간을 아주 조금 벌 수 있을 뿐이야. 종양이 재발할 거야."

"이해가 안 돼요. 아빠는 다 괜찮을 거라고 하시잖아요. 그런데 박사님은……."

"내 말은 이 종양을 완전히 치료하는 데 수술이 최선은 아니라는 거야. 하지만 부모님은 최고의 연구진과 전문가들을 알고 계신단다. 도움이 될 만한 사람이 있다고 하시는구나. 결정을 내리기 전에 그분이 뭐라고 하는지 우선 지켜보자."

"들었니?" 아빠가 내 기운을 북돋으려 애썼다. "괜찮을 거야. 아빠가 약속할게."

엄마가 다가와 내 손을 잡았다. "아무 일도 일어나지 않을 거야, 미라. 아무 일도." 엄마의 눈길이 너무 강렬해서 겁이 날 지경이었다.

나는 상황을 이해하려고 애썼다. 부모님과 박사님 말은,

내가 끔찍하고 치명적인 병에 걸렸고, 어떻게든 나를 살리겠다는 거다. 하지만 치명적인 병에 걸린 사람을 살릴 수는 없다. 그냥 나를 안심시키려고 하는 말이겠지. 눈물이 차올랐다.

"저 죽는 거죠? 맞죠?"

"아니야!" 엄마 아빠가 동시에 외쳤다.

콘 박사님이 내 어깨를 두드렸다. "몹시 충격받았다는 거 안다, 미란다. 하지만 코번 클리닉은 미국 최고의 병원이야. 가능한 모든 방법을 동원할 거란다." 박사님은 다시 한번 어깨를 두드리고는 떠났다.

"콘 박사님은 우리와 함께 일하는 사람이 누군지 몰라서." 아빠가 말했다. "걱정할 필요 없단다. 엄마 아빠도 처음엔 너무 놀라서 그랬어. 하지만 다 괜찮을 거야. 약속할게."

아빠는 지킬 수 없는 약속은 절대 하지 않는다. 하지만 대체 불치병을 어떻게 치료한다는 걸까?

3장

밤새 거의 한숨도 못 잤지만, 나는 습관처럼 일어나 학교에 갔다. 전날 밤 침대에 누워 가만히 눈앞의 어둠을 바라보았다. 엠마가 걱정하리라는 걸 알았지만 다시 전화할 기력이 없었다.

존재하지 않는 상태인 죽음을 상상하는 건 어려운 일이다. 어느 순간 너무나 깊고 숨 막히는 두려움이 엄습하는 바람에 나는 살금살금 밖으로 나와 어둠 속에서 레몬 나무 밑에 앉아 있었다. 달콤한 레몬 향기를 들이마시고 하늘의 별을 바라보며, 아예 아무런 생각도 하지 않으려 애썼다.

엄마 차를 타고 가면서도 내 몸 구석구석에서 자라나 결국 온몸을 집어삼키는 종양의 모습을 떨쳐 낼 수가 없었다. 그런데 이상하게도 엄마는 기분이 좋아 보였다.

"전문의하고 방금 얘기를 나눴어." 엄마가 말을 꺼냈다. "다 괜찮을 거야. 학교에서 돌아오면 아빠랑 같이 전부 얘기해 줄게. 어제는 형편없이 굴어서 미안하구나. 너무 놀라서 그랬어. 우리 생각에는……."

"두 분 생각에는 뭐요?" 내가 물었다. 엄마가 분명히 뭔가를 숨기고 있다는 느낌이 들었다.

"아무것도 아니야."

"이 병을 일으키는 원인은 뭔데요? 왜 병이 생긴 거예요?"

그러자 엄마는 눈에 띄게 당황하더니 안심시키려는 말투로 말했다. "학교 끝나고 다 설명해 줄게, 미란다."

"병 이름이 있나요?"

"폰히펠린다우 증후군이라고 해."

"그게 이름이라고요? 엉망으로 번역된 영화 제목 같은데요. 다들 비웃겠어요!"

학교에 도착하자 엄마가 내 손을 마주 잡았다. "걱정할 필요 없어. 다 괜찮을 거야."

나는 고개를 내젓고 차에서 내렸다. 엄마 아빠가 자신들 스스로를 속이고 있다는 생각이 들었다. 진실을 마주할 수가 없는 거다. 잠들지 못했던 어젯밤, 이제껏 앓지 않았던 감기나 독감에 걸렸더라면 좋았을 거라는 생각이 들었다. 어쩌면 한 번도 아프지 않아서 벌을 받는지도 모른다. 그 벌로 한 번에 죽을 만큼 아프게 된 거다. 기도라도 해야 하나 잠깐 고민했지만, 우리 집에서는 누구도 신이나 기도에 관한 이야기를 한 적이 없다. 신이 있다면 이제야 자기를 찾는다고 화내지 않을까? 어제까지만 해도 내가 너무 착하게만 구는 건 아닐까 걱정했는데. 맘 편히 그런 걱정이나 하던 때로 돌아간다면 소원이 없겠다. 나는 정말 죽고 싶지 않다.

엠마는 내가 교실로 들어가자마자 뭔가 잘못됐다는 걸 눈치채고 팔을 잡아끌었다.

"상황이 안 좋아." 내가 말했다.

"어제 전화했어야지!"

"너한테 말하고 싶지 않았어." 나는 솔직히 시인했다. "그럼 정말 현실로 느껴질 것 같았거든."

엠마가 내 팔에 손을 올렸다. "말해 봐. 그러라고 친구가 있는 거야."

"일종의 종양이래."

엠마가 헉하고 숨을 들이켰다. "무슨 종류인데?"

"잘 모르겠어. 오는 길에 엄마가 이름을 알려 주긴 했어."

"점심시간에 검색해 보자." 엠마가 나를 위로하려 애쓰며 말을 이었다. "요즘은 못 고치는 병이 없어."

"우리 부모님도 그렇게 말하긴 했어."

"잘 됐네. 진정하자." 엠마가 말했다. 하지만 어젯밤과 달리, 엠마도 전혀 진정되지 않는 게 느껴졌다.

마침내 점심시간이 되었다. 엠마와 나는 검색을 할 때만 휴대폰을 사용할 수 있는 도서관으로 향했다. 누가 그런 규칙을 생각해 냈는지 모르겠다. 어차피 사서인 레인 선생님은 누가 뭘 하든 시끄럽지만 않으면 신경 쓰지 않는데. 수도 데리고 갔다. 수도 좋은 친구니까. 내가 구글에서 폰히펠린 다우 증후군을 검색하는 동안 둘은 양옆을 지키고 있었다.

이미 최고로 착잡한 상태라고 생각했는데, 검색 결과를 보자 한층 더 착잡해졌다. 눈 속 종양 때문에 눈이 멀게 될 수도 있다고 했다. 치료법은? 없다. 종양이 생긴 장기 전체를 이식받는 것 말고는. 불행 중 다행인 점은 전염되지 않는다는 거였다. 그건 다행이다. 하다못해 흔한 감기에도 기겁하는 엠마가 내 근처에 있어도 되는 건지 슬슬 걱정하기 시작하던 참이었으니까. 내 병은 유전병이라고 했다.

"유전병이라." 수가 골똘히 생각하더니 말했다. "그 말은 네가 태어날 때부터 병을 가지고 있었다는 거야."

"그게 무슨 말이야?" 내가 물었다.

"네 DNA 속에 병이 들어 있었다는 거지. 네 일부라는 뜻이야." 수가 내 휴대폰으로 뭔가를 검색했다. "봐, 이게 DNA의 정의야. 데옥시리보 핵산이라고도 해. 메리엄웹스터 사전에 따르면, DNA는 식물이나 동물 세포 내 유전 정보를 담고 있는 물질이야. 이 나선형 사진 보여? 이렇게 생겼어."

나는 수가 확대한 화면 속 알록달록한 가닥이 꼬인 DNA의 모습을 바라보았다.

이렇게까지 자세히 알고 싶은 건 아니었는데. 나는 그냥 무슨 일이 왜 일어나고 있는지 알고 싶을 뿐이다.

"그럼 왜 태어날 때부터 아프지 않은 거지?" 내가 물었다.

"봐." 화면 더 아래쪽에 있는 글을 가리키며 수가 말했다. "여기 보면 사춘기 전까지는 대부분 발견되지 않는다고 나와 있어. 카운트다운되는 시한폭탄 같은 거지."

"하지만 난 열네 살이잖아." 내가 반박했다. "몇 년 전에 아팠어야 했던 거 아냐?"

"그때 시작됐는지도 모르지. 아니면 타이머가 잘못 작동했거나. 너희 부모님이 그렇게 놀라셨다는 게 신기한데. 적어도 둘 중 한 분은 이 병을 가지고 계실 거 아니야, 안 그래? 그게 유전의 정의잖아. 물려받는 거."

"하지만 두 분 모두 완벽하게 건강한걸." 나는 혼란에 빠졌다.

"그럼 이런 경우려나." 잠시 후 수가 찾은 내용을 소리 내 읽었다. "오 퍼센트는 돌연변이로 발생한다."

"그러니까 내 유전자가 자기 멋대로 완전히 엉망이 돼서 이런 이상한 병이 생겼다는 거야? 왜?"

"누가 알겠어." 수가 한숨을 내쉬며 말했다. "아줌마가 임신 중에 뭔가에 노출되었을 수도 있고, 어쩌면 그냥 네가 운이 나쁜 건지도 모르지." 수가 머리를 절레절레 흔들었다. "어떡하니, 미란다. 정말, 정말 안됐다."

"수, 아무한테도 말 안 한다고 맹세해. 학교 애들이 전부 날 동정하는 건 참을 수 없어."

"애들이 자기한테 옮을까 봐 걱정할 수도 있고." 엠마가 인상을 찌푸리며 말을 이었다. "그렇게 반응할 수도 있잖아. 말도 안 되긴 하지만."

엠마가 말문이 막혀 말을 멈췄다. 눈물이 고였지만 자기가 얼마나 나를 걱정하는지 티 내고 싶지 않은 게 분명했다. 어떤 경우에도 내가 엠마의 제일 친한 친구라는 건 확실하다.

"가서 점심 먹어." 내가 말했다. "난 이것 좀 다시 읽어 볼게."

수와 엠마가 내키지 않는다는 듯 자리를 떠났다. 수는 문을 나서며 안됐다는 눈길을 보냈다.

알려진 치료법은 없다. 알려진 치료법은 없다. 나는 읽고 또 읽었다. 엄마 아빠도 아마 지푸라기라도 잡는 심정이겠지. 이 문제를 해결할 수 있는 사람은 없다. 도대체 내 유전자는 왜 갑자기 통제 불능이 되어 버린 걸까? 왜? 절망스러웠다. 지금까지 내가 해결하지 못한 문제는 없었는데. 노력과 연습, 집중력으로 인생을 질서 정연하게 살아왔는데. 하지만 지금은 모든 게 뱅글뱅글 돌아가고 있다…….

나는 자리에서 일어나 사물함으로 갔다. 그리고 가방을 챙겨 학교를 빠져나왔다. 더는 학교에 있을 수가 없었다. 신선한 공기가 필요했다.

아름다운 날이다. 봄이 되려면 한 달 정도 남았지만 벌써 더워지고 있었다. 길모퉁이에 서서 야자수를 올려다보다가 버스로 집에 가는 방법은 모른다는 걸 깨달았다. 한 번도 그렇게 한 적이 없었다. 집까지는 꽤 멀어서 걸을 만한 거리도 아니다. 학교를 빼먹는 나쁜 학생이 되려는 순간에도 일이 제대로 풀리지를 않네. 가방에서 휴대폰을 찾아 엄마한테 전화를 걸었다.

"저 좀 데리러 와 주실 수 있어요? 학교 바로 앞 팜 드라이브 모퉁이에 있어요."

엄마는 이유를 묻지 않았다. "바로 갈게."

햇볕이 얼굴에 내리쬐었다. 아주 잠깐 아침에 선크림이 들어간 로션을 발랐던가 걱정했지만, 이내 큰 소리로 웃어 버렸다. 그게 무슨 상관이람? 피부암을 걱정할 때쯤이면 이미 죽은 몸일 텐데.

나를 데리러 온 엄마는 꽤 즐거운 표정이었다. "걱정할 필요 없다고 했잖아." 엄마가 꾸짖듯 말했다. "진심이야."

나는 대답하지 않았다. 엄마가 스트레스로 미쳐 버린 게 분명하다. 내가 죽어 간다는 사실을 받아들일 수 없는 거다. 더는 엄마와 얘기하고 싶지 않아서 라디오를 틀었다. 아주 크게. 아빠는 벌써 집에 와서 누군가와 통화하고 있었다. 아빠가 나를 보더니 전화를 끊고 다가왔다.

"들어 봐, 미미. 신경 쓸 필요 없단다. 우린 모든 대비가 되어 있어."

우리 중 누구도 어떠한 대비도 하지 않았다. 부모님 두 분 다 미쳐 버린 게 틀림없다.

"수영장으로 나오렴." 아빠가 말했다. "늦었지만 로나 아줌마가 점심을 차려 줄 거야."

우리는 밖으로 나가서 커다란 노란색 파라솔 그늘 아래에 놓인 탁자에 둘러앉았다. 로나 아줌마는 내가 가장 좋아하는 구운 치킨을 곁들인 시금치 샐러드를 준비하고, 옥수수 빵도 새로 구웠다. 하지만 아무것도 먹을 수 없었다. 속이 뒤집혔다. 엄마는 세상일에 아무런 관심도 없는 사람처럼 열심히 음식을 먹어 치웠다.

"멀린 박사와 통화했단다." 아빠가 말했다. "박사는 우리가 이 지역에서 운영하는 특수 클리닉에서 일해."

"무슨 특수 클리닉이요?" 내가 물었다.

"집에서 그렇게까지 멀지 않아. 몇 킬로미터만 가면 돼. G.R.F.라는 곳이야."

"이 지역에 아빠가 운영하는 클리닉이 또 있는지는 몰랐는데요." 내가 어리둥절해서 말했다.

"음, 외부에 공개되어 있지 않거든. 연구만 하는 곳이란다. 이식에 관해 많은 연구를 하고 있지. 다른 연구도 하고."

"저한테 장기 이식하실 거예요? 간을요? 폐는요? 그건 불가능하지 않나요?"

"너랑 조건이 일치하는 기증자를 찾아야 하긴 해." 아빠가 인정했다. "하지만 박사가 분명 찾을 수 있다고 했단다."

나는 고개를 저었다. 아무것도 믿을 수 없었다. 그 누구도 폐를 내주고 정상적으로 살아갈 수는 없다. 콘 박사님도 어

쨌든 종양이 재발할 거라고 했고. 내 혈액이나 혈관에 문제
가 있으니까…….

"조만간 클리닉으로 가서 검사를 좀 할 거야. 이제 마저 먹
어라."

우리는 잠시 아무 말도 하지 않았고 나는 음식을 뒤적거
렸다. 마침내 내가 말했다. "인터넷에서 찾아봤어요. 유전병
이라는 거 알아요. 하지만 두 분은 이 병에 걸린 적이 없잖아
요, 맞죠?"

엄마 아빠가 나를 바라보았다.

"유전이라고?" 아빠가 말했다. "하지만 그 말은 우리가—
적어도 둘 중 한 명이—너한테 병을 물려줬다는 거잖니. 물
론 그건 사실이 아니야. 안 그럼 우리 중 하나가 지금쯤 아팠
겠지?"

왜 나한테 물어보는 거야? 미국에서 제일 큰 의료 법인을
운영하는 사람은 자기면서! 내가 아빠보다 이 병에 대해 더
잘 아는 것 같다. 하지만 아빠는 그 특별한 박사와 치료 일정
을 잡느라 바빠서 병 자체에 관해서는 생각해 볼 틈이 없었
을 거라는 생각도 들었다.

"유전이 아니라 돌연변이로 이 병에 걸리는 아이는 많지
않대요." 내가 말했다. "제가 유독 운이 좋은가 보죠."

갑자기 엄마가 벌떡 일어났다.

"유전이란 말이지." 엄마는 이렇게 중얼거리더니 집 안으로 돌아가기 위해 몸을 돌렸다. 걸음걸이가 너무 불안정해서 휘청거리는 것처럼 보였다. 아빠가 어깨를 으쓱하더니 내 손을 토닥거렸다.

"엄마랑 얘기 좀 하고 올게."

나는 잠시 그대로 앉아 있었지만, 곧 여기 혼자 앉아 걱정하고 있다는 사실 자체를 견딜 수가 없어져 집으로 따라 들어갔다.

엄마 아빠는 부엌에서 다투고 있었다. 두 분이 다투는 건한 번도 본 적이 없는데! 생각해 보면 이상한 일이긴 하다. 가족이란 무릇 다투기 마련 아닌가? 엠마네 가족은 당연하고, 수네도 마찬가지다. 걔들이 직접 한 얘기다. 우리 집도 당연히 그럴 거라는 말도 했다. 하지만 부모님이 다투는 건생전 처음 보는 장면이다.

"이런 상황을 막을 방법이 분명히 있었겠지!" 엄마는 분노에 휩싸여 있었다.

"박사를 해고할게." 아빠가 씩씩거리며 말했다.

"지금은 안 되지. 그 사람이 필요하잖아! 분명히 미란다가 태어날 때부터 병이 있었던 거야." 엄마가 말을 이었다. "그 사람이 그걸 놓친 거라고. 계속 미란다 상태를 확인해 왔잖아. 왜 좀 더 일찍 발견하지 못한 거야?"

엄마가 말하는 그 사람은 누굴까? 콘 박사님은 아닐 거다. 그리고 그 사람이 어떻게 더 일찍 병을 발견할 수 있었다는 걸까? 무슨 말인지 하나도 알아들을 수가 없다. 그때 엄마가 폭발했다.

"이 짓을 또 할 수는 없어. 더는 못 해! 이런 일이 벌어져서는 안 되는 거였잖아!"

"벌어져서는 안 된다고?" 아빠가 쏘아붙였다. "또 시작이야? 다 끝난 얘기 아니야?"

"지금 내 탓 하는 거야?"

"내가 언제 그렇게 말했어?"

"그런 뜻으로 들리는데." 엄마가 야유하듯 말했다. "당신 내 탓이라고 생각하지? 안 그래?"

"내가 어떻게 그럴 수 있겠어?" 아빠가 고함을 질렀다. "미란다를 가졌을 때……." 그때, 아빠가 나를 발견했다. "아, 세상에, 미란다. 듣고 있었니?"

나는 고개를 끄덕였다.

부모님이 내게 쏜살같이 달려왔다. 엄마가 아빠를 쏘아보았다.

"네가 들을 만한 내용이 아니었는데, 미란다. 우리도 제정신이 아니라서 그래."

"무슨 말씀을 하시는 거예요? 누가 제 상태를 확인해요?"

"아무것도 아니야." 아빠가 대답했다. "아무것도. 발레 리허설 시간 다 되지 않았니?"

"네. 연습 가도 돼요?"

"당연하지. 콘 박사님이 내일 공연하는 데는 아무 지장 없다고 하셨어. 몇 번이나 말했잖니, 너는 괜찮을 거야."

아빠 차를 타고 발레 학원으로 가면서 나는 두 분이 무슨 얘기를 하고 있었던 거냐고 물었다. 언제나 솔직하고 뭐든 사실대로 얘기해 줬던 부모님이 정작 필요한 순간에는 아무것도 알려 주지 않으려는 것 같다. 나는 아빠한테 내 심정을 있는 그대로 털어놓았다.

"네 말이 맞아, 미란다. 맞고말고. 우린 항상 서로에게 솔직했지." 아빠가 할 말을 찾는 듯 잠시 말을 멈추었다.

"네가 아기였을 때 G.R.F. 클리닉에서 전문가들이 아주 정밀한 검사를 했단다. 네가 걸릴 가능성이 있는 모든 병을 미리 확인했어. 그리고 음, 클리닉에서는 유전학 연구도 하는데, 네 유전적 건강 상태도 확인했지. 그때는 이 병을 찾아내지 못했어. 의료진이 놓쳤거나 아니면 네 말대로 나중에 발병했을 수도 있지. 엄마는 어쨌든 전문가들이니 미리 발견했어야 한다고 생각하는 거야."

"무슨 SF 소설 같네요." 내가 말했다.

아빠가 미소 지었다. "그렇지 않아. 유전병 검진은 요새 흔하단다. 우리 클리닉 검사가 조금 더 정밀할 뿐이야."

"충분히 정밀하지는 않은가 보죠." 내가 생각을 입 밖으로 내뱉었다. 아빠의 얼굴이 어두워졌다. 크게 충격받은 표정이었다.

"맞아." 아빠가 대답했다.

발레 학원이 가까워졌다.

"레너드 선생님이 괜찮냐고 물어보면 뭐라고 해요?"

"설명하기는 어렵지만 괜찮을 거라고 하렴. 선생님이 세세한 부분까지 알 필요는 없어."

선생님은 자세히 묻지 않았다. 내가 돌아온 덕에 공연을 계속할 수 있어서 기뻐했을 뿐이다. 선생님은 눈앞이 다시 흐려지면 곧장 동작을 멈추라고 말했고, 애들은 괜찮냐고 물었다. 나는 그렇다고 대답했다. 아무에게도 사실을 알리고 싶지 않다.

시시콜콜한 이야기를 나눌 여력이 없어 조용히 의상을 갈아입었다. 사실 다른 애들의 존재를 거의 알아차리지도 못했다. 어제까지만 해도 완벽한 상태로 완벽한 공연을 펼칠 예정이었는데. 적어도 나는 그렇게 생각했다. 오늘은 더럽혀지고 망가진 기분이다.

레너드 선생님이 음악을 틀었다. 나는 무대로 들어섰다. 그리고 내가 화가 났다는 걸 깨달았다. 레이철에게 질투심을 느꼈다. 그 애는 살고 난 죽을 테니까. 모두에게 질투가 났다. 애들 모두를 증오했다!

연습이 끝나자 레너드 선생님은 신이 나서 손뼉을 쳤다.

"해냈구나, 미란다. 네 안의 어두운 부분 말이야. 그걸 발견한 거야. 정말 잘했어."

잘됐네요. 죽을병에 걸리긴 했지만, 연기가 더 그럴듯해졌으니 잘된 일이에요. 나는 이렇게 말하고 싶었다. 하지만 늘 그랬듯 그저 착한 아이처럼 미소 지으며 대답했다. "감사합니다, 선생님."

이건 불공평하다. 너무 억울하다. 내가 무슨 짓을 했다고 이런 일이 벌어진 걸까?

4장

침대에 누워 천장을 바라보았다. 오늘 엿들었던 대화가
계속 떠올랐다. 아빠가 전부 설명해 줬지만, 그게 정말 전부
는 아닌 것 같았다. "이 짓을 또 할 수는 없어!"라는 엄마 말
은 또 무슨 뜻일까? 집에 돌아와 엄마한테 물었지만 내가 잘
못 들은 거라는 대답뿐이었다. 분명 똑똑히 들었는데. 대체
왜 설명해 주지 않는 거지? 아빠한테도 똑같이 물었더니 아
빠는 그런 말을 들은 기억이 없다며, 만약 엄마가 그런 말을
했더라도 너무 화가 나서 횡설수설했던 거라고 했다. 하지
만 횡설수설하는 건 바로 지금의 엄마 아빠다.

잠이 오지 않았다. 나는 부모님에게 들키지 않도록 살금

살금 복도를 지나갔다. 우리 집은 랜치 스타일(미국 목장식 저택으로, 양쪽으로 길게 뻗은 형태의 단층집)이다. 한쪽 끝에 침실과 아빠 서재가 있고, 중앙에 부엌이, 다음으로 식당과 거실을 지나면 가족실이 나온다. 가족실 바깥에는 수영장과 테니스장이 있다. 부엌 뒤쪽을 통해서도 수영장으로 갈 수 있어서 친구들이 놀러 오면 편하게 드나들 수 있다. 집 전체가 남서부식이며 옅은 색 목재로 되어 있다. 아름다운 집이다.

나는 가족실로 가서 사진첩을 꺼냈다. 밤에 거실에 앉아 휴가 사진을 펼쳐 보며 즐거웠던 시간을 떠올리는 것보다 좋은 일은 없다. 작년에는 런던에서 로열 셰익스피어 극단의 연극 〈십이야〉와 〈폭풍우〉를 봤다. 〈십이야〉 공연 중에는 얼마나 숨이 넘어가게 웃었는지 좌석에서 굴러떨어질 뻔했다. 배우가 되면 어떨까? 문득 그런 생각이 들었지만, 곧 숨이 턱 막혔다. 더는 계획을 세울 수 없다는 사실이 떠올랐다. 내게는 미래가 없다. 엄마 아빠가 뭐라고 하든 상관없다. 기사에서도 분명 치료법은 없다고 했다.

나는 사진을 넘겼다. 런던 탑과 대영 박물관 앞에 서 있는 내 모습이 보였다. 그때 대충 끼워져 있던 사진 하나가 바닥에 떨어졌다. 나는 사진을 집어 들었다. 그런데 내가 서 있는 곳은…… 이상하네. 사진을 더 가까이 들여다보았다. 이게 무슨 사진이지? 사진 속 커다란 성 앞에 있는 건 분명 나다. 그렇지만 런던 여행 때일 리가 없다. 나는 열 살 정도로 보였다. 언제 찍은 거지? 이상한 일이다. 성에 갔던 기억은 없는데. 저 옷은 뭐람. 웩. 내가 저런 옷을 입었다고? 멜빵바지를? 내가 저 나이대였을 때도 멜빵은 없었는데.

아침에 엄마에게 물어보려고 사진을 챙겨 가운 주머니에 넣었다. 시계를 보니 거의 새벽 1시다. 나는 엄마 아빠가 깨지 않도록—침실에 있다면 어차피 안 들리겠지만—조용히 텔레비전을 켰다. 그리고 넷플릭스를 켜 고전 드라마 〈뱀파이어 해결사〉를 틀었다.

*

내 몸 안팎이 뒤집힌다. 혈관, 근육, 검붉고 새하얀 빛. 어디에나 커다랗고 새카만 종양이 있다. 종양이 자라나고, 점점 퍼지다가 모든 곳을 뒤덮는다. 나는 비명을 지르기 시작한다. 내 목소리는 어디서 나오는 거지? 여기가 어디지? 여기가 어디야?

*

    나는 헉하고 잠에서 깼다. 그러곤 자리에서 일어나 비틀거리며 방으로 갔다. 온몸에서 땀이 쏟아지고 오한이 들었다. 욕실로 가 샤워기에서 떨어지는 뜨거운 물을 맞으며 몸과 마음이 전부 씻겨 나가 마침내 텅 비어 버릴 때까지 가만히 있었다. 그리고 따뜻해진 몸을 수건으로 닦아 낸 뒤 플란넬 잠옷을 입고 침대 속으로 기어들어 갔다. 하지만 또 악몽을 꿀까 두려워 한참 동안 잠들 수 없었다.

    "미란다, 미란다." 눈을 떴다. 로나 아줌마가 서 있었다.

    "일어나렴. 엄마가 준비해야 한다고 말씀하셨어. 아침에 병원 가야 한대. 수업은 첫 시간만 빠지면 될 거야. 옷은 어떤 걸 입을래? 파란색 바지에 파란 재킷? 오늘은 날씨가 좀 쌀쌀하구나. 새 갈색 윗옷은 어때?"

    "아줌마가 골라 주세요." 내가 중얼거렸다. 로나 아줌마는 내가 어렸을 때부터 옷을 챙겨 주었다.

    로나 아줌마가 부산스럽게 방을 돌아다니며 옷을 골라 주었다. "드디어 오늘 밤이네. 긴장되니?"

    "곧 죽는다는 걸 알게 되면, 한심한 발레 공연쯤은 별 의미가 없어지기 마련이잖아요."

로나 아줌마가 옷을 털썩 떨어뜨렸다. "뭐라고?"

"엄마 아빠한테 못 들으셨어요?"

"네가 아프다고만 들었어. 하지만 괜찮아질 거라고 하셨는데. 넌 괜찮을 거야, 당연히."

"다 거짓말이에요."

내가 이런 말을 하다니 믿을 수가 없었다. 로나 아줌마도 마찬가지인 듯했다.

"미란다, 너 뭐에 쓰기라도 한 거니? 네가 부모님에 대해 그렇게 버릇없이 말하는 건 처음 듣는다. 그분들이 그런 말을 들을 이유는 하나도 없어." 로나 아줌마가 옷을 주워 들며 말했다. "두 분이 네가 나을 거라고 하면 그렇게 될 거야. 부모님이 언제⋯⋯." 갑자기 로나 아줌마가 얼어붙은 듯 말을 멈췄다. "이 사진 어디서 났니?" 아줌마는 내가 어젯밤에 찾은 사진을 들고 있었다. 가운을 벗으면서 바닥에 떨어진 모양이었다.

"런던 여행 사진첩에 있었어요. 실수로 들어갔나 봐요. 더 예전 사진인 것 같은데. 엄마 아빠한테 물어보려고요."

"아니, 아니야. 내가 제자리에 넣어 둘게. 이제 옷 입으렴."

그러더니 아줌마는 방을 나가 버렸다. 대체 왜 이 집에 있는 모두가 이상하게 구는 거야? 어느 여행에서 찍은 사진이냐고 물을 새도 없었다. 나는 침대에서 나와 욕실로 가서 세수하고 이를 닦은 뒤, 로나 아줌마가 꺼내 놓은 바지와 갈색 윗옷을 입고 로퍼를 신었다.

로나 아줌마는 부엌에 내가 먹을 요거트와 과일을 준비해 두었다. 선 채로 아침을 먹고 있는데 엄마가 급히 들어왔다.

"이제 가자, 우리 딸."

"어디로 가는데요?"

"저번에 말했던 G.R.F. 클리닉으로 갈 거야. 멀린 박사님이 기다리고 계셔."

"검사를 또 해요?"

"몇 개만 더. 저번에 한 검사 결과가 있으니까. 그냥 피만 조금 뽑을 거야. 그리고 박사님이 네 상태를 직접 확인하고 싶대. 수술 날짜를 다음 주로 잡을 거거든."

"네? 무슨 수술이요? 이건 불치병이라고요. 죽는 순간을 조금 늦추겠다고 거창하고 끔찍한 수술을 받진 않을 거예요."

"미라, 바보 같은 소리 하지 마. 말도 안 돼. 어서 가자. 박사님이 다 설명해 주실 거야. 말했잖아, 완치될 거라고."

나는 고개를 흔들며 가방을 집어 들었다. 그리고 검사가 엄마 생각보다 오래 걸릴 때를 대비해 휴대폰을 챙겼는지

49

확인하고 엄마를 따라나섰다. 차에 타서 엠마한테 첫 수업을 빠질 거라고 문자를 보냈더니 이유를 묻는 답장이 왔다. 나는 검사를 더 할 거라고 대답했다. 곧 수업이 시작되면 엠마는 휴대폰을 끌 테지만 적어도 너무 많이 걱정하진 않았으면 해서였다.

지난 이틀간 영어 수업 진도에서 어마어마하게 뒤처졌다. 그래서 이동하는 동안 〈폭풍우〉를 꺼내 읽기로 했다. 등장인물 칼리반과 아리엘을 비교하는 에세이 숙제가 있었다. 뭐하러 숙제를 해야 하는지는 모르겠지만. 어차피 죽는다면 영어 숙제를 걱정할 필요도 없을 텐데. 하지만 정말 엄마 말대로 죽지 않는다면, 지금 해치우는 게 낫겠지.

나는 크게 웃음을 터뜨렸다. 엄마가 나를 바라보았다.

"아무것도 아니에요." 내가 말했다. "그냥 다 웃겨서요. '하하하' 웃긴 게 아니라, '너무 어이가 없어서 웃을 수밖에 없는' 거지만요. 신경 쓰지 마세요."

"미라, 우리 모두 큰 충격을 받았어. 물론 네가 받은 충격이 제일 크겠지. 넌 훌륭하게 대처하고 있어. 울지도 않고, 신경질을 내지도 않고. 언제나 그렇듯 현명하게 말이야. 엄마 아빠로서는 놀랄 일도 아니지만."

차라리 신경질 부리는 방법을 알았더라면 안심이 되었을

텐데. 하지만 나는 달리 어떻게 반응할 수 있는지를 모른다. 다시 책으로 눈을 돌려 엄마가 클리닉 앞에 차를 세우기 전까지 나는 말없이 책을 읽었다.

캐니언 드라이브에 있는 클리닉은 커다란 3층짜리 건물로 도로에서 멀찍이 떨어져 있고, 진입로에는 대추야자 나무가 줄지어 서 있었다. 붉은색 부겐빌레아가 건물 앞에 가득 피어 있고 왼쪽 작은 잔디밭에는 막 꽃을 피우려는 레몬나무가 있었다.

엄마가 진입로에 차를 세웠다. 건물 입구에 다다르자 노크할 필요도 없이 키가 큰 간호사가 곧장 문을 열었다. 깡마르고 갈색 머리를 틀어 올려 묶은 모습이었다. 간호사가 미소 지었고 나는 그녀가 흡연자임을 알아차렸다. 이가 모두 샛노랬기 때문이다.

"따라오세요." 간호사가 말했다.

흰색 가운을 입은 중년 남자가 부산스럽게 현관을 가로질러 다가왔다. "아, 오셨어요. 이쪽이 틀림없이 미란다겠군요. 들어오세요. 어서요."

영국 상류층 억양의 영어 덕에 매우 똑똑하다는 인상을 풍기는 남자였다. 눈은 연푸른색이고, 숱이 줄어들고 있는 머리카락은 옅은 금빛이었다. 나를 만나게 되어 기쁜 모양이었다. 하지만 나는 남자가 별로 반갑지 않았다. 어쨌든 아프지 않았더라면 이곳에 올 일도 없었을 테니까. 죽을 만큼 아프지 않았더라면 말이다.

"시야는 좀 어떠니?" 남자가 물었다.

"괜찮아요."

"뿌옇지는 않고?"

"네."

"좋아, 좋아. 우리가 얘기를 나누는 동안 여기 있는 간호사 진이 채혈을 할 거야."

남자는 나를 검사실로 데려가 진료대에 앉혔다. 남자가 쉴 새 없이 말하는 동안 진이 내 옷소매를 걷어 올렸다.

"걱정할 필요 없단다, 미란다. 심각한 병이긴 하지만 넌 깨끗하게 나을 거야. 깨끗하게."

"하지만 학교에서…… 인터넷에서는……."

"오!" 남자가 웃음을 터뜨렸다. "그건 옛날 정보란다. 우린 최신 유전자 치료법으로 종양을 전부 제거할 거야. 종양이 가장 심각한 간은 이식받아야겠지만. 일반적으로는 다른 장기에서 먼저 종양이 발생하는데 넌 좀 특이한 경우긴 해. 하지만 얼굴색이 노랗진 않은 걸 보니 간 기능도 아직 문제없고. 따져 보면…… 어쨌든, 걱정할 필요 없어! 이식할 간도 준비되어 있어. 다른 장기의 종양은 완전히 제거할 거야."

"하지만……."

"하지만은 없어. 폐나 신장을 이식받아야 하는 경우가 생겨도 문제없단다. 아마 텔레비전에서 의학 프로그램도 많이 봤을 테고, 어떻게 조건이 일치하는 장기를 찾았는지 궁금하겠지. 글쎄, 그건 나만의 비밀이란다. 어쨌든 곧 넌 병을 앓았다는 사실조차 잊게 될 거야."

남자가 말하는 동안 간호사는 채혈을 마쳤다. 남자는 펜라이트 불빛을 비춰 내 눈을 살폈다. "그럼, 걱정할 필요가 없고말고. 예상치 못한 일이긴 하지만, 우린 다 준비되어 있어. 이제 학교에 가렴. 공부에 뒤처질 수는 없지."

미처 정신을 차리기도 전에 나는 학교로 향하는 차 안에 타고 있었다.

"와!" 내가 말했다. "무슨 미친 과학자 같지 않아요? 누가 진정제라도 좀 줘야 할 것 같은데요."

엄마가 소리 내어 웃었다. 내 병을 알게 된 후 처음 있는 일이다. "박사님 얘기 들었지? 넌 괜찮을 거라잖아!"

"하지만 이식받을 간을 언제 찾은 거예요? 이식받고 나면 평생 약을 먹어야 하지 않나요?"

"아니, 박사님은 **완벽하게** 일치하는 장기를 얘기한 거야.

그러니까 거부 반응도 없을 거야. 약도 필요 없어. 새사람이 되는 셈이지."

"그렇게 완벽한 장기를 어떻게 찾았는데요?"

"그냥 찾은 거야." 엄마가 말했다. 조금 짜증 난 목소리였다. "질문은 그쯤 해 둬, 미란다. 그냥 감사하게 생각하면 돼."

"아빠 덕분이에요? 아빠 병원 중 한 곳에서 찾은 거예요? 죽은 환자 중에서요? 하지만 장기는 곧바로 이식해야 하지 않나요? 기증자가 사망하자마자 바로요."

"아빠 덕분이기도 하지." 엄마가 재빨리 대답했다. "네 말대로 병원도 여러 군데 있고 인맥도 넓으니까 말이야. 이식할 장기를 보존할 방법을 찾아낸 게 아닐까 싶구나……. 나도 물어보지는 않았어. 멀린 박사님은 전문가니까."

"그렇게 정확히 일치하는 장기를 찾는 일이 가능한지 몰랐는데요." 내가 고집스럽게 물었다. "쌍둥이가 있거나 한 게 아니라면요."

"그만!" 갑자기 엄마가 폭발했다. "그런 질문은 아무런 의미가 없어!"

엄마의 반응에 소스라친 나는 말 그대로 몸을 움찔했다. 엄마는 늘 뭐든 조목조목 설명해 주었고, 우리는 진솔하게 모든 이야기를 터놓고 나눴다. 엄마가 이런 식으로 내게 소리친 적은 단 한 번도 없었다. 오히려 더 많은 질문을 하라고 독려했을 뿐이다.

나는 엄마를 빤히 바라보았다. 대체 무슨 일이 벌어지고 있는 거지?

가방에서 휴대폰을 꺼내 엠마에게 문자로 모든 걸 털어놓았다. 수업 중에는 엠마의 휴대폰이 꺼져 있으리라는 걸 알면서도. 적어도 어색한 침묵 속에서 엄마 옆 좌석에 앉아 있는 동안 할 일이 있어 다행이었다.

5장

학교에 도착하니 2교시 영어 수업 중이었다. 드롬보스키 선생님이 칼리반에 관해 이야기하고 있었다.

"셰익스피어는 칼리반을 '미개한 기형의 노예'라고 표현했죠." 내가 자리에 앉는 동안 선생님이 설명했다. "셰익스피어는 어리석고 추한 괴물을 창조하는 데 주저함이 없었어요. 칼리반한테도 좋은 점이 있을까요?"

"불쌍해요." 엠마가 말했다.

"미란다를 공격하려고 했잖아요." 수가 엄중한 목소리로 말했다. "불쌍할 게 하나도 없어요."

"칼리반은 현명해지겠다고 말하잖아요." 엠마가 받아쳤

다. "성장하고 변화하고 있는 거죠."

"괴물은 괴물일 뿐이에요." 수가 단호히 말했다.

"미란다?" 드롬보스키 선생님이 나를 불렀다. "네 생각은 어때?"

우리 셋이 없었다면 드롬보스키 선생님은 어떻게 수업을 했으려나 하는 생각이 들었다. 우리 말고는 누구도 수업에 참여하지 않는다. 나는 교실을 훑어보았다. 각자가 자신만의 세상에 빠져 있었다. 셀레나는 언제나처럼 셰익스피어 책 뒤에 살인 사건을 다룬 추리 소설을 숨겨 거기에 몰두해 있고, 토드는 졸고 있으며, 후안은 수학 숙제를 하고, 미셸과 라라는 휴대폰을 쓸 수 없으니 예전 방식대로 쪽지를 앞뒤로 주고받고, 제이슨은 허공을 바라보고……. 만약 우리 셋이 없었더라면 다른 애들도 어쩔 수 없이 수업에 집중해야 했을 거다. 수업이 끝날 때마다 애들이 우리를 칭찬하는 게 무리도 아니다. 그렇지만 그건 우리를 동경하거나, 하다못해 좋아해서 그러는 게 아니다. 우리가 그 애들에게 쓸모 있기 때문이다. 이걸 왜 이제야 깨달았지?

"미란다? 듣고 있니?"

"이 세상은 괴물을 필요로 해요." 내가 대답했다. "상처 입히고 경멸할 대상이 필요하니까요."

나처럼 말이지. 나는 속으로 생각했다. 내가 바로 그런 존재다. 사람들이 종양으로 가득한 내 역겨운 몸속을 들여다볼 수만 있다면, 나 역시 모두의 미움을 받을 게 뻔하다.

드롬보스키 선생님이 눈썹을 치켜세웠다. "그럴지도 모르지, 미란다. 하지만 그건 조금 가혹하지 않니?"

나는 어깨를 으쓱했다.

수업이 끝나고 수학 교실로 향하는 복도에서 엠마와 수가 다가왔다.

"방금 뭔가 깨달았어." 내가 말했다.

"뭔데?" 엠마가 물었다.

"우리 반 다른 애들은……."

"너 잘하더라." 미셸이 사물함으로 달려가며 외쳤다.

"맞아, 대단해." 토드가 우리 사이에 끼어들며 동의했다.

"뭔데?" 대답을 마저 듣지 못한 엠마가 다시 물었다.

나는 토드를 흘깃 보고 우리 셋만 남기 전에는 내 이론을 언급하지 않기로 마음먹었다.

"아냐, 신경 쓰지 마." 내가 말했다.

"어디 갔었어?" 토드가 물었다. "너 지각한 적 한 번도 없잖아."

좋은 핑계를 생각해 낼 수가 없었다―사실을 말할 수도,

그렇다고 거짓말을 할 수도 없었다.

"미란다네 엄마 자동차가 고장 났대." 엠마가 대신 나섰다.

"말도 안 돼. 진짜? 그 차 대박이잖아. 어떻게 됐는데?"

사실을 알았다 해도 토드는 지금 엄마 차를 걱정하는 것만큼 진심으로 날 걱정하지는 않을 거다.

"별거 아니야. 그냥 부품이 잘못됐대." 엠마가 말을 이었다. "시스템이 문제를 감지해서 곧바로 정비소로 가라고 경고했나 봐. 새 차에 가끔 발생하는 문제야." 엠마는 거짓말에 능하다. 하긴 부모님을 상대로 늘 거짓말을 연습하니 놀랄 일은 아니다.

시간이 흐를수록 정신 상태가 점점 이상해지는 게 느껴졌다. 잠깐 아프다는 사실조차 잊고 아무 문제가 없는 것 같다가도, 곧바로 끔찍한 기억이 되살아나서 울고 싶어졌다. 실제로 여러 번 울음이 터져 나와서 모두의 눈을 피해 숨기도 했다. 공연도 걱정이었다. 마지막으로 춤출 기회일지도 모르는데 나 자신과 부모님을 실망하게 하고 싶지 않다.

수업이 끝나자 엄마가 학교로 와서 나를 곧장 집으로 데려갔다. 저녁을 먹고 공연을 준비해야 했다. 방에서 화장품을 챙기는데 마스카라가 보이지 않았다. 아마 또 엠마가 가져갔을 거다. 엠마는 내 물건을 절대 훔치지 않지만, 내 화장품을 쓰고 자기도 모르는 사이에 본인 파우치에 몽땅 집어넣는 일은 흔했다. 나는 마스카라를 빌리러 엄마 방으로 향했다. 복도를 지나는데 침실에서 엄마가 로나 아줌마에게 말하는 소리가 들렸다.

"미란다가 뭐랬다고요?"

"당연히 궁금해했죠. 거기 간 게 기억이 안 난댔어요."

나는 문밖에 멈춰 섰다.

"다른 사진첩을 살펴보던 중이었어요." 엄마가 말했다. "너무 혼란스러웠거든요. 사진을 들고 있다가 미란다 사진첩을 볼 때 실수로 그 안에 넣었나 봐요."

"사진첩들을 감추는 게 낫겠어요." 로나 아줌마가 말했다.

"아, 그럴 필요까지는 없을 거예요. 미란다가 제 물건에 손대는 일은 없잖아요."

"점점 더 궁금해할 거예요. 혹시 모르잖아요. 부인 옷장에 넣어 둘게요. 잠글 수 있는 서랍 안에요."

엄마가 한숨을 쉬었다. "그래요."

"그게 나을 거예요. 사진첩을 꺼내 보기에도요. 방 안에 두니까요. 제가 가서 가져올게요."

로나 아줌마가 문 쪽으로 돌아섰다. 나는 어찌할 바를 몰랐다. 내가 들어선 안 되는 얘기라는 건 분명했다. 나는 본능

적으로 몇 걸음 물러섰다. 밖으로 나온 로나 아줌마는 내가 막 도착했다고 생각하는 눈치였다. 나는 서둘러 아줌마를 지나쳐 엄마 방으로 들어갔다.

"엄마!"

"무슨 일이니, 우리 딸?"

방금 들은 내용에 관해 묻고 싶었지만 어째서인지 입이 떨어지지 않았다.

"마스카라 좀 빌려주세요."

엄마가 마스카라를 건네주었다. "다 챙겼니?"

"아직요." 나는 잠시 말을 멈추고 할 말을 찾았다. "어젯밤에 사진첩에서 사진을 한 장 봤어요. 제가 오래된 성 앞에서 멜빵을 입고 있는 사진이요. 그게 어디였어요? 전혀 기억이 안 나요."

"아!" 엄마 얼굴이 새빨개졌다. 대체 무슨 일이람? "그 사진!" 엄마가 말을 멈췄다. "그 사진!" 그러더니 했던 말을 또 했다. "아, 정말 바보 같았지!" 그러고는 속사포처럼 말을 이었다. "기억 안 나니? 그건 진짜 성이 아니야. 사진사에게 부탁해서 찍은 사진이란다. 성은 그냥 배경이었잖아. 멜빵은 사진을 찍으려고 재미로 입은 거였고."

"정말요?" 나는 기억해 내려 애썼다. "기억이 안 나요."

"그럴 수도 있지. 휴가 중에 정말로 성에 갔으면 절대 안 잊었겠지만 말이야, 안 그래? 별 볼 일 없는 옛날 사진까지 기억할 이유는 없지. 이제 가서 준비하렴."

나는 마스카라를 들고 방으로 돌아와 머리가 멍한 채로 침대에 앉았다. 엠마가 필요하다. 뒷주머니에서 휴대폰을 꺼냈다.

"엠마, 오늘 공연 끝나고 우리 집에서 잘래? 내일 일어나서 협곡으로 하이킹 가자. 어때?"

"와, 좋지. 부모님께 여쭤봤어?"

"안 된다고 하실 리가 없잖아. 있잖아, 방금 진짜 이상한 대화를 엿들었거든. 하이킹 가서 말해 줄게. 알았지?"

"알겠어. 우리 엄마한테도 말할게."

도대체 왜 내가 봐선 안 되는 사진첩이 있는 거지? 내가 아프다는 사실을 알게 된 후로 엄마 아빠는 점점 더 이상하게 굴고 있다. 특히 엄마가.

"미란다! 준비 다 했니? 와서 밥 먹어라." 엄마가 나를 불렀다.

"금방 갈게요."

나는 짐을 챙겨 부엌으로 향했다. 공연 때문에 뭐든 많이 먹을 수 없는데, 로나 아줌마가 딱 알맞게 수프를 끓여 두었다. 공연이 끝나고 엠마랑 피자를 먹는 것도 괜찮을 것 같다. 속이 울렁거렸다. 먹는 내내 엄마에게 터놓고 물어보고 싶은 마음뿐이었지만, 어떻게 말을 꺼내야 할지 도무지 알 수 없었다. 엄마는 옷을 갈아입고 외출 준비를 하겠다며 로나 아줌마한테 나를 데려다주라고 부탁했다.

발레 학원에서 대학교 안에 있는 작은 극장을 공연장으로 빌려 두었다. 레너드 선생님은 막 도착한 나를 강의실로 데려갔다. 따로 탈의실이 없어서 모두 강의실에서 옷을 갈아입었다. 분장을 할 때는 여자 화장실을 써야 했다. 모두가 긴장하고 흥분한 상태였다. 나도 기절할 것 같았지만 아무 일도 없었던 것처럼 공연에만 집중하겠다고 마음을 다잡았다.

각 팀이 무대에 익숙해질 수 있도록 레너드 선생님이 음악을 틀고 리허설을 지휘했다. 나는 무대 끝에서 차례를 기다리며 머릿속으로 스텝을 점검했다. 닫힌 커튼 뒤로 관객들이 웃고 떠드는 소리가 들렸다. 우리 차례가 되었을 때는 너무 떨려서 간신히 스텝을 기억해 냈다. 리허설을 마치고 강의실로 돌아가 더 어린 아이들의 공연이 끝나기를 기다렸다. 마침내 피터가 강의실 문을 두드리더니 레너드 선생님 목소리를 흉내 내어 말했다. "모두 위치로."

우리가 무대 뒤 계단을 뛰어 올라가자 레너드 선생님이

고개를 끄덕였다. 음악이 시작되고 레이철이 무대에 등장했다. 하나, 둘, 셋, 나는 무대로 들어섰다. 모든 게 완벽했다. 내 몸은 음악에 맞춰 정확한 박자에 움직였고, 사악한 여왕의 분노가 선명히 느껴졌다. 주위의 모두가 완벽한 무대를 펼치고 있었다. 누구도 발을 삐끗하거나 박자를 놓치지 않았다. 극장에는 기침하는 사람도, 떠드는 사람도, 우는 아기도 없었다. 그저 쥐 죽은 듯 고요했다. 마치 시간이 멈춘 것 같았다. 나는 춤추고, 뛰어오르고, 높이 날아올랐다. 그리고 마침내…… 모든 것이 끝났다. 우레와 같은 박수갈채가 쏟아졌다. 관객들에게 인사하다 고개를 들어 보니 모든 사람이 자리에서 일어서 있었다.

레너드 선생님이 무대로 뛰어나와 고개를 깊이 숙였다. 그러더니 나와 레이철, 피터, 마이클을 앞으로 나오게 해 따로 한 번 더 인사하도록 했다. 부끄러웠지만 기분이 날아갈 것 같았다. 이런 날이 또 오리라는 걸 확실히 알 수만 있다면 얼마나 좋을까 하는 생각이 들었다. 병에 관해 알게 된 이후 처음으로 눈물이 차올랐고, 나 자신이 안쓰러웠다. 너무나 안쓰러웠다. 하지만 동시에 그런 마음이 드는 게 싫었다. 이겨 낼 거야, 나는 다짐했다. 멀린 박사가 병이 나을 거라고 했고, 엄마 아빠도 마찬가지로 말했다. 그러니 나는 반드시 나을 것이다. 포기하지 않고.

우리는 웃고 떠들고 서로를 칭찬하며 무대에서 뛰어 내려왔다. 그리고 재빨리 옷을 갈아입고 가족들을 만나러 서둘러 로비로 향했다. 북새통이었다. 잔뜩 몰려든 사람들이 목이 터질세라 큰 소리로 떠들어 댔다. 꼬마들은 가족을 찾아 헤매고, 아기들은 울어 대고, 여자애들은 꺅꺅거리며 친구들에게 축하 인사를 퍼부었다. 모든 무용수 가족들이 나를 찾아와 훌륭한 연기를 칭찬하는 바람에 정신을 차릴 수가 없었다. 이번이 내 첫 공연도 아니고 이전에도 늘 좋은 반응을 얻었지만, 오늘은 벅찰 지경이었다.

아빠가 모두에게 피자를 사 주겠다고 제안했고, 우리 반 애들 절반과 그 가족들이 함께 가기로 했다. 캘리포니아 피자 가게에 도착했을 때 뒷마당에 이미 커다란 탁자 두 개가 놓여 있었다. 피자를 기다리는 동안 음료와 타코, 소스를 주문했다. 엠마네 가족도 함께였다. 모두가 왁자지껄 떠들고 웃어 댔다. 행복한 순간이었다. 다 잘될 거야, 나는 자신에게 되뇌었다. 모든 게 다 잘될 거야.

6장

부모님은 내가 자랑스러워 어쩔 줄 몰라 했다. 늘 있는 일
이다. 마음속 작은 목소리는 내가 앞으로 쾅당 넘어지기라
도 했으면 두 분이 과연 어떻게 반응했을지 궁금해하긴 했
지만. 다행히 직접 확인할 일은 없을 거다. 집에 도착해서 나
는 아빠한테 모두에게 피자를 사 줘서 감사하다고 인사한
뒤 엠마와 함께 방으로 갔다.

엠마는 내 발레 실력을 질투하지 않는다. 엠마에겐 다른
재능, 깜짝 놀랄 만큼 아름다운 목소리가 있다. 그래서 성악
레슨을 받고 있고, 오페라 가수가 될 생각이다. 몸집이 아주
자그마한 엠마는 흔히 생각하는 디바의 모습과는 거리가 멀

지만, 목소리는 어마어마하다.

"너 진짜 잘하더라." 엠마가 잠옷으로 갈아입으며 말했다.

"지금이야말로 너도 발레를 시작할 때야, 엠마." 내가 대답했다. 처음 하는 얘기는 아니다. "네 노래 실력에 춤까지 출 수 있으면 브로드웨이가 네 앞에 무릎 꿇을걸."

엠마가 씨익 웃었다. "네가 연기 수업 들으면 나도 발레 수업 들을게. 너도 연기 배우고 싶잖아!"

"우리 부모님이 어떻게 생각하는지 알잖아. 캘리포니아에 사는 모든 사람이 연기 수업을 들어. 부모님은 그게 결국 식당 종업원이 되기 위한 훈련이나 다름없다고 생각하셔. 난 더 나은 사람이 되어야 한대."

"꼭 그렇게 항상 부모님 말을 들어야 해?"

"당장 엄마가 운전해서 데려다주지 않으면 내가 연기 수업을 들을 수나 있겠어?" 내가 반박했다.

"제일 가까운 버스 정류장까지 걸어가면 되잖아."

"버스비는 어떻게 내고?"

"일해서 벌면 되지."

"부모님이 절대 허락 안 하실 거야. 학교 공부가 먼저란다, 하면서."

"말이 안 통하네!" 베개를 집어 던지며 엠마가 외쳤다.

"알아. 어쩔 수가 없어." 나는 한숨을 쉬며 베개를 껴안았다. 그리고 잠시 뒤 말을 이었다. "들어 봐, 웃긴 일이 있었어." 나는 사진을 발견한 것과 엄마와 로나 아줌마의 대화를 엿들은 일을 얘기해 주었다.

"이상하긴 하네." 엠마가 말했다. "피곤해?"

"아니, 전혀."

"좋아. 그럼 가서 네 사진첩 좀 훑어보자. 로나 아줌마가 숨기지 않은 거 말이야. 거기 있으면 안 되는 다른 사진을 발견할 수도 있잖아. 어머니가 잠가 놓은 서랍장을 뒤질 생각이 없다면 말이야."

나는 인상을 찌푸렸다. "그건 싫어. 내가 왜 그래야 해? 대체 뭘 숨기는 걸까?"

"부모들이 그렇지." 엠마가 코웃음을 쳤다. "제일 쓸데없는 걸 중요하다고 하면서 우리를 '보호하려고' 하잖아. 아마 별것도 아닐 거야."

"그래. 네 말이 맞는 거 같아."

"가 보자. 난 잠이 하나도 안 와. 재밌을 거야."

엄마 아빠는 부엌에서 이야기를 나누고 있었다. 엠마와 나는 음료수와 팝콘을 챙겼다.

"영화 보려고?" 아빠가 물었다.

"네." 엠마가 한 치의 망설임도 없이 대답하는 바람에 우리 둘 다 킬킬 웃고 말았다.

"너희가 보면 안 되는 영화는 아니겠지?" 의심스러운 표정으로 엄마가 물었다.

"〈구피 무비〉예요." 엠마가 웃으며 말했다. "마지막으로 한 번만 더 구피의 정체를 알아보려고요."

"뭐 하러?" 아빠가 말했다. "쉬운 질문인데. 걔잖아."

"전 그렇게 생각하지 않는데요, 아저씨." 엠마가 머리를 흔들며 대답했다. "체계적인 조사가 좀 필요해요. 구피가 태어날 때 연구소에서 실수가 있었는지도 모르잖아요."

아빠는 미소 지었지만, 엄마는 갑자기 벌떡 일어나 서둘러 밖으로 나갔다.

"제가 말실수를 했나요?" 엠마가 물었다.

"아니, 그럴 리가." 아빠가 엠마를 안심시켰다. "린다가 최근에 좀 쉽게 동요되거든."

"참 감사하네요." 마찬가지로 갑자기 동요된 내가 쏘아붙였다. "오늘 밤엔 간신히 잊고 있었는데 말이에요." 나는 쿵 소리를 내며 의자에 앉았다. 기분 나쁜 일이 모조리 되살아났다.

아빠가 눈썹을 치켜세웠다. 내가 이런 식으로 아빠한테

쏟아붙이는 건 처음 있는 일이다. 엠마가 음료수와 팝콘을 챙겨 들었다.

"가자, 미란다."

나는 식탁을 밀치고 일어나 엠마를 따라 가족실로 갔다. 우리는 이중문을 꼭 닫았다.

"넌 거짓말 선수야, 정말." 내가 말했다.

"연습하고, 연습하고, 또 연습하는 거지." 엠마가 미소 지었다.

엠마는 절대 **진심**으로 거짓말하거나 남을 속이지 않는다. 부모님만 제외하고는. 엠마한테 그건 다른 문제다. "엄마 아빠가 세상모르는 소리를 할 때만 그러는 거야." 엠마는 날 안심시키려고 이렇게 말하곤 한다. "무슨 영화를 볼 거냐고 물어볼 때처럼 말이야. 내가 디즈니 영화만 보고 사는 줄 안다니까!" 하지만 엠마는 절대 시험 때 부정행위를 하거나 친구에게 거짓말을 하지 않는다. 만약 그랬다면 애초에 우리는 친구가 되지 않았을 거다. 될 수도 없었을 테고.

우리는 사진첩을 꺼내 살펴보기 시작했다. 귀여운 아기 사진이 아주아주 많았다. 그리고 나를 안고 있는 엄마와 나를 높이 들어 올리는 아빠의 모습이 담긴 사진들도 있었다. 내가 커 가면서는 여행 사진이 더 많아졌다. 말을 타는 모습이나 첫 발레 공연 때 찍은 사진도 있었다.

"와, 이것 좀 봐." 엠마가 외쳤다. "우리 둘이 처음 같이 찍은 사진이야. 내 아홉 살 생일 파티에서 찍은 거야. 기억나? 그때 담임이었던 쿡 선생님이 우리 둘을 좋아해서 모둠 활동 때마다 짝지어 준 덕에 친해졌잖아."

"행성에 관한 과제를 엄청 잘해서 냈었지. 아, 이거 봐. 아빠가 과제 사진도 찍어 두었어."

"별로 이상한 점은 없는데. 멜빵 같은 것도 없고 말이야."

"내가 멜빵을 입었던 게 기억나긴 해?"

"네가? 그럴 리가!"

"내 말이 그 말이야. 그런데 엄마랑 로나 아줌마 얘기를 들어 보면 그게 아닌 거 같더라고. 엄마랑 아줌마가 얼마나 당황하던지. 도대체 왜 사진첩을 숨겨야 한다는 걸까? 게다가 엄마가 사진 얘기를 할 때는 완전히 지어내는 거 같았어. 엄마가 거짓말하는 건 한 번도 본 적 없거든. 엄마도 생전 처음인 것 같더라. 얼굴이 새빨개지더라니까!"

"그럼 우리가 알아보면 어떨까?"

"그게 무슨 뜻이야?"

"그 사진첩을 우리가 찾아본다면?"

"엠마!"

71

"뭐, 부모님이 네게 사실을 털어놓지 않는다면 말이야. 너는 벌써 물어봤잖아. 어머니한테 정직하게 대답할 기회를 드린 거지. 근데 네 말을 들어 보니 그렇게 하지 않으신 것 같고. 결국 네가 직접 답을 알아내야 하는 거지. 어쨌든, 이건 네 일이니까."

"로나 아줌마가 사진을 넣어 둔 서랍을 잠글 거라고 했어." 나는 빠져나가려 애썼다.

"그렇지. 어머니가 열쇠를 어디 두시는데?"

"몰라."

"너희 엄마 방을 뒤져야겠네."

"절대 못 해. 어떻게 그래? 엄마가 알면 난 죽어. 엄마는 내 방을 뒤진 적이 없어. 절대 그럴 순 없어."

"너도 아줌마한테 한 번도 거짓말한 적 없잖아." 엠마가 지적했다. 그러고는 덧붙였다. "그 사실을 너희 부모님은 충분히 감사히 여기지 않지. 부모한테 절대 거짓말하지 않는 십 대라니. 너한테 메달이라도 줘야 할 판이라고."

"거짓말할 필요가 없는 거지!"

"지금까지는 그랬지."

이제는 정말로 혼란스러워지기 시작했다. 엠마 말도 일리는 있다. 나는 이미 정공법을 시도했다. 엄마한테 사진에 관해 물어봤으니까. 엄마 말이 사실이라면 굳이 사진을 숨길 이유가 뭐람? 엄마는 나한테 **결코** 거짓말한 적이 없는데, 이제 와서 왜 이러는 걸까? 뭐가 뭔지 알 수가 없다.

아빠가 가족실로 들어왔다. "영화 보고 있는 줄 알았는데."

"볼 거예요." 내가 말했다. "먼저 사진첩 좀 보고 있었어요."

그때 좋은 생각이 떠올랐다. 어쩌면 엄마가 아빠한테 아직 사진 얘기를 하지 않았을지도 모른다. 아빠한테 물어보면 제대로 답을 해 주겠지. 적어도 엄마가 한 말이 사실이라고 확인해 주거나. 거짓말 때문이 아니라 완전히 다른 이유로 엄마 얼굴이 새빨개진 걸 수도 있으니까. 너무 더웠을 수도 있고 말이다.

엄마 방에 숨어들자는 엠마의 생각은 전혀 마음에 들지 않는다.

내가 운을 뗐다. "아빠, 며칠 전 저녁에 사진첩을 들여다보다가 웬 성 앞에 서 있는 제 사진을 발견했어요. 그런데 성에 여행 갔던 게 하나도 기억이 안 나요." 성이 가짜 배경이라는 엄마의 대답은 일부러 언급하지 않았다.

아빠가 내 말을 되풀이했다. "네가 성 앞에 서 있단 말이지, 그래? 이런, 얘야. 나는……. 사진 속 네가 몇 살쯤으로 보였니?"

"모르겠어요. 열 살 정도인 것 같아요. 게다가 제가 멜빵바지를 입고 있는데, 그런 적은 한 번도 없거든요. 모든 사진첩을 통틀어 멜빵바지를 입은 사진은 그거 하나뿐이에요."

"네 말이 맞겠지, 얘야. 잘 모르겠구나. 정확히 기억이 안나. 어쩌면 영국 여행 때인지도 몰라."

"아빠, 제가 열 살 때 우린 그리스에 갔잖아요."

"그래, 그게 맞겠다. 그리스에는 고성이 많거든. 멜빵도 분명히 입었는데 네가 기억을 못 하는 걸 거야."

심장이 쿵 내려앉았다. 아빠와 엄마의 말이 다르다. 왜지?

내가 이어서 물었다. "그럼 엄마는 왜 그게 스튜디오 배경 앞에서 찍은 거라면서 곧바로 사진을 뺏어 간 걸까요?"

아빠가 멈칫하더니 나를 물끄러미 바라보았다. "미란다, 엄마가 이미 사진에 관해 말해 줬다면 왜 내게 다시 물었니?"

나는 대답하지 않았다.

"미란다!"

"엄마가 정말 사실을 말한 건지 알 수가 없으니까요." 내가 불쑥 대답했다.

"미란다! 우리가 언제 너한테 거짓말한 적 있니?"

엠마가 일어나 아빠 옆으로 지나갔다.

"마실 것 좀 더 가져와야겠어요." 당연히 사실이 아니었다. 여기 앉아서 이런 얘기를 듣는 게 편한 일은 아닐 테니까.

"네, 그런 적 없죠." 내가 시인했다. "하지만 이제 모든 일에 의뭉스럽게 대답하시잖아요. 불치병을 어떻게 기적처럼 고치겠다는 건지, 뭐 그런 거요. 아빠 말대로 엄마가 거짓말하실 리는 없지만, 제가 의심하게 된 데도 이유가 있어요. 얘기할 때 엄마 얼굴이 온통 새빨개지고, 말을 지어내는 것처럼 보였단 말이에요. 무엇보다, 제가 왜 기억을 못 하겠어요?" 나는 숨이 턱까지 차올라 마침내 말을 멈추었다.

아빠는 고개를 저었다. "애야, 우리 모두 스트레스를 너무 많이 받고 있어. 그래서 너도 있지도 않은 엄마의 반응을 읽어 낸 거야."

"그럼 아빠는 왜 그 사진을 어디서 찍었는지 기억하지 못하는 거죠?"

"미란다. 난 사진을 보지도 못했어. 예전 사진이기도 하고. 내가 반드시 기억해야 할 이유가 있니? 너도 마찬가지고 말이야." 아빠가 옆에 앉더니 내 손을 잡았다. "내 생각엔 네가 모든 걸 너무 확대 해석하는 것 같구나. 네 병이랑 수술이 너무 걱정돼서 별것도 아닌 사진에 신경을 쓰는 거야."

나는 참지 못하고 말을 이었다. "그렇게 별거 아니라면, 로나 아줌마는 왜 제가 보지 못하게 사진을 꼭꼭 숨겨 두려는 건데요?"

"뭐라고?" 얼굴이 창백해진 아빠가 잡고 있던 내 손을 툭 떨어뜨렸다.

"로나 아줌마가 엄마한테 얘기하는 거 엿들었어요." 나는 멈출 새도 없이 내뱉었다. "엄청 걱정하면서 그 사진이랑 다른 사진을 엄마 아빠 침실에 숨기고 잠가 놓을 거라고 했어요." 나는 아빠가 그럴듯한 대답을 해 주길 간절히 바라면서 숨을 참고 있다는 걸 깨달았다.

아빠는 한참 동안 바닥을 바라보았다. 그러더니 자리에서 일어섰다.

"가서 엄마를 데려오마. 이게 무슨 소린지 난 도통 모르겠으니 다 같이 얘기하는 게 낫겠다."

"엠마는 어쩌고요?"

"우리가 이야기하는 동안 네 방에서 텔레비전을 보고 있으면 되겠구나. 엠마는 별로 신경 쓰지 않을 것 같은데. 내가 가서 말할게."

거실을 나서는 아빠의 어깨가 축 처져 있었다. 갑자기 몹시 피곤해지기라도 한 것 같았다.

엠마는 화낼 게 뻔하다. 내심 우리 부모님 방을 살펴보기를 기대했을 테니까. 하지만 차마 그럴 수는 없다. 다 같이 대화하는 것, 그게 더 나은 방법이다. 아빠가 옳다. 부모님은 한 번도 내게 거짓말한 적이 없다. 분명 뭔가 합당한 설명이 있을 것이다.

7장

가만히 앉아서 엄마 아빠를 기다렸다. 두 분이 어떤 설명을 내놓으려나? 사진첩을 이리저리 넘겨 보았다. 나는 운이 좋았다. 아주아주 좋았다. 부모님이랑도 무척 잘 지냈고, 돈으로 살 수 있는 모든 혜택을 누렸다—좋은 옷, 여행, 사교육. 정말이지, 운이 참 좋았다. 지금까지는 말이다.

부모님은 한참 뒤에야 거실로 돌아왔다. 10분에서 15분은 지난 것 같았다. 다시 의심스러운 마음이 들었다—두 분이 말을 맞춘 건 아니겠지. 그게 아니면 왜 이렇게 오래 걸렸지?

"미안하구나, 얘야." 들어오자마자 엄마가 말했다. "샤워하고 있었거든." 엄마 머리카락이 아직 젖어 있었다.

너 진짜 피해망상 심하다, 나는 스스로에게 말했다. 그만해. 부모님 이야기를 좀 들어 봐. 분명 다 이유가 있을 거야.

"아빠 말로는 네가 엄마를 의심한다던데." 내가 운을 떼기를 기다리지도 않고 엄마가 말했다.

"엄마라면 안 그러시겠어요?" 내가 쏘아붙였다.

"그래, 맞아. 나라도 그러겠지." 엄마가 인정했다. "하지만 정말이지 미란다, 그렇게 흥분하면 안 돼. 건강에 나쁜 영향을 끼칠 거야."

"그럼 대체 무슨 일인지 그냥 말해 주면 되잖아요." 나는 화가 머리끝까지 나서 말했다.

"네가 들었다는 대화는, 글쎄, 그냥…… 엄마 아빠가 찍은 바보 같은 사진 얘기야……. 꼴불견인 사진이지……. 언젠가 우리가 우스꽝스러운 의상을 입고 광대 같은 짓을 한 적이 있거든……. 정말 별거 아니야. 부모가 자기네 바보 같은 모습까지 자식과 공유할 필요는 없잖아."

나는 엄마 아빠를 바라보았다. 두 분 다 꽤 당황한 눈치였다. 부모님이 정말 어린애 같은 행동을 했다면 그 모습을 내게 보여 주고 싶지 않을 법도 하다. 하지만 그러기에는 로나 아줌마와 엄마 목소리가 너무 심각했다. 게다가 아무리 사진이 바보 같아도 서랍에 숨기고 잠글 필요까지야 있나?

"그럼 왜 사진을 숨기려고 하셨어요?" 엄마를 주의 깊게 바라보며 내가 물었다.

이번에는 얼굴이 우스꽝스러운 색깔로 변하진 않았지만, 엄마는 대답하기 전에 크게 숨을 들이쉬었다.

"우리가 사는 세상이 얼마나 미쳐 돌아가는지 알잖아. 모두 아빠가 진중한 사업가라고 생각해. 네가 사진이 너무 웃긴 나머지 학교에 가져가기라도 해 봐. 예를 들어 제이슨이 자기 아버지한테 그런 사진을 보여 주면, CNN에 도배되는 건 시간문제겠지. 안 그래?"

"대체 사진에 뭐가 찍혀 있는데요?" 나는 그리 호락호락 넘어가지 않았다. "보여 주면 안 돼요?"

"그래, 네게 보여 주려고 몇 장 가져왔어."

엄마는 두꺼운 흰색 샤워 가운에 손을 넣어 사진을 몇 장 꺼냈다. 엄마는 클레오파트라, 아빠는 헤라클레스로 분장한 사진이었다.

"그냥 핼러윈 사진 같은데요." 내가 말했다. "이해가 안 돼요. 이게 뭐 어때서요?"

"아무 문제 없긴 하지." 엄마가 대답했다. "하지만 우리가 엉뚱한 짓을 하는 걸 전 세계가 알 필요는 없잖아. 이제 네가 말도 안 되는 결론을 내렸다는 걸 알겠어?"

"제가 멜빵바지를 입은 사진은요?"

"똑같아. 너도 그날 함께 의상을 차려입은 거야. 말했잖아!"

"하지만 아빠는 기억을 못 한다고요!" 내가 따졌다.

"잊어버렸어, 미미." 아빠가 말했다. "전부 잊어버렸단다. 그 주말에 다들 신이 나서 가게에서 구할 수 있는 의상이란 의상은 전부 입어 보고 사진을 찍었잖니. 영상도 찍고 연극이라도 하는 것처럼 놀았잖아. 기억 안 나니?"

나는 기억해 내려고 애썼다. 분명히 아주 재미있는 하루였을 텐데 어떻게 잊어버릴 수가 있지? 하지만 결국 나는 고개를 절레절레 흔들었다. "기억이 안 나요."

"곧 기억날 거야." 아빠가 나를 안심시켰다. "어떤 건 기억하고 어떤 건 잊어버리는 게 뇌의 재밌는 점이지. 곧 생각이 날 거야. 어쩌면 안 날 수도 있지만, 그래도 괜찮아."

"다른 사진도 봐도 돼요?"

"다음에." 엄마가 말했다. "시간이 늦었잖아."

나는 엄마가 건네준 사진을 살펴보았다. 정확히 짚어 낼수는 없지만 뭔가 이상했다. "하나 가져도 돼요?"

"그렇게 해. 이제 방으로 돌아가렴. 늦었잖니. 우리도 피곤하구나." 엄마가 말하고 고개를 내저었다. "그리고 걱정은 그만해. 의미 없는 일이야. 이상한 일 같은 건 없어." 엄마는 허리를 굽혀 내게 키스해 주었다. 아빠도 그렇게 했다.

나는 사진을 들고 방으로 향했다.

어쩌면 종양이 내가 인정하고 싶은 것보다 더 큰 영향을 미치고 있는지도 모른다. 그런 생각을 하자 몸이 부르르 떨렸다. 부모님의 설명은 충분히 합리적이다. 무엇보다 두 분이 내게 거짓말을 할 리 없다. 그러니 무턱대고 의심하는 걸 멈추고 엠마가 더는 나를 부추기지 못하도록 해야 한다.

방에 들어서자 눈을 부릅뜨고 침대에 앉아 있는 엠마가 보였다. 엠마는 곧바로 나를 붙잡더니 문을 쾅 닫았다.

"할 말이 있는데⋯⋯." 엠마가 끽끽대는 목소리로 말했다.

내가 엠마의 말을 막았다. "엠마, 엄마 아빠가 충분히 설명해 줬어. 좀 어이없긴 하지만 사실일 거야. 그런 걸 뭐 하러 지어내겠어?"

"뭐라고 하셨는데?"

내가 설명하며 사진을 보여 주자, 엠마가 사진을 뚫어지게 바라보았다. "뭔가 이상해." 엠마가 웅얼거렸다. "이게 아줌마 머리야?"

나는 사진을 자세히 들여다보았다. 안 그래도 뭔가 이상하다고 생각하고 있었다. 바로 그때 이상한 점이 눈에 들어왔다. "엄마 머리가 짧네. 내가 아는 한 늘 길었는데. 내가 아기 때부터 찍은 사진을 봐도 전부 긴 머리거든."

"가발인가 봐." 엠마가 말했다.

"그래, 그렇겠네!" 내가 소리쳤다. "뭐, 별거 아니었네. 엄청 진짜 같긴 하다."

엠마가 침대 쪽으로 다가가 사진첩에서 사진 하나를 꺼냈다. "이건 설명하기 쉽지 않을걸."

"그게 뭔데?"

"직접 봐."

나는 사진을 들여다보았다. 지금보다 어린 모습의 내가 학교 앞에 서 있는 사진이었다. 교문에는 매디슨 초등학교라고 적혀 있었다.

매디슨이라고?

"난 라호이아 초등학교를 졸업하고 주니퍼 중학교에 갔는데. 그리고 지금은 데저트 고등학교에 다니고……." 나는 거기까지 말하고 엠마를 바라보았다. "이거 어디서 찾았어?"

"아저씨가 아줌마를 찾으러 오는 소리를 들었어. 한참 동안 두 분이 미친 듯이 얘기를 하더라고. 잘 들리지는 않았지만. 두 분이 침실에서 나오길래 난 뭘 하고 있으면 되냐고 물어보려고 복도로 나갔어. 너랑 얘기는 끝났는지도 궁금했고. 아저씨가 텔레비전을 보고 있으라고 하고는 너에게 갔고, 좀 있으니까 목이 마르더라고. 아까 목마르다고 한 건 너랑 아저씨가 얘기하는 동안 자리를 피하려고 그런 거였거든. 그래서 다시 복도로 나갔는데 두 분 방문이 열려 있었어. 슬쩍 들여다봤는데 이 사진첩이 침대에 펼쳐져 있는 거야."

"설마 들어간 건 아니겠지?"

"참을 수가 없었어! 이게 로나 아줌마가 말한 비밀 사진첩 중 하나가 아닌가 궁금했단 말이야. 열쇠를 찾을 필요도 없었다고. 그래서 살짝 들어가서 앨범을 후다닥 훑어봤지. 다네 사진인데, 친구들도 다르고 우리가 사는 지역에서 찍은 것도 아니야. 눈이 오는 사진도 있거든."

"눈이라고?"

"그래, 눈."

나는 고개를 흔들며 침대에 주저앉아 사진을 물끄러미 바라보았다.

"이게 무슨 뜻인 거 같아?" 내가 물었다.

"네 생각은 어떤데?"

"글쎄." 내가 천천히 대답했다. "어쩌면 내가 아픈 게 이번이 처음이 아닌지도 모르지. 예전에도 아픈 적이 있을지 몰라. 너무 아파서 기억을 일부 잃었을 수도 있어. 그런 일도 있다고 들었거든. 기억 상실증 말이야. 기억 상실증 환자한 테 기억해 내라고 강요하면 안 되니까 부모님이 거짓말을 하는 걸 수도 있잖아. 〈선데이 나이트 무비〉에서 본 적 있어. 아니면 지금 뇌 속 종양이 특정 부분을 자극해서 기억이 일 부 사라진 건지도 몰라. 부모님은 내가 동요하지 않게 숨기 는 거고.”

“그래.” 눈에 띄게 풀이 죽은 엠마가 말했다. “그럴지도 모 르지……."

당연히 **끔찍한** 생각이었다―뇌가 천천히 망가지는 증상 이 그런 식으로 나타나다니.

사진을 물끄러미 보는데 갑자기 초점이 나갔다. “엠마!” 내가 엠마의 팔을 붙잡으며 외쳤다. “내 눈이 또 흐려졌어.”

“가서 아줌마 아저씨를 불러올게.” 엠마가 말하고 벌떡 일 어섰다. 그러곤 문을 박차고 나갔다가 서둘러 돌아와 우리 가 살펴보던 사진을 첫 번째 서랍에 넣었다. “이걸 해결할 시 간은 많아. 지금은 낫는 데만 집중해. 부모님한테는 아무 얘 기도 하지 마.” 그리고 엠마는 방을 뛰쳐나갔다.

아무 말도 하지 말라고? 그럼 달리 어쩌겠어? 사진은 까맣 게 잊은 지 오래였다. 나는 공포에 질렸다. 실명―인터넷에 그렇게 나와 있었다. 아침이 밝기 전에 눈이 멀게 될까? 그렇다면 이 모든 걸 따져 묻는 게 무슨 소용이 있을까? 엄마 아빠는 어쨌든 나를 살릴 방법을 찾아냈다. 그러니 무슨 일을 꾸미는 거냐고 묻는 대신 감사해야 마땅하다.

엄마가 서둘러 방으로 들어왔고, 엠마가 그 뒤를 따랐다. "미라, 이리 오렴, 애야. 멀린 박사님이 당장 보자고 하셔."

"지금요?"

"지금. 주말 동안 클리닉에 입원하고 월요일에 수술할 거야. 자, 옷 입는 거 도와줄게."

"무서워요." 내가 속삭였다.

"그럴 필요 없어, 우리 딸. 아무 일도 없을 거라고 엄마가 약속했잖아. 그렇지?"

"엠마는요?"

"아빠가 집에 데려다주신대. 그런 다음 아빠도 클리닉으로 올 거야."

엠마가 서둘러 욕실로 가서 옷을 갈아입었다. 엄마는 내가 옷을 갈아입는 걸 도와주었다.

"미란다 문병 가도 돼요, 아줌마?" 엠마가 가방을 챙기며 물었다.

"두고 보자꾸나, 엠마. 미란다가 휴대폰을 챙겨 갈 거야. 내일 일어나자마자 꼭 너한테 전화하라고 할게."

엠마가 다가와 나를 와락 끌어안았다. 할 말을 찾고 있는 게 느껴졌다. 하지만 엠마의 모습이 제대로 보이지 않았다.

"힘내." 엠마가 진심을 가득 담아 말했다.

"고마워." 나는 엠마를 힘껏 껴안았다.

아빠가 들어와 나를 품에 안았다. "괜찮을 거야, 미미. 좀 이따 보자. 멀린 박사님은 아무 걱정도 안 하셔. 이런 일이 있을 거라고 예상하셨대. 준비됐니, 엠마?"

"네."

"그럼 이제 가자."

엄마가 내 짐을 마저 싸고 나가는 길에 휴대폰을 챙겼냐고 물었다.

나는 다시 한번 확인했다. 내가 듣는 음악이 전부 거기 들어 있어서 절대 빠뜨리면 안 된다.

"네 전자책 리더기도 챙겼어." 엄마가 말했다. "심심하지 않게."

지금은 단 한 글자도 읽을 수 없긴 하지만.

그리고 우리는 집을 떠나 클리닉으로 향했다.

8장

차를 타고 클리닉으로 가는 길은 외롭고 삭막했다. 텅 빈 거나 다름없는 도로는 어두웠다. 이따금 다른 자동차의 전 조등 불빛이 우리를 스쳤지만 내게는 어둠 속에서 불쑥 나 타났다가 사라지는 흰색 빛무리처럼 뿌옇게만 보였다. 자동 차 안에는 사람들이 — 파티에 가거나 영화를 보고 집으로 돌아가는 건강한 사람들이 타고 있을 테다. 사람들은 각자 의 삶을 살아갈 거다. 나와는 달리.

모두에게서, 모든 것으로부터 완전히 단절된 기분이다. 나 는 죽는다는 게 뭘지 고민하기 시작했다. 아플까? 끔찍하게 무서울까? 죽음 뒤에 뭔가 있을까? 아니면 의식이 없는 상태처럼 아무것도 없는 어둠뿐일까? 견디기 힘든 무거운 침묵을 깨려고 라디오를 켰다. 그리고 마침내, 우리는 클리닉 문 앞에 도착했다.

이가 샛노란 간호사가 밖에서 기다리고 있었다. 간호사와 엄마가 각각 내 양팔을 부축해 복도를 따라가도록 도왔다. 진료실 대신 침실 같은 방으로 안내되었는데, 시야가 흐릿해 자세히 볼 수는 없었다. 침대와 그 옆에 놓인 테이블, 욕실로 이어지는 듯한 문 하나를 구별해 낼 수 있을 뿐이었다.

"아늑하네요." 엄마가 말했다. "뭐가 좀 보이니, 미라?"

"보이긴 하는데 안개가 가득한 것 같아요."

"눈은 괜찮아질 거예요." 상상했던 것보다 훨씬 듣기 좋은 목소리로 간호사가 말했다. "이제 짐 풀게요. 혹시 잊었을까 봐 말하는데 제 이름은 진이에요."

진과 엄마는 내가 잠옷으로 갈아입고 침대에 눕는 걸 도와주었다. 진이 베개를 두드리더니 그가 필요할 경우 눌러야 할 버튼 위치를 알려 주었다. "미란다가 잠들 수 있도록 약을 줄게요." 진이 엄마에게 말했다. "좀 쉬어야 해요."

"저기요!" 내가 말했다. "저 여기 있잖아요. 저한테 말씀하세요."

"미란다!" 평소답지 않게 불손한 내 모습에 놀란 엄마가 소리쳤다. 지금 예의 바른 태도가 문제가 아니라는 걸 모르시나?

"미란다가 잠들 때까지 제가 옆에 있을게요." 엄마가 진에게 말하는 사이 진이 내 한 손에 알약을 올려놓고 다른 손에는 물컵을 쥐여 주었다. 나는 아무것도 묻지 않고 약을 삼켰다. 앞으로 벌어질지 모르는 온갖 끔찍한 일을 상상하며 뜬 눈으로 밤을 지새우고 싶지 않았다. 베개를 베고 누워 눈을 감았다. 뿌연 눈으로 뭔가를 보려고 애쓰는 것보다는 눈을 감는 게 나을 것 같았다.

"아침 일찍 아빠랑 같이 올게."

엄마가 말했다. 내가 마지막으로 기억하는 장면이다.

*

눈을 뜨자 사방이 고요했다. 은은하게 불이 켜져 있었다. 다시 앞이 선명히 보였다. 어쩌면 아직 꿈속인지도 모른다. 나는 몸을 일으켜 주위를 둘러보았다. 방은 작은 노란색 꽃무늬가 새겨진 파란 벽지로 덮여 있었다. 예쁜 벽지였다. 구석에는 거울이 달린 화장대가 있고, 침대는 방 한가운데 놓여 있었다. 베갯잇은 밝은 노란색, 이불은 짙은 파란색이었다. 침대 옆 탁자에는 신선한 꽃이 담긴 꽃병이 놓여 있었다. 장미와 프리지아, 백합이 달콤한 향기를 뿜어냈다. 나는 버튼을 눌렀다. 다시 눈이 보인다고 간호사에게 알려야 한다.

침대에 누워 기다렸지만, 간호사는 오지 않았다. 다시 한 번 버튼을 눌러도 마찬가지였다. 몇 시지? 휴대폰을 확인하니 새벽 3시 11분이다. 나는 침대에서 나와 옅은 파란색 타일이 깔린 바닥에 가지런히 놓인 실내화를 신었다. 그러고는 방문을 열고 복도를 살폈다. 아무도 없었다. 누가 있는지 보려고 천천히 복도를 지나며 방문을 하나하나 열어 봤지만, 모든 문이 잠겨 있었다. 환자가 나뿐인 건지 궁금했다. 아빠가 이 클리닉에서는 주로 연구를 한다고 했던가?

복도 끝 막다른 벽에 다다르자 마치 문처럼 벌어진 틈이 보였다. 이상했다. 그때 누군가 우는 소리가 들렸다. 나는 그 자리에서 얼어붙었다. 어린 여자아이 같았고, 그게 누구든 간에 이 벽 바로 뒤에 있는 게 분명했다. 다들 어딜 간 거야? 왜 아무도 와서 도와주지 않는 거냐고? 망설이며 벽을 밀자 쉽게 뒤로 미끄러져 열렸다. 그 너머에 있는 널찍한 공간에는 희미한 불만 켜져 있었지만, 안쪽을 살펴보기에는 충분했다. 처음에는 내가 대체 뭘 보고 있는 건지 알 수가 없었다. 모든 게 너무 기이했다.

방의 왼쪽 면은 장난감과 작은 암벽, 운동 기구, 커다란 의자 여럿, 책꽂이가 놓여 놀이방처럼 꾸며져 있었다. 다른 쪽은 작은 부엌이었다. 가운데가 일종의 침실이었는데, 그래봤자 침대와 탁자가 하나씩 놓여 있을 뿐이었다. 침실이 다른 공간과 전혀 분리되지 않아서 몹시 어색하게 느껴졌다. 게다가 침대에는 누군가 있었는데, 울음소리의 주인공이 틀림없었다.

나는 조심스레 다가가 큼큼 헛기침을 했다.

"괜찮아? 도와줄 사람을 찾아보려고 했는데……."

침대 속 누군가가 내 목소리를 듣더니 갑자기 울음을 뚝 그쳤다. 그러고는 뒤집어쓰고 있던 이불을 집어 던지고 내 쪽으로 몸을 돌렸다. 갑자기 시간이 멈춘 것 같았다. 눈앞에 있는 열 살 정도의 여자아이는 긴 금발에 푸른 눈, 높은 이마를 가졌고 볼에는 작은 여드름이 나 있었다……. 내가 보고 있는 건 열 살 때 나를 빼다 박은 모습이었다. 그 애는 아무 말도 없이 나를 바라보았다. 천천히, 아주 천천히 나는 꿈이 아니라는 걸 깨달았다. 그리고 더 가까이 걸어가 손을 뻗어 그 애를 만졌다. 그 애는 내 손에 감전되기라도 한 듯 뒤로 펄쩍 물러났다.

"넌 누구야?" 내가 간신히 목소리를 내어 물었다.

그 애는 접시만큼 크게 벌어진 눈으로 나를 뚫어지게 바라보았다. 그 애가 숨을 몰아쉬었다. 그러더니 내 손을 붙들고 손에 입을 맞추기 시작했다.

"내가 널 낫게 해 줄게." 그 애가 눈을 반짝이며 말했다. "고마워. 고마워. 정말 고마워."

"무슨 말을 하는 거야?" 내가 물었다.

"세상에나!" 진이 뛰어 들어왔다. "여긴 어떻게 들어온 거예요? 세상에. 이리 와요, 미란다. 침대로 돌아가야 해요. 어서." 진이 나를 붙잡아 방 밖으로 끌어냈다. 나는 고개를 돌려 감정이 북받쳐 떨고 있는 아이를 어깨 너머로 바라보았다.

"쟤 누구예요? 당장 알아야겠어요! 엄마한테 전화해 주세요."

"그럴게요, 미란다. 걱정하지 말아요. 전화할게요. 일단 침대로 돌아가요."

"선생님을 찾으려고 버튼을 눌렀잖아요." 내가 날카롭게 말했다. "왜 안 오신 거예요?"

"수신기 배터리가 떨어진 걸 몰랐어요. 호출을 못 들었어요. 미란다 상태를 확인하러 가서야……."

방에 도착하자 진은 나를 침대로 밀어 넣었다.

"엄마한테 전화할 거예요."

"그럼요. 그렇게 해요. 멀린 박사님을 불러올게요."

엄마가 졸린 목소리로 전화를 받았다. "여보세요?"

"엄마! 이리 오셔야 해요. 여기 여자애가 있어요. 저랑 완전히 똑같이 생겼어요. 대체 무슨 일이 일어나고 있는 거예요? 제 동생이에요? 걔도 아파요?" 그때 한 가지 생각이 번뜩 머리를 스쳤다. "걔가 혹시 멜빵바지 입은 애예요?"

"세상에." 엄마가 중얼거렸다. "앨런, 일어나." 엄마가 아빠를 깨우는 소리가 들렸다. "일어나. 미란다야. 미란다가 텐을 찾았어."

"뭐라고?" 아빠의 목소리도 들렸다.

바로 그때, 멀린 박사가 부산스럽게 방으로 들어왔다.

"오, 미란다. 꿈이라는 게 참 재밌지 않니? 얼마나 진짜 같은지 말이야." 그러고는 등 뒤에서 주사기를 꺼내 알코올 솜으로 내 팔을 문지르고 주사기를 찔러 넣었다!

"뭐 하는 거예요?" 내가 외쳤다. 휴대폰이 손에서 떨어졌다.

*

"미란다? 미란다?"

눈을 떴다. 다시 눈앞이 뿌옜지만 처음 잠들기 전보다는 나왔다. 멀린 박사가 꽤 또렷하게 보였다. 나를 보며 미소 짓는 박사 뒤로 엄마가 보였다.

나는 침대에서 벌떡 일어나 갈피를 잡지 못한 채 주위를 둘러보았다. 아직 밤인가? 방에 창문이 없어서 알 도리가 없었다. 휴대폰을 확인해 보니 오전 8시 17분이다.

"왜 그러셨어요?" 내가 멀린 박사에게 따졌다.

"무슨 말이니, 미란다?" 멀린 박사가 무슨 말인지 모르겠다는 듯 되물었다.

"주사를 놓으셨잖아요! 여기서 지금 무슨 일이 일어나고 있는 건지 알아야겠다고요! 그 여자애는 누구예요?"

"미란다, 난 지금 널 처음 보러 온 거야."

"어젯밤에 여기 계셨잖아요." 나는 내 주장을 굽히지 않았다. "제가 그 여자애—열 살 때 저랑 똑같은 애를 발견하자 저한테 주사를 놓으셨잖아요." 나는 엄마를 바라보았다. "엄마한테 전화도 했잖아요. 사실인 거 아시잖아요."

"전화 안 했어, 미란다." 엄마가 부드럽게 말했다.

나는 휴대폰을 들었다. "했어요. 증명할 수도 있어요."

하지만 '최근 통화' 목록을 확인해 봐도 한밤중에 엄마한테 전화했다는 기록은 없었다.

"말도 안 돼요." 내가 따졌다.

"네가 잠들기 전에 준 약 때문일 거야, 미란다." 멀린 박사가 말했다. "너무 깊게 잠들면 꿈이 아주 생생하기 마련이거든. 흔한 일이란다. 무슨 꿈을 꿨길래 그러니?"

"꿈이 아니라고요! 아니에요! 그 애를 봤다고요! 그 방을 보여 드릴 수도 있어요."

엄마가 멀린 박사를 바라보았다.

"네가 본 걸 확인하고 싶다면 그렇게 하렴." 멀린 박사가 고개를 끄덕이며 말했다. "우선 네 상태를 먼저 확인해 보자. 그러고 나면 엄마랑 클리닉 전체를 둘러봐도 된단다."

박사는 펜라이트로 내 눈을 살피고, 피를 뽑고, 손가락 세 개를 펴고는 몇 개로 보이냐고 묻고, 눈으로 자기를 좇아 보라고 하며 비슷한 검사를 이어 갔다. 마침내 검사가 끝났을 때 박사는 만족스럽게 손바닥을 비벼 댔다.

"훌륭해, 훌륭해." 박사가 말했다. "미란다, 남은 주말에는 푹 쉬면서 수술 준비를 해야 해. 새로운 간을 이식할 거야. 넌 무척 운이 좋아. 신장과 폐 그리고 눈에 있는 종양은 새로운 유전자 치료법으로 틀림없이 줄어들 거야. 간에 있는 종양도 그렇게 치료할 수 있긴 하지만, 이미 기능이 저하되기 시작해서 효과를 확신할 수 없거든. 그래서 이식을 하는 거지. 수술한 다음 회복되면 유전자 치료를 시작할 거고, 그럼 곧바로 새 몸이나 다름없는 상태로 학교에 돌아갈 수 있을 거야."

멀린 박사는 웃는 이모티콘처럼 싱글거리며 방을 나갔다.

"이리 와 보세요, 엄마." 내가 재촉했다. "직접 보셔야 해요."

엄마가 나를 따라 방을 나섰다. 기다란 복도는 낮에 보니 다른 장소 같았다. 복도 끝에 문은 없었다. 오직 벽뿐이었다. 나는 뒤돌아서서 내 방을 바라보았다. 눈앞이 여전히 뿌옜지만, 푸른색 벽지를 알아볼 수 있었다. 구석에는 화장대 대신 커다란 의자가 놓여 있었다.

"방 벽지에 꽃무늬가 있나요?" 내가 물었다.

"아니, 없는데." 엄마가 대답했다.

"노란 꽃 없어요?"

"없어."

복도를 가로질러 문 하나를 열어 보았다. 작은 사무실이 보였다. 나는 어리둥절해 주위를 둘러보았다.

"이해가 안 돼요." 내가 작은 목소리로 말했다.

엄마가 내 어깨에 팔을 두르고 말했다. "꿈 얘기를 해 봐. 무서웠니?"

"네!" 내가 외쳤다.

"악몽을 꾼 거야."

나는 천천히 걸어 방으로 돌아왔다. "그랬나 봐요. 하지만 너무 생생했어요."

"그런 꿈이 제일 무섭지. 이리 와, 침대로 들어가자. 아침을 든든히 먹어야 해. 먹으면서 자세히 얘기해 주렴."

나는 마지막으로 한 번 더 주위를 살피고 고개를 저었다. 문득 사진을 발견했던 일과 내가 엠마와 계획했던 일이 떠올랐다. 어쩌면 꿈도 그 일 때문인지 모른다.

"엄마, 종양이 뇌에도 영향을 미칠 수 있어요? 그래서 멜빵바지나 다른 걸 기억하지 못하는 걸까요?"

엄마는 무척 슬퍼 보였다. "그럴지도 몰라, 우리 딸. 하지만 걱정하지 마. 일시적인 현상이니까. 멀린 박사님이 뇌가 영구적으로 손상되는 일은 없을 거라고 확실히 말했어."

"어제 꾼 꿈은 잊어도 상관없어요."

"알아, 우리 딸. 이리 와. 침대로 가자."

9장

～～～～～～～～～～～～～～～～～～～～～～～～～～～

지난밤 진이 준 알약 때문에 아직도 멍한 상태라 별로 배가 고프지 않았다. 그래서 오렌지 주스를 조금 마시고 전자책 리더기에 다운받아 온 오디오북을 듣다가, 다시 곯아떨어졌다. 눈을 떴을 땐 엄마가 보이지 않았다. 하루에 수백 잔씩 마시는 커피를 또 한 잔 마시러 갔겠지. 탁자에서 휴대폰을 집어─아직 오전 10시다─엠마에게 전화를 걸었다.

"안녕."

"미란다! 너 괜찮아?"

"응, 그런 거 같아. 아침이 되니까 눈이 좀 나아졌어. 근데 어제 진짜 이상한 꿈을 꿨어."

나는 엠마에게 무슨 일이 있었는지 전부 털어놓고 꿈이 얼마나 생생했는지도 얘기해 주었다. 이야기를 다 들은 엠마는 아무 말이 없었다. "웃기지, 안 그래? 이것도 우리가 계속 얘기했던 그런 건가 봐. 왜 있잖아, 멜빵바지 입은 사진. 엄마는 종양 때문에 기억에 이상이 생긴 거 같대." 엠마는 여전히 조용했다.

"엠마?"

"응."

"무슨 생각 해?"

"아무 말 안 하는 게 나을 거 같아. 넌 벌써 겪을 만큼 겪었잖아."

"말해."

"말해도 될지 모르겠어."

"엠마!"

"좋아, 들어 봐. 우리는 아홉 살 때부터 제일 친한 친구였잖아, 맞지?"

"그렇지."

"너는 나한테 온갖 얘기를 다 했어, 그렇지?"

"맞아."

"그런데 주말에 부모님이랑 웃긴 의상을 입고 놀았다는

애기는 한 번도 한 적이 없어. 게다가 우리는 항상 주말을 함께 보냈잖아."

"글쎄." 내가 대답했다. "딱 한 번 잊어버리고 말을 안 했을 수도 있지."

"좀 이상하지 않아?"

"뭐가?"

"네가 잊어버리고 나한테 말하지 않은 유일한 사건이 참 편리하게도 그 모든 사진을 설명하고 있다는 게."

이번엔 내가 할 말을 잃었다.

"미란다?"

"응."

"너 무슨 생각 해?"

"네 말이 맞아. 확실히 이상해."

"그리고 어젯밤 일도 말이야." 엠마가 말을 이었다. "꿈꾼 게 아니면 어떡해. 그럼 그거야말로 사진에 대한 설명이 될 수 있어. 어쩌면 너한테 여동생이 있는데 잘은 모르겠지만, 걔가 정신적으로 아파서 클리닉에 가두고 있는 건지도 모르지. 네 애기를 들어 보니까 꽤 불안정한 상태인 것 같던데."

"그것도 말이 되네." 내가 생각에 잠겨 대답했다. "그래도 다른 사진에서 엄마 머리 모양이 달랐던 건 설명이 안 돼. 네 말대로 가발을 쓴 게 아니라면."

나는 말을 멈추고 골똘히 생각에 잠겼다.

"왜 그래?" 엠마가 물었다.

"문제는 우리 둘이 쌍둥이처럼 보인다는 거야. 자매가 아니라. 걔는 나랑 **똑같이** 생겼어."

"뭐, 자매일 수도 있지. 트레이시 린드랑 그 동생을 떠올려 봐. 둘이 거의 똑같이 생겼잖아. 쌍둥이처럼. 하지만 둘은 한 살 차이가 나거든."

"하긴 그래."

"그 애를 다시 찾을 수 있을지 알아봐."

"말했잖아. 그건 **꿈**일 수밖에 없어. 복도도 다르고, 내 방도 다르고…… 아."

"아?"

"만약에……? 아니, 엠마. 이건 정말 멍청한 생각이야. 엄마 말이 맞나 봐. 종양 때문에 뇌가 망가지고 있는 거야."

"그냥 말해 봐." 엠마가 재촉했다. "비웃지 않을게."

"내가 정신을 잃은 사이에 방을 바꿔치기했다면? 약에 취했을 때 말이야. 복도가 다른 것도 내 방이 바뀌어서 그런 거지."

"헉!"

"그래. 헉이야."

"가능한 일이야." 엠마가 동의했다. "알아볼 방법은 하나뿐이네."

"말도 꺼내지 마."

"클리닉을 살펴보는 거."

"멀린 박사가 벌써 그래도 된다고 했어. 아무것도 숨길 게 없는 거지."

"오늘 밤, 모두가 잠들었을 때. 약은 먹는 척해. 왜 알잖아, 영화에서처럼. 혀 밑에 약을 넣고 침을 삼켜. 그리고 모험을 떠나는 거지."

"혼자서는 안 돼. 난 못 해."

"그럼 날 초대해."

"어떻게?"

"날 불러서 자고 가라고 하면 안 되냐고 아줌마한테 물어봐. 엄청 중요한 일인 것처럼 굴어."

"네 방도 없는데."

"간이침대 같은 거라도 찾을 수 있겠지. 해 보자. 사설 클리닉이잖아. 공공 병원에서도 가족들이 환자 옆에서 밤을 보낼 수 있게 해 준다고."

"그건 가족이잖아."

"뭐, 나도 네 가족이나 마찬가지잖아. 시도라도 해 봐. 밑져야 본전이잖아. 안 된다고 하면 너 혼자 하는 수밖에."

"엄마를 한번 설득해 볼게."

"좋아. 이따 다시 얘기하자."

"그래. 안녕."

"안녕."

엠마 말이 옳을까? 몰래 방을 바꾸는 게 가능한 일일까?

엄마가 커피를 홀짝이며 돌아오자—그럴 줄 알았지!—나는 클리닉을 한 바퀴 돌아보자고 부탁했다.

"물론이지, 우리 딸. 눈은 좀 어때?"

"그러고 보니 괜찮아졌어요."

엠마랑 열띤 토론을 하느라 알아차리지 못했는데, 눈 상태가 훨씬 나아져 있었다. 이제 조금 흐릿할 뿐이다.

실내화를 신고 실내 가운을 입은 뒤 엄마와 함께 클리닉을 둘러보기 시작했다. 내 방은 사무실과 검사실이 늘어선 1층에 있었다. 잠긴 문 한두 개는 아마 실험실일 거라고 엄마가 말했다. 2층에도 잘 꾸며진 침실과 실험실이 몇 개 있었는데, 일부는 잠겨 있었다. 3층은 통제 구역이었다.

"왜요?" 내가 물었다.

"실험 같은 중요한 일을 하는 곳이거든."

어젯밤에 왔던 데가 3층은 아닐까, 나는 속으로 생각했다. 하지만 그럴 리는 없었다. 계단을 오른 기억이 없으니 3층에 간 적도 없을 터였다. 내내 1층에 있었던 게 분명하다.

"오늘 밤에 엠마 불러도 돼요?" 내가 물었다.

"글쎄…… 잘 모르겠구나."

"왜 안 되는데요?" 내 목소리가 높아졌다.

"안 된다고는 안 했잖니. 생각 중이었어."

"자고 갈 수도 있잖아요. 간이침대를 마련해서요." 엄마가 반대하기 전에 내가 말을 이었다. "아시잖아요. 아플 때일수록 정신 건강이 중요하다는 거요. 지난달 치과에서 진료 기다리다가 그런 내용을 읽었거든요."

엄마가 항복한다는 듯 양손을 들었다. "네 말이 맞아, 미란다. 친구가 오면 너한테도 좋겠지. 그래도 자고 가는 건 안 돼. 클리닉에서 절대 허락 안 할 거야."

"아, 엄마!"

"안 돼! 대신 이러면 어때? 아빠한테 엠마를 저녁 식사 전에 데려오라고 할게. 너희가 좋아하는 음식을 배달시켜 먹으렴."

더 따져 봐야 아무 소용이 없을 게 뻔했다. 엠마가 클리닉에 오는 것만으로도 충분히 기대됐다. 방으로 돌아오자마자 나는 엠마에게 전화를 걸어 기쁜 소식을 전했다.

엠마를 기다리는 동안 침대에서 오디오북을 들었다. 갑자기 초능력을 갖게 된 여자아이에 관한 아주 흥미진진한 이야기였다.

아빠가 엠마를 병원에 내려 주고 내가 가장 좋아하는 멕시칸 음식점에 음식을 포장하러 갔다. 엠마가 가장 좋아하는 식당이기도 하다. 음식을 전해 준 아빠는 엄마와 함께 저녁을 먹으러 나가고, 엠마와 나는 진이 차려 준 작은 상에서 저녁을 먹었다. 낮 동안 눈 상태도 꽤 좋아져 이제 거의 멀쩡했다.

"그래서? 내가 자고 가도 된다는 거지?" 엠마가 질문보다는 선언처럼 들리는 말투로 물었다.

"절대 안 된대." 내가 우물거리며 대답했다. "그래도 어쨌든 오긴 왔잖아. 가서 둘러보자. 뭔가를 발견할 수도 있으니까."

엠마가 마지막 남은 타코를 입에 털어 넣고 나를 따라나섰다.

우리는 방을 나왔고 나는 엄마가 낮에 보여 준 곳들로 엠마를 안내했다. 복도에서 침구를 갈러 내 방으로 가던 진을 마주치기도 했다. 우리는 서둘러 복도 맨 끝까지 걸어갔다.

"여기가 거기야." 내가 말했다.

"그럼 네가 원래 있던 방은 어딜까? 노란 꽃무늬 벽지가 있는 방 말이야."

"네 말이 맞아. 그 방부터 찾아봐야겠다. 방마다 전부 열어 보자."

우리는 방문을 하나하나 열고 안을 살폈다. 한두 군데 잠 겨 있어서 다 열어 보지는 못했지만, 그 외에는 아무 문제도 없어 보였다. 우리는 실망해서 터덜터덜 방으로 돌아왔다.

"어쩌면 정말로 병 때문에 기억에 문제가 생겼나 봐." 내가 한숨을 내쉬었다. "내 말은 우리가 함께 보내지 않은 주말도 있긴 있잖아, 엠마. 엄마 말이 약간 이상하긴 하지만 말도 안 되는 설명이라고 확신할 수도 없고."

엠마가 어깨를 으쓱했다. "그럴지도 모르지. 어른이 하는 말이라면 전부 의심하는 버릇이 생겼나 봐. 우리 엄마 아빠 는 매번 '나를 위해서'라면서 진실을 얼버무린단 말이야." 엠 마가 말을 이었다. "게다가 어쨌든 잠긴 문도 있었잖아. 그러 니까 그 방이 있는지 없는지는 모르는 거지."

아빠가 엠마를 집에 데려다주려고 방으로 왔다. 나는 알 약을 받아 들고 더는 기분 나쁜 꿈을 꾸지 않기를 기도하며 잠에 빠져들었다. 다행히 기도가 이루어진 모양이다. 눈을 떴더니 낮 근무를 서는 간호사 모나가 보였으니까. 눈은 완전히 말짱해져 있었다. 모나는 내게 씻으라고 말하고 아침 식사를 가지러 갔다. 휴대폰을 확인하니 오전 6시 15분이다.

간단히 샤워를 마치고 나왔는데도 모나가 보이지 않아서 복도를 내다보았다. 사방이 고요했다. 그때 복도 끝 방문이 열리더니 멀린 박사가 부산스럽게 밖으로 나왔다. 나는 그 방이 어젯밤에는 잠겨 있었다는 걸 알아차렸다. 그러자 여자애가 바로 저 방에 있는 건 아닐까 하는 생각이 들었다. 그애가 내 꿈 바깥 세상에 진짜로 존재한다면 말이다. 잠시 주위를 둘러보았다. 멀린 박사는 그 반대편 방으로 들어가더니 문을 닫았다. 나는 재빨리 복도를 지났다.

멀린 박사가 나온 방은 사무실이었는데, 방금 강도라도 들이닥친 듯한 모습이었다. 종이가 여기저기 흩뿌려져 있고, 서류로 가득 찬 상자가 켜켜이 쌓여 있고, 서류 보관함은 차고 넘쳐서 닫히지도 않았다. 나는 초조하게 반대편 문을 바라보았다. 문은 여전히 닫혀 있었다. 나는 게걸음으로 사무실에 들어가 멀린 박사의 책상으로 향했다. 왜 그랬는지는 모르겠다. 멀린 박사가 그 여자애를 꽉 찬 캐비닛 같은 데 숨겨 두었을 리는 없는데. 하지만 뭔가가 잘못되어 가고 있다는 느낌을 지울 수가 없었다. 책상을 훑어보았다. 뒤죽박죽 섞인 각종 서류와 일지 가운데 여러 항목이 적힌 커다란 공책이 놓여 있었다. 펼쳐진 페이지에 적힌 날짜가 눈에 들어왔다. 13년 전, 11월 1일이었다.

대상 #2. 조로증 추정. 3년 2개월 5일. 사망 시각 10:15

더 가까이 들여다보았다. 알아듣기 힘든 의학 용어가 많았다. 나는 숨을 크게 들이쉬고 문 쪽을 살핀 뒤 공책을 넘겼다. 그다음 해에도 적힌 내용이 있었다.

대상 #5. 신부전. 9개월 3일. 사망 시각 1:05

'대상'이라는 게 뭘까? 왜 죽은 걸까? 환자였을까? 뒷장을 빠르게 훑어보니 비슷한 내용이 끝없이 이어졌다. 하지만 도무지 무슨 뜻인지 알 수 없는 데다 긴장으로 몸이 떨려 더는 방 안에 머물 수가 없었다. 심장이 쿵쿵거렸고 원래 펼쳐져 있던 페이지를 찾으려 허둥지둥 서둘렀지만, 몸이 말을 듣지 않았다. 당장 방에서 나가야 한다. 여기에 왜 왔냐고 물으면 뭐라고 대답한담? 예의 없이 행동한다고 꾸중이나 들을 게 뻔하다! 나는 서둘러 문을 나서 뒷걸음질로 복도를 따라갔다.

그때 멀린 박사가 반대편 방에서 나오는 바람에 나는 우뚝 멈춰 섰다. "오, 안녕, 미란다." 박사가 밝은 목소리로 말했다. "여긴 웬일이니?"

"아무것도 아니에요. 그냥 심심해서요."

"오, 애야. 곧 퇴원할 수 있을 거야." 말을 마친 박사는 사무실로 급히 되돌아갔다. 나는 홱 돌아서서 방까지 전속력으로 뛰었다. 조금 있자 모나가 아침 식사를 가져왔다. 핫케이크를 먹으며 방금 뭘 본 건지 골똘히 고민해 봤지만, 끽해야 실험용 쥐에 관한 일지일 게 뻔했다. 아무래도 엄마 말을 인정할 때가 된 것 같다. 종양이 뇌를 자극하는 바람에 사실이 아닌 것을 상상하고, 꿈을 꾸고, 심지어 망상까지 하게 된 거다.

나는 말도 안 되는 걱정은 접어 두고 낫는 데만 집중하라는 박사의 말을 듣기로 마음먹었다. 핫케이크를 한 접시 더 먹는 것도 하나의 방법이겠지. 모나가 근처에 있는지 보려고 복도를 내다봤더니 모나가 조금 떨어진 방으로 들어서는 게 보였다.

"모나." 실내화를 깜빡하는 바람에 발이 시려서 황급히 모나 쪽으로 달려갔다. "모나!"

내가 문 앞에 다다르자마자 깨끗한 시트 몇 장을 손에 든 모나가 뒤돌아섰다. 그러고는 재빨리 방에서 나와 문을 닫았지만, 그 짧은 틈에 나는 분명히 보고 말았다. 노란 꽃무늬가 있는 파란색 벽지를. 숨이 턱 막혔다.

"무슨 일이에요?" 모나가 물었다.

"그, 그게 핫케이크를 좀 더 먹고 싶어서요." 내가 간신히 대답했다.

"잘 됐네요. 조금 기다리면 가져다줄게요."

하지만 나는 꼼짝 않고 모나를 바라보았다.

"침대로 돌아가요." 모나가 말했다. "봐요, 슬리퍼도 없이."

"아, 그러네요." 내가 웅얼거렸다. "침대로, 침대로 돌아가야죠."

나는 방으로 뛰어 들어가 휴대폰을 집었다. 엠마에게 알려야 한다!

엠마는 물론 자고 있었고, 비몽사몽인 데다 내가 너무 빠르게 말하는 바람에 말뜻을 이해하기까지 시간이 걸렸다.

"이제 어떡할 거야?" 엠마가 물었다.

"모르겠어." 나는 슬리퍼를 신었다. "수색에 나서야 할 것 같아. 뭐라도 찾아봐야지."

"나도 같이 해. 영상 통화 하면 되잖아."

"좋은 생각이야." 나는 전화를 끊고 영상 통화를 걸었다. 그러곤 문밖을 내다보았다. "아무 이상 없다, 오버."

"그럼 가서 벽을 다시 확인해 봐. 그 방이 있었다는 벽 말이야. 네 주장이 한 가지라도 증명되었다면, 다른 것도 사실일지 모르지."

나는 서둘러 복도를 지나 내가 문이라고 생각했던 벽으로 다가갔다. "그냥 벽이야, 엠마."

"버튼 같은 거 없어?" 엠마가 물었다.

손으로 구석을 이리저리 더듬어 보니 뭔가가 만져졌다. 벽과 똑같은 색의 동그라미가 조그맣게 튀어나와 있었다. 버튼을 눌렀더니 벽이 곧바로 미끄러지면서 열렸다.

"엠마, 들어왔어." 내가 속삭였다.

10장

엠마가 대답했다. "네가 꿈꾸고 있지 않다는 건 확실해. 나도 마찬가지고!"

"잘 보이지는 않네. 어두워서 그래. 저번엔 더 밝았거든."

"전등 스위치를 찾아봐."

나는 더듬거리며 스위치를 찾아 불을 켰다. 곧바로 침대에 꼿꼿이 앉아 있는 그 아이가 눈에 들어왔다. 그 애는 나를 보더니 눈을 문지르고, 다시 뚫어지게 바라보았다.

"넌 누구니?" 침대로 다가가며 내가 물었다.

"미란다!" 엠마 목소리가 들렸다. "무슨 일이야?"

"나랑 완전히 똑같이 생겼어." 내가 엠마에게 속삭였다.

"완전히." 나는 휴대폰 카메라 방향을 전환했다. "보여?"

"이게 지금 무슨." 엠마가 말했다. 낮은 목소리였다.

나는 그 애에게 더 가까이 다가갔다.

"이름이 뭐야?"

그 애는 그저 나를 빤히 바라보았다.

"사람들이 널 뭐라고 부르니?"

"아! 텐. 나는 텐이라고 불려. 이곳에서 십 년을 지냈어. 작년에는 나인이라고 불렸어."

"나이랑 이름이 같다는 거야? 매년 바뀐다고?"

"나는 텐이라고 불려." 그 애가 다시 한번 말했다. "그게 내 마지막 이름이 될 거야. 나는 결코 일레븐이라고 불리지 않을 거야."

"왜? 이해가 안 돼. 넌 대체 누구야? 내 동생이야? 내 이름은 미란다 마틴이야. 너랑 내가 얼마나 닮았는지 알겠니?"

"나는 너와 똑같아." 그 애는 아무 감정 없는 목소리로 말했다.

"네가 대체 누군데?"

"나는 너를 위해 만들어졌어. 내 운명은 너야. 곧 나는 운명을 완수할 거야. 고마워. 나는 기다려 왔어."

"너 이거 듣고 있니?" 내가 엠마에게 물었다.

"당연하지. 근데 영문을 모르겠네. 정말 네가 열 살 때 모습이랑 똑같아."

"부모님이 나한테 거짓말을 한 거야!" 내가 외쳤다. "또!" 나는 잠시 말을 멈추고 '텐'을 바라보았다.

"이게 대체 무슨 일인지 알아내고 말 거야."

나는 성큼성큼 걸어가 문을 열고 있는 힘껏 소리쳤다. "저기요! 아무도 없어요?"

그리고 엠마에게 말했다. "엠마, 전화 끊고 우리 부모님한테 연락해. 그리고 내가 어디에 있는지 알리고 당장 이리로 오는 게 좋을 거라고도 전해. 설명이 필요하다고 똑똑히 얘기해 줘. 그럼 당장은 너희 부모님에게는 아무것도 말하지 않겠다고도 해."

"알겠어. 그렇게." 전화가 끊어졌다.

바로 그 순간, 모나가 방으로 달려 들어왔다.

"오, 안 돼! 미란다, 이리 나와요. 방으로 돌아가요."

"그럼 또 멀린 박사님이 주사를 놓고 이 모든 게 꿈인 양 굴 게 뻔한데도요? 그렇게는 안 되죠. 꿈이 아니잖아요. 방금까지 전화로 친구 엠마랑 통화 중이었어요." 나는 휴대폰을 치켜들어 모나에게 보여 주었다. "그러니까 전 바로 여기서 멀린 박사님이랑 부모님이 오시길 기다렸다가 설명을 듣고야 말겠어요."

모나가 손으로 입을 틀어막고 방 밖으로 뛰쳐나갔다.

"봤지!" 내가 앉아 있는 아이에게 말했다. "내가 쫓아 버렸어."

그 애는 혼란스러운 얼굴로 나를 바라보았다. "넌 큰 목소리로 말하는구나. 왜지?"

"화가 났으니까!"

"화? 화?" 그 애가 머리를 흔들었다.

"왜, 지난밤에 네가 울고 있었을 때처럼 말이야. 왜 울었니?"

"오, 나는 자격이 없어. 왜 눈물이 나오도록 내버려두었는지 네게 말해 줄 수 없어."

"말해 봐."

"안 돼, 그럼 넌 나의 선물을 원하지 않게 될 거야. 내게 자격이 없다고 생각하게 될 거야."

"안 그럴게. 말해 봐."

그 애가 말을 멈추고 나를 바라보았다. "나는…… 설명하기 어렵지만…… 나의 비존재에 관해 불안한 상태였어."

"뭐라고?" 대체 누가 저 애한테 말을 가르친 거야? 저 애의 말투에는 열 살짜리 같은 구석이 하나도 없었다.

"존재하지 않는 거." 그 애가 말을 이었다. "그게 뭘까? 잠드는 건가? 린다는 그렇게 말했어."

나는 침대에 앉아 물었다. "린다가 너희 엄마야? 앨런이 아빠고?"

"그런 생각은 해 본 적 없어." 그 애가 생각에 잠겨 말했다. "그런 논의는 한 적이 없어. 그들이 나를 창조했어. 그들은 나의 창조자야. 멀린 박사님도 마찬가지야."

"그러니까 네 부모라는 거네. 봐, 그건 네가 내 동생이라는 뜻이잖아! 너한테 무슨 문제가 있는지 말해 봐. 너도 아프니? 왜 여기 있는 거야? 왜 지금까지 널 한 번도 못 봤지?"

멀린 박사가 헐떡이며 방으로 뛰어 들어와 숨을 골랐다.

"미란다, 말을 거는 걸 멈춰야 해. 저 애를 혼란스럽게 만들기만 할 거야."

"그럼 저는요? 저는 혼란스럽지 않을까요?"

"물론 그렇겠지. 그래도 부탁이다. 이성적으로 생각해. 네 방으로 돌아가. 부모님이 오고 계시니 다 설명해 줄 거야."

"더 많은 거짓말을 한다는 말이겠죠."

"이제 거짓말할 필요가 없어졌잖니, 안 그래?" 멀린 박사가 부드럽게 나를 아이에게서 떼어 놓으며 말했다. "이리 와."

나는 주저하며 박사를 따랐다. 그 애는 몹시 기묘한 표정으로 나를 바라보았다. '선물'이라는 게 무슨 뜻일까?

멀린 박사가 나를 방으로 끌고 가게 내버려두었다. 그리고 무릎을 끌어안고 침대에 웅크려 앉았다. "이제 말씀해 주실 건가요?"

"우선 부모님이 오길 기다려 보자."

우리는 아무 말 없이 기다렸다. 너무나 혼란스럽고, 화가 나고, 충격에서 헤어 나올 수가 없었다. 제대로 머리가 굴러가지도 않았다. 얼마 지나지 않아 엄마 아빠가 뛰어 들어왔다. 둘 다 초췌한 모습이었다. 두 분은 어두울 게 분명한 내 표정을 보고는 침대 앞에 얼어붙은 듯 멈춰 섰다.

"그래서요?" 나는 이를 악물고 물었다. "드디어 제게 진실을 얘기해 주실 건가요?"

아빠가 침대에 앉았다. 엄마는 맞은편에 서 있었다. 아빠가 손을 잡으려 했지만, 나는 손을 치워 버렸다.

"미란다, 진정해야 해. 이성적으로 해야 하는 이야기란다." 아빠가 말했다.

나는 아빠를 피해 침대 밑으로 내려섰다. 더는 아빠 옆에 있을 수가 없었다. "이성적으로요? 저한테 여동생이 있다는 얘기를 한 번도 들은 적이 없는 데도요?"

"말할 수가 없었어."

"왜요? 그 애는 왜 여기 있는 거예요? 대체 뭐가 어떻게 된 거냐고요?"

"그 애는 아파." 아빠가 말했다. "아프단다. 정신적으로 말이야. 그러니 그 애가 무슨 얘기를 했다면, 이상한……."

"그 애가 말한 모든 게 이상했어요." 나는 화가 머리끝까지 나서 외쳤다. "정신에 문제가 있다고 사람을 가둬요?"

"그래. 만약 자신이나 다른 사람에게 해가 될 수 있다면 말이야."

"그게 무슨 말이에요?"

"그 애는, 글쎄, 자기 자신을 해치려고 한단다. 다른 사람들도."

"어린애잖아요!" 내가 반박했다. "게다가 그 애는 집에 온 적도 없는데 그걸 어떻게 아셨어요?" 나는 잠시 말을 멈췄다. "그리고 제 생각에는 엄마가 임신했던 때를 제가 기억해야 마땅한 것 같은데요. 아니면 그것도 그 사진처럼 그냥 제가 '잊은' 건가요?"

엄마 아빠가 서로를 바라보았다. 할 말을 잃었다는 게 빤히 보였다.

"미란다, 부모님과 잠시 얘기를 나눠도 될까?" 멀린 박사가 물었다.

"그러세요." 나는 어깨를 으쓱했다. "상관없어요."

세 사람이 방을 나서고 나는 엠마에게 다시 전화를 걸었다.

"어떻게 됐어?" 엠마가 물었다.

"아직도 거짓말이야." 속이 뒤집힐 것만 같았다. "얼마나 티가 나는지 곧바로 알겠더라니까. 하지만 대체 왜 거짓말을 하는 걸까, 엠마? 너무 무서워. 부모님이야말로 내가 기댈 수 있는 분들이었고 우리가 서로 솔직하다는 게 정말 큰 힘이 됐는데." 나는 잠시 말을 멈췄다. "그 애는 정말 이상해. 별 얘기를 다 하더라고. 우리 부모님을 자기 창조자라고 부르더라니까."

"창조자? 신처럼?"

"뭐, 부모님이 그런 존재긴 하잖아." 문득 그 애가 한 말이 떠올라 내가 덧붙였다. "그런데 그 애는 멀린 박사도 거기 포함했어."

"말도 안 돼." 엠마가 외쳤다. "또 뭐래?"

마음 깊은 곳에서 두려움이 부글거리기 시작했다. 그 애가 했던 말을 더는 떠올리고 싶지 않을 만큼.

"운명 얘기는 너도 들었지. 내가 자기 운명이라고 했잖아. 대체 그게 무슨 뜻일까?"

때마침 엄마 아빠와 멀린 박사가 방으로 들어왔다.

"엠마니?" 날카로운 목소리로 엄마가 물었다.

"네."

"이 얘기 다른 사람한테 했대?"

"아직은 아니에요."

"잘됐구나. 하지 말라고 전하렴. 아니, 내가 직접 통화하는 게 낫겠다."

엄마가 내 휴대폰을 빼앗았다. "엠마, 잘 들으렴. 그 누구한테라도 이 얘기를 한다면 넌 친구의 죽음에 직접적인 책임을 지게 되는 거야."

"엄마!" 숨이 턱 막혔다.

"알아듣겠니? 그래." 엄마가 전화를 끊었다.

그러더니 딱딱한 말투와 딱딱한 눈빛으로 속사포처럼 이야기를 시작했다. 마치 그래야만 말을 이어 갈 수 있다는 듯이.

"자, 미란다. 지금부터 하는 얘기를 들으면 분명 화가 날 거야. 하지만 죽는 것보다는 화내는 게 낫지. 이제 들어 보렴." 엄마가 짧게 숨을 내쉬었다. "그 애는 네 복사본이야. 네가 태어날 때 채취한 DNA로 만들었지. 보험 같은 거란다. 어마어마하게 많은 아이가 교통사고나 끔찍한 병으로 죽어. 이식받을 장기나 골수가 없기 때문이지. 우리는, 그러니까 네 아빠와 나는 너를 그런 운명에 빠뜨리지 않기로 했어. 너를 죽게 내버려두지 않으려고. 그래서 너를 복제한 거야. 그 애는 여기서 만들어졌어. 너한테 필요할지도 모를 장기를 넘겨주는 게 그 애가 만들어진 유일한 목적이야."

갑자기 무릎이 꺾이고 몸이 덜덜 떨려 까닥하면 넘어질 참이었다. 멀린 박사가 나를 부축해 의자에 앉혔다.

"간 같은 거 말이죠." 내 목소리는 거의 속삭임이나 다름없었다.

"그래." 엄마가 호전적인 목소리로 말했다. "간 같은 거 말이야."

"그럼 절 구하려고 그 애를 희생시킨다는 거예요?"

"그래야만 해. 미란다, 그 애는 진짜 사람이 아니야. 복사본이라고. 실험실에서 자라났어."

"하지만 말을 하잖아요. 감정도 느끼고요. 무서워한다고요!"

"말도 안 돼. 그 애는 이 순간만을 기다려 왔어."

더는 말을 이을 수 없었다. 커다란 충격으로 머릿속이 새하얬다. 복사본이라니. 그러니까…… 그게……. 바로 그때 단어 하나가 떠올랐고 나는 소리 내어 그 말을 뱉었다. "복제 인간." 그리고 웃기 시작했다. "농담이죠, 그렇죠? 그냥 장난

122

치는 거잖아요." 모두가 아무 말 없이 나를 바라보았다. 나는 웃음을 멈췄다.

"당신들은 내 부모도 아니야." 나는 비명을 지르기 시작했다. "끔찍한 괴물이야. 이건 말도 안 돼. 사실일 리 없어. 이건 꿈이야. 꿈이라고. 깨어나고 싶어. 깨어나고 싶다고!" 나는 우는 동시에 웃으며 비명을 질러 댔다. 미쳐 가는 게 분명했다.

나는 멀린 박사 쪽으로 몸을 돌리고 요구했다. "잘 수 있게 뭘 좀 주세요. 더는 눈 뜨고 있을 수가 없어요."

아빠는 울기 직전인 것처럼 보였지만, 엄마는 그저 화가 난 듯했다. 나는 침대로 돌아가 누웠다. 그리고 암흑이 나를 덮치기를 바랐다. 그저 모든 걸 잊고 싶다. 단 한순간도 더 깨어 있고 싶지 않다.

11장

멍한 상태로 눈을 뜨니 혼자였다. 아침 내내 잤는지 휴대폰 시계는 오후 2시 15분을 가리키고 있었다. 문득 눈이 완전히 괜찮아졌다는 걸 깨달았다. 안 그랬으면 시계를 볼 수 없었을 텐데. 나는 기진맥진해 다시 베개를 베고 누웠다. 모든 게 잘못됐다. 모든 게 뒤집혀 버렸다. 진실이라고 믿었던 모든 게 다 거짓이었다. 지금까지 나는 부모님이야말로 가장 합리적이라고 믿었고, 두 분과 다툴 필요를 느끼지 못했다. 게다가 부모님은 언제나 정직해야 한다고 내게 당부했다. 아주 사소한 일에도 솔직했던 두 분이 정작 가장 중요한 문제에 대해서는 거짓말을 하고 있었던 거다. 다름 아닌 내

삶에 대해서. 갑자기 〈폭풍우〉에 등장하는 프로스페로가 떠올랐다. 프로스페로는 딸 미란다의 행복을 위해 마법을 쓴다. 우리 엄마 아빠도 마찬가지였다. 하지만 두 분의 마법이 이루어지려면 누군가 죽어야만 한다. 엄마 아빠는 살인자다!

멀린 박사의 공책. 죽음에 관한 그 모든 기록. 그게 정말 쥐였을까? 사람으로 실험을 한 건 아닐까? 나는 침대를 빠져나와 옷장으로 향했다. 옷장에는 내 옷이 단정히 걸려 있었다. 나는 재빨리 옷을 갈아입고 고무줄로 머리를 묶은 뒤 남아 있는 약 기운을 없애려고 화장실에서 얼굴에 물을 끼얹었다.

슬며시 문을 열었더니 멀린 박사와 부모님이 사무실 바로 앞에 서 있는 게 보였다. 박사가 빠른 속도로 이야기하며 부모님을 사무실 안으로 데려갔다. 간호사 진은 텐의 방으로 들어서고 있었다. 이게 마지막 기회일지도 모른다. 나는 방을 뛰쳐나와 복도를 지나고 바깥문을 밀쳐 연 뒤 전속력으로 진입로를 따라 달렸다. 엠마를 만나야만 한다. 엠마네 집으로 갈 생각이었다.

하지만 곧 우뚝 멈춰 설 수밖에 없었다. 휴대폰을 깜박하는 습관 때문에 막 세운 계획이 틀어져 버린 거다. 대체 왜 휴대폰을 두고 나온 거지? 주위를 둘러보았지만, 돈도 엠마네 집으로 갈 방도도 없었다. 그때, 길 끝에 있는 주유소가 눈에 들어왔다. 나는 주유소에 딸린 가게로 달려가 계산대에 서 있던 남자아이한테 택시를 불러 달라고 부탁했고, 몇 분 후 콜택시가 도착했다. 엠마네 집으로 향하는 10여 분 동안 나는 창밖을 가만히 내다보았다. 머리를 비우고 정신을 붙잡으려고 애쓰면서.

엠마는 팜데저트의 짧은 골목 끝에 있는 단층집에 산다. 집 앞에 택시가 멈추자 나는 돈을 가져올 테니 잠깐 기다려 달라고 기사에게 부탁했다. 택시에서 내리자마자 자전거를 탄 엠마가 보였다. 가까이 다가온 엠마는 내 표정을 보더니 나를 와락 끌어안았다. 택시비를 내야 한다고 했더니 엠마가 집으로 뛰어 들어가 돈을 들고 나왔다. 그러곤 나를 재촉해 집으로 들어가면서 부모님은 일이 있어 집을 비웠고, 오빠 조시와 벤은 조시의 야구 경기에 갔다고 했다. 집은 우리 차지였다.

우리는 식탁에 앉았다. 엠마가 아이스티 두 잔을 내왔다. 잔을 들어 올리는데 손이 덜덜 떨렸다.

나는 깊이 숨을 들이쉬었다. "정말 말도 안 되는 이야기야."

"웬 스티븐 킹 소설 속에 들어와 있는 기분이네." 엠마가 말했다. "미친 과학자, 기괴한 병원, 존재하는지도 몰랐던 여동생…… 이번엔 또 뭐야?"

"복제인간." 나는 낮은 목소리로 간신히 말을 뱉었다.

"그래, 그렇겠지." 엠마가 내 말을 따라 했다. "복제인간. 그게 나올 때도 됐지……." 그러더니 말을 멈추고 뚫어지게 나를 바라보았다. "농담이지, 응?"

"그랬으면 좋겠어."

지난밤 내가 그랬던 것처럼 엠마는 말을 잃었다. 우리는 한참을 아무 말도 하지 않고 앉아 있었다.

"헐." 엠마가 마침내 말했다.

"맞아, 헐이야." 여전히 떨리는 목소리로 내가 대답했다.

"세상에." 엠마가 눈을 커다랗게 뜨고 말했다.

"그러게, 세상에."

엠마는 이제 고개를 흔들며 킥킥거리기 시작했다. "세상에나 마상에나!" 그러곤 또 덧붙였다. "세상에 아이고 대박!"

"아이고 대박 맙소사." 나도 웃음이 터져 나왔다.

곧 멈출 수 없는 지경이 되었다. 우리는 깔깔거리고 킬킬거리며 바보 같은 감탄사를 내뱉었다. "헐." "아이고." "어머나." "이런 이런." "어이쿠 세상에." "얼씨구." "이야." "와우."

"와우 와우."

어찌나 숨이 넘어가게 웃어 젖혔던지 우리 둘 다 말을 멈추고 목을 축여야 했다. 마침내 웃음이 사그라들자 우리는 서로를 물끄러미 바라보았다.

"와우!" 엠마가 말했다.

나는 이번에는 웃지 않았다. 엠마도 마찬가지였다. 딱히 할 말이 있는 것도 아니었다. 그러니까, 하도 현실에서 동떨어진 이야기라 우리 둘 다 실감할 수가 없었던 거다. 누군들 안 그랬을까?

"설명을 해 줘 봐." 엠마가 말했다.

나는 엄마가 했던 말을 그대로 되풀이했다.

"보험이라고?" 엠마가 물었다. "정말 그렇게 얘기하셨어?"

"그 애가 그냥······ 뭐랄까······ 부품이라는 거야."

"너희 부모님한테는 말이지." 엠마가 덧붙였다.

"맞아, 부모님한테는. 나한테는 아니야. 그 애는 내 동생이야, 엠마. 그렇다고 볼 수 있지. 글쎄, 그 애는 결국 나야, 안 그래?" 나는 말을 멈추고 그 사실을 곱씹어 보았다. "그게 우리 둘이 성격도 똑같다는 말일까?"

"모르겠어. 그럴까?"

"나도 모르겠어. 만약 우리가 완전히 똑같은 사람이라면 뭐랄까, 감정도 그렇지 않을까? 런던 선생님이 생물학 시간에 쌍둥이에 관한 방송을 보여 줬잖아. 두 쌍둥이가 태어나고 바로 헤어졌는데도 거의 비슷한 사람으로 자랐지. 심지어 같은 치약을 쓰고."

"하지만 네 말은 모든 사람이 특정한 반응을 보이도록 프로그래밍된 기계라는 뜻으로 들려." 엠마가 반박했다. "당연히 우리 모두 특정한 성격을 가지고 태어나지. 그렇다고 모두가 이미 정해진 방향대로만 행동할까? 컴퓨터도 아닌데 프로그래밍된 대로 산다니, 그건 별로 마음에 안 드는데."

"만약 그게 사실이라면? 만약에, 그러니까 내가 부모님이랑 싸우지 못하는 게 그냥 원래 그런 사람이라서면? 그 애도 봐 봐. 부모님이 하라는 대로 다 할 거야. 나를 위해 죽으래도 말이야."

"널 위해 죽는다고?"

"그래. 뭐, 간 없이는 살 수 없잖아."

"너무하다." 엠마가 고개를 흔들며 말했다.

"그 애를 죽이게 내버려두지 않을 거야." 나는 선언하듯 말했다.

"그럼 네가 죽게 되잖아."

"그럼 죽어야지!"

"진심은 아니겠지!"

"내가 뭘 어쩌겠어?"

"부모님이 네 결정을 받아들일 것 같아? 아닐걸. 계획대로 하려고 들 거야."

"안 돼. 다른 방법을 찾아야 해."

"무슨 방법?"

"나도 모르겠어."

우리는 다시 침묵에 빠진 채 앉아 있었다. 어쩌지? 뭘 해야 할까? 나는 엠마를 바라보았다. "도망칠 수도 있어."

"말도 안 돼." 엠마가 쏘아붙였다. "네 상태가 너무 안 좋잖아. 치료받지 않으면 큰일 날 거야."

"나는 결국 죽을 거야, 엠마. 내가 도망치면 걔를 죽이진 않을 테고, 적어도 그 애는 살 수 있겠지."

"어디로 가려고? 네 상태가 너무 안 좋은데." 엠마가 한 번 더 말했다.

"나도 몰라!" 나는 어찌할 바를 몰라 대답했다. "그래도 그런 짓을 하게 둘 수는 없어."

"그 애가 네 복제인간이라면, 걔도 몇 년 안에 병에 걸리지 않을까? 유전병이라고 했잖아, 안 그래?"

"그럴지도 모르지. 그래도 나처럼 상태가 심해지기 전에 새로운 유전자 치료법으로 미리 치료할 수도 있을 거야."

"우리 부모님한테 이야기하는 게 낫겠어. 우리가 해결하기에는 일이 너무 커. 도움이 필요해." 엠마가 말했다.

"네 말이 맞아." 나도 동의했다. "누구한테 털어놓으면 마음이 좀 놓일 거야. 게다가 너희 아버지는 의사니까 어째야 하는지도 아시겠지."

"아빠는 아마 멀린 박사를 신고할 거야."

"좋은 생각이야!"

엠마가 청바지 주머니에서 휴대폰을 꺼내다가 멈칫하더니 나를 바라보고는 말했다.

"거기서 하는 일은 분명 불법일 거야."

"당연하지!"

"그럼 모두가 체포될 거야. 너희 부모님도."

"상관없어! 그게 마땅한 거야. 살인범으로 체포되는 것보다야 낫지."

"그럼 네 병은 낫지 않겠네. 넌 죽을 거야."

나는 자리에서 일어섰다. "엠마, 네가 아저씨한테 전화 안 하면 내가 할 거야."

"하지만 아줌마가 그렇게 말했잖아. 내가 네 죽음에 책임

을 지게 된다고. 내가 누구한테 말하면……. 난 못 해, 미란
다.”

"미란다! 미란다!”

아빠 목소리다. 문이 벌컥 열렸다. 문밖에는 얼굴이 새빨
개진 아빠가 이마에 땀을 비 오듯 흘리며 서 있었다.

12장

～～～～～～～～～～～～～～～～～～～～～～～～～～～～

"미란다!" 아빠는 화가 나서 이성을 잃었다. "제정신이니?
넌 아프다고! 클리닉으로 돌아가야 해." 그리고 아빠는 엠마
를 바라보았다. "엠마한테 무슨 얘기 했니?"

"아무것도요!" 엠마가 입을 떼기도 전에 내가 외쳤다. "지
금 막 도착했어요." 내 첫 번째 거짓말. 정말 쉬운 일이었다.
더구나 사랑하는 사람을 지키기 위해서라면. 부모님도 그래
서 그렇게 쉽게 거짓말을 했던 걸까?

엠마는 곧바로 내 생각을 눈치챘다. 우리 부모님이 미쳐
버린 건 확실하다. 만약 두 분이 엠마가 자초지종을 안다는
사실을 알아차리면…… 어떻게 될까? 엠마도 죽이려나?

"무슨 일인데요?" 엠마가 아무것도 모르는 척 물었다.

"엠마, 그건 사실이 아니야. 미란다와 똑같이 생긴 아이 얘기를 들었겠지만, 미란다는 지금 몹시 아프단다. 병 때문에 현실과 똑같이 느껴지는 환각을 보는 거야. 전화로 너한테 한 얘기도 자기는 현실이라고 생각하지만, 사실은 모두 상상이란다."

엠마가 고개를 끄덕이곤 이해했다는 듯 차분히 대답했다. "무슨 말인지 알겠어요."

이제 내가 등장할 차례다. 나는 혼란에 빠진 표정을 지으려 애썼다.

"그럴 리가 없어요!" 내가 항변했다. "전부 사실이란 말이에요."

"어서 클리닉으로 돌아가자." 아빠가 말했다. "다 괜찮을 거야, 약속할게."

어차피 선택권은 없다. 아빠는 나를 데리고 집 밖에 세워둔 차로 갔다. 클리닉 보안 요원도 와 있었다. 필요하다면 힘으로라도 나를 끌고 갈 생각이었겠지.

차가 출발하자 나는 엠마를 돌아보았다. 엠마를 위험에 빠뜨리고 싶지 않았다. 엠마가 자기 아빠한테 전부 이야기하길 바랐지만, 그러지 않으리라는 나쁜 예감이 스쳤다.

나는 아빠와 한 마디도 나누지 않고 뒷좌석에 앉아 도망칠 계획을 세웠다. 다음번엔 엠마를 찾아가선 안 된다. 부모님이 나를 찾아낼 수 없는 곳으로 가야 한다. 절대 그 애의 죽음에 가담하지 않겠다. 클리닉에 도착하자 현관에서 기다리는 엄마가 보였다. 엄마가 내 어깨에 손을 올리자 나는 몸을 움찔했다.

"손대지 마세요!" 너무나 화가 나서 아니, 화가 아니라 분노가 차올라서 엄마나 아빠를 내 손으로 죽일 수도 있을 것 같았다. "여긴 대체 뭐 하는 데예요? 실제로요! 엄마 아빠가 돈을 대서 섬뜩한 실험을 하는 덴가요? 여기 뭔가가 더 있죠?" 불현듯 클리닉 3층이 떠올랐다. "그래요." 내가 중얼거렸다. "여기 뭔가가 더 있죠?"

나는 번개처럼 계단으로 뛰어갔고, 부모님이 나를 바짝 뒤쫓았다. 하지만 내 다리는 길고 여전히 튼튼하다. 부모님은 나를 따라잡지 못한다. 한참 앞서 3층에 다다랐을 때 엄마가 외치는 소리가 들렸다. "멈춰! 멈춰! 거기 서, 미란다. 멈춰!"

눈에 들어온 첫 번째 문을 열어젖혔는데 의외로 잠겨 있지 않았다. 하긴 뭐 하러 잠근담? 여기 있는 모두가 무슨 일이 일어나는지 다 아는데. 나만 빼고. 그리고 나는 하지 말라는 건 안 했으니까. 하지만 이젠 아니다.

방은 평범한 사무실이었다. 두 번째 문을 열어 보니 컴퓨터가 잔뜩 있는 실험실이다. 세 번째 문. 이번엔 달랐다. 텐의 방과 비슷했지만, 일반적인 아파트처럼 더 안락하게 꾸며져 있었다. 이십 대로 보이는 젊은 여자가 소파에 앉아 텔레비전을 보고 있었다. 여자는 만삭이었다. 방에 들이닥친 나를 본 여자의 얼굴에 충격과 공포가 어른거렸다.

놀라운 일도 아니다. 저들이 부르는 이름대로라면, 텐이 유일한 존재라는 보장도 없으니까. 어쩌면 그 애가 유일한 성공 사례인지도 모른다.

엄마 아빠가 헐레벌떡 방으로 들어와 젊은 여자와 나를 번갈아 보더니 나를 붙잡아 방 밖으로 끌어냈다.

"저건 누구예요?" 내가 물었다.

"대리모야." 엄마가 대답했다. "후한 보수를 주고 잘 보살피고 있으니 걱정할 필요 없어."

"걱정할 필요 없다고요?" 내가 되물었다. "걱정할 필요가 없어요?" 나는 크게 숨을 들이쉬었다. "이 클리닉은 불태워 버려야 해요. 두 분은 악마예요!" 나를 질질 끌고 계단을 내려가는 엄마 아빠를 향해 고래고래 소리쳤다. "악마라고요!"

"널 살리려는 우리가 악마라는 거니?"

"이 모든 일의 원인이 되고 싶지 않다고요." 내가 외쳤다. "역겨운 짓이에요. 우리 가족이 신이나 종교에 관한 이야기를 나누지 않는 게 당연한 일이었네요. 두 분이 신이잖아요, 안 그래요? 두 분 모두요. 저를 몇 명이나 더 만들려고요? 그 애를 죽이고 나면 또 한 명을 기를 건가요? 그러고 나서 제게 다른 문제가 생기면 그 애도 죽이고요? 그건 살인이라고요." 나는 비명을 질렀다. "살인이요!"

어느새 우리는 계단을 다 내려와 있었다.

"어떻게 그 애가 존재하지도 않는 것처럼 굴 수 있어요? 그 애가 정말로 두 분의 자식이 아닌 것처럼요?"

"우린 그 애를 너를 위한 존재라고만 여겼어. 실제 사람이 아니라." 엄마가 말했다.

"그것도 아니죠." 내가 따졌다. "신체 일부로만 여긴 거죠."

"하지만 이 방법을 실제로 쓰게 되는 날이 올 줄은 정말 몰랐어." 아빠가 말했다. "넌 완벽해야만 했으니까."

"그게 무슨 뜻이에요?"

엄마가 아빠를 매섭게 쏘아보았다. 얼굴이 약간 달아올랐지만, 아빠는 말을 이었다. "네가 태어나기 전에 멀린 박사가 DNA를 확인했다는 말이야. 그땐 아무 문제 없었거든."

"확인했다고요?" 나는 또 한 번 귀를 의심했다. "뭘 확인해요?"

"문제가 없는지 확인한 거지." 아빠가 말했다. "어쨌든 그 복제인간은 네게 간을 줘야 해. 안 그럼 그 애는 무너지고 말 거야. 그 애는 그게 자기 운명이자 삶의 이유라고 믿도록 길러졌어."

"그럼 다른 이유를 찾아야죠." 나는 엄마 아빠에게서 멀찍이 떨어졌다. "그게 복수일 수도 있고요."

그때 멀린 박사가 사무실에서 나왔다. "미란다, 미란다. 뭐 하는 거니? 넌 쉬어야 해. 아아, 널 클리닉에 데려온 건 실수였어. 아주 큰 실수."

"얘기 좀 할 수 있을까요?" 내가 물었다. "둘이서만요." 그러고 나서 나는 엄마 아빠를 흘낏 바라보았다.

"물론이지. 사무실로 들어오렴."

우리는 엄마 아빠를 밖에 둔 채 사무실로 들어갔다.

"두 분은 지금 이성을 잃으셨거든요." 내가 말했다.

"그럴 법도 하지." 멀린 박사가 미소 지었다. 비꼬는 말은 박사에겐 전혀 먹히지 않았다.

"저기요, 멀린 박사님. 저랑 제 복제인간 둘 다를 살릴 방법을 생각해 주셔야겠어요."

박사가 뭔가 항의하기 위해 입을 뗐다.

내가 말했다. "복제인간을 만들 만큼 똑똑하다면 이 문제도 해결하실 수 있겠죠." 나는 잠시 멈췄다가 말을 이었다. "전 수술 안 받을 거예요. 그 전에 도망칠 거예요. 설령 억지로 수술한대도, 제가 계속 살아가게 만들진 못할 거예요. 전 언제든 자살할 수 있으니까요." 박사는 충격받은 듯했다. "진심이에요. 방법을 생각해 내세요."

나는 몸을 돌려 방을 나갔다. 그러고는 부모님에게 눈길조차 주지 않고 내 방으로 향했다. "천사표 딸은 끝났어." 서둘러 부모님에게서 멀어지면서 스스로 되뇌었다. 두 분을 보고 싶지 않았다. 방에 도착해서 침대 깊숙이 몸을 묻자 내가 찾아낸 사진이 다시 떠올랐다. 나는 두고 나온 자리에 얌전히 놓인 휴대폰을 들어 엠마에게 전화를 걸었다.

"엠마, 그 사진 있잖아. 나지만 내가 아닌 그 멜빵 입은 사진 말이야." 내가 쉰 목소리로 말했다.

"너 괜찮은 거야?"

"엄마 아빠가 틀림없이 여태 거짓말했을 텐데. 그렇다면……."

엠마가 말을 받았다. "그렇다면 그건 누구 사진이지? 텐?"

"그럴 순 없어. 텐은 이곳을 나간 적이 없다고 했거든." 나는 잠시 생각에 잠겼다가 말을 이었다. "그 사진첩 말이야.

난 그걸 수백 번도 넘게 들여다봤거든. 내가 아기 때 찍은 사진으로 시작하잖아. 엄마가 날 안고 있는 사진, 안 그래?"

"맞아." 엠마가 말했다. 엠마도 함께 여러 번 그 사진첩을 구경했다.

"근데 네 사진첩은 무슨 사진으로 시작하지?" 내가 물었다.

"뭐, 엄마가 임신했을 때 찍은 엄청 웃긴 사진들이 있지. 우리 엄마가 얼마나 말랐는지 알잖아. 무슨 사슴이라도 집어삼킨 꼬챙이처럼 보인다니까."

"그러니까 네 사진첩은 임신한 아줌마 사진으로 시작한다는 거네. 근데 난 아니야. 그게 무슨 뜻일까?"

"아무 뜻도 아니다?" 엠마가 간절한 목소리로 말했다.

"그럴지도 모르지. 하지만 엄마가 임신한 사진은 어디 있냐고 물어보면 또 핑계를 댈 거라는 데 내기를 걸어도 좋아."

"내가 그리로 갈게."

"넌 아무것도 모르는 척하는 게 나아."

"설마 나한테 무슨 짓을 하지는 않을 거야. 내가 어디 있는지 알 수 있게 엄마한테 태워 달라고 할게. 그럼 괜찮지?"

"그래." 나는 안도했다.

지금이야말로 친구가 필요한 순간이다.

13장

엄마 아빠가 방으로 들어왔다. 두 분이 말을 꺼내기도 전에 내가 물었다. "엄마가 저를 가졌을 때 사진은 왜 없는 거예요?"

아무런 대답이 없었다. 엄마 아빠는 그저 걱정스러운 듯 서로를 바라보았다.

"멜빵 입은 여자애는 누구예요, 실제로는요?" 나는 멈추지 않았다. "게다가 핼러윈 때 찍었다는 사진 속 엄마는 머리도 짧잖아요…… 이제 다 털어놓을 때도 되지 않았나요?"

"임신했을 때 사진을 보여 줄게." 엄마가 말했다. "집에 가서 가져올게."

"누구랑 임신했는데요?"

"누구를." 엄마가 즉각 내 실수를 바로잡았다.

"누구를요?"

엄마는 대답하지 않았다. 나는 침대에 꼿꼿이 일어나 앉았다. 이제야 말이 되기 시작했다. 이걸 말이 된다고 표현할 수 있다면. 나면서 동시에 내가 아닌 여자아이, 한 장도 없는 임신한 엄마 사진. 그 사진을 논리적으로 설명할 방법은 하나뿐이다. 여기서 멈추고 싶은 마음이 너무나 간절했지만, 그럴 수는 없다. 계속 질문해야 한다. 온전한 진실을 알아야만 한다. 나는 숨을 깊게 들이쉬고 더욱 깊이 파고들었다.

"질문이 하나 더 있어요. 왜 두 분은 그렇게 젊어 보이죠? 제가 열 살 때 두 분 모습은 첫아이가 열 살 때와 다를 바가 없어요. 제가 태어나기 전에 있던 아이요."

엄마 아빠는 서로를 절망적으로 바라보다가 다시 나를 보았다. 두 분은 차마 대답하지 못했고 그사이에 침묵이 자리 잡았다. 나는 끈기 있게 기다렸다. 결국 엄마가 고개를 내젓더니 주저하며 더듬더듬 대답하기 시작했다.

"우리 둘 다 약간 성형을 했어." 엄마가 나지막하게 말했다. "더 젊어 보일 수 있게. 사람들이 우리를 보고 너를 갖기에 나이가 너무 많다고 생각하지 않게."

나도 모르게 숨을 참고 있다는 걸 깨달았다. 엄마의 대답을 듣자 곧장 속이 뒤집혔지만, 머리는 더 또렷해졌다. 내가 내린 결론이 맞았던 거다. "그 애는 어떻게 됐어요?"

"죽었어." 대답하는 엄마의 눈에 눈물이 차올랐다. "뇌종양으로 죽었어."

아빠가 말을 이었다. "그 애가 죽기 직전에 멀린 박사가 DNA를 채취했어."

"앨런!" 엄마가 외쳤다.

"미란다도 진실을 알아야 해." 아빠가 말했다. "모든 것을."

"안 돼!"

하지만 아빠는 멈추지 않았다. "멀린 박사가 제시카를 재탄생시켰어. 우리 첫아이 말이야. 멜빵을 입고 성 앞에 서 있던 아이가 바로 제시카란다. 박사는 그 애의 DNA로 널 만들었어, 미란다. 엄마는 임신하기에는 나이가 많아 합병증 위험이 컸고, 너는 대리모한테서 태어났지."

갑자기 제대로 숨을 쉴 수가 없었다. 눈앞이 핑핑 돌고, 어디론가 떨어지고 또 떨어지는 것만 같았다. 나는 엄마를 바라보았다. 그리고 아빠도.

"저야말로 진짜 사람이 아니었네요." 내가 조용히 말했다.

"그냥 과학 실험 결과물일 뿐이었어요."

"말도 안 돼!" 아빠가 말했다. 엄마는 울고 있었다. "넌 엠마만큼이나 진짜란다. 단지 조금 다르게 시작한 것뿐이지…… 넌 우리랑 똑같은 인간이야."

"하지만 멀린 박사가 절 만들었잖아요." 몸이 덜덜 떨렸다. "박사가 미리 알았어야 한다고 두 분이 말하던 게 기억나요. 절대 그 애처럼 암에 걸리지 않도록 했어야 한다고요."

"박사는 그렇게 했어." 아빠가 털어놓았다. "널 최대한 튼튼하고 건강하게 만들려고 박사가 네 유전체를 조금 손봤거든."

"그럼 제가 왜 아픈 거예요?"

"우린 모든 걸 통제할 수 있다고 생각했어." 아빠가 말했다. "그러려고 했어. 하지만 네 몸이 별다른 이유 없이 아프게 된 것 같구나. 아니면…… 유전 정보는 굉장히 복잡해서…… 아주 미세한 문제가 있었을 수도 있고."

"아이를 또 잃을 수는 없었어." 엄마가 흐느꼈다. "그래서 멀린 박사가 보험을 준비해 두겠다고 했지. 우린 그게 이식용 장기를 배양하겠다는 말인 줄 알았어. 처음에는 박사가 다른 아이들을 기르고 있는 줄도 몰랐어. 그 애들이 죽어 가고 있다는 것도."

"하지만 사실을 알고 나서도 박사의 연구를 중단시키지 않았잖아요, 안 그래요? 그게 얼마나 잔인한 일인지 모르시겠어요? 그 아이들도 감정을 느꼈을지 모르잖아요. 외로움이나 두려움……." 나는 몸서리를 쳤다.

그때 어떤 생각이 번뜩 머리를 스쳤다. "멀린 박사가 절 만들면서 또 뭘 했죠? 언제나 착하게 행동하는 아이를 만들었나요? 발레 실력도 박사가 준 건가요?"

아빠가 어찌나 불편해 보였는지 나는 정곡을 찔렀다는 걸 알았다.

"맞아요?"

"정신이나 신체 능력을 조금 개선했을 수도 있긴 하지." 아빠가 시인하고는 창백한 얼굴로 미소 지었다. "어쨌든 박사가 널 그렇게 똑똑하게 만들지 않았다면 네가 이 모든 걸 추리해 내진 못했겠지."

"그럼 절 과소평가하지도 마셨어야죠." 내가 쏘아붙였다.

"그래." 아빠가 대답했다. "그래선 안 됐어."

엄마는 아직도 울고 있었다. 하지만 나는 개의치 않았다. 엄마가 미웠다. 아빠도 마찬가지였다. 어떻게 이런 짓을 할 수가 있지? 나는 괴물이다. 난 누구지? 난 뭐지?

"저 좀 혼자 내버려두실래요?" 내가 물었다.

아빠가 엄마의 팔을 붙들고 방을 나갔다. 엄마는 계속해서 흐느끼느라 제정신이 아니었다. "미안해, 미란다." 방을 나가며 엄마가 말했다. "네가 끝까지 모르기를 바랐어. 정말 미안해. 널 고통스럽게 하고 싶지 않았어. 그래서 이런 일을 한 거야."

"아니요. 두 분이 고통스러워지고 싶지 않았던 거죠. 그래서 이런 일을 한 거고요." 나는 엄마 아빠 쪽으로 달려가 문을 쾅 닫았다. 그러곤 어안이 벙벙해 생각조차 할 수 없는 상태로 허공을 응시하며 침대맡에 앉아 있었다. 그때 엠마가 살며시 문을 열었다.

"나 왔어."

나는 멍하니 엠마를 보았다.

"미란다?" 엠마가 방으로 들어와 침대에 앉았다. "바깥문을 두드렸더니 아줌마 아저씨가 엄청 언짢아하셨어. 그래도 우리 엄마가 있으니까 수상해 보일까 싶었는지 들여보내 주시더라고. 무슨 일이야? 아줌마 얼굴이 말이 아니던데."

너무 고통스러워서 말이 나오지 않았다. 나는 침대에 누워 몸을 동그랗게 말았다.

엠마도 말이 없었다. 얼마나 그러고 있었을까, 어느 순간 엠마가 내 발을 톡톡 두드리며 물었다. "미란다, 무슨 일인

146

데. 부모님이 뭐라셔? 사진 속 아이는 누구래?"

나는 등을 대고 누워 천장을 바라보았다. "두 분의 첫아이. 제시카."

"제시카는 어떻게 됐는데?"

"죽었어. 뇌종양으로."

"너무 슬프다. 왜 여태 너한테 아무 말 안 한 거야?"

"내가 제시카니까. 제시카의 DNA로 나를 만들었대."

"뭐라고?"

"말 그대로야." 나는 일어나 앉아 엠마를 물끄러미 바라보았다. "엄마는 나를 임신한 적이 없어. 대리모가 나를 임신했어. 대리모는 이미 자취를 감추었겠지. 나는 복제인간이야."

엠마는 한 마디 말도 없이 나를 바라보고만 있었다.

"나는 끔찍한 괴물이야. 사람이라고 할 수도 없어. 내가 똑똑한 것도 다 그래서야. 항상 모든 걸 분석하는 이유도 마찬가지야. 나는 똑똑하게 만들어진 거야. 운동도 잘하도록 만들어진 거고." 나는 고개를 흔들었다. "집으로 돌아가, 엠마. 가서 진짜 친구를 만들어."

"너는 너야." 엠마가 말했다.

"아니, 아니야. 경찰에라도 가서 전부 털어놔. 우리 가족을 다 가둬 버리게."

"안 돼. 네가 갇히는 건 싫어. 난 네가 다 나아서 학교로 돌아왔으면 좋겠어."

"엠마, 나는 아무것도 아니야. 기적이 일어나서 병이 낫는대도, 특정한 방향으로 행동하게끔 설계된 DNA 덩어리일 뿐이라고. 사는 게 무슨 의미가 있겠어?"

"하지만 그건 누구나 마찬가지야. 모두가 어떤 특징을 물려받잖아. 신체적 능력이나 지능, 뭐 그런 거. 지미를 봐. 다른 애들을 괴롭히는 게 꼭 자기 아빠 같잖아, 안 그래? 만약 지미가 아빠와 떨어져 자랐다면 다른 사람을 괴롭히지 않는 방법을 배웠을 거야. 내 말은, 설령 모든 게 이미 정해져 있고 각자 정해진 방향으로 살아갈 가능성이 크다고 해도, 우린 다른 사람이 되는 법을 배울 수 있다는 거야. 인간이라는 게 바로 그런 존재인지도 몰라." 엠마가 항변했다.

나는 감탄하며 엠마를 바라보았다. "꽤 멋진 연설이었어."

"뭐, 전부 내 생각이라고 할 순 없지만. 얼마 전에 넷플릭스에서 위대한 〈스타 트렉〉을 봤거든. 온통 이런 내용이었어." 엠마가 인정하듯 말했다.

"또 그놈의 SF." 피식 웃음이 나왔다. 난 항상 SF가 바보 같다고 생각했다. 그런데 엠마한테 조금 전과 같은 칭찬을 하다니. 나는 웃음을 터뜨렸다. 엠마도 마찬가지였다.

"그러게." 엠마가 말했다. "정말 말도 안 된다, 그렇지?"

"그래, 맞아." 나는 한숨을 쉬었다.

"또 다른 얘기도 있어."

"뭔데?"

"뭐, 너는 이런 거 안 믿는 거 알지만 난 믿어. 모든 사람한테는 영혼이 있어. 네 영혼은 너한테만 속하는 거야. 네가 어떻게 만들어졌는지는 상관없어. 너한테는 네 영혼이 있으니까."

"그럴까?"

"당연하지."

"내 생각엔 부모님이 날 죽게 내버려두고 텐을 대신 키우는 게 맞을 것 같아. 텐이 세 번째 아이가 되는 거지. 안 될 게 뭐야? 나랑 완전히 똑같잖아. 부모님은 그 애가 또 다른 내가 되도록 가르칠 수 있겠지. 날 그리워하지도 않을걸."

"미란다!"

"그게 사실이야. 맞는 일이고. 그래도 이 클리닉에 불은 지르고 죽고 싶은데."

"미란다. 바보 같은 소리 그만해." 엠마가 나를 나무랐다. "넌 안 죽어. 그 애는 널 대신할 수 없어. 나는 어쩌라고? 제일 친한 친구를 다시 만들어? 수는 어떻고? 네가 괜찮은지 물어보려고 한 시간마다 나한테 전화하는데. 너도 말했잖아. 우리 셋 없이는 우리 반이 돌아가지 않는다고. 다른 애들도 이젠 좀 노력해야 할지도 모르겠네. 내 말 알겠어? 다른 방법을 찾아야 해."

그때 멀린 박사가 문을 밀어젖히며 부산스럽게 방으로 들어왔다.

"안녕, 애들아. 엠마, 비밀로 하겠다고 약속해 줘야겠구나. 네 친구를 위해서 말이야, 알겠니?" 박사는 미소 지었지만, 그 미소는 위협적이었다.

엠마가 고개를 끄덕였다.

"훌륭해. 그럴 줄 알았지."

박사가 내게로 돌아섰다. "자, 미란다. 내가 해결책을 찾은 것 같구나."

"그게 무슨 말씀이세요?"

"너와 텐을 모두 살릴 수 있을 것 같아."

"어떻게요?"

"네게 텐의 간 일부를 이식할 거야. 각각 반쪽씩 갖게 되는 거지. 텐이 반쪽, 너도 반쪽. 간은 재생 능력이 있는 장기거든. 물론 정확히 일치해야겠지만, 네가 건강한 간 반쪽을 받으면 곧 원래 크기로 자라날 거야. 그러고 나면 유전자 치료법으로 널 치료할 거란다. 뭐, 아마도 가능할 거야. 물론 너한 테는 훨씬 더 위험하지만, 텐에게도 살 기회를 줄 수 있는 건 확실해."

"그럼 그렇게 해요." 나는 주저하지 않고 대답했다.

"부모님의 동의가 필요해."

"만약 동의하지 않는다면 딸이 건강해지더라도 함께할 시 간은 길지 않을 거라고 전해 주세요. 전 도망치거나 자살할 거예요. 그리고 박사님과 부모님이 한 짓을 사람들에게 전 부 알릴 거예요." 내가 경고했다.

"흥미롭구나." 멀린 박사가 공책에 뭔가를 끄적이며 말했 다. "공격적이고, 결단력 있군. 네게서 기대하지 않았던 특성 이야."

"실험실 쥐도 박사님을 놀라게 할 때가 있나 보죠?" 내가 비꼬는 투로 대답했다.

"그래." 박사가 순순히 대답했다. "놀랍구나."

엠마가 미소 짓더니 보란 듯이 말했다. "봤지? 너는 미란 다야. 모두 어느 정도는 자기 존재에 대해 혼란을 겪기 마련 이야. 너도 마찬가지일 뿐이라고."

멀린 박사는 고개를 끄덕이더니 자리를 떠나면서도 뭔가 를 계속 적어 내려갔다. 그러곤 중얼거렸다. "아주 흥미로워.

매혹적이야."

"정말 영화 속 미친 과학자 그 자체다." 엠마가 말했다. "저 사람이야말로 정해진 유형에 따라 행동하는 것 같은데."

"미친 과학자 복제인간인가 봐." 내가 말했다.

"그러게." 엠마가 끄덕였다. "그럴지도 몰라."

14장

엠마가 가고 엄마 아빠도 집으로 돌아갔다. 나는 침대에 누워 내게 일어난 일을 이해하려 애썼다. 수술이 내일 아침으로 다가왔지만 더는 무섭지 않았다. 너무 화가 나서 무서워할 겨를이 없는 건지도 모른다. 스스로 이러저러한 존재라고 생각해 왔는데 그 생각이 전부 틀렸다는 걸 알게 된 거다. 엠마 말도 일리는 있다. 살아 있는 한 우리는 처음부터 가지고 태어난 DNA로 이루어져 있다. 하지만 어떤 결정을 할 때, 그게 스스로 내린 건지 그 결정을 하도록 프로그래밍된 건지 어떻게 알 수 있을까?

아니, 그 두 가지가 정말 다르긴 한가?

문이 열리더니 진이 수면제를 가지고 들어왔다. 그런데 진은 혼자가 아니었다. 텐이 함께 있었다.

　"안녕!" 나는 깜짝 놀라 말했다.

　"안녕." 텐이 대답했다.

　"수술 전에 꼭 미란다를 만나고 싶다고 해서요." 진이 말했다. "좀 혼란스러워해요. 찾아와도 괜찮을 거라고 생각했어요."

　"네, 그럼요." 내가 말했다.

　진이 알약을 테이블에 내려놓고 텐이 앉을 수 있도록 커다란 의자를 침대 쪽으로 당겼다. 하얗고 긴 면 잠옷을 입은 텐은 의자에 푹 파묻혀 앉더니 한참 동안 나를 물끄러미 바라보기만 했다.

　"방금 네 이름이 생각났어." 내가 불쑥 말했다. "진짜 이름 말이야. 아리엘."

　"아리엘이 뭔데?"

　"아리엘은 요정이야. 〈폭풍우〉라는 희곡에서 아리엘이 미란다를 구해 주거든. 딱 널 위한 이름이지."

　"나는 여성이야." 텐이 지적했다. (〈폭풍우〉 속 아리엘은 남자 요정이다.)

　"상관없어. 마음에 드니?"

154

"응." 아리엘이 고개를 끄덕였다. "그런 것 같아." 그러고
는 날 향해 미소 지었다.

"이런 수술을 받을 생각을 하다니 너 정말 용감하다." 내
가 말했다.

"안 그래도 그 문제를 논의하고 싶었어." 그 애의 표정이
심각하고 무거워졌다.

"뭔데?"

"네가 내 간 전체를 이식받았으면 좋겠어. 그게 훨씬 안전
할 거야."

"너한테는 아니잖아!"

"그건 상관없는 문제야. 나는 중요하지 않아. 나는 너에게
봉사하기 위해 살아 있는 거야. 그렇지 않으면 내가 살아온
모든 이유에 반하게 돼."

그 애를 잠시 바라보다가 나는 조금 전 엠마가 한 말이 얼
마나 옳은지를 깨달았다. 아리엘이 태어날 때부터 날 위해 희
생해야 한다고 믿지는 않았을 거다. 하지만 아리엘은 나처
럼 다른 사람의 말을 쉽게 따르는 성격으로 태어났다. 그리
고 멀린 박사는 아리엘이 내 목숨을 구하기 위해 존재한다
고 믿도록 가르쳤다. 만약 아리엘이 우리 부모님 밑에서 자
랐더라면 삶을 완전히 다른 시각으로 바라봤을 거다. 엠마

네 가족과 함께 살았더라면 더 반항적인 성격이 됐을지도 모르겠다. 이제야 깨달은 사실인데, 엠마네 가족은 엠마의 독립적인 영혼을 사랑한다. 그런 성격 때문에 자신들이 가끔 미칠 지경이 된다 해도.

"이젠 다른 무언가를 위해 살아야 해." 내가 말했다. "아주 고마운 제안이긴 하지만, 난 받아들일 수 없어. 넌 다른 건 아무것도 모르잖아. 그래서 자유로운 선택을 할 수 없는 거야."

"자유로운 선택이라고?"

"그래. 그게 우리를 사람답게 만드는 거야. 넌 한 방향으로만 생각하도록 길러졌기 때문에 자유롭게 선택할 수 없게 된 거야." 문득 나는 이 말이 모든 사람에게 해당하는 진실이라는 걸 깨달았다. "그래도 괜찮아." 내가 밝은 목소리로 이어 말했다. "우리 모두 어느 정도는 그렇게 자라나거든. 어떤 아이들은 유색 인종을 싫어하도록 길러지고, 다른 아이들은 유대인이나 정부를 싫어하도록 길러지고, 또 다른 아이들은 아주 엄격한 종교 규칙을 지키도록 길러져."

나는 침대에서 풀쩍 뛰어내렸다. "우리 모두 정해진 방향으로 프로그래밍되어 있는 거야. 그 프로그래밍의 방향이 뭔지 알아내는 게 우리가 할 일이지."

아리엘은 혼란스러운 표정으로 나를 바라보았다. "그건 불가능하게 들려. 네가 프로그래밍되어 있다면 넌 그 프로그래밍을 밝혀낼 수 없어. 네가 곧 그 프로그래밍이니까."

"아니야!" 내가 외쳤다. "꼭 그런 건 아니야."

아리엘은 미심쩍다는 표정이었다.

"태어난 모습과 어떻게 자랐는지가 섞여서 우리 각자가 된 거야. 그걸 알고 있으면 돼, 그게 다야."

"몹시 어렵고 복잡하게 들리네. 하지만 난 여전히 네가 내 간을 이식받았으면 해."

"안 돼." 나는 눈살을 찌푸렸다. "싫어. 너도 그걸 받아들여야 해."

"나, 난…… 너에게 적개심이 느껴지는데." 아리엘이 놀란 목소리로 말했다.

"그래. 뭐, 네가 하고 싶은 걸 내가 못 하게 해서 그래. 익숙해지도록 해."

"왜 익숙해져야 해?"

"모든 게 마무리되면 넌 여기서 나갈 거거든, 당연히."

"내가?"

"오, 그건 내가 장담할게. 넌 내 여동생이 될 거야."

"여동생? 자매를 말하는 거야?"

나는 씩 웃었다. "그래. 자매."

"내 집은 여기야." 아리엘의 눈에 눈물이 가득 차올랐다. "떠날 수 없어."

"떠나야만 해. 너도 여기서 나가면 더 좋을 거야. 밖에 나가 본 적 있니?"

"아니!"

"무서워할 것 없어."

내내 문가에 서 있던 진이 아리엘에게 다가와 어깨를 두드렸다. "이제 갈 시간이야. 내일은 중요한 날이니까……."

나는 아리엘의 손을 잡았다.

"너는 네 운명을 **충분히** 따르고 있어." 내가 말했다. "네 선물이 없다면 난 죽을 거야. 네 덕에 내게도 기회가 생긴 거지. 좋은 기회."

아리엘은 여전히 의심하는 듯 보였지만 고개를 끄덕였다. "그럼 충분하다고 여겨야겠지. 적어도 지금으로서는 존재하지 않는 걸 두려워하지 않아도 되니까."

"맞아. 그럴 필요 없어. 나도 마찬가지고."

"약 먹어요, 미란다." 진이 말했다.

진과 아리엘이 떠나고, 나는 알약으로 손을 뻗었다.

15장

〰〰〰〰〰〰〰〰〰〰〰〰〰〰〰〰〰〰〰〰〰〰〰

　병원에 입원한 지 오늘로 한 달째다. 수술은 성공적이었고, 유전자 치료법도 효과가 있어 이제 종양은 완전히 사라졌다. 나는 거의 말짱해졌다. 내일 퇴원해도 좋다는 이야기를 들을 만큼, 그리고 엄마 아빠와 멀린 박사의 일을 어떻게 처리할지 결정하기에 충분할 만큼.

　아직 듣지 못한 진실이 남은 것 같다. 내가 억지로 진실을 털어놓게 할 때까지, 부모님과 멀린 박사는 모든 면에서 거짓말을 해 왔으니까. 세 사람이 이 클리닉에서 무슨 일을 하는지 감시할 방법도 없다. 정말 그렇다. 하지만 누군가는 지켜봐야 할 텐데. 부모님과 멀린 박사는 정말로 아리엘을 죽이려고 했으니까.

그러니 이제 내 인생에서 가장 어려운 결정을 내려야 할 때다. 나는 가만히 앉아서 세 사람이 한 말을 낱낱이 되돌아보고, 되돌아보고, 또 되돌아보았다. 생각하면 할수록, 더욱더…….

엠마가 문 사이로 머리를 빼꼼 들이밀었다. "짠!"

"엠마. 그러지 좀 마!"

"그러지 말라고? 저런, 너 긴장했구나." 엠마가 방으로 들어서며 말했다.

"내가…… 결정을……." 엠마에게도 말해야 할까?

"뭐?"

"경찰을 부를까 생각 중이야."

엠마가 커다란 의자에 앉았다. "뭐라고 하게?"

"무슨 일이 일어났는지 말해야지."

"그럼 아줌마 아저씨를 체포할 거야."

"나도 알아."

우리는 잠시 아무 말도 하지 않았다.

"정말 그렇게 할 수 있어? 감당할 수 있겠어?" 엠마가 물었다.

"나도 몰라." 나는 울기 시작했다. "모르겠어. 하지만 아리엘을 죽이려고 했잖아. 엠마, 만약 다른 애들이라도 있으면 어떡해?"

"다른 복제인간들?"

"없을 거라는 보장도 없잖아, 안 그래? 부모님이 뭘 숨기고 있는지 알 수가 없어. 3층에서 임신한 여자도 봤잖아. 멀린 박사의 실험체를 임신했을 가능성이 크지 않아? 우린 멀린 박사가 뭘 할 수 있는지 모르잖아. 누가 박사를 감시하지? 내가 아무 일도 없었던 것처럼 살 수 있을까?"

엠마가 고개를 저었다. "그렇진 않겠지."

"하지만 우리 부모님을 포함해서 모두를 고발하면…….두 분은 나를 사랑해. 이런 일을 벌인 것도 날 사랑해서잖아." 나는 말을 멈췄다. "하지만 아직도 두 분을 쳐다보거나 말을 거는 것조차 힘들어." 나는 엠마를 바라보았다. "경찰을 불러야 해. 부모님이 그런 짓을 계속하면 내가 어떻게 떳떳이 살아가겠어?"

갑자기 머리를 한 대 얻어맞은 것 같았다. 나는 엠마를 바라보았다. "그럼 그것도 알려지겠지, 안 그래?"

"네가 복제인간이라는 거?"

"첫 번째 복제인간이라는 거. 첫 번째로 복제된 인간. 나는……."

"유명해지겠지."

"그래, 유명해지겠지. 언론이 매일 뒤를 쫓아다니고, 내 사진이 잡지 표지를 도배할 거야."

"잠시도 너를 가만히 두지 않을 거야." 엠마도 점점 상황이 실감 나는 듯 말했다.

"영원히. 나는 평생 복제인간일 거야. 평생 괴물일 거야." 머리가 핑핑 돌았다. 대체 어째야 할지 도무지 알 수가 없다. 엠마가 곁에 다가와 앉더니 내 어깨에 팔을 둘렀다.

"좋아." 엠마가 결심한 듯 말했다. "네가 받은 똑똑한 뇌를 굴릴 시간이야. 생각을 해 봐. 분명 다른 방법이 있을 거야. 모두를 고발하면 넌 자신을 미워하게 되고 고통스러워질 거야. 하지만 고발하지 않는다면 평생 부모님을 믿을 수 없겠지. 분명 다른 해결책이 있을 거야."

"맞아. 다른 방법이 있을 거야." 나는 일어나 방을 서성거리기 시작했다. "두 분은 좋은 부모야. 평소 집에 있을 땐 말이야." 나는 논리적으로 생각하려 애썼다. "두 분을 믿을 수 없는 곳은 여기, 이 클리닉뿐이야. 다른 평범한 병원은 상관없지만, 이 연구 센터를 부모님의 관리 아래 둘 수는 없어." 내가 선언했다.

"일리 있어." 엠마가 고개를 끄덕였다.

"두 분이 이 클리닉을 다른 사람한테 넘기도록 해야겠어."

"아빠가 일하는 병원에서는 자선 재단이 지원하는 연구를 해. 아줌마 아저씨가 클리닉을 자선 재단에 넘기면, 다른 누군가가 연구를 관리하겠지. 멀린 박사도 관리 대상이 될 테고."

"부모님도 동의할 수밖에 없어." 마음이 한결 가벼워졌다. "아니면 전부 알릴 거니까. 그러면 두 분은 체포되고 내 삶도 망가지리란 것쯤은 알겠지."

"만약 동의하지 않으시면 어떡해?"

"두 분도 나 못지않게 똑똑해." 나는 한숨을 쉬었다. "동의할 거야."

✳

"미란다 언니. 언니, 새날이 밝았어. 이제 깨워. 우리가 수영할 시간이야."

나는 눈을 뜨고 말했다.

"꺼져."

"꺼져? 또 다른 종류의 불쾌한 말처럼 들리는데."

"저리 가라고! 자고 있잖아!"

"하지만 수영장에서 물리 치료를 해야만 해. 리처즈 선생님이 곧 도착하실 거야."

한숨이 나왔다. 어린 동생이 생기는 건 사람들 말처럼 그렇게 좋기만 한 일은 아니다.

"오늘은 건너뛸래." 내가 베개에 머리를 박고 중얼거렸다. 어젯밤 엠마와 요즘 들어 엠마에게 관심을 보이는 마이클 레보위츠 얘기를 하느라 새벽 2시까지 깨어 있었던 탓이다. 마이클은 정말 귀엽다.

"그럴 수는 없어!" 아리엘이 말했다. "일주일만 있으면 언니는 학교로 돌아갈 수 있을 거야. 나도 마찬가지고. 난 내첫 등교일이 미뤄지는 걸 원치 않아."

이런데도 아리엘이 클리닉 바깥 생활에 잘 적응할 수 있을까 걱정했다니. 괜한 일이었다. 아리엘은 온갖 것에 흥분하고 즐거워한다. 그리고 뭐든 당장 해 보려고 든다. 역시 유전인가 싶기도 하다. 나도 새롭기만 하다면 그게 환경이든, 학급이든, 여행이든 언제나 손꼽아 기다렸으니까. 결국 우리 둘은 지독하게 똑같은 사람인 거다. 하지만 당장은 유전 프로그래밍에 관한 생각을 머리에서 지우고 살아 있다는 것을 온전히 누리려고 애쓰는 중이다. 바로 얼마 전까지만 해도 그게 가능할 거라고 생각조차 못 했으니까.

부모님을 어떻게 용서할 수 있을지는 여전히 잘 모르겠다. 아직도 두 분을 생각하면 화가 난다. 나를 사랑해서 그랬다고는 하지만, 그게 핑계가 될 순 없다. 안 그런가? 이유가 뭐가 됐든 두 분이 하려던 일은 옳지 않은 일이었다. 요즘은 엠마네 집에서 많은 시간을 보낸다. 엠마네 부모님은 뭐가 옳고 뭐가 그른지 아는 분들이니까.

어쩌면 우리 가족도 언젠가는 예전 모습을 되찾을 수 있을지 모른다. 적어도 부모님은 아리엘을 받아들이고 내 다른 요구 사항도 전부 들어주었다. 내게 몹시 화를 내긴 했지만. 하지만 이제는 두 분도 삶과 죽음이 뜻대로 되지 않는다는 사실을 받아들여야 한다. 나도 마찬가지다. 두 분이 계획한 대로 내버려두면 어떨까 싶은 적도 있었다. 그렇다면 내겐 언제나 든든한 '보험'이 있을 테니까. 하지만 난 평범한 사람으로 살아가고 싶다. 게다가 그런 이유로 사람을 만들어 내는 게 옳은 일이 아니라는 것도 안다. 그건 정말 옳지 않은 일이다. 멀린 박사는 여전히 DNA 연구를 한다. 박사는 자기가 얼마나 나쁜 짓을 했는지 모른다. 그저 연구를 계속하고, 그 결과는 결코 고민하지 않는다. 다행히 이제 박사의 활동은 관리 대상이다―계획대로 된다면.

이제 모든 게 다시 시작되는 거다.

"깨워!" 아리엘이 또 한 번 재촉했다.

"일어나." 내가 고쳐 주었다. "이제 일어나,라고 해야지."

아리엘이 팔을 뻗어 나를 끌어안았다. "언니는 훌륭한 선생님이야."

나도 아리엘을 안아 주었다.

"너도 훌륭한 꼬마 동생이야. 이제 나도 일어났어."

"잘됐어."

"그래." 나는 미소 지었다. "모든 게 다 잘됐어."

16장

"언니!"

아리엘이 허리에 손을 올리고 나를 내려다보고 있었다.
"안 갈 거야?"

"지금 몇 시야?"

"9시 3분. 늦었어, 아주 늦었어. 우리 일찍 일어나는 연습
을 해야겠어. 월요일이면 학교에 돌아가야 하잖아."

"너나 연습해." 나는 머리끝까지 이불을 뒤집어쓰며 부루
퉁하게 말했다.

"나는 연습이 되어 있어." 아리엘이 지적했다. "나는 일어
나 있고 준비도 다 했잖아."

"그럼 내가 연습을 해야 한다고 말해야지." 나는 베개에 머리를 박고 돌아누우며 아리엘의 말을 고쳐 주었다.

"그런 것 같네."

"글쎄, 나도 연습할 필요 없는데. 난 학교에 어떻게 가는지 알거든. 지각한 적도 없어. 너야말로 한 번도 안 가 봤지."

"맞아, 나는 새내기야. 언니 말처럼." 아리엘이 시인했다.

나는 휙 돌아누워 아리엘에게서 멀찍이 떨어지면서 손을 올려 내 흉터를 더듬었다. 멀린 박사가 아리엘의 간을 이식한 자리다. 수술 부위는 이제 아프지 않다. 사실 이렇게 누워 있으면 아프기 전과 다를 바 없이 멀쩡해진 것 같다.

"나는 기대로 가득 차 있어." 아리엘이 말했다.

"아직도 안 갔어?"

"물론이지."

한숨이 나왔다. 뭐, 자업자득이다. 그러니 익숙해져야겠지. 나는 힘겹게 침대를 빠져나와 욕실로 향했다.

"15분이면 다 준비할 수 있어." 내가 말했다. "바깥은 어때?"

"우리는 라퀸타 시 경계로부터 3마일 떨어진 20에이커 크기의 땅에 있어. 라퀸타는 팜스프링스, 커시드럴캐니언, 팜데저트로 이루어진 일련의 사막 도시 중 하나야. 언니네 부모님은 야자수로 경계를 지은 매우 아름다운 토지를 소유하고 계셔. 가운데에는 랜치 스타일의 저택이 있지. 조경수로는……."

터져 나오려는 웃음을 애써 억눌렀지만 더는 참을 수가 없었다.

"자몽, 레몬, 오렌지 나무, 마다가스카르 야자수, 알로에 나무, 세니타 세레우스 혹은 상제각선인장이 함께 심겨 있어. 집을 둘러싼 광활한 선인장 정원에는 **오푼티아 혹은 부채선인장, 마밀라리아 마그니마마**……."

"아리엘."

"응?"

나는 참지 못하고 결국 소리 내어 웃고 말았다. "누가 바깥은 어때?라고 묻는 건 날씨가 어떠냐는 거야!"

"그럼 왜 바깥 날씨가 어떻습니까?라고 묻지 않는 거야?" 볼이 분홍빛이 된 아리엘이 물었다.

"그냥 흔히 쓰는 표현이야." 내가 설명했다. "익숙해져야 해."

"맞아. 언니 말이 맞아. 나도 언니처럼 되고 싶어."

"거기서 어떻게 더 나처럼 될 수 있겠어? 넌 내 복제인간이잖아! 나보다는 너 자신처럼 되도록 노력해 봐."

아리엘이 아리송한 표정으로 나를 바라보았다.

"아, 아직 이런 얘기 할 때는 아니다." 나는 또 한 번 한숨을 내쉬고 욕실로 들어가 문을 닫았다. 적어도 이곳은 나만의 공간이다. 이조차도 방을 같이 쓰는 아리엘에게 내가 욕실에 있을 때는 들어오면 안 된다고, 미리 단단히 못을 박아 둔 덕이지만. 아리엘이 적응하려면 손님방보다 내 방을 처음부터 같이 쓰는 게 나을 것 같았다. 여기에 더해 어머니를 몇 번 재촉한 끝에 손님방 하나를 아리엘 마음대로 꾸며도 된다는 허락을 받아 냈다. 아리엘은 온통 빨간색, 초록색, 노란색을 골랐다. 단조로운 연구실에서 벗어나니 밝고 생생한 색이 산뜻하게 느껴지는 모양이다. 오늘 예정된 쇼핑도 아리엘이 자신을 찾을 수 있도록 도와주려는 내 노력의 일부다. 지금까지는 어머니가 준 옷만 입었지만, 월요일 첫 등교 때 입을 옷은 아리엘이 직접 고르는 게 맞을 것 같았다. 그리고 아리엘과 함께 몇 주 동안이나 집에만 처박혀 있었던 나로서도 오후 동안 바깥바람을 쐴 좋은 기회다.

나는 부엌으로 향했다. 로나 아줌마가 싱싱한 자몽, 버섯 오믈렛과 토스트를 준비해 두었다.

"안에서 먹을래 아니면 밖에서 먹을래, 미란다?" 로나 아줌마가 물었다.

"아리엘은 어디 있어요?"

"바깥 테라스에 있어."

"그럼 아리엘이랑 같이 먹는 게 낫겠어요."

우리 집에는 테라스가 여러 군데 있다. 로나 아줌마가 가리킨 곳은 부엌 바로 바깥쪽 테라스였다. 여기 말고도 식당 바깥에 수영장과 테니스장이 보이는 테라스가 하나 있고, 부모님 침실에도 하나 있지만, 나는 부엌 테라스가 제일 좋다. 이곳 테라스는 선인장으로 둘러싸여 있는데, 그중에는 사시사철 꽃이 피는 것도 있다.

로나 아줌마를 도와 접시를 들고 아리엘에게 다가갔다. 나를 보자 아리엘의 얼굴이 밝아졌다. "우리 이제 출발하는 거야?"

"그래. 밥 다 먹고 어머니한테 준비되었다고 말하면."

"어머니에 관해 생각을 해 봤어."

이런. 쇼핑몰에서 뭘 살지 시시콜콜한 이야기를 나누는 느긋한 아침 식사는 물 건너간 것 같다.

"엠마도 같이 갈 거야." 나는 아리엘의 주의를 돌리려 애썼다.

"훌륭해. 이제 어머니 얘기를 하자." 아리엘은 잠시 말을 멈추었다. "어머니는 사실 내 어머니는 아니야." 아리엘이 선언하듯 말하고 다시 말을 멈추었다. "언니의 어머니도 아니지. 언니를 복제해서 나를 만들었으니 언니가 내 어머니야. 언니의 어머니는 언니가 DNA를 받은 그 아이고."

"아니야, 그렇지 않아. 넌 나보다 네 살 어린 쌍둥이에 가까워. 마찬가지로 나는 부모님의 첫 자식인 제시카와 쌍둥이지. 그러니 어머니는 너랑 내 어머니가 맞아. 제시카가 어머니와 아버지의 아이니까." 내가 설명했다. "어머니가 만약 자신을 복제했고 그 결과로 네가 나왔다면, 너는 자식이 아니라 어머니의 쌍둥이가 되는 거지. 너랑 나는 자매야."

"그렇네." 아리엘이 안심한 듯 한숨을 내쉬었다. "언제나 그렇듯이 언니 말이 맞아."

"뭐, 멀린 박사가 너한테도 나처럼 지능을 추가했겠지. 그러니 너도 나만큼 똑똑할 거야. 아직 충분히 알지 못해서 그래."

"그래도 오늘은 쇼핑몰에 대해 배울 수 있잖아! 너무나 기대돼!"

"그럼 나 밥 마저 먹게 해 줘." 내가 말하자 아리엘은 마침내 입을 다물고 나를 내버려두었다. 천천히 먹는 내 습관이 아리엘의 짜증을 돋우는 게 틀림없다. 식사를 마친 나는 어머니를 찾아 나섰다.

어머니는 늘 그렇듯 바쁘게 통화 중이었다. 관리하는 자선 재단 일인 것 같았다.

"준비되셨어요?" 내가 입 모양으로 물었다.

어머니는 고개를 끄덕이고는 손짓했다. 실제 나이를 알고 나니 어머니가 내 눈앞에서 나이 들어 버린 것처럼 느껴졌다. 따지고 보면 제시카가 죽을 때 이미 열 살이었으니, 그때 태어난 내가 열네 살이 된 지금 어머니는 알던 대로 서른다섯 살이 아니라 오십 대 초반일 터였다. 성형 수술의 효과는 놀라웠다. 하지만 그마저도 내가 거의 죽다 살아나서 어머니를 미워하기 시작한 이래 생긴 미간의 주름을 감추지는 못했다. 글쎄 미워한다는 표현은 조금 심하려나. 하지만 나는 부모님이 저지른 일을 아직 용서하지 않았다. 사실 전처럼 아버지를 '아빠'라고 부를 수조차 없다. '우리 아빠'라고는 더더욱. '엄마'도 어머니가 되었다. 할 수만 있다면 두 분을 마틴 씨와 마틴 부인이라고 부르고 싶은 심정이다. 두 분은 내게 그런 존재가 되었으니까 ─ 서로 모르는 사람처럼.

어머니가 휴대폰을 내려놓고 미소 지었다. "첫 외출이네. 둘 다 준비됐니?"

"네." 내가 대답했다.

"쇼핑몰 냉방이 과할지 모르니 스웨터를 챙기렴." 쇼핑몰에 갈 때면 늘 듣는 말이다.

"괜찮아요." 나도 언제나처럼 대답했다. 내가 추위를 느끼지 않는 게 사실은 유전적으로 혈액 순환이 완벽하게 이루어지도록 설계된 탓이라는 걸 이미 알아 버렸지만. 멀린 박사가 준 또 하나의 '유리한 성질'이다. 회복력도 특출나서, 안 그랬다면 수술과 치료를 받은 뒤에 이렇게 빨리 회복하지는 못했을 거다.

어머니는 예전처럼 나와 입씨름하는 대신 가만히 고개를 끄덕였다. 내가 모든 사실을 알게 된 이후 우리 둘의 관계는 완전히 달라졌다. 예전엔 그렇게나 가까웠는데. 하지만 어머니는 마치 아무 일도 없었다는 듯, 내가 삶 전체에 관한 거짓말을 몽땅 잊기라도 한 것처럼 군다. 나는 깊이 숨을 들이쉬었다. 어머니를 바라보기만 해도 울컥하고 화가 치민다.

팜데저트에서 쇼핑몰까지는 차를 타고 20분을 가야 한다. 어머니에게 오픈카 지붕을 열어 달라고 부탁해 얼굴에 부딪치는 뜨거운 공기를 한껏 들이마셨다. 대로는 온통 꽃으로 뒤덮여 있고 하늘은 푸르렀다. 살아 있다는 게 기뻤다. 어머니가 끼익하며 쇼핑몰 앞에 차를 세우더니 말했다. "두 시간."

"세 시간이요." 내가 말했다. "두 시간 안에 다 돌아볼 순 없어요."

"좋아." 어머니가 말했다. 어머니는 내게 안 된다고 말하는 법을 잊은 것 같다. 그래서 가끔은 내가 어머니인 것처럼 느껴지기도 한다. 전혀 내키지 않는 일이다. 아무것도 모르는 아이로 돌아가고 싶지만 다시는 그런 날이 오지 않겠지.

엠마는 벌써 입구에서 기다리고 있었다. 엠마를 보자 곧바로 기분이 나아졌다. 학교에서 매일 만나다가 영상 통화나 문자로만 얘기를 나누려니 답답하기 그지없었다. 수술이 끝나고 엠마가 몇 번인가 집에 놀러 오긴 했지만, 부모님 없이 우리끼리 노는 건 천지 차이다. 우리는 서로를 힘껏 끌어안았다. 엠마는 아리엘도 꼭 안아 주었지만, 아리엘은 자기도 엠마를 안아 줘야 한다는 걸 미처 알지 못했다.

"뭐부터 할까?" 내가 물었다.

"아리엘한테 한 바퀴 구경시켜 주자." 엠마가 말했다. "가자."

우리는 쇼핑몰을 오르내리며 아리엘에게 온갖 가게와 거기서 사고파는 물건들을 보여 주었다. 아리엘의 질문은 끝이 없었다.

"하지만 왜 화장품을 구매하는 거야? 그렇게 하면 아름다움이 생겨나는 거야?"

엠마가 소리 내어 웃었다. "아니야! 사람들도 대부분 그렇지 않다는 걸 다 알면서도 속아 넘어가는 거야."

"속아 넘어간다고?"

"그래." 엠마가 씩 웃었다. "사실이 아니라는 걸 알면서 스스로 그렇다고 믿는 거지. 혹시 모르잖아."

"논리적이지 않은데." 아리엘이 지적했다.

어느새 우리는 시즈 캔디 앞에 다다랐다.

"들어갈까?" 내가 물었다.

"당연하지." 엠마가 대답했다.

안으로 들어가자 길게 늘어선 줄이 보였다. 우리 차례가 되었을 때 나는 초콜릿 트러플을, 엠마는 초콜릿 크림을 주문하기로 이미 마음먹은 상태였다. 하지만 아리엘은 뭐가 뭔지 전혀 몰랐고, 점원에게 초콜릿을 하나씩 가리키며 물었다. "저건 정확히 뭔가요?" 뒤에 선 사람들의 인내심이 한계에 다다르기 시작했다.

"소프트 캐러멜로 주세요." 아리엘이 외계인이라도 되는 것처럼 바라보기 시작한 젊은 점원에게 결국 내가 말했다. 초콜릿이 뭔지 모르는 사람이 있다고 누가 생각이나 할까!

우리는 각자 고른 초콜릿을 들고 가게 밖으로 나와 그 자리에서 먹어 치웠다. 아리엘은 소프트 캐러멜을 한입 가득

베어 물더니 우물거리며 말했다. "이건 이해할 수 있어. 화장품보단 훨씬 말이 되는데. 이거라면 돈을 낼 수 있겠어."

그 말을 들으니 멀린 박사가 아리엘에게 얼마나 냉혹하게 굴었는지 새삼스레 느껴졌다. 그렇게 가둬 놓고 초콜릿 한 번 주지 않다니! 어쩌면 바깥세상에 좋은 게 있다는 걸 알면 아리엘이 도망치고 싶어 할까 봐 걱정했는지도 모른다.

"이제 가자." 내가 말했다. "쇼핑할 시간이야."

우리는 아리엘을 데리고 백화점으로 들어갔다. "뭔가가 너무 많은데." 아리엘이 말했다.

"맞아. 멋지지 않니? 와! 저것 봐, 미란다." 엠마가 대답하고는 새로 나온 게 분명한 여름옷이 걸린 코너로 달려갔다. 나는 진열된 수영복에 마음을 빼앗겼다. 이번 여름에는 흉터가 보이지 않도록 비키니 대신 원피스를 선택하는 게 좋겠지.

한창 수영복을 살펴보는데 엠마가 다가와 물었다. "아리엘 어디 갔어?"

나는 주위를 살폈다. "모르겠어. 조금 전까지 따라오고 있었는데. 아리엘." 옷걸이 사이로 목을 길게 빼 내다보며 내가 불렀다. "아리엘?"

엠마도 아리엘의 이름을 불렀지만, 아리엘은 어디에도 보이지 않았다.

"어쩌지?" 내가 새하얗게 질려 말했다. "걔는 아무것도 모르는데! 근처에 있으라고 당부할걸. 바깥세상에서 그 애는 두 살짜리나 다름없어. 모르는 사람을 따라갔을 수도 있고, 그게 아니라도 무슨 일이 생길지 몰라!"

"다른 사람들은 그 애가 그렇게 순진한지 모를 거야." 엠마가 나를 안심시켰다. "어디 있을 거야. 걱정하지 마."

"흩어져서 찾아보자."

"그래. 10분 뒤에 만나. 가서 찾아봐. 나는 보안 요원에게 알리고 방송해 달라고 할게. 쇼핑몰 가운데 있는 보안 데스크에서 만나자."

나는 어디부터 찾아봐야 할지 미처 정하지도 않고 허둥지둥 길을 나섰다. 가게 안, 쇼핑몰 복도……. 복도를 오르내리며 점원들에게 나처럼 금발에 푸른 눈이지만 더 어리고, 열 살치고는 키가 큰 아이를 보지 못했느냐고 물었지만…… 헛수고였다. 안내 방송이 들렸다. 아리엘 마틴은 쇼핑몰 중앙 보안 데스크로 와 주시기 바랍니다. 그러더니 보안 데스크까지 가는 길에 관한 설명이 이어졌다. 머리 좋은 엠마다운 방법이었다.

끝내 아리엘을 찾지 못한 나는 서둘러 중앙 보안 데스크

쪽으로 향했다. 엠마가 눈에 들어왔다. 그리고 다음 순간 같은 방향으로 걷고 있는 아리엘이 보였다.

"아리엘!" 나는 아리엘을 껴안아야 할지 혼내야 할지 갈팡질팡하며 그쪽으로 달려갔다. "어디 갔었어?"

"갔었다고?"

"엠마랑 나를 떠났잖아!"

"그게 옳지 않은 일인가?"

"당연하지! 하마터면 잃어버릴 뻔했잖아."

"어떻게? 우리는 밀폐된 공간에 있잖아."

"하지만 공간이 아주 넓고 사람도 많아. 유괴라도 당하면 어쩔 뻔했어?"

"유괴? 나쁜 사람들이 납치하는 거?"

"그래!"

"왜 그런 짓을 하고 싶어 하는 거지?"

나는 도움을 청하는 눈길로 엠마를 바라보았다.

"세상에는 아주 많은 사람이 있어, 아리엘." 엠마가 말했다. "대부분은 믿을 만한 사람이지. 하지만 그렇지 않은 사람도 있어서 조심해야 해. 혹시 모르니까 말이야."

"그건 슬픈 일이야." 아리엘이 말했다.

"맞아." 내가 말했다. "하지만 너한테 무슨 일이 생기면 더

슬플 거야. 앞으로 밖에서는 무조건 내 옆에 있는 거야. 무조건. 알았어?"

"응, 알았어."

"좋아."

엠마가 손목시계를 확인하더니 말했다. "아리엘을 좀 도와줘야겠다. 안 그럼 등교 첫날 입을 옷을 하나도 못 사고 말거야."

"이 구조물 전체에서 내 이름이 불리는 게 재밌었어." 아리엘이 걸음을 옮기며 말했다.

나는 고개를 절레절레 흔들었다. 대체 이런 애를 데리고 뭘 한담?

17장

아침에 눈을 뜰 때마다 더 인내심을 가지고 아리엘을 대하겠다고 마음먹는 나날이다. 하지만 몇 분도 지나지 않아 분노에 휩싸여 곧 그 애를 죽일 수도 있을 것 같은 마음이 된다. 다시 학교에 나가기 시작한 이래 내내 그랬다.

오늘 아침만 해도 그렇다. 로나 아줌마에게 새 회색 셔츠와 회색 바지, 모자 달린 검정 스웨터를 입겠다고 했는데 눈을 씻고 찾아봐도 회색 셔츠가 보이질 않았다. 결국 셔츠는 빨래 바구니에 담긴 더러운 옷들 사이에서 발견되었다. 왜냐고? 아리엘이 어제 저녁에 그 옷을 입고 새로 사귄 친구 젠과 함께 피자를 먹으러 나갔으니까. 그리고 셔츠에 토마

토소스를 흘렸으니까. 이게 말이 되냐고! 둘이 하염없이 집에 처박혀 있는 대신 학교라도 가면 상황이 나아질 거라고 생각했는데.

엠마는 내 마음도 모르고 자기도 여동생이 있으면 좋겠다고 한다. 항상 자기를 부려 먹는 오빠들 대신 자기도 부릴 수 있는 누군가가 있었으면 하기 때문이다. 하지만 나라고 아리엘을 부려 먹을 수 있다고 생각하면 오산이다. 난 늘 그 애를 보살피거나 그 애의 뜻에 이리저리 휘둘릴 뿐이다.

당장 아리엘이 준비를 마치길 기다리면서 이런 생각이나 하고 있지 않나.

그때 아리엘이 부엌으로 뛰어 들어오더니 팬케이크 하나를 통째로 입 안에 욱여넣었다.

"말도 안 돼! 이러다 늦어! 이제 가야 해!" 내가 외쳤다.

"1분쯤 늦겠네." 아리엘이 말했다. 저렇게 입 속이 가득 찬 채로 어떻게 말을 할 수 있는지 모를 노릇이다. "그래서?"

그래서라고? 머리 뚜껑이 열릴 지경이었다. "그래서? 그래서…… 늦으면 안 되지!"

아리엘은 갓 짜낸 레몬주스—설탕도 없는—로 팬케이크를 삼켜 넘기더니 씩 웃었다. "준비됐어!"

나는 고개를 내저으며 몸을 부르르 떨었다. 매일 아침 저

레몬주스를 마시는 걸 보기만 해도 진저리가 난다. 어느 날 로나 아줌마가 레모네이드를 만들고 있었는데, 미처 설탕을 넣기도 전에 아리엘이 꿀꺽 마시더니 맛있다고 외쳤다. 그 후로 레몬주스는 아리엘이 제일 좋아하는 음료가 되었다.

"어머니, 준비됐어요." 내가 말했다.

어머니가 서둘러 부엌으로 들어와 아리엘에게 물었다. "가방은 어디 있니?"

"여기 있어요." 로나 아줌마가 대답했다. 매일 아침 반복되는 일이다. 아리엘은 잊어버리고, 로나 아줌마가 미리 챙겨 두고.

"회색 셔츠." 나는 문을 나서며 아리엘에게 눈을 부라렸다.

아침 7시 반밖에 안 되었는데도 오븐 속에 들어선 것처럼 더위가 나를 옥죄었다. 잠시 멈춰 서서 숨을 들이켰다. 봄의 열기다. 파란 하늘에는 구름 한 점 없고, 어머니가 집 주위에 가득 심어 놓은 꽃들은 8시에 스프링클러가 자동으로 물을 뿌려 주기를 참을성 있게 기다리고 있었다. 레몬 나무는 가득 달린 열매 때문에 가지가 늘어지고, 마당 한가운데 있는 커다란 선인장은 당연하게도 열기에 끄떡없이 버티고 있었다. 나도 선인장이 되고 싶다. 커다랗고, 위풍당당하고, 강인한 선인장. 예전에는 나도 그랬는데. 하지만 이제는 아리엘이 시도 때도 없이 속을 뒤집는 바람에 삶이 온통 뒤죽박죽이다.

"회색 셔츠?" 지붕이 열린 채 에어컨이 틀어진 오픈카에 올라타며 내가 다시 한번 말했다.

"정말 미안해." 아리엘이 쉴 새 없이 조잘대기 시작했다. "하지만 젠네 가족을 처음 만나는 자리에서 좋은 인상을 주고 싶었는데 언니가 없어서 물어볼 수가 없었고 나는 언니가 내가 멋지게 보이길 바란다고 생각했거든, 그 셔츠가 내 보라색 바지랑 잘 어울리더라고. 보라색 바지에 보라색 티셔츠를 입는 건 좀 과하잖아, 안 그래?"

내가 뭐라도 대답하려고 입을 벌렸지만, 아리엘은 말을 멈추지 않았다.

"그러곤 옷에 음식을 흘린 거야. 너무 창피했지 뭐야, 셔츠를 더럽힌 건 정말 미안하지만, 젠네 가족이 날 다시는 식당에 데려가지 않으면 어쩐담!" 아리엘은 울기 직전인 것처럼 보였다.

"그럴 리는 없을 거야." 내가 간신히 말했다. "젠이 좋은 친구라면 그런 별거 아닌 일을 문제 삼지는 않겠지."

"별거 아닌 일이야?"

"그래, 별거 아닌 일."

"그럼 언니도 화 안 내겠네?"

세상에! 또 은근슬쩍 넘어가네! 화낼 만한 일이 아니라고 내 입으로 말했으니 화냈다간 나만 이상한 꼴이 되겠지! 더 짜증 나는 건 아리엘을 상대로는 화가 금방 풀리고 만다는 거다. 이렇게 열 받은 상태에서 인정하긴 싫지만, 아리엘은 정말 사랑스러운 아이다. 아리엘이 날 사랑하는 것처럼 누군가 나를 속속들이 사랑한다는 건 기쁜 일이다. 게다가 세상 모든 것에 대한 아리엘의 관심과 열정에는 전염성이 있다.

신선한 공기나 사탕, 새 옷처럼 내게는 당연한 것들이 아리엘에게는 경이로운 발견이다. 하지만 가끔은 선을 그을 필요가 있고, 지금이 딱 좋은 기회다. 계속 내 옷을 훔쳐 입게 내버려둘 수는 없으니까!

"그건 다른 문제야." 내가 설명했다. "젠이 개의치 않는 건 누구나 실수하기 때문이야. 하지만 넌 허락을 구하지도 않고 내 셔츠를 입었잖아. 그건 실수가 아니야. 그러니 나도 화가 날 법하지. 알겠어?"

"그래." 아리엘은 예전 모습으로 돌아가서 딱딱하게 대답했다. "이해했어."

기왕 물이 들어온 김에 노를 더 저어야겠다는 생각이 들었다.

"똑똑히 알아 둬." 내가 말을 이었다. "내가 언니라는 걸 말이야. 언니 말을 들어야지. 뭔가 하기 전에는 내 허락을 받아야 해."

"미란다!" 어머니가 끼어들었다.

"왜요, 어머니. 도대체 통제가 안 될 지경이라고요." 내가 볼멘소리를 했다. "제가 대장이란 걸 아리엘도 알아야죠."

"넌 대장이 아니야, 미란다. 아리엘, 네가 따라야 할 사람은 어머니 아버지란다."

"미란다 언니가 아니라요?" 아리엘이 물었다.

나는 어머니를 빤히 바라보았다.

"흠……." 어머니가 망설이더니 말했다. "그건 좀 달라. 미란다 언니는 많은 조언을 해 줄 거야. 그러니 언니 말을 듣는 게 너에게도 좋겠지."

"참 감사하네요!" 내가 말했다.

어머니가 말을 이었다. "하지만 가족 안에서 최종 권한은 부모한테 있어."

어머니는 아리엘뿐 아니라 나도 염두에 두고 말한 게 틀림없다. 내가 직접 최선이 뭔지 판단하기 시작했다는 걸 깨닫고 다시 어머니의 자리를 되찾으려는 건지도 모른다.

"이해가 되는 것 같아요." 아리엘이 심각하게 대답하더니 말을 멈췄다. 무슨 생각을 하는지 빤히 보였다. "그렇다면, 제 말을 들을 사람은 있긴 한가요?"

나는 킬킬거렸다. "아니! 왜냐면 네가 제일 어리니까."

"미란다는 그냥 널 놀리는 거야, 아리엘." 어머니가 말했다. "당연히 우리도 네 말을 들을 거야. 그게 좋은 부모의 역할이거든. 우리 모두 서로를 존중해야 해."

방금 말은 못 들은 척하기로 했다. 나쁜 사람이 되기 싫어서 자식한테 진실을 숨기는 것도 존중하는 방법인지는 몰랐는데. 나는 입을 꾹 다물고 아무 말도 하지 않았다.

"좋은 동생이 되기 위해 더 노력할게." 아리엘이 말했다. 진심이라는 게 느껴졌다.

"고마워!" 대답하는 내 얼굴이 의기양양했는지 어머니가 나를 빤히 바라보았다.

"왜요?" 나는 아무것도 모르는 척 물었다.

어머니는 고개를 절레절레 흔들었다.

✱

"너무 신기해." 다음 수업을 위해 이동하던 중에 내가 엠마에게 말했다. "아리엘이랑 나는 같은 DNA를 가졌잖아. 그런데 어쩜 이렇게 다르지."

"아리엘은 너무 다른 환경에서 자랐잖아." 엠마가 대답했다. "연구실에서 벗어나 처음으로 자유를 느껴 보니 이제는 자유가 제일 중요해졌나 보지, 뭐."

"날 짜증 나게 할 자유겠지." 수학 교실로 가는 복도를 지나며 내가 부루퉁하게 대답했다.

"그게 너랑 자기를 다른 사람으로 만드는 유일한 수단인지도 몰라."

"나랑 다른 사람이 된다라……." 내가 중얼거렸다. "그거 말 되네."

"그럼 위안이 되잖아. 너는 너, 그 애는…… 그 애라고 하는 게 맞나?"

자리에 앉아서도 좀체 수업에 집중하지 못하고 이런저런 생각이 떠올랐다. 엠마의 말이 맞는 것 같다. 아닌가? 잘 모르겠다―내가 제시카의 복제인간이라는 걸 알게 된 후부터 나는 내가 누군지 생각하고 또 생각했다. 그저 프로그래밍된 복제품일까? 내게 성격이라는 게 있긴 한가? 아리엘은 내 복제인간이다. 하지만 우리는 서로 아주 다르다. 그러니 어쩌면 모든 게 미리 정해져 있지는 않다는 엠마 말이 맞을지도 모른다. 아니면 사실 아리엘은 나와 똑같은데, 달라지려고 애쓰는 걸지도.

물론 몇 주 전 처음 학교에 온 후로, 아리엘은 이제 막 회복된 와중에도 많은 것에 새로 적응해야 했다. 그렇게 짧은 기간에 형식적이고 딱딱한 말투를 완전히 뜯어고친 건 놀라운 일이다. 반 친구들처럼 말하는 데 너무 열중하는 게 아닌가 싶기도 했지만, 아리엘은 굴하지 않고 흔히 쓰이는 대화 패턴을 빠르게 파악했다. 게다가 사람들과 잘 어울리는 게 얼마나 중요한지를 거의 직관적으로 깨달았고, 요즘은 거기에 몰두하고 있다. 사실 연구실에서 자라난 아리엘은 다른 어떤 아이들과도 다르다. 그곳에서 그 애는 아이라기보단 실험실 쥐나 마찬가지였기 때문에 사회관계를 맺는 법을 익히는 건 지금 아리엘에게 중요한 과제다.

아리엘이 다니는 중학교가 우리 고등학교와 같이 있어서 다행이다. 두 학교가 도서실과 식당을 같이 쓰는 덕에 점심시간마다 아리엘을 볼 수 있다. 아리엘은 빠르게 적응해 나가고 있다.

부모님이 교장 선생님에게 아리엘이 조카라고 둘러대던 장면이 문득 떠오르자 몸서리가 쳐졌다.

"제 여동생이 아리엘을 키웠어요." 어머니가 눈 하나 깜짝하지 않고 말했다. "다른 아이들이 없는 고립된 연구 시설에서요. 동생이 갑자기 죽고 나서, 당연히 저희가 아리엘을 거두게 되었지요. 저희 부부가 입양할 예정이니 미란다 사촌이 아니라 동생이라고 여겨 주시면 감사하겠습니다."

교장 선생님은 무척이나 안타까워했다. 하지만 온통 새빨간 거짓말이었다. 무엇보다 어머니가 얼마나 거짓말에 능한지 지켜보는 게 가장 괴로운 일이었다. 어머니를 다시 믿을 수 있는 날이 오기는 할까 싶을 정도였다.

교장 선생님은 방을 나서는 우리에게 말했다. "진짜 동생이래도 믿겠는걸요. 미란다 판박이네요!"

판박이 맞아요, 나는 이렇게 내뱉을 뻔했다. 왜냐하면 그 애는 제게 필요한 장기를 내주고 죽을 수 있게, 우리 부모님이 요구한 대로 미치광이 과학자가 만든 제 복제인간이거든요! 내 말을 들으면 교장 선생님은 뭐라고 생각할까? 선생님 얼굴에 떠오를 표정이 볼만하겠지.

다른 생각은 관두고 공부에 집중하려고 애썼지만, 아리엘 생각을 멈출 수가 없었다. 아침에 소리를 지르면 안 됐는데. 어쨌든 간 반쪽을 주고 날 살린 건 아리엘이니까. 그에 비하면 셔츠를 좀 더럽힌 게 뭐가 문제람? 아리엘을 만나면 곧바로 사과해야겠다.

"미란다!"

고개를 드니 토머스 선생님이 나를 보고 있었다. "집중해야지! 곧 시험 기간이야."

"네, 선생님." 학교로 돌아오겠다고 고집부렸던 걸 후회하며 내가 대답했다.

엠마가 눈을 찡긋했다. 엠마는 학교에 돌아오지 말라고 나를 설득하려 했다. "미쳤어? 남은 학기를 통째로 빼먹고 시험을 안 봐도 지금까지 네가 받은 점수를 그대로 주겠다는데 거절했다고? 또 그놈의 완벽주의 때문이지, 응?"

하지만 나는 다른 아이들과 똑같이 시험을 쳐서 점수를 받고 싶었다. 더는 필요 이상으로 달라지고 싶지 않다.

수업을 마친 우리는 식당으로 향했다. 자리에 앉으려는데 반대편에 아리엘이 보였다. 아리엘은 멍하니 주위를 둘러보며 꼼짝 않고 서 있었다. 주의를 끌려고 손을 흔들었지만, 나를 보지 못한 것처럼 자리를 떴다.

"잠깐만." 내가 엠마에게 말했다. "가서 얘기 좀 해야겠어. 아침 일 때문에 아직도 화나서 날 못 본 척하는지도 몰라."

나는 혼자 자리를 잡고 앉으려는 아리엘 쪽으로 서둘러 다가갔다.

"안녕." 내가 말했다.

아리엘이 고개를 들더니 외쳤다. "아! 미란다 언니!" 마치

날 보게 되어 놀랐다는 듯이.

"우리 같이 점심 먹기로 한 거 아니었어?"

"그랬나?"

"뭐, 네가 그렇게 나온다면, 좋아." 내가 말했다. 아리엘이 약속을 기억하고 있다는 건 불 보듯 뻔하다. 매일같이 나와 엠마 그리고 내 다른 친구들과 함께 밥을 먹겠다고 수선을 떨었으니까. 사과하려던 마음이 싹 사라졌다.

"우리랑 먹기 싫으면 먹지 마." 나는 이렇게 쏘아붙이고 성큼성큼 엠마에게로 돌아갔다.

아리엘이 내 삶에 나타나기 전에는 나도 화를 낼 수 있다는 걸 몰랐다. 하지만 이제는 아리엘이 나를 삐딱하게 바라보기만 해도 화가 난다. 나는 방금 나를 열 받게 한 일 따위는 싹 잊었다는 듯 침착하게 앉아 있는 아리엘을 어깨 너머로 바라보았다.

아침에 내가 심하게 구는 바람에 아리엘도 화가 난 게 틀림없다. 혼자 앉아 있는 아리엘을 보자 그래도 내가 다시 화해를 청해야겠다는 생각이 들었다. 나는 당혹스러운 한숨을 내쉬며 엠마 곁에 앉았다.

"이래도 동생이 있는 걸 고마워하라는 거지?"

18장

~~~~~~

오늘 수업이 끝나고 아리엘과 함께 발레 학원에 가기로 되어 있다. 아리엘은 첫 수업이고, 나도 아픈 이후로는 처음이다. 봄, 여름 학기 수업에 조금 늦게 합류하게 됐지만, 발레를 다시 시작하면 체력을 되찾는 데도 도움이 될 거다. 어머니가 학교로 데리러 오기로 해서 엠마에게 인사를 하고 나오는데, 벌써 교문에 서 있는 아리엘이 보였다. 아리엘이 나보다 먼저 나와 기다리는 건 학교에 온 이래 처음 있는 일이다.

"안녕, 미란다 언니." 아리엘이 말하고 미소 지었다. 화가 난 것 같지는 않아서 다행이다. 어쩌면 식당에서 잠깐 나눈 대화 덕인지도 모른다. 그럼 나도 사과할 필요는 없겠지.

"응. 안녕, 아리엘."

그리고 침묵.

"오늘 하루는 어땠어?" 내가 물었다.

지난 3주간은 이런 질문을 할 기회가 없었다. 물어볼 틈도 없이 아리엘이 시시콜콜 이야기를 늘어놓았기 때문이다.

"괜찮은 하루였어." 아리엘이 말했다. "프랑스어 수업을 들었는데 어려웠어."

"뭐, 곧 따라잡을 수 있을 거야. 너는 학기 말에야 시작했으니까. 애초에 왜 처음부터 외국어같이 어려운 수업을 선택했는지 모르겠네. 언제든 수업을 포기해도 돼. 아무도 신경 안 써. 어차피 시험도 안 볼 텐데 뭐."

나는 아리엘이 발끈해서 뭐든 해낼 수 있다고 따지고 들기를 기다렸다. 부모님이 내년까지는 굳이 학교에 갈 필요가 없다고 했을 때도, 아리엘은 내가 간다면 자기도 가겠다고 박박 우겼다.

하지만 언제나처럼 자신만만한 대답을 내놓는 대신 아리엘은 고개를 끄덕이더니 대답했다. "어쩌면 언니 말대로 그만두는 게 나을지도 모르겠어."

화들짝 놀라 아리엘을 바라보았지만, 때마침 끼익 소리를 내며 멈춰 선 오픈카 안에서 어머니가 손짓하는 바람에 대꾸할 틈을 찾지 못했다.

"발레 시작할 준비 됐니, 아리엘?" 어머니가 물었다.

"네. 저는 뭐든지 관심이 있으니까요. 모든 것이 새롭고 흥미로워요."

하지만 아리엘은 전혀 신나 보이지 않았다. 어제는 온통 발레 얘기만 하더니. 나한테 몹시 화나고 서운한 게 틀림없다. 하지만 아리엘에게 순순히 사과하는 모습을 어머니가 뿌듯하게 지켜보도록 할 수는 없으니 나중에 따로 얘기하기로 마음먹었다.

학원에 도착해서는 어머니가 아리엘을 챙기게 두고 바로 첫 수업을 들으러 갔다. 이번 학기는 러브조이 선생님이 맡았는데, 애리조나 발레단에서 은퇴한 선생님은 대가라고 부를 만한 무용수다. 선생님이 까다롭다는 소문은 익히 들었지만, 과연 명성대로였다! 선생님은 마치 훈련 교관처럼 우리의 역량을 매섭게 시험했다.

"더 높이, 더 높이." 선생님이 다가와 내 등을 손가락으로 찔렀다. "고개 들어야지! 엉덩이 집어넣고. 손은 더 멀리! 멀리!" 그저 플리에(무릎을 바깥으로 하고 다리를 구부리는 발레의 기본 동작)일 뿐이었는데도 말이다. 땀에 흠뻑 젖어 수업을 마칠

때쯤엔 이미 몸이 욱신거려서 다음 날까지 통증이 올라오길 기다릴 필요도 없었다! 하지만 근력을 시험할 좋은 기회였고, 덕분에 몸이 약해지지 않았다는 걸 느낄 수 있었다. 좋은 신호다. 흉터 부위가 아프지 않은 것도 마찬가지다.

"그렇게 엉망은 아니군요, 여러분." 선생님이 손뼉을 치며 말했다. "하지만 이제부터는 더욱 노력해야 해요! 알겠죠?"

나는 말 그대로 비틀거리며 학원을 빠져나왔다. 어서 집에 가서 물을 끼얹고 싶었다. 하지만 우선은 아리엘의 발레 수업이 어땠는지 궁금해 죽을 지경이었다.

차에 올라타자마자 내가 물었다. "그래서, 어땠어?"

"흥미로웠어."

"흥미로운 게 다야?" 내가 실망해서 물었다. "엄청 기대했었잖아. 무슨 문제 있었어?"

"왜?" 아리엘이 걱정스럽다는 듯 말했다. "내가 뭔가를 잘못하고 있어?"

"아니, 아니야. 그냥 네가 너무……. 모르겠어. 오늘 아침엔 엄청 활기찼잖아. 지금은 뭔가 달라. 무슨 일 있었어?"

"네가 아리엘이 변하길 바라는 줄 알았는데." 어머니가 끼어들었다. "하나만 해야지, 미란다. 네가 오늘 아침에 일장 연설을 했잖아. 아리엘이 네 맘에 들려고 애쓰는 거 안 보이니?"

"그래서 그래?" 내가 아리엘에게 물었다.

"응, 난 언니 마음에 들고 싶어. 당연하잖아. 그게 내가 존재하는 이유야."

한숨이 나왔다. 그러니까 아리엘은 화가 난 게 맞았던 거다. 유난스럽게 과민 반응한다고 볼 수도 있고.

"미안해, 아리엘." 내가 말했다. "아침에 널 화나게 하려던 건 아니야. 내가 한 말은 잊어버려. 내가 네 삶의 이유가 아니라는 것만 기억해. 너만의 이유를 찾아야지."

"글쎄, 미란다." 어머니가 말했다. "넌 말만 그렇게 하잖아. 아리엘이 자기 뜻대로 행동하면 곧바로 짜증 내면서."

"나는 언니를 짜증 나게 하고 싶지 않아." 아리엘이 말했다. "언니 마음에 들고 싶어."

이젠 정말 혼란스러웠다. 이런 착한 모습을 바라긴 했지만, 기분이 아주 이상했다. 갑자기 왜 이렇게 바뀌었지? 오늘 아침에는 얘기를 듣는 것 같지도 않더니만. 내 말을 들어야만 한다는 괴상한 명령어라도 입력된 걸까?

아리엘은 뒷좌석에, 나는 어머니와 함께 앞자리에 앉았다. 나는 낮은 목소리로 어머니에게 물었다. "멀린 박사가 아리엘을 특정 방향으로 만들었다면 저도 알고 싶은데요. 왜 저렇게 반응하는 거죠?"

"박사님은 그런 적 없어, 미란다. 너와의 관계에서 자기 자리를 잡으려는 거겠지. 스스로 지나쳤다는 걸 깨달아서 좀 더 순응적으로 행동하기로 마음먹었을 수도 있고."

"여러 가지 성격을 실험해 보고 있다는 뜻이에요?"

"그래, 뭐 그런 거지. 아리엘은 아직 자기가 정확히 어떤 사람인지 모르잖아."

마음이 안 좋았다. 오늘 아침에 그렇게 심하게 굴면 안 되는 거였는데. 하지만 만약 어머니 말이 옳다면, 지금 아리엘은 저번보다 훨씬 고분고분한 성격인 것 같다. 그러니 이번 성격을 유지하도록 격려하는 게 낫겠다. 계속 이렇게 군다면 훌륭한 여동생이 될 테니까.

하지만 집에 도착해 한참 동안 샤워기에서 떨어지는 뜨거운 물을 맞고 있으니 이내 죄책감이 들었다. 사람은 왜 이렇게 이기적일까? 내 삶이 편해지자고 아리엘의 기를 죽일 수는 없다.

이리저리 쑤시는 몸을 이끌고 식당으로 갔더니 아버지는 이미 식탁에 앉아 있었다.

"미란다, 새 발레 선생님이 오셨다면서." 아버지가 미소 지었다.

"선생님이 아니라 교관 같아요." 자리에 앉으면서 내가 투덜거렸다.

"그야 이제 아주 높은 반에 들어갔으니까. 너희 반 아이들 대부분이 전문 무용수가 될 생각이던데. 계속 수업을 들을 거니?"

"당연하죠!" 얌전히 앉아 밥을 먹고 있는 아리엘은 잠시 뇌리에서 잊혔다. "혹시 모르죠. 저도 그런 직업을 갖고 싶게 될지."

나는 깊이 숨을 들이쉬었다. 이번이 마지막 기회다.

"사실 연기 수업 얘기를 하고 싶었어요. 아주 좋은 학원을 찾았는데, 엠마랑 같이 수업을 듣고 싶어요."

어머니 아버지는 동시에 "안 돼!"라고 외쳤다.

"이미 끝난 얘기잖니, 미란다." 아버지가 말했다. "여긴 캘리포니아야. 모든 아이가 연기 수업을 듣지. 다들 영화배우가 되고 싶어 해. 실제로 모두가 그렇게 될 수 있고. 결국은 재능 문제야." 아버지는 잠시 말을 멈추었다. "넌 특별해. 너도 알잖니. 넌 비상한 능력을 갖췄어. 과학자나 의사가 될 수도 있고, 다른 사람들의 삶을 바꾸는 사람이 될 수도 있어."

"제게는 과학만이 가치 있는 일인 것처럼 말씀하시네요." 내가 쏘아붙였다.

아리엘은 흥미롭다는 듯 바라보며 조용히 앉아 있었다.

나는 아리엘에게로 몸을 돌렸다. "너랑은 상관없다고 생각하지 마! 너도 똑같은 규칙을 따라야 할 테니까."

"하지만 부모님이잖아." 아리엘이 말했다. "두 분이 결정하시는 거지."

"하!" 나는 냅킨을 집어 던지며 외쳤다. "내가 아침에 한 얘기는 다 잊어버려. 부모님이라고 해서 전부 결정할 수는 없는 거야!"

"그럴 수 없다고?"

"그래!"

"왜?"

"왜냐면…… 왜냐면…… 어떤 건 우리 스스로 결정해야 하니까." 나는 부모님을 노려보았다. "저는 한 번도 두 분께 왜냐고 물은 적이 없죠. 하지만 이제 달라요. 저 스스로 결정할 거예요. 어차피 영화배우가 되고 싶은 마음도 없어요."

"다행이구나." 어머니가 말했다.

"전 브로드웨이로 갈 거예요!" 내가 선언했다. "전 훌륭한 무용수니까요. 하지만 연기력이 없다면 들러리 역할밖에는 못 하겠죠. 노래도 마찬가지고요."

"하지만 넌 노래도 잘하잖니." 아버지가 말했다.

"당연하죠. 전 다 잘해요! 그 많은 재능을 쓰는 게 싫다면 애초에 왜 주신 거예요?"

부모님은 할 말을 잃었다. 내 말이 옳다는 걸 알기 때문이다. 부모님이 멀린 박사를 시켜 내가 더 나은 신체 능력과 높은 지능을 가질 수 있게 유전자를 조작했으니까. 문제는 멀린 박사가 연기력을 집어넣는 방법은 몰랐는지, 내가 연기에 있어서는 영 꽝이라는 거다. 내가 연기를 할 수 있는지조차 모른다. 이번 기회에 도전해 보려는 것도 바로 그래서다.

"어쩌면 연기야말로 '제 것'이라고 부를 수 있는 능력일지도 모르잖아요. 프로그래밍된 게 아니라요."

바로 그때, 로나 아줌마가 전화기를 들고 들어왔다.

"아리엘, 네 친구 젠이야."

"제 친구요?" 아리엘이 물었다. "저한테 친구가 있어요?"

"아리엘, 네가 사귄 친구잖아. 잘해 줘야지." 내가 꾸짖듯 말했다.

아리엘은 잠시 나를 바라보더니 말했다. "언니가 그러라면 그렇게 할게." 그러곤 로나 아줌마가 건네준 전화기를 받았다. 아리엘은 잠시 귀를 기울이더니, 귀에서 전화기를 멀찍이 떨어뜨리고 나를 보며 인상을 찌푸렸다. "토요일에 함께 영화를 보러 가자고 하는데." 혼란스러운 얼굴이었다.

"그럼 가면 되지."

"그래." 아리엘이 대답하고는 전화기를 다시 로나 아줌마에게 건네주었다. 좀 이상했다. 평소 같으면 전화기에 대고 재잘대느라 어머니에게 식탁에서 떠드는 건 버릇없는 짓이라고 꾸중을 들었을 텐데. 어쨌든 당장은 부모님에게 내 의견을 확실히 전달해야 한다.

"그래서, 연기 수업은 들어도 되는 거예요?"

"안 돼." 아버지가 다시 말했다. "네 말이 무슨 뜻인지는 알아, 미란다. 하지만 언젠가는 우리한테 고마워하게 될 거다. 넌 좀 더 나은 일을 해야 해."

이건 전에 없던 상황이다. 두 분이 무슨 짓을 하는지 알아내기 전에는 부모님이 완벽하다고 생각했다. 그래서 반항은 꿈도 꾸지 않았다. 걱정거리가 되고 싶지도 않았고, 두 분의 선택이 늘 최선이라고 여겼으니까. 지금은 아버지가 아무리 '얘기를 좀' 나누고 싶어 해도 그럴 마음이 들지 않는다. 아무 일도 없었던 것처럼 구는 어머니보다야 아버지가 낫긴 하지만. 나는 이제 어째야 할지 고민에 빠졌다. 엠마한테 부모님과 싸우는 법에 관한 강의라도 들어야 하나.

"속물같이 말씀하시네요." 내가 말했다. 다른 말은 떠오르지 않았다. "왜 연극이 과학보다 못한데요? 우리 사회를 사회답게 만드는 게 예술 아닌가요? 그게 중요하지 않다는 말씀이세요?"

"물론 아니지." 아버지가 대답했다. "하지만 다른 사람이 하면 되잖니. 너는 다른 재능이 많잖아."

"아버지는 제 재능이 뭔지 모르세요. 저도 마찬가지고요." 머리에서 김이 솟아오르는 것 같았다. "하지만 전 찾아낼 거예요." 내가 이를 악물고 내뱉었다.

그래도 아버지는 꿈쩍하지 않을 게 뻔하다. 나는 입을 다물고 저녁을 마저 먹은 뒤 식당을 떠났다. 엠마에게 전화해야 한다. 아직 끝이 아니다. 턱도 없는 소리지!

19장

방에 돌아와 곧장 엠마에게 전화를 걸었다. "엠마, 안 된 대." 내가 낮은 목소리로 말했다.

"네 계획이 성공할 리 없다고 했잖아."

"그래도 먼저 솔직히 얘기해 봐야지." 내가 단호히 말했다.

"좋아. 그래서 해 봤잖아. 소용없었고. 당연하지. 이제 두 번째 계획을 선택할 차례야." 엠마가 말을 이었다. "부모님을 설득하는 걸 관두고 그냥 하고 싶은 대로 하는 거지."

"뭐라고 둘러대지?"

"흠, 우리 엄마 아빠는 내가 학원에 가는 걸 알고 있어. 학원비도 내 주기로 했어."

"검소하게 살아서 정말 다행이다. 그동안 모은 용돈이면 연기 수업을 몇 년은 들을 수 있어."

"좋아, 새 수업이 이번 주에 시작해. 한번 들어 보자." 엠마가 잠시 말을 멈추고 생각에 잠겼다. "그런데 네가 걱정이네. 너희 부모님은 네가 온종일 뭘 하는지 속속들이 알잖아."

"그냥 학교 끝나고 너희 집으로 간다고 하면 안 되나?"

엠마가 웃음을 터뜨렸다. 전화기 너머로 고개를 내젓고 있을 모습이 눈에 선했다. "세상에, 넌 아직 멀었다. 분명 우리 집으로 전화를 할 테고, 그럼 엄마는 곧장 우리가 연기 학원에 갔다고 할걸. 안 되지. 그렇게 허술하게는 안 돼. 생각 좀 해 볼게."

아리엘이 방으로 들어섰다.

"끊어야겠다. 나중에 얘기해." 나는 전화를 끊었다.

아리엘은 마치 처음 방에 들어와 본 사람처럼 주위를 둘러보더니 나를 바라보았다.

"뭐야?" 내가 물었다.

"뭐야?" 아리엘이 내 말을 따라 했다.

"거기 서서 뭐 해?"

"내가 뭘 하고 있어야 하는데?"

"나야 모르지!" 내가 외쳤다. 내 말을 귓등으로도 듣지 않는 아리엘과 착한 여동생을 연기하는 아리엘 중 어느 쪽이 더 거슬리는지 슬슬 고민되기 시작했다. 그때 기막힌 생각이 떠올랐다. "사실, 네가 해 줄 일이 있어."

"뭔데?" 아리엘이 눈을 반짝였다.

"내일 내 알리바이가 되어 주는 거야."

"알리바이?"

"음, 그러니까, 핑곗거리가 되는 거지."

"핑곗거리?"

"그래. 비밀 지킬 수 있어?"

"모르겠어."

"뭐야, 있어 없어?" 나는 화가 머리끝까지 나서 물었다.

"언니 말대로 할게."

"넌 할 수 있어."

아리엘이 미소 지었다. "그러면 할 수 있어. 언니가 할 수 있다고 말하면 할 수 있어. 비밀, 아무도 알면 안 되는 것."

"바로 그거야! 들어 봐. 쇼핑몰에 연기 학원이 있거든. 부모님한테는 널 데리고 쇼핑을 간다고 할 거야. 그럼 넌 한 시간 정도 쇼핑몰을 구경하거나—모르는 사람한테 말 걸지 않겠다고 약속하고—로비에서 날 기다려. 그리고 나서 집에 오는 거야. 그게 내 핑곗거리야."

"핑곗거리?" 아리엘이 다시 물었다. "비밀은 뭔데?"

"비밀은 내가 쇼핑하러 가는 게 아니라 연기 수업을 듣는 다는 거지. 네 쇼핑이 내 핑곗거리가 되는 거야."

"그럼 내가 쓸모 있는 거야?"

또 시작이다. 내게 봉사하려고 태어났다는 얘기. "그래." 한숨이 나왔다. "쓸모 있지. 할 수 있겠어?"

"언니 생각은 어때?"

진심으로 궁금해서 묻는 건지 비꼬는 건지 알 도리가 없었다.

"잘 모르겠어."

아리엘은 참을성 있게 나를 빤히 바라보았다. 하지만 지금은 아리엘이 이상하게 군다고 걱정할 때가 아니다. 계획을 실행에 옮겨야 한다. "그래서, 할 거지?"

"나는 쓸모가 있을 거고 그럼 좋은 계획이 될 거야." 아리엘이 근엄하게 고개를 끄덕였다.

"완벽해."

*

다음 날 아침 차를 타고 등교하면서부터 벌써 긴장으로

속이 울렁거렸다.

내가 입을 뗐다. "어머니, 오늘 학교 끝나고 아리엘이랑 쇼핑 가기로 했어요."

"그래? 나랑 같이 가는 게 낫지 않겠니?"

"아니에요." 내가 설명했다. "저희 둘이 유대를 다지려고요. 쇼핑몰에 내려 주고 나중에 데리러 와 주실 수 있어요?"

"그러렴."

그때 묘안이 떠올랐다. "매주 이러면 어때요? 아리엘이랑 같이 콜드스톤 크리머리에 가서 아이스크림이랑 케이크를 먹을 수도 있고요. 어떻게 생각하세요?"

어머니가 나를 보며 활짝 웃었다. "정말 좋은 생각이구나."

어이가 없어 아무 말도 할 수 없었다. 이렇게 쉽다니! 어머니는 전혀 의심하지 않았다. 털끝만큼도.

어머니가 내 손등을 토닥였다. "넌 정말 착한 아이야, 미란다."

와, 이젠 죄책감이 느껴질 정도다. 하지만 부모님이 그렇게 비이성적으로 굴지만 않았어도 내가 이렇게까지 하진 않았을 거다. 타투를 하겠다거나 밤새 나가 놀아도 되냐고 물어본 것도 아닌데. 나는 마약에 손을 댄 적도 없고 심지어는

술 한 방울 마신 적도 없다! 나는 착한 아이가 맞다. 별것도 아닌 연기 수업을 듣고 싶을 뿐이지. 내가 부모가 된다면 절대 저렇게 바보같이 굴지 않을 거다.

학교에 도착하자 아리엘은 마치 상황에 적응하려는 것처럼 잠시 걸음을 멈추더니 자리를 떠나려 했다.

"그럼 학교 마치고 보는 거야." 내가 당부했다.

"점심시간에도 만나?"

"그럼. 점심 같이 먹자. 난 이제 네가 젠이랑 점심 먹으려는 줄 알았지."

"젠, 내 친구?"

"그래, 네 친구." 나는 고개를 절레절레 흔들었다. "이제 가봐."

정문에 들어서자마자 날 기다리는 엠마가 보였다. "계획 세워 봤어?" 엠마가 물었다.

"그래! 게다가 감쪽같이 성공했다고." 자초지종을 설명하자 엠마가 감탄하는 눈길로 나를 바라보았다. "네가 거짓말에 전문가가 될 줄 누가 알았겠어?"

"별로 기쁘진 않아. 하지만 부모님이 날 이렇게 만든 거야."

"너 죄책감 느끼는구나. 그러지 마. 애초에 그렇게 고지식

하게 나온 게 문제지. 우리 엄마한테는 혼자 간다고 했어. 그러니까 혹시 부모님들끼리 얘기를 나누더라도 우리 엄마 아빠는 아무 말 안 할 거야." 우리는 각자 자리에 앉았다. "기대되니?" 엠마가 말했다.

"두말하면 잔소리지!"

"난 긴장돼."

새로운 것이라면 뭐든 좋다. 엠마는 내가 겁이 없다고 했다. 나는 어서 학교가 끝나기만을 기다렸다.

20장

어머니는 아주 즐거운 듯 우리를 쇼핑몰에 내려 주었다. 둘이 함께 몰에 들어서는 순간까지 모든 게 순조로웠다. 그런데 갑자기 아리엘이 내 손을 꽉 붙잡았다. 너무 세게 붙드는 바람에 손이 욱신거릴 정도였다.

"왜 그래?" 내가 물었다.

"무서워."

나는 혼란에 빠져 아리엘을 바라보았다. 내 복제인간인데 겁을 먹다니? 나는 여간해서는 겁에 질리지 않는다. 쇼핑몰에 들어서는 게 무서울 리는 더더욱 없고. 얼마 전 엠마랑 왔을 때는 그렇게 좋아하더니.

"뭐가 무서워?" 내가 걱정스럽게 물었다.

"사람이 너무 많아. 물건도 너무 많아."

"쇼핑몰이잖아, 안 그래?" 몹시 당황스러웠다.

아리엘에게 뭔가 예기치 못한 문제가 생긴 게 아니길 바랐다. 복제인간한테 무슨 일이 생길 수 있는지 누가 안담―어쩌면 머릿속이 엉켜 버린 건지도. 생각만 해도 끔찍하다. 나에게도 그런 일이 생길 수 있을까? 어쨌든 아리엘 전에 만들어진 첫 번째 복제인간은 바로 나니까. 우리에 관해서는 사실 아무것도 밝혀진 게 없는 셈이다. 어쩌면 아리엘의 뇌가 예상대로 작동하지 않거나, 뒤죽박죽이 되었거나, 이상이 생겼을 수도 있다. 생명 복제에 관해 찾을 수 있는 자료란 자료는 다 읽어 봤는데, 많은 과학자가 인간 복제에 반대하는 이유는 잘못될 위험이 크기 때문이다. 실제로 복제 동물들에게서 많은 문제가 나타났다. 복제 쥐는 사람의 서른 살에 해당하는 나이가 되자 갑자기 엄청나게 뚱뚱해졌다. 눈이 먼 채 태어나거나 신장을 한쪽만 가지고 태어난 동물들도 있다. 내 말은 미래에 아리엘이나 내게 무슨 문제가 생길지 아무도 모른다는 거다.

아리엘은 강철처럼 단단하게 내 손을 꽉 붙들고는 괴물에게 쫓기기라도 하는 것처럼 내 쪽으로 몸을 움츠렸다. 아리엘이 계획대로 혼자 쇼핑몰을 돌아다닐 리는 만무했다. 대신 그 애는 나를 따라 새로 생긴 연기 학원이 있는 위층으로 느릿느릿 올라왔다. 먼저 수업에 등록하고 학원비를 계산하는데 엠마가 나타났다.

"엄마를 따돌리느라 힘들었어." 엠마가 말했다. "올라와서 같이 등록하겠다는 거야. 근데 널 보면 안 되잖아. 안녕, 아리엘. 쇼핑 안 가?"

"안 가!" 아리엘이 소리쳤다.

"날 놔주질 않아." 내가 투덜거렸다. 그리고 아리엘에게 잠깐 기다리라고 말한 뒤 엠마를 살짝 불러냈다. "아리엘이 이상하게 굴어." 내가 속삭였다.

"어떻게?"

"잘은 모르겠는데, 하여튼 아리엘 같지가 않아. 예전 모습으로 돌아간 거 같아."

"흠, 그럴 만도 하지 않아? 아기 때부터 너를 위해 희생하라고 강요받으며 길러졌잖아. 네가 아리엘을 구해 내긴 했지만, 어쨌든 십 년 동안이나 '넌 미란다를 위해 만들어진 거야'라고 세뇌당했으니 네가 자기한테 화를 내면 아주 심각하게 받아들일 수도 있는 거지."

"잘됐네. 이제 아리엘이 아무리 짜증 나게 굴어도 한 마디도 하면 안 된다는 거네."

"아리엘이 더 짜증 나게 굴지는 않을 거 같은데." 엠마가 지적했다. "무슨 일이 있어도 좋은 여동생이 되겠다고 결심한 건지도 몰라. 자기가 어떤 사람인지 탐구하는 일을 관둬서라도 말이야."

"하지만 그런 건 싫어, 너도 알잖아! 당장 오늘은 쟤를 어쩌지?"

"여기서 수업을 지켜볼 수 있게 선생님이 허락해 줄지도 몰라." 엠마가 말하고 아리엘에게 다가갔다. "우리랑 같이 들어갈래? 조용히만 있으면 돼."

"아주 조용히 있을게." 아리엘이 말했다.

엠마가 등록을 마치자 접수대 직원이 문을 가리켰다. 우리는 주위를 돌아보며 천천히 걸어 들어갔다. 커다란 방은 텅 비었고 끝에 의자가 몇 개 놓여 있었다.

"안녕하세요! 여러분을 가르치게 된 타라라고 해요."

타라 선생님은 회색으로 브리치 염색을 한 긴 갈색 머리에 타이다이 티셔츠와 페이즐리 문양의 긴 치마를 입고 있었다. 선생님은 기꺼이 아리엘이 연습실에 남아 구경하도록 해 주었다.

방 안에는 이미 수강생 네 명이 수업이 시작하기를 기다리며 서성이고 있었다. 그중에는 검은 곱슬머리에 파란 눈을 가진, 넋이 나가게 잘생긴 남자애도 있었다.

각자 자기소개를 한 뒤, 타라 선생님은 기본 연기 연습이라고 소개한 거울 연습으로 수업을 시작했다. 두 사람이 짝을 지어 돌아가며 서로의 행동을 똑같이 따라 하는 연습이었다. 내 짝은 누구였느냐고? 잘생긴 데일! 내내 꿈을 꾸는 기분이었다. 그 애를 빤히 바라보면서도 빤히 바라보지 않는 것처럼 굴 수 있었다. 연습을 위해선 어쩔 수 없는 일이었으니까.

다음으로는 바닥에서 운동으로 긴장을 푼 뒤, 사무실 파티 역할극을 했다. 타라 선생님이 각자한테 부여한 인물―나는 따분해하는 컴퓨터광이었다―을 연기해야 했다. 수업은 정말 흥미진진했다! 시간이 쏜살같이 흘렀다. 수업을 마치자 나는 손가락 하나 까딱하지 않고 의자에 앉아 있던 아리엘에게로 다가갔다.

"가자." 내가 말했다. "서둘러야 해. 메이시 백화점 신발 코너에서 어머니를 만나기로 했어. 그리고 잊으면 안 돼." 내가 당부했다. "우리는 여태 쇼핑한 거야. 연기 수업은 비밀이야."

"잊지 않을게." 그제야 나는 아리엘의 눈에서 눈물이 떨어지는 걸 알아차렸다.

　서둘러 문을 나서는데 엠마가 다가왔다.

　"무슨 일이야, 아리엘?" 엠마가 물었다.

　"나도 모르겠어."

　심장이 쿵 내려앉았다. 아리엘에게 분명 무슨 일이 생긴 거다.

　"내가 왜 우는 거지?" 아리엘이 물었다.

　"나는 모르지." 점점 더 걱정되기 시작했다. 아리엘은 이유를 알아야 하는 거 아닌가? "슬프니?"

　"나는…… 나는 원래 있던 곳에 있고 싶어."

　"집에 가고 싶다는 거야?"

　"맞아!"

　"괜찮아." 내가 아리엘을 안심시켰다. "가자, 어머니를 찾으러 가자."

　엠마가 손을 흔들어 인사하고 말했다. "전화해."

　"그럴게."

　아리엘을 데리고 약속 장소로 가니 어머니는 이미 와서 기다리고 있었다. "그래, 재미있었니, 얘들아?"

　"아리엘이 조금 불안해해요." 내가 말했다. "집에 가는 게 좋겠어요."

"왜 그래, 아리엘?" 어머니가 물었다.

"모든 게 익숙한 곳으로 돌아가고 싶어요. 하지만 전 순응해야 해요. 미란다에게 봉사해야 해요."

어머니가 당혹스러워하며 말했다. "아리엘, 어제 미란다가 혼내기 전처럼 행동해도 괜찮아."

"혼내요?" 아리엘이 물었다.

"그래, 기억 안 나니?"

"언니는 절대 옳지 않은 일을 하지 않아요."

이젠 내가 말할 차례였다. 내가 입을 뗐다. "아리엘, 어제 소리 질러서 정말 미안해. 셔츠 때문에 짜증 나서 그랬어. 잘못했어. 그러니 원래 네 모습으로 돌아와도 돼."

"내 모습?"

"원래대로 말이야."

"내가 정확히 어떻게 행동해야 하는지 말해 줘, 그럼 그렇게 할게."

"그걸 내가 말해 줄 순 없어!" 내가 외쳤다. "너 스스로 찾아내야 해." 나는 스스로를 변호하기 위해 덧붙였다. "하지만 자매가 싸우는 건 자연스러운 일이야. 그러니 내가 큰소리를 좀 치더라도 네가 이렇게까지 반응할 필요는 없어."

"언니는 소리 질러도 돼. 뭐든 해도 돼. 난 언니를 위해 만들어진 거야."

나는 당황하며 어머니를 돌아보았다. "어머니, 뭔가 잘못됐어요! 제가 무슨 말을 하는지 이해를 못 하잖아요!"

"네 말이 맞는 것 같아, 미란다. 뭔가 이상해. 멀린 박사님한테 물어보는 게 낫겠구나. 아리엘을 제일 잘 알잖아."

"멀린 박사님은 화를 낼 거예요." 아리엘이 갑자기 경계하듯 말했다.

"바보 같은 소리야." 어머니가 아리엘을 다독였다. "그럴리가 있니. 어서 가자, 애야."

사실 어머니에게 아리엘은 여전히 낯선 사람이다. 애초에 내가 요구하지 않았더라면 아리엘을 집에 데려오지 않았을 거고, 함께 살기 시작한 지도 두 달이 채 되지 않았다. 나는 착각하지 않는다. 부모님이 사랑하는 건 나다. 아리엘에게도 잘해 주려고 애쓰긴 하지만, 만약 그 애에게 결점이 있거나 병이 생긴다면 더는 데리고 있지 않으려 할 테다. 내가 한 말 중 뭔가가 아리엘을 자극한 건 아닌지 걱정이 되었다. 끔찍한 기분이었다. 나는 아리엘을 진심으로 사랑한다. 아리엘이 거슬리긴 했지만, 그렇다고 예전과 같은 모습으로 돌아가길 바란 건 절대 아니었다!

집으로 돌아온 뒤 어머니는 멀린 박사에게 연락했다. 아리엘은 처형을 기다리는 사람처럼 방에 앉아 있었다.

아리엘을 만든 멀린 박사는 여전히 G.R.F. 클리닉에서 일한다. 한때 아버지 소유였던 클리닉은 이제 엠마네 아버지의 엄격한 관리 아래 자선 재단이 운영 중이다. 유전 연구는 계속되고 있지만 인간 복제는 중단되었다. 대신 주로 질병 치료 연구가 이루어지고 있다.

멀린 박사는 수술 후 몇 번인가 나와 아리엘의 상태를 확인했다. 나는 여전히 화가 나 있고 박사가 근처에 있는 것조차 괴롭지만 다른 선택지가 없다. 솔직히 말해서 나를 만든 낭사자만큼 내 상태를 잘 이해하는 사람은 없을 테니까.

30분이 채 안 되어 도착한 박사는 아리엘을 진찰할 수 있도록 방에서 나가 달라고 말했다. 그러고는 곧 즐거운 듯 밖으로 나와 어머니와 나를 불렀다.

"아무 문제 없습니다!" 박사가 말했다.

"어떻게 아세요?" 내가 말했다. 박사를 믿을 수가 없었다.

"진찰도 했고 얘기도 나눴으니까. 그냥 널 기쁘게 해 주고 싶은 거야. 어머니 말로는 얼마 전에 네가 약간 잔소리를 했다던데, 미란다."

"맞아요. 조금이었죠. 전에는 제가 아무리 불만을 얘기해도 들은 척도 안 했다고요!"

"아리엘은 사려 깊은 아이잖니, 안 그래? 자기가 좋은 여동생이 되기에 충분하지 않다고 생각한 거야. 이제 좋은 동생이 되려고 열심히 노력하는 거지."

"그러면 그만두라고 말해 주세요. 이상하게 군다고요."

"내가 뭘 하게 만들 순 없단다." 박사가 대답하더니 어머니에게 설명했다. "두 분도 그걸 원하진 않을 테고요. 아리엘이 직접 결정하게 하지요. 인내심을 가지고 기다려 주시면 저 애는 자기가 원하는 모습이 될 거예요. 이게 아리엘이 현실 세계에 적응해 가는 과정이란 걸 곧 이해하실 겁니다."

방으로 가니 침대에 앉아 있는 아리엘이 보였다. 아리엘은 나를 보더니 억지스러운 가짜 웃음을 지으며 말했다. "언니! 나랑 재밌게 놀자!"

"멀린 박사가 뭐라고 했어?" 꾸며 낸 듯 즐거워하는 모습에 더 의심스러워진 내가 물었다.

"언니한테 박사님이 내 담당 의사고, 나와 박사님이 나눈 얘기는 모두 비밀이라고 말하랬어."

그러니까 박사가 나한테 아무 말도 하지 말라고 했다는 거지. 대체 왜?

"나한테는 말해도 돼." 내가 구슬렸다. "미란다 언니잖아."

아리엘은 혼란스러운 얼굴이었다. 나는 마음을 접었다. 더 혼란스럽게 만들어서 좋을 게 없다. 상태가 더 나빠질지도 모르니까. "신경 쓰지 마. 그냥 멀린 박사가 말한 대로 해."

아리엘이 미소 지었다. "나는 행복해질 거야! 재밌게 놀자!"

"뭐 하고 싶은데?"

"재밌게 노는 거!"

나는 잠시 고민했다. 아리엘은 우리랑 살기 시작한 이후로 수영하는 걸 좋아했다. 아버지가 고맙게도 시간을 내서 아리엘에게 수영을 가르쳐 주었다.

"저녁 먹기 전에 수영할까?" 내가 제안했다.

"좋아! 수영."

우리는 수영복으로 갈아입고 수영장으로 향했다. 중간에 아리엘이 자기 수영복이 어디 있는지 잊어버리는 바람에 찾는 걸 도와줘야 했지만. 나는 곧장 물로 뛰어들었다. 시원해서 마음까지 씻겨 나가는 듯했다. 하지만 왜인지 아리엘은 가장자리에 서서 물장구치는 나를 바라보기만 했다.

"뭐 해, 들어와!" 내가 외쳤다.

그러자 아리엘이 나를 따라 물에 뛰어들더니 곧장 바닥으로 가라앉기 시작했다! 그러고는 버둥거리며 수면으로 올라와 어푸어푸 물을 뱉었다. 분명 불안정한 상태였다. 어쩔 수 없이 아리엘의 목에 팔을 감고 끌어내야만 했다.

"제정신이야?" 수영장 밖에 주저앉은 내가 헐떡이며 물었다. "수영을 해야지!"

아리엘은 공포에 질린 표정이었다. "내가 수영을 할 줄 알아?"

나는 손으로 눈가의 물을 닦아 내고 아리엘을 멍하니 바라보았다. 멀린 박사가 뭐라고 하든 상관없다. 분명히 뭔가가 잘못됐다.

21장

~~~~~~

"미란다, 저녁 먹어라." 어머니 목소리가 들렸다.

아리엘을 집 안으로 끌고 가 옷을 갈아입혔다. 아리엘은 처음 연구실에서 만났을 때의 상태로 완전히 돌아가 버렸다. 나는 어찌할 바를 몰랐다.

어머니 아버지는 식당에서 와인을 마시고 있었다. 로나 아줌마가 미리 덜어 둔 샐러드도 보였다.

"좀 어때, 아리엘?" 아버지가 물었다.

"괜찮아요, 감사합니다."

나는 자리에 앉아 상추를 쿡쿡 찔렀다. "아니, 안 괜찮아요. 지난 몇 주가 통째로 날아간 것처럼 굴어요. 방금도 물에 빠져 죽을 뻔했고요. 수영하는 법을 잊어버렸나 봐요!"

"그럴 리가 있니, 미란다." 어머니가 말했다. "그냥 수영하고 싶지 않았던 거겠지."

"그래서 바닥으로 가라앉았다고요?" 내가 물었다.

아버지가 아리엘에게 미소 지었다. "장난친 거지?"

"장난이요?" 아리엘의 얼굴이 밝아졌다. "재밌게 놀고 있어요!"

"그것 봐라." 아버지가 말했다. "그냥 널 골려 준 거야, 미란다. 그렇게 매사에 긴장할 필요 없어. 아무 일도 일어나지 않을 거란다."

"제가 어떻게 긴장을 풀고 살겠어요." 내가 말했다.

"그래." 아버지가 애써 상처 입지 않은 척 대답했다. "하지만 우리가 사실을 감춘 건 너를 위해서였어. 이젠 너도 알잖니. 더는 숨겨진 계획 같은 건 없어. 그러니 뭔가 감춰진 게 있다고 계속해서 의심할 필요는 없단다."

아버지 말이 맞다. 요즘은 뭐든 자꾸 의심하게 된다.

"재밌게 놀자!" 아리엘이 해사하게 말했다.

"그래, 좋은 자세야." 아버지가 말했다. "이제 저녁 먹어라."

저녁 식사를 마치고 숙제를 끝낸 나는 영화를 한 편 보기로 했다. 아리엘은 침대에서 조용히 책을 읽고 있었다.

"〈피치 퍼펙트〉 볼래?" 내가 물었다. 우울하거나 마음이 복잡할 때면 꼭 보는 영화였다―아니, 사실 언제 봐도 좋은 영화다.

아리엘은 기쁜 얼굴로 고개를 끄덕였다. 우리는 가족실로 갔다. 영화가 시작하자마자 아리엘이 숨을 죽이고 뭔가를 중얼거리기 시작했다. 나는 곧 그 애가 모든 대사를 줄줄 읊고 있다는 걸 깨달았다. 영화를 몽땅 외운 거다.

"너도 이 영화 좋아하는 줄 몰랐는데." 내가 말했다.

"아, 좋아해. 우리는 매일 보거든. 내가 제일 좋아하는 영화야."

"'우리'가 누구야?"

아리엘의 얼굴이 갑자기 어두워졌다. "우리가 누구냐고? 우리가 누구냐고?"

"그래. 누가 너랑 이 영화를 봤어?" 아리엘은 대답할 생각이 없었다. 대신 계속해서 대사를 중얼거렸고, 그 모습이 너무 행복해 보여 더 캐묻는 건 가혹한 짓이라는 생각이 들었다. 나는 아리엘이 영화를 보게 내버려두고 방으로 돌아와 엠마에게 전화를 걸었다.

"안녕!" 내가 말했다.

"여보세요! 괜찮았어? 의심 안 하셔?"

"뭐가?"

"연기 수업 말이야!"

"아! 아예 잊어버렸네. 응, 아무 의심도 안 하셔."

"아리엘은 어때?"

"멀린 박사가 왔었어. 아무 문제 없다고 확신하더라고. 그런데 박사가 떠나자마자 아리엘이 수영장에 뛰어들어서는 수영하는 법을 잊은 것처럼 구는 거야."

"그걸 잊으면 위험한데."

"부모님은 그냥 아리엘이 장난치는 거라고 하시는데, 뭔가 크게 잘못된 게 분명해. 저녁 먹는 동안 아버지가 모든 걸 의심할 필요는 없다고 일장 연설을 했는데 그때는 그게 맞는 말 같았거든."

"야, 넌 의심할 만하지!" 엠마가 말했다.

"내 말이 그 말이야. 근데 뭘 어째야 할지 모르겠어. 있잖아, 너희 아버지한테 멀린 박사가 뭘 하고 있는지 물어볼 수 있어? 클리닉에서 뭔가 이상하거나 나쁜 일이 일어나고 있진 않은지? 아직도 남을 세뇌하거나 기상천외한 짓을 꾸미면 우리도 알아야 하잖아."

"당연하지. 물어볼게. 하지만 뭔가 켕기는 짓을 하고 있다면 박사는 우리 아빠도 모르게 할 거야. 우리가 직접 가서 확인하는 게 나을지도 몰라."

"어떻게? 그냥 걸어 들어가?"

"그건 아니지. 아빠를 통해서 갈 수 있는지 알아볼게. 방법을 찾아봐야겠어."

"좋아, 고마워."

"그건 그렇고, 데일 어때?"

"너무 잘생겼지, 안 그래?"

"내 말이!" 엠마가 동의했다. "근데 사실 마이클 레보위츠한테 토요일에 영화 보러 가자고 전화 왔었거든."

"말도 안 돼!"

"진짜야!"

"왜 나한테 바로 말 안 했어?"

"놀라게 해 주려고. 믿어지지도 않았고. 당연히 엄마는 안 내켜 하는데. 넌 혼자 외출하기에는 너무 어려. 어쩌고저쩌고."

"나랑 데일도 같이 가면 좋을 텐데 아쉽다." 내가 킬킬거렸다.

"그러게. 마이클네 형이 데려다줄 거야. 엄마도 허락할 거 같긴 해. 아직 설득 중이야."

그때 아리엘이 방으로 들어왔다. "저리 가." 나는 손을 흔들어 아리엘을 방 밖으로 내쫓았다. 아리엘이 종종거리며 사라졌다.

엠마랑 수다를 이어 가고 있는데 어머니가 아리엘을 끌고 방으로 들어왔다.

"아리엘이 찻길을 걷고 있더라. 너 뭐라고 한 거니?"

"엠마, 잠시만." 나는 어머니에게로 몸을 돌렸다. "저리 가라고 했어요. 엠마랑 통화 중이었거든요."

"네 말을 말 그대로 받아들인 모양이구나." 어머니가 말했다. "말할 때 조심해야겠다."

나는 고개를 절레절레 흔들며 엠마에게 물었다. "들었어?"

"응."

"내 말이 무슨 뜻인지 알겠지?"

"응, 이상하긴 하다. 아빠한테서 뭘 캐낼 수 있나 알아볼게."

"좋아. 나중에 얘기하자."

어머니가 몸을 돌려 방을 나가려는데 갑자기 아리엘이 머리를 부여잡고 작게 비명을 질렀다.

"왜 그러니?" 어머니가 물었다.

나는 아리엘에게 달려가 옆에 무릎을 꿇고 앉았다.

"내 눈." 아리엘이 말했다. "눈이 이상해. 앞이 잘 안 보여."

온몸의 피가 전부 빠져나가는 것 같았다. 얼굴도 백지장 같이 창백해졌을 테다. 머리가 핑핑 돌고 똑바로 서 있을 수가 없어서 나는 바닥에 주저앉았다.

"미란다." 어머니가 깜짝 놀라 말했다. "괜찮니? 이리 와. 눕는 게 낫겠다."

어머니가 나를 침대로 데려가 눕히고 무릎 아래에 베개를 몇 개 받쳐 주었다. 나는 정신을 잃기 직전이었다. 고개를 돌리니 어머니가 아리엘을 침대로 데려가는 게 보였다. 어머니는 당황하지 않으려고 안간힘을 쓸 때 나오는 아주 차분한 목소리로 말하고 있었다.

"눈이 어떤데?"

내가 겪었던 일이 반복되려는 거다, 분명히.

하지만 아리엘은 이미 검사란 검사는 죄다 받았고, 멀린 박사는 그 애에게 아무런 문제가 없다고 못 박았다. 아리엘에게 병이 없다는 건 내 경우가 돌연변이라는 의미다. 하지만 그 당시에도 나는 내심 멀린 박사가 정말 사실을 말하고 있는 건지 의심했다.

아니면 아리엘이 실제로 나보다는 완벽한 상태였을 수도

있다. 박사가 아리엘을 만들 때 더 나은 솜씨를 발휘했다면. 몇 가지를 조금 바꾸고, 개선하면서.

하지만 이제 와서 아리엘에게 같은 문제가 나타난다면……. 어머니가 웃고 있었다. 신경질적인 웃음이었다.

"뭐가 웃겨요?" 내가 일어나 앉으려 애쓰며 물었다.

어머니는 손끝에 미세한 보푸라기 같은 걸 들고 있었다.

"눈에 뭐가 들어간 거야." 어머니는 여전히 웃고 있었다.

"정말요?"

"그래."

"이제 보여, 아리엘?" 내가 물었다.

"응, 아주 잘 보여."

나는 풀썩 드러누웠다. 진이 다 빠져 버린 탓이었다.

"재미있게 놀까?" 아리엘이 말했다.

나는 고개를 저으며 말했다. "잘 시간이야." 그렇지만 아리엘에게 정말 아무 문제가 없는 건지는 여전히 확신할 수 없다.

22장

아리엘은 고요히 잠들어 있다.

잠이 오지 않는다. 너무 많은 생각이 한꺼번에 밀려들었다. 그렇게 짧은 시간에 너무나 많은 것이 바뀌어 버렸단 사실을 받아들이기가 힘들다. 몇 주 전만 해도, 부모님한테 거짓말을 한다는 건 상상조차 할 수 없는 일이었다. 하지만 막상 어제 거짓말을 해 보니 얼마나 쉽던지. 아직도 믿어지지 않는다. 아마도 속에 분노가 계속 쌓여 있던 탓이겠지. 인정할 수밖에 없다. 나는 화가 났다. 그것도 아주 많이.

부모님은 늘 존경스럽고, 솔직하고, 선한 분들이었다. 하지만 두 분은 나를 살리겠다고 아리엘을 희생시킬, 아니, 포장하지 않겠다. 죽일 계획을 세웠다. 그리고 아직도 나를 구한 것에 대한 고마움 말고는 그 애에게 별다른 감정을 느끼지 않는다. 아리엘을 좋아하기 시작했는지는 모르겠지만. 만약 내 성격이 지금 아리엘처럼 급격히 변했더라면, 두 분은 혼비백산했을 거다. 당장 나를 심리 치료사에게 데려갔을 게 뻔하다. 두 분이 마냥 멀린 박사의 말만 믿고 있는 건 이게 아리엘에게 일어난 문제이기 때문이다.

게다가 두 분이 예전처럼 멀린 박사와 한통속이 아니라는 보장도 없다. 어쩌면 내게 거짓말을 하기로 서로 말을 맞췄는지도 모른다. 그렇다면 그 이유는 또 뭘까? 뭘 숨기려는 걸까?

갑자기 번뜩하고 생각이 떠올랐다. 침대에서 벌떡 일어나 앉자 식은땀이 흐르는 게 느껴졌다. 내 상상력이 멋대로 날뛰고 있다는 걸 알면서도 생각을 떨쳐 낼 수가 없었다. 휴대폰을 집어 조용히 방에서 빠져나왔다. 어머니 아버지는 깊은 잠에 빠져 있었고, 집 안은 고요했다.

나는 살금살금 가족실로 향했다. 그리고 소파에 푹 주저앉아 엠마에게 전화를 걸었다.

"엠마?"

"미란다?" 엠마가 비몽사몽 대답했다.

"깨워서 미안해. 그런데 이건 말해야 했어."

"뭔데?"

"나도 이게 망상이라는 거 알아." 내가 입을 뗐다. "근데 수영 말이야. 수영하는 법을 갑자기 잊을 수는 없잖아, 안 그래? 내 말은 태도나 성격을 바꿀 수는 있어도―그것도 말이 안 되긴 하지만―수영하는 법을 잊을 수는 없어. 부모님 말씀대로 그냥 장난은 아니었던 게 확실해. 아리엘도 그 말에 장단을 맞추긴 했지만, 진심인 것 같지는 않았어."

"그래, 계속 말해 봐."

"다른 것도 있어. 갑자기 말투도 바뀌고, 이젠 자기가 누군지도 모르는 것 같아. 내가 그놈의 셔츠 가지고 몇 마디 했다고 이렇게 되었을 리가 없어. 말도 안 되잖아." 내가 말을 멈추었다.

"네 말은 설마……." 엠마가 속삭이고는 마찬가지로 말을 멈췄다.

"엠마, 만약 아리엘이 아니면 어떡해?" 내가 속삭였다.

"세상에."

"난 복제인간이잖아. 아리엘도 마찬가지고. 아리엘이 진짜 아리엘이 아니라면? 바꿔치기되었다면?"

"대체 왜?" 엠마가 외쳤다. "차라리 박사에게 어떤 위험한 계획이 있어서 그 애를 세뇌했을 가능성이 더 크지 않아?"
엠마가 말을 이었다. "아니면 최악은 복제 과정에 문제가 있어서 그 애의 성격 자체가 오작동하고 있는 거겠지."

나도 그게 걱정이었다. 만약 아리엘의 성격이 오작동하는 거라면 그건 더 큰 문제다. 갑자기 정체성을 잃게 되는 거니까. 멀린 박사는 실제로 많은 실패를 겪은 후에야 성공적으로 우리를 복제해 냈다. 어쩌면 아리엘도 성공 사례가 아닐지 모른다. 정말로 오작동하고 있는 걸지도. 그럼 나에게도 그런 일이 일어날 수 있을까? 내가 다음 차례는 아닐까? 갑자기 내가 누군지 잊어버릴 수도 있는 거다. 어쨌든 나는 이미 한 번 병에 걸렸으니까. 그것도 멀린 박사의 계획에는 없는 일이었는데!

"뭐가 됐든 진상을 밝혀내야겠어." 내가 말했다. "아리엘과 날 위해. 확실한 건 뭔가 잘못되었다는 거야. 멀린 박사가 집에 온 뒤로, 아리엘은 마치 전처럼 밝은 모습으로 유쾌하게 행동하라는 지시를 받은 것처럼 굴었어. 하지만 새로운 아리엘은 방법을 몰랐던 거야. 그냥 계속 재미있게 놀자, 재미있게 놀자,만 반복하더라고."

"아빠한테 연구실에 관해 물어봤어."

"뭐라서?"

"특별한 건 없어. 감시가 엄격히 이루어지고 있고 멀린 박사도 얌전하대. 하지만 너희 아버지가 전국에 클리닉 여러 군데를 운영하지 않아?"

"이 근처에도 하나 더 있어. 너도 알잖아, 연구실 말고 내가 가는 병원. 담당 소아과 선생님이 거기 있어."

"멀린 박사가 다른 클리닉을 몰래 가지고 있는 거 아닐까? 지금 박사가 일하는 클리닉이 아저씨 소유였다는 것도 너는 몰랐잖아." 엠마가 추측했다.

"만약 그렇다면 어떻게 찾아내지? 박사는 내가 알아내길 원치 않을 텐데. 게다가 우리 부모님이 또 연루되어 있으면 어쩌지? 자기 부모를 못 믿는다는 건 정말 끔찍한 일이야."

"그래, 맞아. 보통은 반대인데 말이야."

나는 웃음을 터뜨렸다.

"미란다 언니?" 아리엘이 문 앞에 서 있었다.

"어, 아리엘이 왔어."

"얘기 좀 해 봐." 엠마가 말했다. "뭘 더 알아낼 수도 있잖아."

"그래야겠어. 내일 보자. 깨워서 미안해."

"익숙해. 의사가 되어야 하나. 벌써 밤을 새우는 데 익숙하잖아."

"내가 지금 의사를 좋아하겠니. 노래나 계속해. 잘 자."

"잘 자."

아리엘은 여전히 그 자리에 서 있었다.

"왜 그래?" 내가 물었다.

"눈을 떴더니 언니가 없었어. 언니가 안전한지 확인해야만 했어."

아리엘에게 보이지 않을 걸 알면서도 나는 눈을 굴렸다. "들어와."

"너무 어두워."

"어두워도 볼 수 있어. 난 그래."

"난 볼 수 없어."

"언제부터?"

"뭐라고 대답해야 할지 모르겠어."

"어제 무슨 일이 있었던 거야?" 내가 물었다.

"무슨 뜻이야?"

"너 달라졌어. 무슨 일이 있었어?"

"나는 그냥 아리엘이 되려고 노력하는 거야."

"왜 아리엘이 되려고 노력하는데? 네가 아리엘 아니야?"

"맞아." 아리엘의 대답에는 확신이 없었다. "내가 아리엘이야."

"며칠 전과 달라진 게 있어?" 나는 조금 더 밀어붙이기로 했다.

"아니."

"멀린 박사가 너한테 무슨 짓 했어?"

"아니."

"네가 어떻게 행동해야 하는지 알려 줬어?"

대답이 없었다.

"그랬어, 안 그랬어?" 실마리를 찾은 것 같았다. "뭐라고 했어? 박사가 뭐래?"

"많은 얘기를 했어."

"뭔데?"

"말할 수 없어. 우리의 대화는 모두 사적인 거라고 했어. 비밀. 언니랑 나 사이에 있는 것처럼. 난 비밀을 지킬 수 있어!"

당황스럽기 그지없었다. 멀린 박사가 무슨 일을 꾸미고 있는 건 확실하다. 하지만 대체 뭐지? 뭐냐고?

아리엘이 말했다. "내가 좋은 아리엘이 아니야? 언니는 불만스러워?"

"넌 달라졌어. 그래, 이해가 안 되니까 불만스러워."

"하지만 난 언니를 불만스럽게 만들면 안 돼."

오호라! 이게 아킬레스건이구나. 멀린 박사랑 무슨 약속을 했는지는 모르겠지만, 예전 아리엘은 나를 위해 봉사하도록 키워졌다. 그렇게 세뇌당했다. 이 아리엘이 설령 다른 사람이더라도 아마 같은 환경에서 자랐을 터였다. 아리엘이 날 위해야 한다고 믿는 것을 건드리면 진실을 털어놓게 만들 수 있을 것 같았다.

"불만스러워." 내가 말했다. "네가 왜 갑자기 달라졌는지 알 수가 없으니까."

긴 침묵이 이어졌다.

"무엇을 해야 할지 모르겠어." 아리엘이 대답했다. "멀린 박사님에게 약속했는데, 언니는 미란다 언니잖아……."

"가자. 부엌으로 가서 간식 좀 먹자. 너 밤늦게 초콜릿 선데 먹는 거 좋아하잖아. 기억나지? 그럼 기분이 나아졌잖아, 안 그래?"

나는 일어나서 아리엘의 손을 잡고 부엌으로 가 불을 켰다.

"왜 달라진 거야?" 내가 말했다. "나한테 말해 줘야 해. 반드시."

아리엘은 눈에 띄게 괴로워하며 눈을 커다랗게 뜨고 나를 바라보았다. 그 애를 바라보고 있자니 우리 둘이 얼마나 똑같이 생겼는지가 새삼스레 눈에 들어왔다—잠깐만. 나는 더 가까이 들여다보았다.

"그거 뭐야?" 내가 물었다.

"뭐가?"

"너 이마에 뭐가 있는데."

아리엘이 손을 들어 이마의 자국을 가렸다. "이건…… 이건…… 주근깨야."

"너 주근깨가 있었어?"

"난 완벽하지 않아. 난 쓸모가 없어. 나는 아무 데도 쓸 데가 없어."

갑자기 아리엘이 울음을 터뜨리더니 양손을 머리에 갖다 댔다.

"머리. 아파. 너무 아파."

"가서 침대에 누워." 내가 말했다. "어머니 불러올게."

나는 쏜살같이 부모님 방으로 달려가 문을 두드렸다. 속이 뒤틀렸다. 어쩌지? 아리엘의 목소리는 정말로 고통스러워하는 것 같았다.

"어머니? 아버지?"

"들어오렴."

어머니가 일어나 앉았다.

"무슨 일이니?"

"아리엘이요. 머리가 너무 아프대요. 걱정돼요."

"별일 아닐 거야, 미란다. 박사님이 검사했잖아. 괜찮아. 두통약을 주고 이제 둘 다 자라."

"하지만……."

"미란다. 한밤중이야. 지금은 안 돼. 가서 좀 자렴. 아침에 상태를 보자. 넌 모든 일에 과민 반응하고 있어. 두통은 누구에게나 있는 일이잖아."

"하지만……."

"어서!"

나는 뒤를 돌아 방을 나왔다. 부모님이 얼마나 아리엘에게 관심이 없는지 또 한 번 확실해졌다. 내 일이었다면 두 분은 한바탕 난리를 쳤을 거다. 하지만 내겐 아리엘이 중요하다. 아리엘을 실망시킬 순 없다.

23장

~~~~~~

나는 침대에 누운 채 잠에서 깨려고 애썼다. 약을 줬는데도 고통으로 훌쩍이는 아리엘 곁에 밤새 앉아 있었다. 몇 시간을 그러고 있었는지, 마침내 아리엘이 내 손을 꼭 붙든 채 잠이 들었다. 아리엘을 깨우지 않으려고 조심히 손을 빼낸 뒤, 살금살금 내 침대로 돌아와서 날이 밝아 올 때까지 허공을 바라보며 누워 있었다. 그러다 잠이 들었나 보다.

아리엘이 아리엘이 아니라는 걸 어떻게 밝혀낼 수 있을까? 그 주근깨. 지금까지 그 애의 얼굴에서 주근깨는 본 적이 없다. 햇볕을 오래 쬐면 갑자기 생길 수도 있고, 우리가 늘 햇볕 아래 있긴 하지만. 만약 그 애가 아리엘이 아니라면 진짜 아리엘은 어디 있는 걸까? 이 상황이 의미하는 바가 점차 실감 나기 시작했다. 납치된 걸까? 누가 그런 짓을 했지? 아리엘은 이미 한 번 살해당하기 직전까지 갔었는데. 목숨이 위태로운 상황일까? 어딘가에서 혼자 공포에 떨고 있을까?

그사이 아리엘은, 아니 자기가 아리엘이라고 주장하는 그 애는 잠에서 깨어 창가에 서 있었다. 그 애는 꼼짝하지 않고 밖을 내다보았다. 그때 한 가지 묘안이 떠올랐다. 아주 단순한 방법이었다.

"아리엘." 내가 이름을 불렀다.

답이 없었다. 아무런 반응도 없었다. 진짜 아리엘이라면 최소한 나를 돌아봤을 텐데. 이 애는 자기 이름을 알아듣지도 못하는 것 같았다.

"아리엘." 내가 다시 한번 말했다.

"아!" 이번엔 그 애가 돌아섰다. "왜?"

"좀 어때?"

"두통이 나아졌어. 하지만 사라지지는 않았어."

"어머니한테 널 병원에 데려가라고 할게. 어머니가 안 하면 내가 할 거야."

"언니가?"

"그래."

"왜?"

"네 언니니까. 내가 널 돌봐야지."

"아니야. 난 언니를 위해 만들어졌는걸."

"그건 다 지난 얘기잖아." 내가 나무랐다.

"지났다고?"

"끝났다고. 끝났으니 잊어. 넌 다른 사람이 아니라 너 자신을 위해 만들어진 거야."

"나 자신. 그게 뭔데?"

좋은 질문이야, 나는 생각했다. 내가 복제인간이라는 걸 알게 된 후로 나도 여러 번 했던 질문이다.

"흠, 설명하기 어려워." 이제 내가 대화하고 있는 상대가 아리엘이 아니라는 걸 거의 확신할 수 있었다. "네가 어떤 사람인가가 중요해. 마음속 말이야."

"나는 언니만을 위해서 만들어졌어."

아리엘은 이미 이 단계를 넘어섰다. 그건 확실했다. 하지만 이 애가 뱉어 내는 말도 안 되는 이야기가 사실이라면, 이 애도 멀린 박사가 만든 미란다 복제품 중 하나가 분명하다. 박사가 분명히 더는 복제인간이 없다고 맹세했는데.

"자신이 누군지 알기 위해서는 네 선택을 들여다봐야 해.

다른 사람이 시키는 대로 행동하는 대신 너 자신을 위해 생각하는 거야." 내가 말했다.

"난 언니가 시키는 대로 행동해." 그 애가 뿌듯한 듯 말했다. "그리고 언니는 언니 부모님이 시키는 대로 하고."

"예전엔 그랬지. 두 분이 거짓말을 해 왔다는 걸 알기 전까지는. 다른 사람이 시킨 일이라도 네가 동의한다면 그대로 해도 돼. 하지만 시키는 대로 행동하도록 훈련받아서 그렇게 하는 건 안 돼."

그 애는 혼란스러운 듯 고개를 저었다.

"네가 누군지 말해." 내가 말했다. "진짜 아리엘은 어디 있는지도."

그 애가 경계하듯 물었다. "왜?"

이제 강하게 나갈 때였다. "당연히 그래야지. 너는 내 말을 들어야 하고, 나는 진실을 알고 싶으니까."

"언니가 방금 말 안 들어도 된다고 했잖아."

입이 떡 벌어졌다. 이 애를 어떻게 구슬려야 할지 한창 고민하고 있는데 로나 아줌마가 불쑥 들어왔다.

"서둘러야지, 얘들아. 늦겠다. 미란다, 무슨 옷 입을래? 오늘은 아주 땡볕이겠어."

"반바지요. 반팔 셔츠랑요. 학교에서 입을 스웨터도 챙기고요." 나는 하다못해 반바지를 입더라도 반드시 각을 잡고 다림질해서 입는다. 아리엘은 훨씬 편한 차림을 좋아한다.

"아리엘?"

대답이 없었다.

"아리엘? 넌 뭐 입을래?"

"밝은 보라색이 좋아요." 그 애가 대답했다. 적어도 옷 취향은 예전 아리엘과 비슷했다.

나는 후다닥 샤워를 마치고 옷을 입은 뒤 어머니를 찾아 갔다. 어머니는 부엌에서 커피를 마시고 있었다. 할 얘기가 있긴 했지만, 어머니를 믿어도 되는지 확신할 수가 없었다. 게다가 '어쩌면 다른 복제인간이 있을지도 몰라요'라는 이 야기는 어떻게 운을 떼야 한담? 나는 단순하게 가기로 마음 먹었다.

"어머니, 아리엘을 병원에 데리고 가 주세요. 아프대요." 내가 말했다.

"아주 유능한 의사가 아리엘을 진찰한 지 얼마 안 됐잖아. 그만해, 미란다. 이건 너무 과해."

과하다고? 그렇다면 진짜 과한 게 뭔지 보여 드리죠.

"그렇단 말이죠." 내가 불쑥 말했다. "단순히 아픈 게 문제 가 아니에요." 나는 숨을 들이쉬었다. "사실은 저 애가 아리엘이 아닌 거 같아요."

"그게 무슨 뜻이지?"

"저 애가 또 다른 복제인간인 것 같다는 말이에요. 저는 진짜 아리엘이 어디 있는지, 그 애에게 무슨 일이 있는지 너무 걱정돼요."

어머니가 눈을 굴렸다.

"그러지 좀 마세요!" 내가 외쳤다. "제 얘기를 들어 주셔야 해요. 그냥 망상이 아니라고요."

"아니, 맞는 것 같은데. 네가 겪은 일을 아리엘도 겪게 될까 봐 걱정되는 거겠지. 아무 문제 없을 거야, 약속할게. 대체 왜 두 번째 복제인간이 필요하겠니? 말도 안 되는 소리야. 너도 누군가와 얘기를 나눠 보는 게 좋겠구나."

"심리 상담사요?"

"그래."

"그 상담사한테 제가 복제인간이라고 말할 거예요. 그럼 절 정신 병원에 가두겠죠."

"그건 곤란하긴 하지." 어머니가 시인하듯 말했다.

"농담 아니에요. 어쨌든, 상담은 필요 없어요. 어머니가 제 말을 들어 주셔야 해요."

"아리엘이 정말로 아프다면 당연히 멀린 박사님께 다시

진찰을 부탁할 거야. 하지만 그때까지는 아니야. 바로 얼마 전에 아무 문제 없다고 했잖니."

"멀린 박사님 말고요! 박사님은 믿을 수 없어요. 소아과 의사도 아니잖아요."

"하지만 박사님은 너희 둘 모두를 알고 네 병에 관해서도 알잖아."

때마침 아리엘이 부엌으로 들어와 꼿꼿한 자세로 식탁에 앉아 토스트를 먹기 시작했다. 갓 짜낸 레몬주스가 바로 옆에 놓여 있었다. 나는 주스를 밀어 주었다.

"시원하게 들이켜." 내가 말했다. "네가 제일 좋아하는 거 잖아."

아리엘은 주스를 한 모금 삼키더니 우스꽝스러운 표정을 지었다. "끔찍한 맛이야!"

"어제는 좋아했잖아." 나는 의미심장하게 어머니를 바라보며 말했다.

어머니는 뭔가 잘못되었다는 걸 인정하지 않았다. 그저 모든 걸 무시하곤 말했을 뿐이다. "가자, 얘들아. 시간 다 됐 다."

학교에 도착하자 아리엘은 곧 눈앞에서 사라졌고 나는 엠 마를 만났다.

"어떻게 됐어?" 엠마가 물었다.

"확실히 아리엘이 아니야. 그 애도 인정한 거나 다름없어. 이름을 불러도 대답하지도 않고, 레몬주스도 싫어하고……."

"그럼 어쩌지?" 서둘러 교실로 향하며 엠마가 물었다.

"클리닉으로 가야지. 멀린 박사가 뭔가 꾸미고 있는 거야. 대체 뭘까? 박사밖에는 없잖아, 안 그래?"

"정말 나쁜 일이 벌어지고 있는 거라면 당연히 박사가 배후에 있겠지. 문제는 우리가 뭘 할 수 있냐는 거야."

수업 시간은 느릿느릿 흘렀다. 나는 새로 나타난 아이의 이름을 고민하며 시간을 보냈다. 만약 그 애가 새 이름을 받아들인다면 모든 게 확실해질 터였다. 아리엘은 자기 이름을 사랑했다. 새로운 아리엘을 가짜라고 불러야 하나 잠시 고민했지만 그건 너무한 것 같았다. 그 애가 가짜 행세를 하는 건 다 멀린 박사 때문인데. 그럼 그 애를 순진이라고 부르는 게 나으려나.

꽃 이름처럼 단순한 이름은 어떨까? 이름이 생기면 자기가 스스로 생각할 수 있는 개인이란 사실을 깨닫는 데 도움이 될지도 모른다. 그럼 진짜 아리엘에게 무슨 일이 일어났는지도 알아낼 수 있을 거다. 나는 골똘히 생각했다. 그러자 좋은 생각이 떠올랐다. 꽃은 아니었다! 아담, 첫 번째 남자. 이브, 첫 번째 여자. 그 애는 이브가 되어야 한다. 새롭게 태어나기 위해.

점심시간에 나는 급히 그 애를 찾았다.

"너 창세기 이야기 아니?" 내가 물었다.

그 애는 고개를 저었다.

자리에 앉으며 내가 설명했다. "음, 성경이라는 책에 나와. 성경에는 여러 가지 이야기가 있거든. 세상이 어떻게 시작됐는지에 관한 거야."

"아! 알아. 창조에 관한 신화. 공부한 적 있어. 창세기는 아담과 이브 이야기야, 맞지?"

"맞아. 그리고 새 삶을 시작하는 너도 새 이름이 필요할 거 같아. 이브."

그 애는 종잡을 수 없다는 표정으로 나를 바라보았다. "언니는 내가 아리엘인 게 싫어?"

"싫어." 내가 단호히 말했다. "네가 인정하지 않아도 난 네가 아리엘이 아닌 걸 아니까. 그 이름을 쓰는 건 옳지 않아."

그 애가 뭔가 항변하려 했지만 나는 말을 이었다. "그리고 너도 네 이름이 있어야지, 안 그래? 아리엘이라는 이름도 내가 준 거야. 그러니 너에게도 줄게. 이브. 너도 내 동생이 되는 거야."

그 애는 잠시 나를 바라보더니 이내 희망에 가득 찬 표정을 지었다. "계속 나를 좋아할 거야? 내가 아리엘이 아니어도 날 버리지 않을 거야?"

이거였구나! 멀린 박사가 이걸 빌미로 이브를 위협한 게 틀림없다. 나는 이브의 손을 꼭 잡았다.

"당연하지! 넌 이브야. 너도 내 동생이야. 하지만 우선은 아리엘을 찾는 걸 도와줘야 해."

그 애가 갑자기 테이블을 움켜쥐었다. "언니!"

엠마와 수가 막 우리 테이블에 앉으려던 참이었다.

"왜 그래?" 깜짝 놀란 내가 물었다.

"머리. 아파."

나는 휴대폰을 꺼내 어머니에게 전화를 걸었다.

"무슨 일이니?"

"어머니, 아리엘이 또 머리가 심하게 아프대요. 지금 오셔서 병원에 데려가지 않으면 제가 할 거예요. 멀린 박사는 안 돼요. 제 소아과 선생님에게 가야 해요."

"미란다!"

"교장 선생님한테 부모님이 오실 수 없다고 말하고 택시를 잡아서 병원으로 갈 거예요."

"지금 바로 갈게." 어머니가 험악한 목소리로 말했다.

"좋아요." 나는 전화를 끊었다. "가자, 이브. 교문에서 기다리자. 엠마, 우리 조퇴한다고 말해 줄 수 있어?"

어머니가 도착하자 우리는 차에 탔고 나는 이브의 벨트를 채워 주었다. 그리고 말했다. "어머니, 이브를 소개할게요."

"무슨 소리니?"

"이 애는 아리엘이 아니에요. 이브예요."

"미란다. 그만하면 됐어. 아리엘을 의사한테 데려갈 테니 말도 안 되는 얘기는 그만둬."

나는 대답하지 않았다. 그리고 진짜 아리엘을 찾아낼 방법을 골똘히 고민하기 시작했다. 아리엘은 어디 있을까? 대체 왜 그 애를 바꿔치기한 걸까?

24장

~~~~~~

의사 선생님이 뭐라고 할지 걱정이 되어 죽을 지경이었다. 내 병과 같은 증상인 건가? 대체 왜지? 내 병은 DNA 문제가 아니라 자연 돌연변이 때문이라고 생각했는데. 내가 앞 좌석에 앉은 데다 라디오가 켜져 있어서 이브에게는 우리 이야기가 들리지 않을 터였다.

내가 낮은 목소리로 물었다. "어머니, 사실대로 말해 주세요. 멀린 박사가 제 발병 원인을 알아냈나요?"

어머니는 잠시 말이 없었다. 솔직하게 말할까 말까 고민하는 것 같았다.

"어머니!"

"돌연변이야. 자연적으로 생긴 거지. 아리엘도 전부 검사했는데 아무 문제 없었어. 아리엘의 유전 구조는 사실 완벽에 가까워. 게다가 증상도 다르잖니. 시야가 흐려지는 게 아니라 두통이 있다잖아."

"아리엘이 아니죠. 쟤는 이브예요. 이브는 아프고, 아리엘은 어디 있는지 모르겠어요."

어머니는 대답하지 않았지만 이를 앙다무는 게 보였다.

"콘 박사님은 이브를 본 적이 없죠?"

"이브라고 부르지 마!"

"본 적 있어요?" 나는 굽히지 않고 다시 물었다.

"아니, 아리엘은 본 적 없어. 너도 알잖니."

"잘됐네요. 적어도 박사님은 한통속은 아니겠어요." 나는 뒷좌석으로 몸을 돌렸다. "이브, 좀 어때?"

"머리가 아파."

주차장에 도착한 뒤 나는 이브가 내리는 걸 도와주었다. 차에서 병원 정문까지 잠깐 걷기도 힘들 만큼 더운 날이었다. 게다가 이브가 비틀거리는 바람에 거의 둘러업다시피 해야 했다. 병원에 틀어진 에어컨 바람이 그렇게 시원할 수가 없었다.

대기실은 언제나처럼 비명을 지르는 아기들과 서로 싸워

대는 어린아이들로 가득했지만, 어머니 덕에 곧바로 진료실로 갈 수 있었다. 병원 소유주의 특권인 셈이다. 나는 어머니를 믿을 수 없어 함께 들어가겠다고 고집을 피웠다. 또 누가 알까? 콘 박사님도 가담했을지. 그럴 것 같지는 않지만.

"안녕, 미란다." 박사님이 특유의 진지한 목소리로 말했다. "완전히 회복되었다니 정말 기쁘구나. 여기 이 아리엘이 필요한 때에 맞춰 등장했지, 안 그래?" 박사님이 이브에게로 몸을 돌려 손을 내밀었다. "안녕, 나는 콘 박사란다."

이브는 대답하지 않았다.

박사님이 간호사를 부르더니 나와 엄마를 진료실 밖으로 내보냈다. 검사실에 둘이 앉아 기다리는 시간이 영원같이 느껴졌다. 마침내 박사님이 나왔다.

"뇌 MRI를 찍기 위해 보호자 동의가 필요합니다. 혈관 촬영도요. 조금 걱정이 되는군요."

어머니가 동의하고 아버지에게 전화를 걸었다. 아버지가 도착하고 우리는 다시 기다렸다. 시간이 얼마나 흘렀을까, 박사님이 우리를 진료실로 부르더니 앉으라는 듯 손짓했다.

"아리엘은 검사실에서 쉬고 있습니다." 박사님이 말했다. "안 좋은 소식을 전해야 할 것 같군요." 숨이 턱 막혔다. "뇌종양입니다."

"종양요, 저처럼요?"

"조금 달라, 미란다. 뇌에 종양 하나가 있어. 이미 꽤 진행된 악성일 확률이 커. 수술을 할 수 있을지 모르겠구나. 두통 말고 다른 증상은 없었습니까? 행동이 어색하다든지, 구토를 한다든지요. 성격이 바뀌었을 수도 있고요."

"있었어요." 우리 셋은 동시에 대답했다.

"분명히 성격이 바뀌었어요." 내가 말했다.

"흔하지만 가장 괴로운 증상이기도 하지. 가까운 누군가를 잃는 것 같은 기분이 드니까." 박사님이 아버지에게로 몸을 돌렸다. "연구 클리닉에서 미란다를 치료했었지요. 클리닉이 자선 재단에 넘어간 건 알고 있습니다만, 이번에도 도움이 될지 모릅니다. 이런 종양에 관한 임상 시험이 있긴 하지만 시험에 참여하기가 쉽지 않아서요. 회장님께서 연이 있어 손을 쓸 수 있다면……."

나는 귀를 의심했다. 충격으로 숨이 가빠 왔다. 그러니까 결국 저 애가 진짜 아리엘이고 부모님의 첫째 딸 제시카처럼 뇌종양에 걸렸다는 말이다. 제시카는 뇌종양으로 죽었다. 박사님 말을 들으니 아리엘도 곧 그렇게 될 것 같았다.

어른들은 무슨 치료법으로 어떻게 치료할지 계속 떠들어 댔지만, 아무것도 귀에 들어오지 않았다. 이해할 수가 없었다. 아리엘이 아니라고 확신했는데, 아리엘이 맞는 데다 죽어 가고 있다니!

나는 벌떡 일어나 아리엘을 찾으러 뛰쳐나갔다. 간호사가 나를 검사실로 데려갔다. 아리엘이 옷을 갈아입는데 몸에 난 수술 자국이 보였다. 바보 같으니! 왜 흉터를 확인할 생각을 못 했지? 흉터는 진짜 아리엘에게만 있을 터였다. 그러니 이 애는 다른 사람일 수 없다. 내 망상에 빠져 아리엘에게 아무런 도움이 되지 못했다니. 안 그래도 아픈데 나 때문에 상황이 더 나빠지고 말았다. 나는 가까이 다가가 아리엘을 껴안았다.

"치료법을 찾을 거야." 내가 말했다. "꼭."

아리엘은 아무 말 하지 않았다. 아리엘이 옷을 입는 걸 도와주는데 부모님이 검사실로 들어왔다. 돌아오는 길에는 어머니가 운전을 하고, 나는 뒷좌석에 아리엘과 함께 앉아 손을 꼭 잡았다.

"어머니, 어머니 말이 맞았어요. 아리엘이 옷 입을 때 흉터가 보였어요. 그 흉터는 아리엘에게만 있잖아요." 내가 말했다.

"나도 그 생각은 미처 못 했어." 어머니가 말했다.

"너무 아파." 아리엘이 말했다.

"그래." 내가 대답했다.

"나는 병원에 가야 해." 아리엘이 말했다.

"맞아." 어머니가 앞 좌석에서 말했다. "하지만 아직 어느 병원으로 갈지는 모르겠구나, 애야. 아버지가 멀린 박사님한테 연락해야 할 것 같아."

"멀린 박사님은 아리엘이 괜찮다고 했잖아요!" 내가 항의했다.

"그래도 박사님은 시험 중인 최신 치료법을 속속들이 알고 있어. 어디서 시험을 하는지도. 지금은 박사님에게 가는 것이 최선이야." 어머니가 말했다.

"멀린 박사님은 모르는 게 없으세요." 아리엘이 말했다.

이 상황이 너무나 싫었다. 아리엘은 전과 똑같은 모습으로 돌아갔다. 아리엘을 아리엘답게 만들었던 모든 게 사라져 버렸다.

집으로 돌아와 아리엘을 침대에 눕히고 부엌으로 향했다. 병원에 있는 동안 꺼 두었던 휴대폰을 켰더니 음성 메시지 두 통이 와 있었다.

첫 번째는 엠마한테서 온 거였다.

"안녕, 나 집에 왔어. 전화 줘."

두 번째는 아리엘이었다.

"미란다 언니? 도와줘. 도와줘."

삑 소리와 함께 메시지가 끝났다.

나는 메시지를 다시 한번 재생했다.

"미란다 언니? 도와줘. 도와줘."

절망스러운 목소리였다. 공포에 질린 것 같기도 했다. 나는 꼼짝 않고 서서 휴대폰을 가만히 바라보았다. 이 집에 있는 게 진짜 아리엘이라는 걸 조금 전에야 인정했는데, 대체무슨 영문으로 종일 같이 있었던 아리엘이 전화를 걸어 도움을 요청한 걸까? 메시지 수신 시각을 확인했다. 오전 10시 5분, 학교에 있을 때였다. 도통 갈피를 잡을 수가 없다.

나는 메시지를 저장하고 방으로 달려갔다. 아리엘, 아니 이브, 아니 그게 누구든 그 애는 침대에 누워 있었다.

"아리엘, 오늘 나한테 연락했어?" 내가 말했다.

"언니를 불렀어."

"아니, 전화했냐고?"

"전화? 아니. 언니랑 종일 같이 있었잖아. 왜 전화를 하겠어?"

"확실해?"

"응. 내가 왜 그랬겠어? 학교에 같이 있었잖아. 언니한테 말하고 싶으면 가서 언니를 찾았겠지. 학교에서는 휴대폰을 꺼 두어야 하잖아, 안 그래?"

논리적인 사고 능력에는 아무 문제가 없는 모양이다.

부엌으로 돌아가 화면에 뜬 전화번호를 바라보았다. 번호는 등록되어 있지 않았다. 하지만 분명 발신 위치가 '팜데저트, 캘리포니아'라고 적혀 있다.

나는 혼비백산해서 비명을 내지르며 곧바로 엠마에게 전화를 걸었다.

"엠마!"

"여보세요!"

"잠깐 올 수 있어? 당장. 아니, 내가 가는 게 낫겠다. 어머니한테 데려다 달라고 할게."

"그래. 무슨 일인데?"

"이따 말해 줄게." 부엌으로 들어서는 어머니를 보며 내가 말했다. 나는 어머니에게도 메시지를 들려주었다.

"미란다, 아리엘 뇌에 종양이 있다니까! 전화한 걸 잊어버렸겠지. 둘이 한시도 빠짐없이 붙어 있던 건 아니잖아, 안 그러니?"

"그건 아니에요." 내가 시인했다. "하지만 아예 전화할 생각도 없었대요."

"이제 그만해, 미란다." 어머니가 말했다. 그리고 잠깐이지만 경계 태세를 내려놓고 안됐다는 듯 나를 바라보았다.

"우리 가족 중에 몹시 아픈 아이가 있는 건 사실이고, 너도 그 애가 회복되지 않을지도 모른다는 사실을 받아들여야 해. 하지만 아버지와 난 항상 네 옆에 있을 거야, 알지?" 그제야 나는 어머니가 그토록 차갑게 굴었던 이유를 알아차렸다. 어머니는 두려운 거다. 나를 영원히 잃을까 봐 그리고 내가 다시는 어머니를 사랑하지 않을까 봐. 정말 무서운 점은 어쩌면 그게 사실일지도 모른다는 거다.

"아리엘도 도와주실 거죠, 그렇죠?" 내가 물었다.

"물론이지. 멀린 박사님이 일이 있어서 지금 당장은 안 되지만⋯⋯." 항의하려고 입을 뗐지만, 어머니가 손을 들어 내 말을 막았다. "저녁 시간이 지나서 들르실 거야."

"엠마네 집까지 태워 주시면 안 돼요?"

어머니는 잠시 생각에 잠겼다. "그게 나을지도 모르겠구나. 박사님이 아리엘을 진찰할 테니 9시쯤 데리러 갈게. 저녁은 어떡할래?"

"거기서 먹을게요."

우리는 엠마네 집으로 출발했다. 라퀸타 외곽에 사는 건 정말 짜증 나는 일이다. 누가 차로 태워 주지 않으면 발이 묶인 거나 다름없다. 어쩌면 부모님이 바로 그걸 노렸는지도 모른다. 그럼 나를 더 쉽게 통제할 수 있으니까. 하지만 지금은 통제할 수 없는 일이 벌어지고 있고, 나는 그게 무슨 일인지 알아내고 말 거다―최대한 빨리.

흉터는 그 애가 아리엘이라는 증거다. 하지만 휴대폰 메시지는 다른 이야기를 하고 있었다.

25장

엠마네 집이 있는 길은 막다른 골목에서 끝나고, 거기에서부터 산책로가 시작된다. 주민들은 애정을 담아 그 길을 개똥길이라고 부르는데, 거기에는 다 그럴 만한 이유가 있다. 내가 도착했을 때 엠마는 마침 집에서 키우는 골든리트리버 메브를 산책시키려고 준비하던 참이었다. 6시가 다 되어 가는데도 여전히 푹푹 찌는 날씨다. 우리는 메브를 데리고 산책로를 잠깐 걷기로 했다.

"미란다." 엠마 어머니가 나를 불렀다. "저녁 먹고 갈 거니?"

"네. 감사합니다." 그리고 엠마에게 덧붙였다. "물어보실

줄 알았어."

엠마가 웃음을 터뜨렸다. "안식일 저녁에 우리 엄마를 만나다? 답은 정해져 있지."

우리는 길을 나섰다. 길 뒤쪽 언덕을 따라 이어지는 산책로를 따라가면 금세 아름다운 경치를 마주하게 된다. 길에는 개를 데리고 나온 사람들이 가득했다. 잘 훈련된 메브는 다행히 다른 개를 봐도 달려들지 않는다. 주위의 개가 대부분 핏불이라 천만다행인 일이었다. 다들 그처럼 사나운 핏불을 키우는 걸 보니 신경이 곤두선 채로 살아가는 게 나만은 아닌 모양이다.

나는 그간 있었던 일을 엠마에게 털어놓았다. 아리엘이 정말 아픈 건지, 애초에 아리엘이 맞긴 한지 도무지 알 수가 없었다. 문제는 만약 그 애가 아리엘이 아니라면 어디 있는지 모를 진짜 아리엘을 찾아 도와줘야 한다는 거다. 하지만 어떻게? 막다른 골목에 다다른 느낌이다.

"운전할 수 있으면 좋을 텐데." 내가 한숨을 쉬었다.

"왜?"

"멀린 박사가 지금 우리 집으로 오고 있거든. 박사가 자리를 비우는 동안 차를 타고 클리닉에 가면 뭔가 찾아낼지도 모르잖아."

엠마가 재미있다는 듯 나를 바라보았다. "성격이 변한단 말이지."

"무슨 말이야?"

"두 달 전의 네가 그런 생각을 했을 리는 없잖아."

"그렇긴 해." 내가 인정했다. "아리엘 뇌에 정말 종양이 있는 걸까?" 나는 생각에 잠겼다. "그럼 모든 게 설명이 되긴 해. 아리엘도 진짜가 맞을 테고."

"설명이 되긴 하지. 더구나 흉터는 꽤 결정적인 증거잖아. 하지만 난 네 말이 맞는 것 같아. 뭔가 찝찝해. 게다가, 그럼 아리엘은 왜 아픈 거야? 박사가 그 애는 완벽하다고 했다며." 뒤를 돌아 산책로를 거슬러 내려오면서 엠마가 말했다. "어쩌면 오빠 중 하나가 데려다줄지도 몰라."

"그럴까?"

"한번 물어나 보지 뭐. 네가 특별한 처방 같은 걸 받아 와야 한다고 둘러대면 돼. 어차피 오빠들은 무슨 말인지 모를걸."

엠마가 얼마나 빨리 핑곗거리를 생각해 내는지, 볼 때마다 경이로웠다.

내려오는 길에는 많은 사람이 조깅을 하고 있었다. 걷기만 해도 힘든 이런 날씨에 말이다. 절대 저런 미친 어른은 되지 말아야지.

엠마네 아줌마는 금요일 밤 안식일 만찬은 가족 모두 함께해야 한다고 생각하기 때문에, 조시 오빠와 벤 오빠 모두 집에 있었다. 먼저 촛불을 밝힌 아줌마는 포도주와 빵을 앞에 두고 기도문을 읊었다. 엠마네 가족과 한두 번 식사를 같이한 게 아니라서 나도 안식일 기도를 거의 외우고 있었다.

구운 닭고기 요리가 차려진 근사한 식탁을 보니 갑자기 배가 몹시 고팠다. 지난 며칠 끙끙거리며 고민하느라 거의 아무것도 먹지 못한 탓이었다.

엠마는 식사를 마치고 둘째 오빠 조시를 공략했다. 오빠가 열여섯 살이라 우리랑 나이가 가까워서 더 편하기 때문이다. 열여덟 살 벤 오빠는 친구들을 만나러 벌써 학교로 돌아가려던 참이었다. 조시 오빠는 내키지 않아 보였지만, 클리닉까지 데려다주고 우리가 나올 때까지 기다리겠다고 했다. 그게 더 안전할 것 같았다―우리가 아리엘처럼 증발해 버리면 안 되니까.

"빨리하고 나와." 클리닉 앞에 차를 세우며 조시 오빠가 말했다. "저녁에 할 일 있으니까."

"그럴게." 내가 말했다. "엠마, 너도 갈래?"

엠마가 대답했다. "당연하지."

초인종을 누르자 노란 치아 선생님의 목소리가 들렸다. 간호사 진이었다.

"미란다, 무슨 일이에요?"

"엠마네 집에 있는데 멀린 박사님이 전화를 했어요." 나는 거짓말을 했다. "여기서 만나자고요. 사무실에서 기다리라고 하시던데요."

진이 문을 열었다. "들어와요."

우리는 진을 따라 현관으로 들어섰다. "여기서 기다리는 게 낫겠어요." 진이 말했다. "박사님이 잠깐 외출하셨거든요. 금방 오실 거예요."

우리는 자리에 앉았다. 진이 뭔진 모르지만 일을 처리하러 떠나자—더는 환자도 없는 병원에서 간호사가 뭘 하는 걸까 하는 궁금증이 스쳤다—나는 엠마에게 손짓했다. 그리고 자리에서 일어나 멀린 박사의 사무실로 앞장섰다. 손잡이를 조심스레 돌려 보니, 놀랍게도 잠겨 있지 않았다! 우리는 방으로 들어섰다.

멀린 박사가 미소 지으며 책상 앞에 앉아 있었다. 엠마와 나는 깜짝 놀라 펄쩍 뛰었다.

박사는 더욱더 크게 미소 지었다. "기다리고 있었지."

목소리가 나오지 않았다. 엠마가 인상을 찌푸렸다.

"앉으렴, 애들아."

"우리 오빠가 밖에서 기다리고 있어요." 엠마가 경고하듯 말했다. 우리 둘 다 문 앞에서 한 걸음도 움직이지 않았다.

"그래. 그럼 짧게 끝내자." 멀린 박사가 말했다. "미란다, 네가 텐이 진짜 텐이 아니라고 부모님을 설득하고 있다는 거 다 안단다."

"가능성이 있다고 생각한 거예요." 내가 대답했다. 여전히 심장이 너무 쿵쾅거려서 내 목소리가 잘 들리지 않았다. "그리고 그 애는 이제 아리엘이에요."

"부모님한테 그렇게 말하는 걸 그만뒀으면 좋겠는데."

"왜요?"

"두 분이 결국 네 말을 믿을 수도 있으니까. 그럼 아주 곤란한 상황이 생길 수 있거든."

박사의 말투가 마음에 들지 않았다. 엠마와 나는 서로를 보호할 방법이 그것뿐이라는 듯 꼭 붙어 서 있었다. 하지만 대체 무엇으로부터 보호한다는 거지?

"그냥 말해요." 엠마가 말했다.

박사가 다시 빙글거렸다. "그래, 좋은 생각이야. 직접적인 접근. 들어 보렴. 텐은 다른 곳에 있어. 너희 집에 있는 아이는 텐이 아니야. 텐을 만들기 직전에 만든 불완전한 복제인간이지. 사실 텐보다 나이가 많아서 지금은 일레븐이라고 불러. 매년 나이에 따라 그 애들의 이름을 붙이거든. 검사 결과 그 애는 완벽하지 않았지만 혹시 모를 때를 대비해 보험 삼아 살려 두기로 했지. 그리고 그때가 온 거야."

나는 엠마의 손을 붙잡았다.

"아리엘은 어디 있어요?" 내가 외쳤다.

"아리엘은 안전한 곳에 있어." 박사가 말했다.

"대체 왜요? 왜 그러셨어요?"

"내가 왜 그랬는지, 아리엘이 어디 있는지는 알 필요 없어. 네가 똑똑히 알아 둬야 할 건 부모님한테 말했다가는 내가 아리엘을 죽일 거라는 사실뿐이야. 나는 충분히 그럴 수 있거든." 박사가 별거 아니라는 듯 말했다. "그 애를 처리하기 전에 언제든 DNA를 채취할 수도 있지. 그러니 너희 둘은 방금 들은 얘기는 잊어버리고 다른 애를 돕는 데 집중하렴. 그애야말로 도움이 필요할 테니까."

"아리엘이 안전한지 어떻게 알아요?" 엠마가 물었다.

"너희는 모르지. 하지만 내가 말하잖니. 아리엘은 안전하고 앞으로도 그럴 거라고. 너희 때문에 내가 납치 사실을 숨기려고 그 애를 죽여야 하는 상황이 오지만 않는다면." 박사가 자리에서 일어섰다. "얘기 끝났지?"

"아리엘을 죽이면 안 돼요!" 내가 말했다.

"난 그럴 수 있어." 박사가 말했다.

"하지만…… 흉터는요? 그건 분명 아리엘 흉터잖아요."

"일레븐의 몸에 살짝 절개 상처를 낸 뒤 봉합했지. 너희 부모님이 같은 아이라고 생각하도록. 두 사람이 내가 아직도 사람을 가지고 실험한다는 걸 알면 안 되거든. 이제 돌아가라."

우리는 사무실 밖으로, 복도를 지나, 현관 밖으로 내쫓겼다. 하지만 너무 큰 충격을 받은 나머지 그 자리에서 꼼짝할 수 없었다. 조시 오빠가 빵빵거리자 그때야 정신이 든 우리는 엉금엉금 기다시피 차에 올라탔다.

"귀신이라도 본 것 같은 표정이네." 조시가 말했다. "괜찮은 거야?"

"나 너희 집에서 자고 가도 될까?" 내가 작은 목소리로 엠마에게 물었다.

"그게 낫겠어." 엠마가 말했다.

"무슨 일인데?" 조시가 다시 물었다.

"아무것도 아니야!" 엠마와 내가 한목소리로 대답했다.

엠마네 집으로 돌아온 나는 부모님에게 전화를 걸었다. 아버지가 받았다.

"멀린 박사님이 뭐래요?" 내가 물었다.

"검사 결과를 듣고 몹시 안타까워했어. 쓸 만한 치료법을 모르겠다고, 최악의 상황에 대비하는 게 좋겠다고 하셨어."

"방법이 있을 거예요."

"잘 모르겠구나, 미란다. 집에 올 준비됐니?"

"아뇨. 엠마네서 자고 갈게요."

"네가 아리엘 곁에 있어야 하지 않을까."

"알아요. 그래도 오늘은 엠마와 있어야겠어요."

"알겠다. 내일 데리러 갈게. 전화하렴."

나는 전화를 끊고 엠마와 함께 방으로 가서 침대에 앉았다. 그리고 엠마를 물끄러미 바라보았다.

"이제 어쩌지?" 내가 물었다.

"뭔가 해야지." 결의에 찬 목소리로 엠마가 대답했다. "박사가 그런 짓을 하게 내버려둘 수는 없어."

"하지만 뭘 어떻게?" 내가 다시 물었다. "불쌍한 이브. 박사한테 이브는 실패한 실험 그 이상도 그 이하도 아니야. 흉터를 만들겠다고 일부러 상처를 내다니. 아무리 작은 상처라도 그렇지! 정말 끔찍한 인간이야!"

"맞아. 그러니 우리가 박사를 막아야 해."

"왜 우리한테 전부 털어놨을까?" 머릿속에 맴돌던 생각이 입 밖으로 나왔다. "흉터 때문에 우리도 속아 넘어갔잖아. 굳이 우리한테 말할 필요가 없었어, 안 그래?"

"맞아. 어쩌면 전부 거짓인지도 모르지! 우리를 헷갈리게 하려는 건지도 몰라."

"우리가 이런 생각을 할 것도 예상했을 거야." 내가 반박했다. "어차피 자기 말은 안 믿는다는 걸 알고 되레 사실을 말했을 수도 있어."

"반심리학이군." 엠마가 중얼거렸다.

"박사를 뒤쫓아야 해. 박사를 따라가면 그곳에 아리엘이 있을 거야. 박사를 쫓을 방법만 찾아내면 돼."

26장

토요일 아침, 모든 준비는 완벽했다. 자전거를 타고 가려고 벤 오빠의 자전거도 빌렸다. 우리는 9시에 길을 나섰다. 클리닉까지는 30분이면 충분하다. 햇빛도 막고 얼굴도 가릴 요량으로 헬멧 아래 야구 모자를 눌러쓰고, 야구 경기를 하러 가는 것처럼 보이게 조시 오빠한테서 야구 점퍼도 빌려 입었다. 이른 시간인데도 벌써 해가 쨍쨍 내리쬐서, 도착했을 땐 둘 다 온통 땀범벅에 숨을 헐떡이고 있었다.

클리닉은 대로변에서 떨어진 곳에, 자체 진입로를 지나야 있었다. 출입구가 하나뿐이라 엠마와 나는 진입로 끝에 세워진 커다란 트럭 뒤에 몸을 숨겼다. 10시 15분경, 멀린 박사의 차가 우리를 지나쳐 진입로로 들어섰다. 엠마와 나는 아리엘이 클리닉 안에 있지는 않을 거라고 추측했다. 클리닉은 소유권이 이미 넘어간 데다 긴밀히 감시되고 있기 때문이다. 박사가 아리엘을 어딘가로 빼돌려 숨겨 둔 게 틀림없다. 대체 어디일까?

11시가 되자 박사가 밖으로 나왔다. 자전거를 타고 뒤쫓는게 쉽지는 않았지만, 어찌어찌 박사의 차를 놓치지 않고 따라갈 수 있었다. 다행히 박사는 그리 멀리 않은 작은 상가에 멈춰 서더니 급히 스타벅스로 들어갔다. 창문으로 웬 나이든 남자와 마주 앉아 한창 이야기 중인 박사가 보였다. 남자는 서류 가방을 멀린 박사에게 넘겨주었고, 가방을 받아 든박사는 자리를 떴다. 우리는 박사가 우리를 발견하기 직전 아슬아슬하게 벽 뒤로 숨었다.

박사는 예상과 달리 클리닉으로 돌아가지 않았다. 대신 111번 고속도로를 따라 남쪽으로 향했다.

자전거로 계속 뒤쫓을 수는 없었지만, 길이 막히고 박사의 차가 신호에 걸리는 바람에 한동안은 박사를 지켜볼 수 있었다. 하지만 곧 박사는 시야에서 사라졌고 커다란 교차로에서 멈춰 선 우리는 어찌할 바를 몰랐다.

"저기 봐, 저기." 엠마가 왼쪽을 가리키며 말했다. 길 아래로 커다란 업무 단지가 보였다. 그중 우리와 가장 가까운 건물 바깥에 멀린 박사의 차로 보이는 자동차가 주차되어 있었다.

단지 안에는 옅은 분홍색으로 칠해진 사무용 건물이 끝도 없이 늘어서 있었다. 그 뒤로는 창고로 쓰이는 듯한 더 큰 건물들이 서 있었다. 우리는 길을 내려가 건물 가까이 다가갔다. 박사의 자동차처럼 보이긴 했지만 확신할 수는 없었다. 차량 번호를 외울 생각을 왜 못 했을까? 그렇게 똑똑한 뇌를 가졌는데도.

"어쩔까?" 내가 숨을 헐떡이며 물었다.

"여기에 아리엘을 숨겼다면 아무도 의심 안 하겠어. 대체 왜 여기지?"

"박사는 교활해. 아무도 여길 들여다볼 생각은 안 하겠지. 문제는 어떻게 눈에 안 띄고 들어가냐는 건데. 어쩌지?"

"박사가 떠날 때까지 기다리자." 엠마가 제안했다. "그리고 들어가는 거야."

가장 그럴듯한 방법인 것 같아서 우리는 그렇게 하기로 했다. 건물 위치를 알아 뒀으니 우선 배를 채우는 게 좋을 것 같았다. 둘 다 더위를 먹어서 열기를 조금 식힐 필요가 있었다. 우리는 근처에서 어마어마하게 큰 샌드위치를 파는 괜찮은 가게를 찾아냈다. 가게에 앉아 각자 집에 전화를 걸어 잘 놀고 있고, 저녁 식사 전까지는 들어가지 않을 거라고 알렸다. 엠마는 인상을 찌푸리며 마이클에게 연락해 영화는 다음번에 봐야겠다고 통보했다.

"뭐래?" 내가 물었다.

엠마가 어깨를 으쓱했다.

"미안하다니까!" 내가 말했다.

"아니야. 아리엘은 우리가 필요하잖아. 그 애한테는 우리 뿐이야."

밥을 먹고 돌아왔더니 멀린 박사의 자동차가 보이지 않았다. 우리는 자전거를 타고 건물 옆으로 가서 자전거를 세워 두었다. 그리고 정문 손잡이를 돌렸다. 잠겨 있었다. 건물 뒤편에도 문이 하나 있지만, 마찬가지였다.

포기하고 앞문으로 돌아가려고 고개를 삐쭉 내밀었을 때 문이 열렸다. 우리는 벽에 몸을 바싹 붙였다. 덩치 큰 남자가 걸어 나오더니 문이 닫히지 않도록 문과 기둥 사이에 작은 돌을 끼워 넣는 게 보였다. 그러더니 남자는 담배에 불을 붙이고 길을 걸어 내려갔다.

재빠르게 움직여야 했다. 나는 엠마에게 손짓했다. 우리는 문을 지나쳐 건물 안으로 있는 힘껏 뛰어 들어갔다. 기다란 복도가 눈에 들어왔다. 서둘러 자리를 피하지 않으면 남자가 돌아오면서 우리를 발견할 터였다. 복도를 따라 여러 개의 문이 늘어서 있었다. 첫 번째 문을 열어 보니 사무실이었다. 사람은 한 명도 없고 컴퓨터로 가득 차 있었다. 두 번째도 마찬가지였다.

"빨리." 엠마가 속삭였다.

세 번째 문을 열었다. 흰 가운을 입은 남자가 각양각색의 기계 옆에 서 있었다. 시험관, 커다란 드럼통, 컴퓨터도 보였다. 남자가 빙글 돌더니 우리를 바라보았다. 뒤로 움찔 물러선 우리는 곧바로 담배를 피우던 남자에게 붙잡혔고, 남자는 우리 점퍼를 낚아채 공중으로 들어 올렸다.

"길을 잃었나?" 남자가 으르렁거렸다.

"네." 엠마가 대답했다.

"그럼 당장 여기서 나가." 남자의 목소리는 위협적이었다. "그리고 다신 오지 마!" 남자가 우리를 복도로 끌어내려 할 때였다.

가운을 입은 남자가 외쳤다. "잠깐 기다려. 보내지 말아 봐!"

그러더니 나를 주의 깊게 살펴보고는 가까이 다가와 내 모자를 두드렸다.

"누군지 좀 봐." 남자가 말했다.

"정말, 다른 애랑 똑같이 생겼잖아!" 담배를 피우던 남자가 대답했다.

"네가 바로 미란다군." 또 다른 남자가 미소 지었다.

키가 작고 깡마른 그 남자는 완전히 대머리지만 젊었다. 많아야 스물다섯 정도로 보였다.

"놔줘요." 내가 소리쳤다. 빠져나오려 애썼지만, 공중에 붙잡혀 있는 바람에 허우적댈 뿐이었다.

"이리 데려와." 키 작은 남자가 말했다.

엠마와 나는 고래고래 소리 지르며 빠져나가려고 애썼다. 하지만 그 누가 우리 소리를 들을 수 있을까? 작은 남자가 문을 가리키자 덩치 큰 남자가 우리를 방에 던져 넣었다. 밖에서 문이 잠기는 소리가 들렸다.

엠마와 동시에 문으로 달려가 두드리고 손잡이를 돌리고 위험에 처한 영화 속 인물들이 할 법한 온갖 짓을 다 해 봤지만, 아무 소용 없는 일이었다. 나는 주위를 둘러보았다. 창문은 없었다. 연구소 장비가 올려진 긴 테이블 몇 개와 의자뿐이었다.

"큰일인데." 내가 말했다.

"당연하지." 엠마가 말했다. "박사가 아리엘을 죽이는 데 거리낌이 없다면, 우리라고 못 죽이겠어?"

"게다가 아무도…… 잠깐. 휴대폰 가져왔잖아." 웃음이 나왔다.

"나도!" 엠마가 외치고 휴대폰을 꺼냈지만 엠마 것은 불통이었다.

천만다행으로 내 휴대폰은 신호가 잡혔다! 이브가 전화를 받았다.

"이브!" 내가 외쳤다. "나야! 미란다 언니야."

"언니, 안녕."

"도와줘. 위험에 처했어. 멀린 박사 연구소에 갇혔어. 업무 단지에……."

"위험?" 이브가 말을 끊었다.

"그래!"

"멀린 박사님이 여기 계셔. 무슨 위험인지 알고 싶으시대."

"안 돼! 말하지 마! 박사가 바로 위험이야. 너는……."

갑자기 박사의 목소리가 들렸다.

"여보세요?"

"이브 바꿔 주세요." 내가 말했다. "부모님을 바꿔 주시든지요."

"부모님은 내가 데려온 전문의와 상담 중이야. 나는 일레븐을 진찰하고 있고. 일레븐 상태를 좀 더 살펴봐야 하거든."

그야말로 실험실 쥐로군, 나는 생각했다.

"오, 잠깐만. 나한테 전화가 왔네." 박사는 휴대폰을 다시 이브에게 넘겨 주었다.

"여보세요?" 이브가 말했다.

"이브, 우리는 갇혔어. 네가 도와줘야……." 내가 말했다.

다시 박사의 목소리가 들렸다.

"끼어들지 말라고 분명히 경고했을 텐데, 미란다. 방금 연락받았어. 연구소를 방문한 모양이지?"

"그래요." 내가 외쳤다. "당장 우리를 놔주는 게 좋을걸요!"

바로 그때 문이 열리더니 덩치가 들어왔다. 덩치는 우리 둘의 휴대폰을 빼앗더니 방을 나가며 문을 쾅 닫았다.

"잘됐네!" 내가 소리쳤다. "잘됐다고!"

"무슨 일이야?" 엠마가 물었다.

"멀린 박사야. 이브한테 전화했는데 박사가 거기 있었어. 이젠 정말 위험해졌어."

우리는 서로를 가만히 바라보았다.

"미안해, 엠마. 너를 끌어들이는 게 아니었는데. 생각도 못 했어. 이렇게 위험해질 거라고는 상상도 못 했어."

엠마는 손을 뻗어 나를 꽉 안아 주었다.

"괜찮아." 엠마가 말했다. "우리 나름대로 아리엘을 구하려고 한 거잖아. 처음부터 우리 아빠한테 가는 게 낫긴 했겠다. 우리가 감당할 수 있는 수준이 아니었어. 차원이 달라."

나는 의자에 털썩 주저앉았다. 엠마 말이 옳았다. 아닌가?

"그런가." 내가 말했다. "하지만 다른 누구보다도 머리가 좋아야 할 사람은 바로 나잖아. 멀린 박사가 나를 그렇게 만들었으니까. 생각을 해 볼게. 생각을."

27장

~~~~~~

주위를 둘러보았다. 우리가 갇힌 곳은 연구실인 것 같았다. 엠마와 함께 뭐가 있는지 살펴보았다. 기다란 테이블 위에 널브러진 작은 병과 약통, 시험관이 보였다. 대부분은 정체를 알 수 없는 물건이었다. 살에 닿으면 위험하다는 염산도 있었다.

"그 덩치가 다시 오면 염산을 뿌리고 도망치는 거야." 엠마가 말했다.

"그 남자 피부가 타 버릴 텐데."

"아, 우릴 납치한 정도로는 아직 부족한가 보네. 그럼 그냥 여기 앉아서 상황을 받아들이면 될까? 그래?"

엠마가 정곡을 찔렀다. 나는 착한 사람이고만 싶다. 하지만 그런 마음이 결국 우리를 다치게 할 수도 있다는 걸 인정할 수밖에 없다. 게다가 엠마 생각도 해야 한다. 엠마가 여기까지 온 건 나 때문이니까.

"네 말이 맞아." 내가 말했다. "그래도 정말 하기 싫다."

"이건 전쟁이나 마찬가지야. 우리 스스로를 지켜야지."

"그래도 진짜 전쟁은 아니잖아. 저 사람들이 정말로 우리를 해치려는 건지도 확실하지 않고." 나는 잠시 생각에 잠겼다. "멀린 박사는 결과만 원하는 대로 나오면 과정은 상관없다고 생각하지. 그게 사실일까?"

"그래. 가끔은 그렇지!"

"내가 당하고 싶지 않은 일을 다른 사람에게 하면 안 돼."

"멀린 박사가 그런 이유로 자기 계획을 포기할 것 같아?" 엠마는 굽히지 않았다.

박사는 물론 그러지 않겠지. 결국 우리는 염산 병의 뚜껑을 열어 손에 든 채 각자 문 양옆에 자리를 잡고 기다렸다. 기다리고, 또 기다렸다. 시계를 확인하니 3시였다.

"박사가 분명히 복제인간을 더 만들고 있는 거야." 내가 말했다. "대체 왜 그러는 걸까? 무슨 꿍꿍이지? 내가 어떻게 만들어졌는지를 떠올리면 너무 끔찍해."

"그래도 네가 완벽하진 않잖아." 엠마가 씩 웃었다.

엠마는 미친 과학자의 연구실에 갇혀서도 나를 웃게 하는 친구다. 대체 무슨 일이 우리를 기다리는지 알 수 없는 상황에서도.

"맞아, 어떻게 그럴 수가 있어?"

"그럴 수가 있는 게 아니라 그래야 하는 거지. 네가 정말 완벽하다면—네가 그렇게 바라 마지않는 일이긴 하지만—너무 비인간적이잖아."

"멀린 박사는 대체 뭐가 문제지? 자기가 하는 일이 옳지 않다는 걸 모르나?"

"박사는 모두에게 무엇이 최선인지 자기가 안다고 생각해."

"맞아. 독재자들이 그렇게 생각하지. 독재자까지 갈 것도 없어. 우리 부모님을 봐. 날 살리겠다고 아리엘을 죽이려고 했잖아."

"아빠는 늘 옳은 일을 해야 한다고 말했어. 결과는 생각하지 않고 말이야."

나는 손에 든 염산을 바라보았다. "뭐, 아저씨 말을 그렇게 잘 따르고 있지는 않네. 아저씨 말을 들었다면 우리에게 무슨 일이 닥치든 저 덩치를 다치게 하진 않겠지."

엠마는 한참 동안 나를 바라보다가 대답했다. "하지만 아빠는 우리가 다치는 것도 원치 않을 거야. 그건 확실해." 그리고 덧붙였다. "그래도 좋은 지적이었어."

"이브한테는 각자가 하는 선택이 우리를 만드는 거라고 했는데. 하지만 엠마, 계속 이런 생각이 들어. 사람들은 아주 이상한 이유로 어떤 선택을 하잖아. 내 선택의 반은 내가 착하게 태어나서 내리는 거고, 반은 착한 아이로 길러져서 내리는 거야. 그러니까 결국 특정한 방향으로 선택하게끔 정해져 있는 거지. 그럼 나는 과연 얼마나 자유로운 걸까?"

"우리 모두 로봇이나 기계처럼 프로그래밍이 되어 있다는 거지, 네 말은. 유전자나 부모에 의해서……."

"그리고 친구들도." 내가 말을 이었다. "잡지나 영화나 또……."

우리는 입을 다물었다. 열쇠가 돌아가고 문이 열리는 소리가 들렸다. 네가 당하고 싶지 않은 일을 남에게 행하지 마라. 하지만 덩치가 우리를 해치지 않으리라는 보장도 없었다. 어쨌든 얼굴에 염산을 맞는 일만큼은 피하고 싶으니 나는 손을 노렸다. 엠마는 뒤에서 덩치의 목을 내리쳤다. 덩치는 비명을 지르며 빙글빙글 돌더니 열쇠를 떨어뜨렸다. 나는 열쇠를 잡아챘고 덩치에게 붙잡히기 전에 엠마와 함께

284

문밖으로 뛰쳐나갔다. 어차피 그렇게 아픈 손으로 우리를 잡지도 못했을 테지만.

우리는 문을 쾅 닫고 잠가 덩치를 가둔 뒤 주위를 둘러보았다.

"아리엘을 찾아야 해." 내가 속삭였다. "그리고 여기서 빠져나가자."

이번에는 더 신중하게 움직였다. 각 방의 문을 활짝 열어젖히는 대신 살짝만 열고 안을 들여다보았다.

첫 번째 방에는 한 여자가 컴퓨터 앞에 앉아 있었다. 여자는 우리를 알아채지 못했다. 다음 문을 열자 장비로 가득 찬 방이 보였다. 세 번째 문 뒤에는 커다란 가림막이 놓여 있었다. 안쪽을 들여다보지 않고서는 뭐가 있는지 알 도리가 없었다. 우리는 조용히 안으로 미끄러져 들어가 문을 닫았다.

나는 가림막 주위를 살폈다. 방은 거대한 가림막으로 세 부분으로 나뉘어 있었다. 그리고 내 눈앞에 놓인 간이침대에는 다름 아닌 아리엘이 앉아 있었다!

"아리엘!"

"미란다 언니!"

아리엘이 침대에서 펄쩍 뛰어내려 내 품에 달려들었다.

"나를 찾아내다니! 언니는 정말 똑똑해! 너무 착해! 어떻게 온 거야? 안녕, 엠마 언니." 아리엘은 엠마도 꼭 껴안았다.
"여기서 나가는 거야? 이제 집에 갈 수 있어?"

"그래." 내가 말했다. "멀린 박사가 오기 전에 나가자."

"멀린 박사는 여기 있어. 방금 방에 왔었어."

"아, 안 돼." 내가 신음했다. "그럼 곧 덩치를 발견할 거야."

"뒷문." 엠마가 말했다. "뒷문이 있잖아, 기억나?"

"그래." 내가 말했다. "거기까지 뛰는 거야."

나는 아리엘의 손을 잡고 살금살금 문 쪽으로 다가갔다.
문이 열리는 소리가 들렸다. 멀린 박사일 가능성이 컸다. 내
가 가림막을 가리키자 엠마가 고개를 끄덕였다. 둘이 동시
에 가림막을 밀자 가림막이 넘어갔다. 고래고래 고함을 지
르는 목소리를 들으니 역시 멀린 박사였다. 문제는 가림막
이 문 쪽으로 넘어가는 바람에 멀린 박사가 깔려 있어도 밖
으로 나갈 수가 없다는 거였다.

"당장 이거 치우지 못해!" 박사가 소리쳤다.

"우리를 보내 주기 전엔 안 돼요." 나도 지지 않고 소리쳤다.

"그건 안 돼. 도와줘!" 박사가 목이 터질세라 도움을 청하
기 시작했다.

나는 엠마에게 속삭였다. "내가 제일 힘이 세잖아. 너랑 아
리엘이 가림막을 들어. 그럼 내가 박사를 쫓아낼게. 그런 다

음 도망치는 거야!"

엠마가 고개를 끄덕이더니 아리엘에게 가림막을 드는 걸 도와 달라고 손짓했다. 두 사람이 힘껏 들어 올리자 가림막이 반대편으로 떨어졌다. 멀린 박사가 일어나려 버둥거렸지만 내가 더 빨랐다. 나는 박사를 내리눌렀고 우리 모두 총알처럼 박사를 지나쳐 복도로 달려 나갔다.

복도에는 몇 사람이 있었지만, 모두 사무실에서 나와 정문으로 가고 있었다. 뒷문으로 향하는 복도는 삐죽 나온 얼굴 몇몇을 제외하고는 비어 있었다.

"뛰어!" 내가 속삭였다.

우리는 뛰었다. 젊은 여자가 문에서 뛰쳐나와 우리를 막으려 했다. 나는 여자의 정강이를 있는 힘껏 발로 차며 맞섰다. 여자의 다리가 휘청거렸다. 우리는 마침내 복도 끝에 있는 문에 다다랐다.

문은 잠겨 있었는데, 설상가상으로 안쪽에서 열 수 있는 장치가 없었다. 밖에서 잠긴 게 틀림없었다. 꼼짝없이 갇힌 셈이다. 재빨리 주위를 둘러보니 뒷문에서 양쪽으로 뻗은 복도가 눈에 들어왔다. 한쪽 복도에는 아무도 없었다.

"이쪽으로." 나는 두 사람을 오른쪽 복도로 밀었다. "문 다 열어 봐."

"이 방엔 물건이 가득해." 아리엘이 우리를 불렀다. 상자가 천장까지 닿을 듯 가득 쌓인 방이었다.

"적어도 여기는 숨을 수 있겠어." 내가 말했다.

우리는 서둘러 방으로 들어가 문을 닫고 상자 뒤에 쪼그리고 앉아 몸을 숨겼다.

"괜찮아?" 나는 숨을 헐떡이며 아리엘에게 물었다.

"박사가 나를 해치지는 않았어."

"무슨 일이 있었던 거야?" 내가 묻자 엠마가 끼어들었다.

"그 얘기는 나중에 해도 돼. 지금은 여기서 어떻게 나가야 할지 고민하는 게 낫지 않겠어?" 엠마가 나를 보며 말했다. "잊었나 본데, 멀린 박사가 우리에게 개입하면 아주 더러운 짓을 하겠다고 협박했잖아. 이렇게 떠드는 와중에도 분명 사무실을 전부 확인하고 있을 거야."

엠마 말이 옳다. 우선 여기서 빠져나가야 한다. 대체 어떻게 나간담? 우리는 멀린 박사의 부하들로 가득 찬 건물 안에 갇혀 있다. 창문도, 휴대폰도 없이. 우리가 여기 있다는 걸 아는 사람도 없다.

"분명 방법이 있을 거야." 내가 말했다. "아직 생각해 내지 못했을 뿐이야."

28장

~~~~~~

"상자 안에 뭐가 있나 보자." 내가 말했다. "빠져나가는 데 쓸 만한 게 있을지도 몰라."

천장에 닿을 만큼 쌓인 상자 중 하나를 열어 보는 것도 쉬운 일이 아니었다. 재빠르고 체구가 작은 아리엘이 산처럼 쌓인 상자 더미를 올라가기로 했다. 아리엘은 상자를 디딤돌 삼아 차근차근 올라가 맨 꼭대기 상자에 걸터앉았다. 하지만 상자 위에 앉아 버리는 바람에 열 수가 없었다.

"그 옆 상자에 손 닿아?" 내가 아리엘을 올려다보며 물었다. "그건 열 수 있을 것 같은데."

아리엘은 주위를 잠시 둘러보더니 말했다.

"미란다 언니, 이 위에 상자보다 더 쓸 만한 게 있어."

"뭔데?"

"천장에 환기구가 있어."

"정말? 열 수 있어?"

"해 볼게." 아리엘은 천천히 일어나 머리 위 환기구로 손을 뻗더니 덮개를 당겼다. 덮개는 쉽게 떨어졌다. 아리엘이 몸을 위로 뻗어 환기구에 머리를 집어넣고 살펴보더니 상자로 다시 내려왔다.

"기다란 통로가 있어." 아리엘이 말했다. "온통 구멍 난 타일로 덮여 있어."

"사람이 지나갈 만큼 커?"

"우리한테는 충분해."

"어디로 향하는지 보여?"

"아니."

나는 엠마를 바라보았다.

"해 보자." 엠마가 말했다. "복도로 나가면 곧바로 붙잡힐 거야. 곧 이 방도 확인할 테고 그럼 우릴 찾아내겠지."

"맞아. 너 먼저 가. 네가 떨어지면 내가 붙잡을게."

엠마는 천천히 상자 더미를 올라갔다. 엠마와 나 둘 다 하이킹하는 걸 좋아하긴 하지만, 엠마는 경사진 길을 싫어한다.

"밑에만 보지 마." 내가 격려하듯 말했다.

다행히 별 무리 없이 일어선 엠마는 아리엘이 머리 위 통로로 들어갈 수 있도록 밀어 주었다. 그사이 꼭대기에 도착한 내가 엠마를 도왔다. 그리고 엠마의 도움을 받아 나도 통로로 들어섰다. 통로 벽의 타일은 학교 음악실에서 쓰는 방음용 타일처럼 보였다. 옆의 좁은 공간까지 타일로 둘려 있어서, 건물에서 나는 그 어떤 소리도 밖으로 새 나가지 않을 터였다. 대체 왜 이렇게 해 뒀지? 몸이 부르르 떨렸다. 생각해 낼 수 있는 답은 하나뿐이다. 멀린 박사의 실험. 여기서 복제인간들이 태어났을까? 죽기도 했을까? 고통스러워했을까? 아기들의 찢어질 듯한 울음소리가 이 벽에 영원히 메아리칠 것만 같았다.

아리엘을 선두로 우리는 좁은 통로를 엉금엉금 기어갔다. 중간중간 다른 환기구가 나타나 밑에서 무슨 일이 일어나고 있는지 내려다볼 수 있었다. 두 사람이 컴퓨터 앞에서 일하는 방도 있었다. 서로 말이 없었고, 우리 셋이 위에 있다는 걸 알아차리지 못한 것 같았다. 그다음 방에는 거대한 드럼통 윗부분이 보였고, 다른 방에서는 가운을 입은 사람들이 시험관을 가지고 일하고 있었다. 또 다른 방은 아파트처럼 보였는데 클리닉에서 대리모가 있었던 방과 비슷했다.

"정문 쪽 복도로 돌아가야 해." 내가 말했다. "그리로 나가야 하니까. 정문을 밖에서 잠그지는 않았을 거야."

"봐." 아리엘이 말했다. "여기가 내가 있던 방인 것 같아."

나는 아리엘에게 조금 더 앞으로 가라고 말하고 아래를 내려다보았다. 가림막을 비롯한 여러 가지를 따져 봤을 때 그 방이 맞는 것 같았다.

"이리로 내려가자." 내가 말했다. "정문 가까이 갈 수 있을 거야."

"어떻게?" 엠마가 아래를 내려다보며 물었다. "상자가 없잖아."

"그래도 환기구 바로 아래 침대가 있잖아." 내가 말했다.

"그래." 엠마가 대답했다. "한참 아래 있지. 침대로 떨어지지 못하거나 옆으로 떨어지면 뼈가 모조리 박살 날걸!"

"내가 먼저 갈게." 아리엘이 제안했다. "금방 뛰어내릴 수 있어. 그리고 언니들이 뛸 수 있게 매트리스를 더 깔게."

"할 수 있겠어?" 내가 물었다.

"응. 내 몸집이 제일 작으니까 내가 제일 쉽게 할 수 있을 거야."

"그래."

나는 철제 덮개를 당겨 열고 옆으로 치워 두었다. 아리엘이 우리를 지나치자 좁은 통로가 꽉 끼었다. 엠마와 나는 각각 아리엘의 팔을 한쪽씩 잡고, 최대한 멀리 그 애를 내려 주었다.

"뇨?" 내가 물었다.

"뇨." 아리엘이 대답했다.

우리는 하나, 둘, 셋에 손을 놓았다. 침대로 떨어진 아리엘이 벌떡 일어나더니 우리를 보고 씩 웃었다. 그리고 다른 침대에서 매트리스를 끌어내 환기구 아래 침대 위로 쌓아 올렸다.

"다 됐어." 아리엘이 말했다.

"아직도 멀어 보이는데." 엠마가 끙끙댔다.

"나도 그렇게 생각해."

엠마는 고개를 흔들었다. "매도 먼저 맞는 게 낫겠지."

"아니야." 내가 말했다. "너보단 내가 다칠 가능성이 적어."

"특출난 신체 능력 덕분에?"

"게다가 발레도 배웠잖아. 혹시 필요하면 아리엘이랑 같이 널 붙잡을 수도 있고."

"그래, 그럼." 엠마가 수긍했다.

나는 환기구 가장자리를 붙들고 잠시 기다렸다가, 숨을 깊게 들이쉬고는 아래로 떨어졌다. 매트리스 위로 세게 떨어지긴 했지만 다치지는 않았다.

"이리 와, 엠마." 내가 말했다.

아리엘과 나는 엠마가 몸을 숙이고 가장자리를 붙잡았다가 빠르게 손을 놓는 모습을 지켜보았다. 아슬아슬하게 매트리스에서 벗어날 뻔했지만, 내가 엠마를 붙잡아 다시 매트리스 위로 끌어 올렸다.

"어휴!" 내 도움을 받아 몸을 일으키며 엠마가 큰 한숨을 내쉬었다.

"괜찮아?" 내가 물었다.

"응, 괜찮아."

나는 앞장서 문을 살며시 열고 밖을 살펴보았다. 덩치가 복도를 내려오고 있었다. 나는 다시 문을 닫았다.

"아직 안 돼." 내가 말했다. "좀 더 기다리자. 밖에 덩치가 있어."

"덩치?" 아리엘이 물었다.

"몸집이 엄청 큰 남자. 알아?"

"본 적은 없어."

나는 아리엘에게로 몸을 돌렸다. "무슨 일이 있었던 거야? 어떻게 붙잡혀 온 거야?"

"언니가 가고 나서 멀린 박사가 내 휴대폰으로 전화를 걸어 언니가 갑자기 아프다고 했어. 언니가 나를 찾아서, 어머니가 박사더러 날 데려와 달라고 하셨다고. 그런데 차에 탔더니 박사가 날 여기로 데려와서 이 방에 집어넣었어. 그러곤 옷을 갈아입게 하더니 사라졌다가 돌아와서는 의료 기기가 엄청 많은 방으로 나를 옮겼어. 피도 뽑고 온갖 검사를 하더니 다시 이 방으로 데려와서 텔레비전도, 읽을 것도 없이 그냥 내버려두는 거야. 내내 걱정만 했다니까!"

"박사가 널 바꿔치기했어." 내가 말했다.

"그게 무슨 말이야?"

"복제인간이 하나 더 있어. 내가 이브라고 이름 붙였지. 그 애가 네 행세를 하고 있어. 그래서 박사가 너한테 옷을 갈아입으라고 한 거야. 내가 의심하지 못하게 이브한테 네 옷을 입힌 거지."

"아무도 내가 없어진 걸 모르게 하려고." 아리엘이 고개를 끄덕였다.

"하지만 내가 알아챘지."

"어떻게?"

"너는 너니까. 이브는 너처럼 행동하지도 못했어."

아리엘은 흥미가 생긴 것 같았다. "어떻게 달랐는데?"

"널 왜 이리로 데려온 거야?" 내가 물었다. "혹시 알아?"

"정확히는 몰라. 멀린 박사가 오만 가지 검사를 하더니 내가 완벽하다고 하긴 했어. 언니나 일레븐보다 완벽하대."

"일레븐이 이브야."

"그렇겠지. 다른 애들이 더 있을지도 몰라. 그리고 박사가 견본이 있어야 한다고 말하는 것도 엿들었어."

"그러니까 박사는 정말로 다른 복제인간도 만들려는 속셈인 거네." 내가 말했다.

"대체 왜?" 엠마가 물었다.

"누가 알겠어." 나는 인상을 찌푸렸다. "미쳤잖아. 자기 머릿속에는 원대한 이유가 있겠지."

나는 다시 문을 살짝 열고 복도를 살폈다. "아무도 없다. 준비됐어?"

"가자." 엠마가 말했다.

나는 문을 열고 맨 앞에서 있는 힘껏 달렸다. 우리는 아무 문제 없이 복도 끝 정문에 도착했다. 막 문을 열려는데 복도에 목소리가 울려 퍼졌다.

"벌써 가려고?"

나는 돌아보지 않았다. 대신 손잡이를 돌리려 애썼다. 하지만 문을 잡아당겨 열기도 전에 덩치가 나타났다. 덩치는 나를 문에서 밀어내더니 그 앞에 버티고 섰다. 엄청난 몸집의 다른 남자도 나타났다. 나는 홱 몸을 돌렸다. 멀린 박사가 우리에게 다가오고 있었다.

"보내 줘요!" 아무리 크게 소리쳐 봤자 누구도 듣지 못한다는 걸 알면서도 내가 외쳤다.

"진정해, 미란다. 착하지." 가까이 다가온 박사가 말했다. "따라와."

덩치가 우리를 힘껏 밀쳤다. 엠마와 아리엘을 바라보았다. 심장이 쿵 내려앉았다. 하지만 다른 방도가 없다는 걸 알고 나는 고개를 끄덕였다. 뭐, 정말로 다른 방법이 없다.

우리는 방금 빠져나온 방 근처에 있는 사무실로 박사를 따라갔다. 박사는 클리닉에 있는 책상과 비슷하게 생긴, 책과 종이로 뒤덮인 책상 앞에 앉았다. 반대편에는 이미 의자 세 개가 놓여 있었다. 세 개? 우리가 올 거라고 예상했나? 우리는 의자에 앉았다.

"아, 미란다. 의자를 세 개 갖다 놓았다는 걸 눈치챘구나." 박사가 공책을 집어 들더니 뭔가를 휘갈겨 적었다. "더욱 흥미로워지는군. 오늘 넌 꽤 쓸 만했어. 아주 고맙구나."

"그게 무슨 말이에요?" 내가 물었다.

"정말 내가 그렇게 멍청하다고 생각했니?" 박사가 물었다.

"네." 엠마가 미소 지었다. 우리가 두려워하고 있다는 걸 박사에게 감추고 싶어서였다.

"아, 그래, 엠마. 너 때문에 잠깐 실험을 망칠 뻔하긴 했어. 미란다랑 아리엘 둘이서만 행동하는 걸 지켜봤으면 좋았을 텐데 말이야. 그래도 저 둘이 어떤 식으로 반응하는지 완벽히 알게 됐으니, 뭘 해야 하는지도 알겠어."

"좀 알아듣게 말씀해 주실래요, 제발?" 점점 두려움은 옅어지고 화가 치밀어 오르기 시작했다.

"그렇게 하고 있잖니." 박사가 말했다. "모르겠어? 생각을 해 보렴."

나는 생각했다. 박사는 자기가 우리 생각만큼 멍청하지는 않다고 했다. 그리고 우리를 기다리던 세 개의 의자. 갑자기 숨이 턱 막혔다.

"우리가 뒤쫓는 걸 알고 있었어요? 우리가 여기 있다는 것도 제가 집에 전화하기 전에 이미 알았고요?"

"잘했어, 미란다." 박사가 말했다. "네 말이 맞아. 이건 전부 실험이었어. 너희가 나의 귀여운 기니피그였던 셈이지. 너희가 아리엘을 찾으려 들 게 뻔해서 사무실에서 미끼를 던진 거야. 하지만 우선 너희가 내 예상대로 행동하리란 걸 확실히 해 두고 싶었지. 실험은 성공적이었어. 염산으로 장난질한 것부터 환기구 모험까지 말이야. 아주 훌륭해."

29장

<hr />

나는 그저 멍하니 앉아서 박사를 바라보았다. 전부 알고 있었다고?

"위를 한번 봐." 박사가 말했다.

우리는 그렇게 했다. 하지만 보이는 건 천장뿐이었다.

"벽에 저 작은 시계 보이니?"

"네." 내가 말했다.

"카메라야." 박사가 싱글벙글 웃었다. "머리 좀 썼지, 안 그래?"

"우리를 지켜보고 있었어요?" 귀를 의심하며 내가 되물었다.

"오, 그럼. 그렇고말고. 처음부터. 심지어 너희가 내 사무실로 찾아오기 전부터 말이야. 아리엘을 데려오면 네가 분명 알아차릴 거라고 생각했지. 물론 네가 몰랐다면 일이 더 쉬웠겠지만. 어쨌든 네가 눈치를 채고 나니 네가 얼마만큼 알아낼지, 어디까지 갈 수 있을지 보고 싶어졌어."

"왜요?" 엠마가 물었다.

박사가 미소 지었다. "왜냐하면 아리엘은 완벽한 견본이거든. 신체적으로는. 하지만 정서에 있어서는 글쎄, 그건 수량화하기 쉽지 않은 문제야. 미란다, 넌 자신이 복제인간이란 걸 알게 되었을 때 몇 가지 놀라운 특성을 드러냈어. 정말 놀라웠지. 너희 복제인간들 속에 어떤 놀라운 성질이 있는지 알아야겠어. 마음속 깊이 숨겨진 것들 말이야. 정말이지, 성격이란 건 훨씬 예측하기 어렵거든."

"그러니까 제가 맞게 이해한 거라면, 박사님은 저희가 뒤쫓고 있다는 걸 알았어요. 그리고 여기 들어오게 내버려뒀고요. 그 불쌍한 남자한테 염산을 뿌리는 것도 보고만 있었고, 저희의 모든 행동을 지켜봤던 거죠." 엠마가 말했다.

"잠깐." 내가 말했다. "그 사람…… 손에 붕대가 없었어."

"난 너희가 누군가를 해치지는 않길 바랐단다." 멀린 박사가 대답했다. "그건 그냥 고약한 냄새가 나는 물이야. 하지만

네가 그걸 던질 결심을 했다는 게 몹시 흥미롭긴 했단다. 아
주 흥미로워." 박사는 공책을 넘기며 고개를 끄덕이고 혀를
끌끌 찼다.

그 모습을 보고 있자니 구역질이 나왔다.

"대체 왜 이런 짓을 하는 거예요?" 내가 물었다. "단순한
과학적 호기심 정도가 아니잖아요. 게다가 박사님은 언제든
저희를 불러 검사할 수 있잖아요. 부모님한테는 그냥 필요
한 일이라고 하면 됐을 거고요."

"영특하구나, 영특해." 박사가 미소 지었다. 그 미소를 얼
굴에서 지워 버릴 수만 있다면 더 바랄 게 없을 것 같았다.

"견본이라고 했죠." 나는 멈추지 않았다. "제가 더 많이 만
들어질 예정이라면 저도 그 사실을 알아야죠!"

"바로 그게 문제야." 박사가 말했다. "영화에 자주 나오는
대사 알지? 이 얘기를 해 주면 널 죽여야 해."

우리 셋은 동시에 몸을 움찔했다.

"모르는 게 낫지 않겠니?" 박사가 말했다.

"우리를 놔준다는 뜻인가요?" 내가 물었다.

"오, 그럼. 결국에는 말이야. 하지만 우선은 너희도 좀 진
정해야 해. 지금 놔주면 당장 경찰서로 달려갈 수도 있을 테
니까. 잠시 너희를 방에 가둬 둘 테니 머리를 식히면서 생각

을 해 보렴. 어쨌든 경찰에 알리면 온 세상이 네가 복제인간이라는 걸 알게 될 거야."

"아리엘은요?"

"아리엘은 여기 남을 거야."

"안 돼요." 내가 말했다.

"어쩔 수 없어."

"왜요? 말해 주세요." 나는 포기하지 않았다. "제가 알든 말든 어차피 박사님은 아리엘을 데리고 갈 거잖아요. 전 어차피 경찰에 가고 싶을 거고요. 저도 이유를 알면 경찰에 알리고 싶은 마음이 덜해질 수도 있죠. 제가 실제보다 훨씬 더 끔찍한 상상을 하는 걸 수도 있잖아요."

박사는 족히 1분은 나를 바라보며 생각에 잠겼다. "그러니까 넌 아리엘한테 애착을 느낀다는 거니?"

"제가 아무 이유도 없이 아리엘을 구하러 왔겠어요?"

"그럼 넌 네가 이브라고 부르는 아이에게는 관심이 없니? 그 애는 몹시 아파."

"당연히 이브도 걱정하죠."

"하지만 아리엘만큼은 아니라는 거지."

"뭐, 그렇죠."

"왜?"

"아리엘을 더 잘 아니까요. 당연하죠."

"당연하지 않아." 박사가 선언하듯 말했다. "네게 반항적 기질이 생긴 것 같구나. 내가 전혀 예측하지 않았던 성질이야. 그리고 예상했던 것보다 더 성격 형성에 친구가 중요한 역할을 하는 것 같아." 박사가 엠마를 바라보았다. 엠마도 박사를 노려보았다.

박사가 다시 나를 보았다. "어쨌든 넌 주어진 상황을 받아들여야 해. 왜 이브가 아리엘이 아니라고 생각했지? 종양 때문에 성격이 바뀌었다는 증거도 있었는데."

머리끝까지 화가 난 내가 의자에서 벌떡 일어나며 말했다. "왜냐하면 아리엘이 아니라는 걸 알았으니까요." 나는 말을 이었다. "게다가 전 박사님을 안 믿어요!"

"적어도 그건 논리적이군. 좋아, 내 소박한 계획을 알려 주지. 나는 아기를 만들어 낼 거야. 완벽한 아기를. 아기에 대한 수요가 어마어마하다는 건 너도 알겠지. 나는 그에 걸맞은 공급을 책임질 거야."

"아주 떼돈을 버시겠네요." 엠마가 빈정대듯 말했다.

"돈이 많이 드는 연구야." 박사가 말했다. "나는 연구비만 벌면 돼. 이 프로젝트는 최초이자 최전선의 과학 연구로써 의미가 있어. 인도주의적인 거지. 하지만 아직 감정과 성격을 통제하는 유전자에 관한 연구가 더 필요해."

"아무 문제 없는 아기를 만들겠다는 거예요?" 내가 물었다.

"바로 그거야."

마침내 아리엘이 입을 열었다. "하지만 저한테도 문제가 있었어요. 저도 완벽하지 않은 거죠. 그러니까 박사님이 저도 보내 주는 게 맞아요."

박사가 아리엘을 향해 환히 웃었다. "훌륭한 논리야, 텐."

"아리엘이요." 아리엘이 지적했다.

"아리엘. 하지만 넌 내가 지금까지 만든 실험체 중에 신체적으로 가장 완벽해. 넌 새로운 복제인간의 표본이 될 거야. 지금까지는 미란다의 DNA를 사용했지만, 이브의 경우에서 볼 수 있듯이 계획대로 되지가 않았거든."

그 말을 듣자 마음이 복잡해졌다. 내 DNA에 무슨 문제가 있는 거지? 뭔가 잘못됐나?

멀린 박사는 계속해서 아리엘에게 말했다. "이제부터는 네 DNA를 쓸 거야."

"저를 가지고 실험을 한다고요?"

"걱정할 필요 없어." 박사가 부드럽게 말했다. "널 절대 해치지 않을 테니까. 게다가 넌 스스로를 우리의 결과물로 태어난 모든 복제인간의 어머니라고 생각할 수도 있어."

"그렇게 창의적이진 않네요." 내가 박사의 신경을 긁으려 말했다. "텔레비전에서 틀어 주는 영화마다 아기를 복제해 장사하는 미친 과학자가 등장하잖아요."

"논리적으로 당연히 그게 다음 단계니까 그렇지, 안 그래? 대중문화가 이 세상이 향해 가는 방향을 꽤 정확하게 진단 한단 말이야." 박사가 의자에서 일어났다. "자, 얘들아, 이제 너희 방으로 갈 시간이야. 길은 알겠지. 저녁 식사는 방으로 보내 주마."

"집에서 슬슬 걱정할 거예요." 내가 경고했다.

"오, 아니야. 이브─미란다 너랑 목소리가 똑같지─가 엠 마네 부모님한테 엠마가 너희 집에 있다고 메시지를 남겼거 든. 너희 부모님한테는 네가 이브한테 전화해서 엠마네 집 에서 자고 온다고 말했다고 전했고. 어떻게 처신하는 게 좋 을지 고민할 시간이 좀 생긴 것 같구나. 잘 생각해 보렴."

"누가 지켜보고 있으면 우리끼리 얘기를 나눌 수가 없잖 아요." 내가 따졌다.

"아, 카메라 말이지. 꺼 주마."

"어떻게 믿어요?" 내가 쏘아붙였다.

"따라오렴, 직접 보여 줄게."

우리는 박사를 따라 컴퓨터로 가득 찬 첫 번째 방으로 갔다. 박사는 간이침대가 있는 방을 비추는 화면을 보여 주었다. 침대에는 여전히 매트리스가 쌓여 있었다.

"어지럽힌 건 다 정리해야 해." 박사가 말했다. 나는 굳이 대답하지 않았다. 이 와중에 방을 어지럽힌 걸 걱정한다고? 박사가 스위치를 내리자 화면이 꺼졌다.

"우리가 돌아가면 바로 다시 켤 거잖아요." 내가 말했다.

"초침을 보면 아주 작은 초록색 불이 있어." 박사가 말하고 뒤편에 있는 시계를 가리켰다. "그게 켜져 있으면 카메라가 돌아가는 거란다." 박사가 다른 스위치를 내렸다. 초록 불이 꺼지는 게 보였다. "불이 꺼지면 카메라도 꺼진 거지."

"아리엘, 언니들을 방으로 안내하렴." 박사가 명령했다.

아리엘이 앞장섰다. 나는 방으로 들어가자마자 시계를 확인했다. 초록 불은 꺼져 있었다.

"얘기해도 될 것 같아." 내가 말했다. "그래도 조용히 말하는 게 낫겠어. 숨겨진 마이크가 있을지 누가 알아."

"누가 대체 뭘 알겠어?" 엠마가 한숨을 쉬었다. "박사는 우리가 집에 갈 수 있다고 했잖아. 하지만 우리가 무슨 결정을 내리는지 관찰하려는 거라면? 이것조차 실험의 일부라면? 여기서 영영 나가지 못하면 어쩌지?"

30장

~~~~~~

"완벽한 아기를 판다는 거지." 침대에 앉으며 내가 말했다. "상상해 봐. 어린 아리엘들."

"어떻게 할지 결정해야 해." 엠마가 말했다.

"아리엘을 여기 두고 아무 일도 없었던 것처럼 살 수는 없어." 내가 말했다. "그건 말도 안 돼."

"하지만 그래야만 해." 아리엘이 말했다.

"왜?"

"안 그러면 우리 모두 죽을 수도 있으니까. 박사가 언니한테 살 기회를 준 거야. 기회를 잡아야지. 그게 논리적이잖아."

"논리적이든 아니든 상관없어. 그러기도 싫고 그렇게 안 할 거야! 널 여기 두고 이브가 너인 것처럼 대할 수는 없어."

"다시 한번 탈출을 시도해야 할 것 같아." 엠마가 일어나 서성이며 말했다. "박사가 이런 짓을 이렇게 쉽게 저지르는 걸 두고 볼 수는 없어."

"하지만 적어도 모두가 살 수 있잖아." 아리엘이 말했다. "박사는 우리를 해치고 싶어 하지 않아. 과학자잖아. 우리가 가치 있다고 생각해."

"다 실험을 위해서잖아." 내가 말했다. 그러자 박사가 사실상 아리엘을 키웠다는 사실이 떠올랐다. 아리엘이 아는 유일한 아버지, 소름 끼치는 생각이었다.

"우리가 순순히 동의하지 않으면?" 내가 물었다. "박사가 어떻게 나올까?"

"논리적인 일을 하겠지." 아리엘이 말했다. "우리 모두를 죽이는 거. 그럼 박사에 관해 발설할 사람이 없어질 테니까. 우리가 사라지고 나서 내 DNA를 채취해 새로운 복제인간을 만들면 되잖아. 사실 우릴 죽이지 않는 것도 많이 봐준 셈이야. 우릴 죽이는 게 더 쉽고 논리적이잖아."

아리엘은 마치 우리에게 아무런 선택권이 없는 것처럼 말했다. 하지만 언제나 선택지는 있다―그게 뭐든 간에. 갑자

308

기 간 이식을 받고 클리닉에 처박혀 있을 때 읽었던 글이 떠올랐다. 당시 나는 유전학과 자유 의지에 관한 글을 닥치는 대로 찾아 읽었다. 어떤 연구를 다룬 한 기사에 따르면, 우리 선택의 50퍼센트는 유전자에 의해 결정된다. 환경의 영향은 10퍼센트다. 그럼 남은 40퍼센트는? 우리의 자유 의지가 결정한다. 나 자신이 그저 멀린 박사가 만들어 낸 꼭두각시처럼 느껴지던 당시에는 별로 믿을 수 없는 내용이었다. 하지만 글쎄, 지금은 믿는 수밖에. 생각지도 않은 일을 할 수 있다고, 아니면 우리가 박사가 예상하지 못한 선택을 내릴 수 있다고 믿을 수밖에 없다.

문이 열리고 젊은 여자가 들어오더니 덩치가 그 뒤를 따랐다. 여자는 햄버거와 감자튀김, 콜라가 잔뜩 쌓인 쟁반을 들고 있었다. 익숙한 기름 냄새가 온 방 안에 진동하자, 나는 지독하게 배가 고프다는 걸 깨달았다. 하지만 멀린 박사가 우리에게 약을 먹여 죽이려 한다면 음식만큼 쉬운 방법은 없을 터였다. 엠마도 수상쩍다는 표정으로 햄버거를 바라보고 있었다.

아리엘이 우리의 마음을 읽기라도 한 듯 말했다. "박사가 음식을 가지고 장난친 적은 한 번도 없어. 안전할 거야." 그러곤 햄버거 하나를 덥석 집어 먹기 시작했다. 잠시 뒤, 엠마와 나도 아리엘을 따랐다.

　햄버거를 다 먹어 치운 우리는 이제 결정을 내려야 한다는 걸 알았다. 하지만 어째야 할지 알 수가 없었다. 멀린 박사의 장단에 놀아나고 싶지 않다. 뭔가 다른 방법을 생각해 내야만 한다.

　바로 그때 문이 열리더니 음, 아리엘이 걸어 들어왔다고 말하는 수밖에 없겠다. 아리엘은 자기 침대에 앉아 있으니 저 애가 아리엘일 리는 없는데. 또 다른 복제인간인 걸까?

　여자애는 문을 닫았다. 아리엘이 그 애를 뚫어지게 바라보았다. 두 사람은 머리부터 발끝까지 똑같은 모습이었다. 그제야 그 애가 입은 옷이 눈에 들어왔다.

　"이브?"

　"안녕, 미란다 언니."

　"이브! 대체 여긴 어떻게 온 거야?"

　"여기 살았었어." 이브가 차분하게 대답했다. "언니가 위험에 처했고 연구실에 있다고 했을 때, 여기 있을 거라고 생각했어."

　"그래도 어떻게 여기까지 왔는데?"

　"멀린 박사님 차에 숨어서 타고 왔어." 이브가 말했다. 아무 감정 없는 말투였다.

"뭘 했다고?" 내 귀를 믿을 수가 없었다.

"박사님이 차를 잠시 멈췄을 때, 밖으로 나왔어. 밥이 담배를 피우러 나오길 기다렸어. 그리고 안으로 걸어 들어왔어. 서두르지는 않았어. 사람들은 여기서 날 보는 것에 익숙해."

"하지만 저들은 네가 나라고 생각해." 아리엘이 말했다. "이젠 내가 여기 사는 줄 알아."

"난 언니들이 여기서 탈출하는 걸 돕고 싶어." 이브가 말했다.

"이브, 정말 착하다." 내가 말했다. "하지만 널 위험에 처하게 둘 순 없어."

"무슨 위험? 난 여기에 있는 게 아무렇지도 않아. 난 이곳이 그리워. 여기가 내 집이야."

"네가 그리워했던 집이 여기야?"

"응."

"그래도 진짜 집에서 우리랑 함께 있는 게 낫지 않겠어?"

"모르겠어. 언니네 집은 익숙하지 않아. 하지만 익숙한 것처럼 행동해야 했어. 난 그렇게 잘 못 해. 난 아리엘이 되는 법을 몰라." 이브가 말을 멈췄다. "어떻게 다른 사람인 척 행동할 수 있는지 알아보려고 연기 수업을 열심히 관찰했지만, 언니를 속일 수는 없었어."

갑자기 좋은 생각이 떠올랐다. "오! 오! 오!" 내가 외쳤다.

엠마가 희망에 찬 표정으로 나를 바라보았다. "뭔가 떠올랐구나!"

"그래, 맞아. 이브가 남으면 어떨까? 이브가 아리엘인 척하는 거야. 아리엘이 이브인 척하고. 멀린 박사가 이브가 들어오는 걸 카메라로 분명히 보지 않았겠어? 이미 이브가 여기 있다는 걸 알 거야." 나는 아리엘을 바라보았다. "할 수 있겠어?"

"이브인 척하는 거?" 아리엘이 물었다. "모르겠어. 난 이브를 지금 처음 봤잖아."

아리엘 말이 옳았다. 나는 두 사람을 끌어당겼다. "이브, 이쪽은 아리엘이야. 아리엘, 이쪽은 이브야."

아리엘이 이브에게 미소 지었다. 이브는 엄숙하게 아리엘을 바라보았다.

"하지만 이브, 네가 이 계획을 따르면 넌 여기 남아야 해." 내가 말했다.

"난 죽어 가고 있어." 이브가 짧게 대답했다. "나는 모든 게…… 익숙한 곳에서 죽음을 맞이하고 싶어."

"하지만 넌 아리엘인 척해야 해." 내가 말했다. "전에는 별로 잘하지 못했잖아."

"내가 어떻게 하면 되는지 알려 줄게." 아리엘이 말했다.

나는 엠마를 슬쩍 보고 옆으로 살짝 끌어냈다. "어떻게 생각해? 이브를 여기 남겨 두는 게 너무 끔찍한 일인 거 같아?"

"이브가 남고 싶어 하면 그렇진 않지. 나중에 돌아와서 구할 수 있고." 엠마가 말했다. "그리고 솔직히, 이게 유일한 기회기도 하잖아."

나는 생각에 잠겼다. 엠마와 아리엘도 고려해야 한다. 나 때문에 누군가 멀린 박사에게 죽임을 당하게 할 순 없다.

"좋아." 내가 모두를 향해 돌아서며 말했다. "해 보자. 먼저 둘이 옷을 바꿔 입어야 해." 나는 고개를 들어 카메라를 확인했다. 카메라는 여전히 꺼져 있었다. 아리엘과 이브는 재빨리 옷을 갈아입었다. 아리엘은 머리를 하나로 묶고, 이브는 머리를 내려뜨리고 있었다. 아리엘이 이브에게 머리끈을 넘겨 주자 이브가 머리를 묶었다.

"이제 아리엘한테 질문을 해 볼게. 이브, 잘 들어. 아리엘, 이번 결정에 대해 어떻게 생각하지?" 내가 말했다.

"뭐, 그렇게 좋지는 않아요. 미란다 언니랑 함께 지내고 학교 가고 모든 게 너무 좋았거든요. 하지만 이게 논리적이니까 어쩔 수 없겠죠." 아리엘이 대답했다. 이브는 연기 학원 첫 수업에 했던 거울 연습처럼 아리엘의 말을 그대로 따라

했다.

나는 이브에게로 몸을 돌렸다. "이브, 왜 내 자동차에 숨은 거지?"

"저는 미란다 언니를 위해 만들어졌어요. 언니가 위험에 처했다고 말했어요. 저는 언니를 도와야 해요."

아리엘이 이브를 따라 했다.

아리엘은 곧 나랑 살기 전에 자기가 썼던 말투를 기억해 내기만 하면 된다는 걸 깨달았다. 그러니 아리엘에겐 쉬운 일이었다. 이브가 문제였다.

"연기 수업에서 우리가 다른 사람인 것처럼 행동했던 거 기억나?" 내가 이브에게 물었다.

"응."

"그대로 하려고 해 봐. 걱정하지 마. 아리엘은 지금 상황이 마음에 안 들어서 집에서처럼 행복하지 않아. 그리고 줄임 말을 써 봐. '안 되어요'보다는 '안 돼요', 가끔은 너무 착하게 말하지 말고 짜증을 내."

"나도 착하거든!" 아리엘이 외쳤다.

"넌 스스로 생각하는 법을 배웠잖아." 내가 말했다. "아리엘의 중요한 특징이지."

"박사님은 내가 이브라는 사실을 금방 알아차릴 거야." 이브가 말했다. "내가 다시 아프기 시작하면."

바로 그때 문이 열렸다.

"오, 일레븐. 네가 들어오는 걸 봤단다." 박사가 방으로 들어서며 말했다.

예상한 대로였다. 전부 보고 있던 게 틀림없다. 하지만 박사는 이브가 아니라 아리엘을 향해 말하고 있었다. 작전이 먹혀들고 있었다.

박사가 엄중한 목소리로 말했다. "돌아오지 말았어야지. 어떻게 행동해야 하는지 일러 줬잖니."

"하지만 다르게 행동할 수 없었어요." 아리엘이 이브인 척 말했다. "미란다 언니를 속일 수 없었어요."

"미란다를 속일 필요는 없어." 박사가 지적했다. "부모님만 속이면 돼. 부모님은 이미 네가 텐이라고 믿고 있어."

박사는 우리에게 몸을 돌렸다. "그래서, 결정은 내렸니?"

내가 앞으로 나서며 말했다. "박사님은 나빠요. 정말 나빠요. 하지만 여기서 나가려면 박사님이 우리를 내보내 주는 수밖에 없겠죠. 박사님이 엠마를 해치게 내버려둘 수는 없어요. 아리엘도 마찬가지고요. 그래서 아리엘을 남겨 두기로 했어요. 아리엘이 그렇게 하겠대요. 우리가 다치는 건 싫다고요."

"물론 그렇겠지." 박사가 말했다. "그렇고말고. 아리엘은 네게 봉사하기 위해 길러졌으니까. 네게 자기 삶을 바치도록 말이야. 하지만 당장 죽을 필요는 없지. 아주 귀중한 견본이 될 테니까. 그럼 우리 모두 행복해질 거야."

"이브는요? 이브한테는 해 줄 수 있는 게 없어요?"

"안타깝지만 그렇단다. 자, 이제 갈 시간이야. 너희 자전거를 차에 실으면 엠마네 집까지 데려다주지. 텐, 넌 나를 따라와라."

내가 미처 저지하기 전에 아리엘이 돌아섰다. 반사적인 반응이었을 거다. 하지만 박사를 따라가기로 되어 있던 이브가 재빨리 말했다. "일레븐이 아니라 텐이라고 했잖아! 정신 차려!" 그러곤 내게로 돌아서 아주 빠르게 말했다. 아리엘과 똑같은 말투였다. "잘 가, 언니. 그동안 즐거웠어. 엄청 재밌었어. 나는, 나는 언니를 잊지 않을 거야……."

이브가 내 목에 팔을 둘렀다. 볼에 이브의 눈물이 떨어지는 게 느껴졌다. 연기가 아니라 진짜 눈물이었다. 갑자기 이브가 지금까지 한 말이 연기였던 게 아닐까 하는 생각이 들었다—우리를 구하기 위해 여기 남겠다고 날 설득하려고 말이다.

이브가 내게서 떨어지더니 이번에는 엠마를 끌어안았다.

"안녕, 엠마 언니." 그러고는 아리엘을 바라보았다. "안녕, 이브."

"곧 돌아오마." 멀린 박사가 말했다.

두 사람이 떠나고, 우리는 그 자리에 못 박힌 듯 서 있었다. 계획이 탄로 날까 무서워 입도 벙긋할 수 없었다. 시간이 천천히 흘렀다. 1초가 마치 한 시간 같았다.

10분 뒤, 멀린 박사가 혼자서 돌아왔다. 그러고는 우리를 이끌고 복도를 내려가 정문으로 나갔다. 밖은 어두웠다. 맑은 하늘에는 별이 가득했고, 공기는 달콤했다. 깊게 숨을 들이쉬자 조금 전까지만 해도 다시는 이 공기를 누리지 못할 뻔했다는 사실이 새삼스러웠다. 우리는 차에 올라탔다. 저 훌륭하신 박사님을 믿어도 되는 건지 여전히 의심스러웠지만, 15분 뒤 우리는 멀쩡히 엠마네 도착해서 집 앞에 자전거를 내리고 있었다.

"명심해." 멀린 박사가 말했다. "아무한테도 말하면 안 돼. 그렇지 않으면 아리엘의 안전은 보장할 수 없어. 너희들도 마찬가지야." 그리고 집 앞에 서 있는 우리를 내버려둔 채 차를 타고 떠났다.

31장

우리는 서둘러 집 안으로 들어갔다. 엠마 부모님이 정신 없이 뛰어왔다.

아줌마가 말했다. "대체 어디 있었니? 미란다 어머니가 아리엘이 안 보여서 걱정된다고, 혹시 여기 있냐고 전화했어. 그래서 난 너희가 그 댁에 있다고 말했지. 엠마가 오늘 한다던 데이트는 어떻게 된 건지 의아하긴 했지만 말이야. 그랬더니 그게 아니라 여기 있다고 하는 거야! 우리가 얼마나 걱정했는지 아니!"

아줌마는 숨이 차서 잠시 말을 멈췄다. 엠마네 아저씨는 우리 바로 뒤에 서 있었다. 그린 박사님은 조금 욱하는 성격인데, 지금도 심기가 불편한 게 분명했다. 사실 두 분 다 욱하는 성격이긴 하다. 하지만 적어도 두 분은 무슨 생각을 하는지 알 수 있다. 항상 침착하지만 언제나 거짓말을 하고 있었던 우리 부모님과는 달리.

엠마는 할 말을 잃은 듯했다. 어쩌지? 누군가에게 털어놔야 한다는 생각이 들었다. 게다가 두 분은 이미 나와 멀린 박사에 관해서도 알고 있으니까.

"이야기해야겠어, 엠마." 내가 말했다.

"뭐라고? 이브는 어쩌고?" 엠마가 대답했다.

"이게 그 애를 위한 유일한 길일지도 몰라."

아리엘은 처음으로 아무 말도 덧붙이지 않았다.

"뭘 말한다는 거니?" 이제 화보다는 걱정이 가득한 목소리로 아저씨가 물었다.

"이리 와." 아줌마가 말했다. "와서 앉으렴. 마실 것 줄까?"

아줌마가 주스를 가져다주었다. 찻물이 끓는 동안, 아줌마는 우리 집에 전화해 우리가 잘 있다고 알리고 운전을 하기에는 너무 늦었으니 여기서 하루 재우는 게 어떻겠냐고 물었다.

부엌 탁자에 모두 자리 잡고 앉자 나는 무슨 일이 있었는지 털어놓았다. 최대한 짧게 이야기하려고 했지만, 얘기가

끝나고 아줌마 아저씨가 질문을 퍼붓고 나자 족히 한 시간
은 지나 있었다. 엠마는 부모님에 관해선 불평할 게 없다. 두
분은 침착했고 내가 괴물이라도 되는 것처럼 쳐다보지도 않
았다. 아예 그런 생각을 하지 않는 것 같았다.

"누군가 멀린 박사를 막아야겠구나." 그린 박사님이 말했
다. 목소리는 어두웠고, 표정은 더 어두웠다.

"어떻게요? 경찰을 부르면, 모두가 미란다랑 아리엘에 대
해 알게 될 거예요." 엠마가 물었다. "인생이 망가질 거예
요—한시도 쉬지 않고 텔레비전 카메라가 따라다니겠죠.
끔찍할 거예요."

"생각을 해 보마." 그린 박사님이 말했다. "잠깐만." 박사
님이 아줌마를 바라보았다. "클리닉 보안 요원들을 데려가
면 어떨까? 내가 직접 뽑았잖아. 다들 든든하고 충실해."

아줌마가 고개를 끄덕이자 아저씨는 손짓으로 우리를 내
보내고 어딘가로 전화를 걸었다.

우리 셋은 거실에 털썩 주저앉았다. 바로 다음 순간 아줌
마가 나를 깨우고 있었던 걸 보니 기절하듯 잠든 모양이었
다. 아리엘과 엠마도 막 눈을 뜬 참이었다.

"애들아, 밤 열두 시가 다 되었어. 아저씨가 보안 요원들을
데리고 연구실로 갈 거야. 위치를 알려 주렴." 아줌마가 말

했다.

엠마가 입을 열자마자 내가 말을 가로챘다. "잘 모르겠어요. 넌 알겠어, 엠마? 가 봐야 알 것 같은데. 제가 길을 알려드릴 수 있어요."

"너희가 길을 설명해 주면 찾을 수 있어." 아줌마가 단호하게 말했다. "직접 갈 필요는 없단다."

"저희도 가고 싶어요, 엄마!" 엠마가 항의했다. "이브도 거기 있고, 멀린 박사는 진짜 끔찍하고 소름 끼친단 말이에요. 박사를 확실히 붙잡는지 보고 싶어요. 게다가 이브는 아빠를 모르잖아요. 겁먹을 거예요."

아줌마는 거실로 나가더니 몇 분 뒤에 돌아왔다.

"아빠 차로 가면 되겠구나." 썩 마음에 들지는 않는 눈치였지만 아줌마가 말했다.

우리는 벌떡 일어나 채비를 하고 요원들에게―덩치와 그 동료보다 더 몸집이 큰 요원들이 부엌에서 기다리고 있었다―연구실 위치를 알려 주었다. 엠마가 모두에게 재킷을 건넸다. 밖은 이제 쌀쌀했다. 낮에는 그렇게 더웠는데도.

그린 박사님 차 앞자리에는 엠마가, 뒷자리에는 아리엘과 내가 올라탔다. 몹시 피곤하면서도 긴장된 에너지로 마음이 울렁였다.

밤길을 지나는 차 안은 쥐 죽은 듯 고요했다. 어머니와 함께 처음 클리닉으로 가던 밤이 떠올랐다―그게 고작 몇 달 전이라니! 그땐 얼마 안 가서 죽을 거라고 생각했는데. 하지만 죽음이 세상에서 가장 끔찍한 일은 아닌 것 같다. 얼마 뒤에 내가 복제인간이라는 걸 알게 됐으니. 내가 사랑했던 부모님이 내 죽음을 막기 위해서라면 무슨 짓이든 할 수 있다는 사실도. 그러면서 내가 누군지 다시 생각해 보게 됐다. 나는 옆에 앉은 아리엘을 바라보았다. 아리엘은 창밖을 내다보고 있었다. 그 애도 같은 생각을 하고 있는지 궁금했다. 우리는 대체 누굴까?

아리엘이 내 손을 잡더니 속삭였다. "무서워."

"왜?"

"이브랑 나를 그렇게 쉽게 바꿔치기할 수 있다면, 내가 여기 있든 그 애가 여기 있든 무슨 상관이야?"

아리엘도 나랑 비슷한 고민을 하고 있었던 거다. 방금 아리엘이 한 말이 그 사실을 증명하는 게 아닐까? 우리는 너무 비슷하다. 똑같이 설계되어서, 생각마저 똑같이 하는 거다. 어쩌면 다 소용없는 짓인지도 모른다.

그린 박사님이 입을 열었다. "일부러 들으려던 건 아닌데, 아리엘. 잠깐 끼어들어도 될까?"

"네."

"네겐 영혼이 있어. 그건 너만의 것이야. 적어도 난 그렇게 믿는단다. 설령 네가 영혼을 믿지 않는다 해도, 너와 이브, 미란다는 분명히 달라. 과학이 설명해 내지 못하는 면에서 말이야. 너는 인생에서 여러 선택을 하게 될 거야. 어떤 선택은 네 마음에 들지 않을 수도 있어. 그럼 넌 변하겠지. 인생은 복잡한 거란다."

박사님이 말을 이었다. "아리엘, 어른이 되어 가는 건 쉽지 않은 일이야. 복제인간이 아니더라도 말이야. 안 그래, 엄마?"

"맞아요. 당연하죠."

"비밀을 하나 알려 주마." 박사님이 말했다. "어른이 된 후에도 인생이 그렇게 쉽지는 않단다." 그리고 잠시 멈추었다가 말을 이었다. "몇 년 전 쌍둥이 환자를 치료한 적이 있어. 한 명은 암에 걸렸지만, 다른 사람은 아니었단다. 두 사람이 모든 면에서 똑같았는데도 말이야. 같은 방식으로 자라고, 같은 걸 먹고, 같은 활동을 했는데도. 지금까지도 왜 한 사람만 암에 걸렸는지 설명할 수 없어. 인생은 곧게 뻗은 길이 아니야. 만약 그랬다면, 글쎄, 우리 모두 어디로 향해 가는지 다 알 수 있겠지."

"그럼 좋겠네요." 엠마가 말했다. "지도도 있고 방향도 있고요!"

"말이 쉽지……." 나는 한숨을 내쉬었다.

연구소로 들어가는 진입로에 다다르자 대화가 멎었다. 목이 꽉 막힌 것 같았다. 그새 멀린 박사가 이브에 관해 알아차렸으면 어쩌지? 그 애한테 무슨 짓을 할까? 우리가 옳은 선택을 한 걸까? 그 당시에는 그렇다고 생각했지만, 그저 위기를 모면하기 위해 쉬운 선택을 한 건지도 모른다.

우리 일행은 차를 세우고 보안 요원 두 명이 정문으로 다가서는 것을 바라보았다. 놀랍게도 두 사람은 곧바로 건물 안으로 들어갔다. 나는 기다렸다. 멀린 박사가 도망치려고 할까? 어떻게 될까?

마침내 요원들이 밖으로 나왔다. 옆에는 아무도 없었다. 가만히 있을 수가 없어 나는 차에서 내렸다.

"미란다!" 그린 박사님이 경고하듯 외쳤지만, 결국은 박사님도 함께 내렸다. 요원 한 명이 우리 쪽으로 걸어왔다.

"무슨 일입니까?" 박사님이 물었다.

"모르겠습니다." 요원이 대답했다. "아무도 없어요. 건물 전체가 텅 비었습니다."

기가 막혀 한동안 아무 말도 할 수 없었다.

"말도 안 돼요!" 내가 외쳤다.

그리고 뛰기 시작했다. 엠마와 아리엘이 내 뒤를 따랐다. 우리는 잠기지 않은 문을 서둘러 지났다. 나는 컴퓨터가 가득하던 첫 번째 방문을 열었다. 텅 비어 있었다! 우리는 각 방 사이를 뛰어다니며 안에 원래 있던 것들을 찾아내려 했다―하지만 소용없었다. 우리가 붙잡혀 있던 방 안에는 여전히 간이침대가 놓여 있었지만, 다른 기기나 컴퓨터, 사람들은 눈을 씻고 봐도 보이지 않았다. 마침내 우리는 숨을 헐떡이며 멈춰 섰다.

"박사는 우리가 너희 아빠한테 말하리라는 걸 알았던 거야." 내가 엠마한테 말했다. "이런데도 아저씨는 나랑 아리엘이 서로 다른 개인이라고 말하는 거야?" 속이 뒤집힐 것 같았다. "멀린 박사는 우리가 어떻게 행동할지 정확히 예상했잖아! 당연하지. 박사가 우리를 만들었으니까!"

나는 머리를 부여잡고 바닥에 주저앉았다. "불쌍한 이브. 박사는 곧 사실을 알아낼 거야. 그럼 길길이 날뛰겠지."

엠마가 내 곁에 앉았다. "박사가 네가 말할 거라고 예상한 건 자기가 널 만들어서가 아니야. 네가 좋은 사람이고, 자신보다 이브의 안전을 더 걱정할 거라는 사실을 알기 때문이지."

"과연 우리는 안전할까?" 아리엘이 물었다. "박사가 우리한테 앙심을 품을 수도 있어. 어쩌면 지금도 우리를 지켜보고 있을지 몰라." 아리엘이 벽에 설치된 카메라를 올려다보았다.

등골이 오싹했다. "그럴 수도 있어." 내가 말했다.

"웩." 엠마가 인상을 찌푸렸다.

우리는 서둘러 밖으로 나왔다.

"아리엘이 한 말이 사실이면 어쩌지?" 밖으로 나온 뒤 내가 말했다. "지금쯤이면 이브에 대해 알아차렸을 거야."

"아마 정신없이 도시를 빠져나가느라 우리를 지켜볼 틈도 없을 거야." 엠마가 말했다.

"가자, 얘들아." 그린 박사님이 우리를 불렀다. "갈 시간이야. 여기에서 우리가 더 할 수 있는 일은 없는 것 같구나."

나는 엠마와 아리엘의 어깨에 팔을 한쪽씩 두르고 자동차로 돌아갔다. 모든 게 끝나 버렸다.

32장

~~~~~~

침대에 앉아 이브 생각을 하고 있었다. 멀린 박사가 사라진 지 딱 한 달째 되는 날이다. 나는 창밖을 내다보았다. 언제나처럼 해가 빛나고, 곤히 잠든 아리엘의 침대 바로 위로 커튼이 아침 바람에 펄럭였다. 그때 휴대폰이 울렸고 나는 깜짝 놀라 펄쩍 뛰어올랐다.

"여보세요?"

"미란다 언니?"

이브 목소리였다!

"이브!"

"그래, 맞아. 이브야!"

"안 그래도 네 생각을 하고 있었는데!"

"알아. 멀린 박사님이 날 데려간 게 딱 한 달 전이었잖아. 오늘 언니한테 전화하려고 계획하고 있었어. 딱 1분만 얘기할 수 있어. 이것도 간신히 얻어 낸 거야." 이브가 서둘러 말을 이었다. "언니가 걱정 많이 한 거 알아. 다행히 멀린 박사님은 내가 아리엘이 아니라 이브라는 걸 알고도 날 치료해주기로 약속했어. 박사님이 만든 복제품 모델로 날 활용하려고. 정말 치료할 수 있는지 없는지는 모르겠지만, 박사님은 가능하다고 생각하는 것 같아. 아리엘처럼 내 DNA를 쓸수는 없어도 고객들한테 보여 줄 모델이 되는 거지. 어쨌든 박사님 성질을 건드릴 수는 없어. 박사님이 내 유일한 기회잖아." 이브가 잠시 말을 멈췄다. "보고 싶어."

"나도 보고 싶어." 내가 진심으로 말했다. "어쨌든 네가 살아 있다니 너무 다행이다."

"아리엘 DNA를 충분히 보관해 둔 덕에 박사님은 연구를 계속할 수 있어. 모르는 사람들에게 박사님이 나를 많이 보여 줬어."

"건강은 어때?"

"내가 살 수 있을 것 같냐고 묻는 거야?"

"응, 그래."

"모르겠어. 그래도 새로운 약을 쓰고 곧 수술도 받을 거니까 한두 달 안에는 알 수 있을 거래."

"또 전화할 거지? 널 다시 데려오고 싶어."

"노력해 볼게. 이제 끊어야 해."

"잠깐, 잠깐만!" 나는 생각을 하려 애썼다. "지금 어디 있어?"

"내가 말해 주면 또 위험한 일을 벌일 거잖아."

멀리서 뭔지 모를 소리가 들렸다. 뱃고동 소리 같았다. "바다 근처야?"

"언니, 끊어야 해."

"집으로 와." 내가 말했다.

"노력해 볼게."

그리고 전화는 끊어졌다.

아리엘이 일어나 침대에 앉아 있었다. "이브가 살아 있구나!"

나는 고개를 끄덕였다. 아리엘이 다가와 내 침대에 앉았다. 원래대로라면 아리엘은 자기 방에 있어야 하지만, 그 방에서는 외롭다며 대부분 여기서 나와 함께 잔다. "뭐래?"

"목소리는 괜찮더라." 내가 말했다. "멀린 박사가 자기를 치료해 줄 거라고 생각하나 봐. 박사도 노력 중이래. 그리고 박사가 미리 채취해 둔 네 DNA를 이용하고 있대."

"완벽한 아기를 만드는 데 말이지."

"그런 거 같아."

우리는 잠시 가만히 앉아 있었다. 그저 이브가 살아 있는
게 기뻤다. 이미 죽었다고 생각했는데. 수많은 밤을 눈물로
지새웠다. 내 결정이 옳다는 확신이 없었으니까. 그냥 쉬운
선택을 해 버린 건 아닐까 고민했다―결과만 괜찮으면 과
정은 상관없다는 듯이. 멀린 박사가 그런 성격을 내게 심어
놓은 건 아닐까 하는 의심도 들었다. 어쩌면 나의 착함이라
는 것은 원하는 결과를 얻으려고 착하게 구는 마음 상태인
지도 모른다. 부모님이나 선생님들에게 예쁨받기 위해서.

결과를 생각하지 않고, 그저 올바르다는 이유로 착하게
행동한다는 건 어떤 걸까? 하지만 누구도 자기 행동의 결과
를 예측할 수 없다. 멀린 박사가 이브를 죽게 내버려둘 거라
고 확신했는데 그 반대의 일이 일어난 것처럼. 유일하게 확
신할 수 있는 사실은 그린 박사님이 했던 말뿐이다―인생
은 복잡하다는 것.

"무슨 생각해?" 아리엘이 물었다.

"이것저것." 내가 대답했다.

이런 얘기를 하면 아리엘이 이 모든 일을 자기 탓이라고

생각할 것만 같다. 전혀 그렇지 않은데도! 아리엘은 일상에 적응하기에도 바쁘다. 학기가 끝나고 방학이 돌아와서 우리는 집에서 더 많은 시간을 보내고, 어머니 아버지도 아리엘을 더 자주 맞닥뜨려야 한다. 보고 있으면 가끔 웃길 때도 있는데, 아리엘은 예전의 나 같은 모범생과는 거리가 멀기 때문이다. 어제만 해도 젠이랑 놀러 나가서 두 시간이나 늦게 돌아와 놓고는 초조해하지도, 죄송해하지도 않았다! 나라면 그런 짓은 꿈도 못 꿨을 텐데.

물론 부모님은 이브와 멀린 박사에 관한 내 생각이 옳았다는 충격에서 아직 완전히 벗어나지 못했다. 두 분이 박사의 범죄 행각에 연관되지는 않은 것 같다. 그래도 아직 100퍼센트 확실한 건 아니다. 이미 한 번 거짓말을 했으니까—내가 평범한 아이라고 날 속이려고—또 그러지 않으리라는 보장은 없다.

아버지는 자꾸 '일대일' 대화를 하자며 나를 식당에 데려가고, 나는 가만히 얘기를 듣는다. 아버지는 부모님을 믿어도 된다고 안심시킨다. 난 그저 모든 가능성을 열어 둘 뿐이다.

"멀린 박사가 이브를 돌봐 주고 있다니 다행이야." 아리엘이 한숨을 내쉬었다. "그 애가 자유를 찾았으면 좋겠어. 박사의……."

"실험실 쥐가 아니라." 내가 말을 이었다.

"이브를 찾을 방법이 없을까?"

"생각해 보자. 엠마한테도 말하고."

"오늘 연기 학원에서 엠마 언니 만나잖아."

"맞아."

아리엘은 우리와 같은 시간에 더 어린 학생들을 위한 수업을 듣는다. 어머니가 우리를 차로 데려다준다. 부모님한테 이브 얘기를 할 때 연기 수업에 대해서도 털어놓았다. 더는 거짓말로 포장한 삶을 살고 싶지 않았다. 부모님은 마침내 두 손 들었지만, 두 분이 거짓말을 하면 안 된다고 나를 꾸짖을 때는 좀 웃겼다. 물론 재미있어서가 아니라 어이가 없어서 웃긴 거였지만.

"수영하러 갈래?" 아리엘이 묻고는 기대에 찬 표정으로 나를 바라보았다. 나도 별수 없이 미소 지었다. 아리엘이 돌아온 후로 여간해서는 화가 나지 않는다. 그 애가 안전하고 건강하게 이곳에 있다는 사실만으로도 기쁘니까. 더는 가족으로서 어머니와 아버지를 믿을 수 없게 되었지만, 적어도 내겐 아리엘이 있다. 우리는 이제 꽤 가까워졌다.

나는 자리에서 일어나 수영복을 찾기 시작했다.

"지금은 무슨 생각 해?" 아리엘이 물었다.

"멀린 박사가 또 무슨 일을 꾸미고 있나 걱정하는 중이야."

아리엘이 나를 바라보았다. "나도 그래."

33장

"미란다 마틴 학생은 교무실로 와 주시기 바랍니다."

깜짝 놀라 고개를 들었다. 나? 나는 한 번도 교무실에 불려 간 적이 없는데. 사고를 친 적도 없고. 나는 모든 면에서 완벽한 학생이었다.

"미란다?" 에드거 선생님이 나를 재촉했다. "가 봐야 하지 않을까?"

엠마를 바라보았지만, 엠마는 마치 '날 봐도 소용없어, 나도 몰라'라는 듯 어깨를 으쓱했다.

천천히 교과서를 챙겨 넣고 가방을 집어 든 뒤 문으로 향했다. 대체 왜 날 불렀는지 알 수 없었다. 누가 다친 게 아니라면야—아리엘이라든지. 그런 생각을 하자 발걸음이 빨라져 곧 교무실 앞에 도착했다. 나를 본 비서 선생님이 고개를 끄덕이고는 교장실로 가라고 손짓했다. 예감이 좋지 않았다. 나는 슬며시 문을 열었다.

교장 선생님이 나를 보고는 들어오라며 의자를 가리켰다.

"아리엘은 괜찮나요?" 선생님이 말할 새도 없이 내가 물었다. 나는 교장 선생님 입에서 원치 않는 소식이 나올까 봐 떨리는 마음으로 부적이라도 되는 듯 가방을 꽉 붙잡았다.

"아리엘은 괜찮아." 교장 선생님이 대답했다.

"부모님은요?"

"내가 아는 한은 아무 문제도 없으셔."

그러자 더는 할 말이 없었다.

교장 선생님이 흠흠 헛기침을 했다. "미란다."

"네?"

"너랑 이런 얘기를 하는 날이 올 거라고는 생각해 본 적이 없단다." 교장 선생님은 내 대답을 기다렸다.

"무슨 얘기요?" 내가 물었다.

"이리 와 보렴." 교장 선생님이 불쑥 말하더니 자리에서 일어났다. 점점 상황이 이상하게 돌아가고 있었다. "네 짐은 여기 두고."

나는 가방과 교과서를 바닥에 내려놓고 선생님을 따라 복도로 나갔다. 선생님의 또각거리는 구두 소리를 제외하면 사방이 고요했다. 복도 끝에 다다르자 선생님은 건물 뒤편으로 향하는 문을 열었다. 무슨 일인지 영문을 알 수 없었다. 선생님은 계속해서 길을 따라가다가 뒤돌아서서 건물 쪽을 바라보았다. 노란색 벽에 스프레이로 휘갈겨 쓴 커다란 빨간 글자가 있었다. 데저트 고등학교 구려!

"식상하네요." 내가 말했다.

"맞아." 교장 선생님이 동의했다.

"누가 그랬는지 전 몰라요." 내가 선수를 쳤다. "그래서 절 부르신 거라면요."

"그런 게 아니야, 미란다. 누가 그랬는지는 이미 안단다."

나는 교장 선생님을 뚫어지게 바라보았다. 그럼 대체 왜 날 부른 거야?

"저기 카메라 보이니?" 선생님이 손가락으로 건물에 설치된 작은 카메라 쪽을 가리켰다.

"누가 했든 식상할 뿐 아니라 바보 같은 짓이기도 하네요."

"미란다, 그만둬."

"뭐를요?"

교장 선생님이 허리에 손을 올렸다. "네가 한 짓이라는 거 안단다. 녹화 파일도 있어."

"뭐라고요?"

"분명히 들었잖니, 미란다."

"말도 안 돼요! 제가 그런 게 아니에요! 제가 뭐 하러 이런 짓을 하겠어요?"

"나도 모르겠구나." 교장 선생님은 차분히 나를 바라보며 말했다. "붙잡힐 거라고 예상했어야지. 넌 바보가 아니잖니."

"하지만 제가 그런 게 아니에요!" 내가 다시 한번 말했다. "어떻게 제가 저런 짓을 하리라고 생각하실 수 있어요? 저건⋯⋯." 나는 적당한 말을 찾아 머릿속을 뒤졌다. "너무, 너무⋯⋯ 유치하잖아요!"

"그건 그렇지." 교장 선생님이 말하곤 잠시 쉬었다가 말을 이었다. "미란다, 무슨 문제가 있으면 얘기해도 돼. 이런 일은 대부분 도와 달라는 외침인 경우가 많아. 너희 사촌을— 아니, 이제 동생이구나—가족으로 받아들여 함께 지내는 게 쉽지 않다는 거 알아."

"음, 그건 사실이에요. 아리엘이 가끔은 정말 짜증 나게 하거든요. 하지만 전 괜찮아요. 그러니까 전 이제 꽤 상당히 그 애를 소중히 여기거든요."

교장 선생님이 눈썹을 치켜세웠다.

"아리엘 얘기를 할 때 말투가 어색해진다고 해서 제가 그 애를 싫어하는 건 아니에요. 전 아리엘이 좋아요."

"증거를 부인할 수는 없어."

"저도 볼 수 있을까요?" 내가 물었다.

"물론이지."

우리는 길을 되돌아 교장실로 갔다. 교장 선생님이 파일을 화면에 띄우고 재생하는 동안, 나는 옆에 서서 기다렸다. 화면 속 여자애가 나처럼 보이는 건 사실이었다. 사실, 거의 똑같았다. 그 애는 전혀 긴장하지 않은 듯 빠르고 효율적으로 벽에 스프레이를 칠했다. 심장이 쿵 내려앉았다. "이게 언제 찍혔죠?"

"오늘 아침 6시경에."

"전 집에서 자고 있었어요."

"누가 증명할 수 있니?"

"아뇨, 모두 자고 있었으니까요."

"미란다, 너일 수밖에 없어." 교장 선생님이 덧붙였다. "아니면 아리엘이나."

아리엘은 여름 사이 훌쩍 자랐다. 처음 우리 집에 왔을 때는 분명 나보다 어려 보였다. 물론 지금도 그렇긴 하지만 그건, 이렇게 말해도 된다면, 아직 몸에 굴곡이 하나도 없어서다. 아리엘은 이제 열한 살처럼 보인다. 영상 속 여자애는 헐렁한 운동복을 입고, 에인절스 야구 모자 안에 머리카락을 집어넣은 모습이었다. 아리엘은 여름에 머리를 잘라서 아주 귀여운 단발머리가 되었고, 나는 여전히 긴 머리다. 하지만 모자 때문에 화면 속 여자애 머리 모양은 잘 보이지 않았다. 그 애는 아리엘 나이 때 내 모습처럼 보였다. 이게 무슨 상황이지?

답을 고민하느라 머리가 팽팽 돌기 시작했다. 저 옷차림은? 처음 보는 옷이었다. 그러니 아리엘일 리는 없다. 그 애가 뭔가 꾸미고 있다면 나도 알아차렸을 터였다―아닌가? 나도 아니고, 아리엘도 아니라면…… 이브? 하지만 이브는 멀린 박사랑 같이 있는데…….

문득 교장 선생님에게 뭐라도 대답해야 한다는 생각이 들었다.

"교장 선생님, 벽 청소하는 데 필요한 돈을 지불할게요."

"고맙구나, 미란다. 물론 부모님께도 연락이 갈 거야."

"당연하죠."

"그리고 네가 학교 상담 선생님을 만나 보면 좋겠구나.

1시에 약속을 잡아 놨어. 꼭 가렴."

"안 갈 거예요."

교장 선생님은 잠시 머뭇거리더니 물었다.

"다시 아픈 건 아니지, 그렇지?"

나를 거의 죽일 뻔했던—아리엘의 희생이 없었더라면 틀림없이 그랬을—종양이 곧바로 떠올랐다. 내게 또다시 문제가 생긴 거면 어쩌지—뇌에 다시 문제가 생겼다면?

나는 침을 꿀꺽 삼키고 대답했다. "제가 아는 한은요."

내가 나도 모르는 사이에 저런 짓을 했을 가능성이 있을까? 그건 말도 안 된다! 분명 몇 시간 전에 평소와 다를 바 없이 침대에서 일어났는데. 아니면…… 다시 머리가 핑핑 돌았다. 아니면 내가 벽에 낙서한 뒤 집으로 돌아온 건가. 아니면 아리엘이 그랬나……. 교장 선생님이 또다시 빤히 바라보는 게 느껴졌다. 이번에도 뭔가 말해야만 했다.

"말씀하신 대로 할게요." 내가 작은 목소리로 말했다.

"좋아, 이제 교실로 돌아가렴."

교실에 도착하자마자 점심시간 종이 울렸다. 나는 교실을 뛰쳐나오던 엠마와 곧장 맞닥뜨렸다. 나를 찾아 나서려던 게 틀림없다.

"어떻게 된 거야?" 엠마가 물었다.

"들어도 못 믿을걸. 가자. 얘기 좀 해."

우리는 교과서를 사물함에 던져 넣은 뒤 각자 챙겨 온 도시락을 들고 밖으로 향했다. 9월이 되어 기온이 46도에 달하자, 대부분 애들은 실내에 머물렀고 덕분에 학교 뒤 탁자는 온전히 우리 차지였다. 우리가 앉은 자리에서도 낙서가 보였다.

"식상하군." 엠마가 말했다.

"나도 교장 선생님께 똑같이 말했어."

"교장 선생님이 너한테 보여 줬어?"

"보여 준 정도가 아니지. 내가 낙서하는 영상을 가지고 있었어."

"뭐라고?"

"나도 똑같이 반응했어." 나는 인상을 찌푸렸다. "가끔은 아리엘이 아니라 네가 내 복제인간이 아닌가 싶다니까."

"미란다, 대체 그게 무슨 말이야?"

"별로 마음에 들지 않는 다양한 답변이 떠오르네."

"쭉 나열해 보자." 언제나 현실적인 엠마가 병에 담아 온 물을 한 모금 마시며 말했다. 쨍쨍 내리쬐는 햇볕 아래 단 1분만 나와 있어도 말 그대로 몸에서 수분이 증발하는 게 느껴진다.

"좋아." 내가 한숨을 쉬며 말했다. "1번. 내가 그랬고 나는 최면에 걸려 있었다."

"아니면 네가 아파서 스스로 뭘 하는지 몰랐거나." 엠마가 내 쪽을 보지 않고 나지막이 말했다.

"하지만 다른 증상은 전혀 없어. 두통도 없고, 시야가 흐려지지도 않고, 아무것도 없어. 난 멀쩡해."

"뭐, 그렇긴 하네. 그럼 그건 아니겠고, 넘어가자. 2번은?"

둘 중 누구도 1번에 관해 깊게 이야기하고 싶지 않았다.

"2번. 아리엘이 아프거나 미쳐 버려서 그랬다."

"그것도 영 별론데." 엠마가 미간을 찌푸렸다.

"3번." 내가 말을 이었다. "이브다."

우리는 잠시 이브를 떠올리며 아무 말도 하지 않았다.

"그럴 것 같지는 않아." 마침내 엠마가 말했다. "멀린 박사가 이브를 데려갔는데, 이브가 거기에서 탈출할 가능성은 거의 없잖아. 게다가 뭐 하러 탈출하겠어? 박사는 자기 뇌종양을 치료할 수 있는 유일한 희망인데! 저번에 전화 왔을 때 멀린 박사가 자기를 치료 중이고 상태도 나아지고 있다고 했다며, 안 그래?"

"그렇다면 4번이 등장할 차례네. 네 번째 복제인간이 있다."

"하지만 네 번째 복제인간이 있다면 지금쯤 우리도 알았을 거야."

"왜?" 내가 반박했다. "멀린 박사가 어디 다른 데 숨겨 두고 키우면서 비밀로 했을 수도 있잖아. 이제 그 애가 탈출했거나 박사의 명령을 따르고 있는 걸지도 모르지."

"무슨 명령? 학교 벽에 스프레이로 낙서해라?"

"좀 바보 같긴 하지. 하지만 내가 곤란해졌잖아. 그게 목적일지도 몰라."

"하지만 대체 뭐 하러 널 곤란하게 만들겠어?"

말문이 막힌 우리는 마땅히 해야 할 다음 일을 하기로 했다. 도시락 먹기. 어쩌면 그게 뇌를 자극해 줄지도 몰랐다.

엠마와 나는 이미 오래전에 급식에 대한 기대를 접은 터라 늘 도시락을 싸서 다닌다. 오늘은 로나 아줌마가 통밀빵에 크랜베리 소스를 바른 구운 칠면조 샌드위치를 싸 줬다. 내가 가장 좋아하는 샌드위치인데도, 오늘은 모래를 씹는 것만 같았다. 나는 물을 벌컥벌컥 들이켰다.

"어쩌면 멀린 박사가 아직도 내가 아리엘을 구해 낸 데 화가 났는지도 몰라."

"그럴 수도 있지. 아리엘의 DNA를 채취해 뒀는데도 말이야. 아니, DNA를 **훔쳤**다고 해야겠지." 엠마가 말을 이었다. "어쩌면 무한정으로 DNA를 얻고 싶은 걸지도 몰라. 완벽한 아기를 생산할 계획을 위해 아리엘 자체가 필요한 거지. 그래서 네 평판을 깎아내리고 곤란한 상황을 만드는 거야. 둘 사이에 어떤 연관성이 있는지 잘은 모르겠지만."

"박사가 뭔가 꾸미고 있다고 생각해?"

"어쩌면." 엠마가 고개를 끄덕였다.

"내게 더 많은 문제가 생길까?"

엠마가 나를 바라보았다. "넌 어떻게 생각하는데?"

"난 그렇게 생각해." 한숨이 나왔다.

"가자. 이제 들어가자."

"아리엘을 만나야겠지."

"그것도 그렇고, 머리를 써야 할 때 고민으로 머리를 터뜨릴 필요는 없잖아." 엠마가 씩 웃으며 말했다.

나도 미소 지으려고 애썼지만 쉽지 않았다. 내 안의 뭔가가 바깥의 수그러들 줄 모르는 햇볕의 열기 아래 있기를 원했다. 밖은 이렇게나 조용하고 평화로운데 아주, 아주 불길한 예감이 들었기 때문이다. 누가 이런 일을 꾸몄든 간에 내게 앙심을 품은 게 분명하다.

엠마를 따라 천천히 시원한 복도로 들어섰다. 뒤에서 문이 커다란 소리를 내며 쾅 닫혔다. 나도 모르게 깜짝 놀라 펄쩍 뛰었다.

34장

데저트 고등학교에는 상담 선생님이 두 분 있다. 샌체즈 선생님과 벨 선생님인데, 다들 샌체즈 선생님은 시원시원하고 벨 선생님은 바보 같다고 생각한다. 물론 난 빼도 박도 못하고 벨 선생님한테 배정되었다. KO 벨이 울려 살아난 사나이라고 불리는 선생님은 늘 빚어낸 듯한 기묘한 미소를 띠고 있다.

"오, 성적이 떨어졌니? 웃어넘겨! 아이들이 괴롭힌다고! 웃는 게 행복의 길이란다!"

한숨이 나오려는 걸 간신히 억눌렀다. 대체 선생님이랑 무슨 말을 한담? 이러면 되나? 선생님, 제가 죽은 언니 제시카의 복제인간이거든요. 미친 과학자 멀린 박사가 절 만들었어요. 제 여동생이라 불리는 아리엘은 제 복제인간이고요. 불치병에 걸려 박사 연구실에서 치료를 받을 때 거기서 걔를 발견했어요. 부모님이 제게 예비 장기가 필요할 경우를 대비해 보험으로 그 애를 만들게 했다는 걸 알게 됐지만, 그렇다고 그 애를 죽이게 둘 순 없었어요. 대신 아리엘이 간 반쪽을 준 덕에 제 병은 다 나았고요, 고마운 일이죠. 그 애는 저희 가족과 함께 살게 됐어요. 저보다 네 살 어린 덕에 저랑 완전히 똑같아 보이진 않지만, 곧 그렇게 될 거예요. 그리고, 오, 뇌종양이 있는 이브라는 세 번째 복제인간도 있는데요. 처음에는 아리엘인 척 저를 속이려고 했지만, 멀린 박사가 아리엘을 되찾으려 하자 박사를 속이고 스스로를 아리엘과 바꿔치기했죠. 덕분에 박사는 꽤 화가 났어요. 그리고 제 생각에는 이제 네 번째 복제인간이 등장한 것 같아요. 지금으로선 별로 좋은 일은 아니죠.

물론 나는 순식간에 병원에 갇히겠지.

"미란다?" 벨 선생님이 호기심에 찬 얼굴로 나를 바라보았다. "미란다, 너 혼잣말을 하고 있구나."

"제가 소리 내서 말했어요?" 내가 충격에 빠져 물었다.

"뭐가 좋은 일은 아니라고 하던데."

"아." 나는 안심했다. "뭐, 맞아요. 좋은 일은 아니에요."

"녹화된 증거가 있어도 네가 했다고 인정하지 않는 거니?"

"몽유병일까요?" 내가 될 대로 되라는 심정으로 물었다. "잠든 상태에서도 온갖 짓을 저지를 수 있다고 들었거든요."

벨 선생님의 얼굴이 밝아졌다. "맞아! 그것참 논리적인 추론이구나."

선생님이 이런 말에 넘어가다니 믿을 수가 없다. 그때 선생님이 눈살을 찌푸렸다.

"그렇다고 해도 왜 무의식이 그런 표현을 한 건지 살펴봐야 해, 미란다. 네 평균 성적은 4.0이나 되지. 발레 실력도 출중하고. 뭘 하든 잘 해내잖니. 어쩌면 완벽해지려고 스스로를 너무 괴롭히고 있는 건지도 몰라."

"하지만 전 완벽해야 해요." 내가 말했다.

"왜?"

"그냥 제가 그렇게 만들어졌나 봐요."

"미란다, 거기엔 동의할 수 없구나. 우린 어떤 사람이 될지 스스로 선택할 수 있어."

"정말 그렇게 믿으세요?"

"물론이지! 아니면 벌써 이 일을 관뒀겠지, 안 그래?"

"그럼 선생님도 그런 웃는 아이콘 같은 모습을 선택하신 거예요?" 내가 불쑥 말했다.

선생님의 얼굴에서 미소가 잠깐 사라졌다가, 그 어느 때보다 환하게 되살아났다.

"정곡을 찔렀네." 선생님이 선언했다. "하지만 맞아, 사실이야. 내가 천성이 유쾌하긴 하지. 하지만 얼마든지 우울해질 수도 있단다."

"아니에요. 보세요, 제가 방금 선생님을 불쾌하게 했는데도 금방 기본 상태인 유쾌함으로 돌아오시잖아요. 저한테는 그런 기본 상태가 완벽함이에요!"

"우선 그게 사실이라고 해 보자." 마침내 선생님이 한발 물러섰다. "모두에게 특정한 기본값이 있다는 연구 결과를 읽은 적이 있긴 해. 복권에 당첨된 사람들은 일 년이 지나면 당첨 전의 상태로 돌아가지. 운이 나빴던─예를 들어 몸이 마비됐다거나─사람들도 사고 일 년 후에는 기본값으로 돌아가. 그게 유쾌함이든 우울함이든. 완벽해지려는 게 네 기본값인지도 모르겠구나. 하지만 네 마음 깊은 곳에서는 더 이상 완벽해지고 싶지 않은 게 아닐까?"

아니죠, 나는 속으로 생각했다. 그게 누구든 새로 나타난 복제인간이 마음 깊이 제가 완벽하지 않길 바라는 거겠죠.

"아니면 부모님께서 뭐든지 잘해야 한다고 널 압박하시진 않니?" 선생님이 말했다.

"아니요, 부모님은 제가 뭘 하든 이미 완벽하다고 생각하세요." 나는 한숨을 쉬었다.

"좋기도 하고 나쁘기도 하겠구나. 네가 늘 그 기대에 부응해야 한다고 느낄 수도 있으니까."

이제 마무리 지을 때가 된 것 같았다. 어차피 선생님한테 사실을 털어놓을 수는 없으니까.

"어쩌면요." 내가 동의하듯 말했다. "그럼 제가 뭘 해야 하죠?"

"너 자신을 그만 몰아붙이면 되지."

"그게 다예요?"

"그게 다야."

"그럼 이제 가도 돼요?"

"물론. 하지만 다음 달 정도까지는 일주일에 두 번씩 날 보러 와야 해. 알겠니?"

"네."

뭐, 생각보다는 나쁘지 않았다. 나는 교실을 향해 걷기 시작했다.

그때, 교내 방송 스피커가 지직거렸다. "미란다 마틴 학생은 교무실로 와 주시기 바랍니다."

나는 자리에 우뚝 멈춰 섰다. 심장이 쿵 내려앉았다. 이건 또 뭐야?

천천히 뒤를 돌아 교무실로 향했다. 쉬는 시간이라 복도는 아이들로 붐볐다. 모두가 나를 바라보았다. 몇몇은 내게 소리쳤다. "또 사고 친 거야? 우우, 미란다, 불량 학생!"

불량 학생이라고? 살다 보니 저런 말을 다 듣네.

교무실에서는 경찰관 두 명이 교장 선생님과 이야기를 나누고 있었다.

"그럼, 제 사무실로 가시죠." 교장 선생님이 말하고 앞장섰다. 나는 목구멍이 꽉 막힌 기분으로 뒤를 따랐다.

"미란다 마틴?" 젊은 여자 경찰관이 물었다. 다른 한 명은 나이가 더 많은 남자였다.

"네?"

"학생이 슈퍼마켓에서 물건을 훔쳤다는 증거가 있어요."

나는 경찰관을 빤히 쳐다보았다. "전 살면서 한 번도 슈퍼마트에서 물건을 산 적이 없어요."

"샀다고는 안 했어요." 경찰관이 엄중하게 말했다. "**훔쳤다고 했죠.**"

"제가 그런 게 아니에요." 소용없다는 걸 알면서도 내가 항변했다. 녹화된 영상이 있을 게 뻔했다.

"증거가 있어요. 보안 카메라 영상에서 캡처한 사진을 교장 선생님께 보여 드렸고, 선생님이 학생이 맞다고 했어요. 데저트 고등학교 체육복을 입다니 그리 현명하지는 못했네요. 덕분에 곧장 학교로 왔거든요."

"그게 언제 일어난 일이죠?" 내가 물었다.

"어제 오후 5시요."

"그 시간에 전 동생이랑 집에 있었어요."

"동생이 몇 살이죠?"

"막 열한 살이 됐어요."

"어른이 함께 있었나요?"

"아니요."

"그럼 동생이랑도 얘기해 보는 게 좋겠군요."

교장 선생님이 중학교 교무실에 전화를 걸어 아리엘을 보내 달라고 부탁했다. 우리는 모두 어색하게 서서 아리엘을 기다렸다. 아리엘이 아무것도 모르는 얼굴로 호기심에 가득 차 즐겁게 걸어 들어오자, 그 애를 향한 감정이 북받쳤고 달려가 힘껏 안아 주고 싶었다. 물론 실제로 그렇게 하진 않았지만.

"아리엘, 어제 뭐 했니?" 교장 선생님이 말했다.

"학교에 왔어요." 아리엘이 확신에 차서 대답했다. "그리고 미란다 언니랑 놀았어요." 뿌듯한 말투였다.

아리엘은 나와 시간을 보내는 걸 아주 좋아한다. 하지만 나는 대부분 엄마나 다른 친구들과 노느라 바빠서 아리엘도 친구를 만나라고 구슬리곤 한다. 그래도 아리엘은 나와 함께 수영하거나 쇼핑하는 걸 가장 즐거워한다. 어제만 해도 나는 지독하게 더운 날씨에도 기꺼이 아리엘과 함께 수영을 했다.

"부모님은 어디 계셨니?" 교장 선생님이 물었다.

"정확히는 모르겠어요." 아리엘이 대답했다. "집에는 안 계셨어요."

경찰관은 잠시 주저했다. 아리엘은 분명 진실을 말하고 있었다. 경찰관도 누가 거짓말을 하는지 안 하는지 한두 번 잡아낸 게 아니었을 터였다. "고마워요, 아리엘. 교실로 돌아가도 좋아요."

아리엘이 떠나자 경찰관은 다시 내게로 몸을 돌렸다. "이건 아주 심각한 일이에요. 알고 있죠?"

"알아요. 하지만 정말 제가 그런 게 아니에요! 아리엘이랑 함께 있었다는 얘기 들으셨잖아요."

"동생에게 그렇게 말하라고 시켰을 수도 있죠."

"아니, 아니에요. 영상을 보기라도 할 수 있을까요?"

"가게에서는 학생을 고소할 생각이에요. 그럼 언젠가는 볼 수 있을 거예요."

"저도 꼭 봤으면 좋겠는데요." 내가 고집을 피웠다.

경찰관들은 서로를 바라보았다. "캡처 사진은 보여 줄 수 있어요." 여자 경찰관이 말했다.

사진은 선명하지도 않고 제대로 찍히지도 않았다. 영상 속 아이의 머리는 모자 속에 감춰져 있었고 체육복이 몸을 덮고 있었다. 어릴 때 내 모습 같았다. 아리엘이 나와 함께 있지 않았더라면 아리엘이 아닌가 의심했을 정도였다. 어른들이 왜 두 사건 모두 아리엘이 아니라 나를 범인으로 단정 지었는지 문득 궁금해졌다. 데저트 고등학교 체육복만으로 고등학생 짓이라고 결론짓기 충분했던 건가. 물론 아리엘 쪽으로 어른들의 주의를 돌리려는 건 아니다! 그래도…….

"부모님한테 연락해도 될까요?"

"네, 그래요."

휴대폰으로 전화를 걸었더니 천만다행으로 어머니는 집에 있었다.

"어머니, 진정하고 들으세요." 나는 재빨리 상황을 설명했다.

"네가 그런 거 아니지, 미란다?"

"아니에요, 어머니."

"물론 아니겠지. 네가 그런 짓을 할 리가. 하지만 아리엘은? 아리엘이 그랬을 수도 있잖아!" 정말 어머니다워! 곧장 아리엘이라는 결론을 내리다니!

"저희는 같이 있었어요." 나는 어머니한테 화내지 않으려 애쓰며 최대한 침착하게 말했다.

"내가 곧 갈게."

전화가 끊어졌다. "어머니가 오고 계세요."

어머니를 기다리는 20분가량, 나는 교장실 밖 의자에 앉아 있었다. 부모님이 도착하자 교장 선생님이 두 분을 교장실로 안내했다. 몇 분 뒤, 경찰관이 밖으로 나와 나를 거들떠보지도 않고 지나쳐 갔다. 교장 선생님이 나를 안으로 불렀다.

아버지가 먼저 입을 뗐다. "미란다, 교장 선생님께 이건 모함이라고 잘 설명해 드렸단다. 사진 속 아이가 실제로 너처럼 보이긴 하지만, 너처럼 꾸민 사람일 수도 있어. 곤잘러스 변호사가 가게랑 잘 얘기할 거고, 그럼 그쪽에서 고소할 가능성은 아주 적어."

교장 선생님은 조금 안심한 듯 나를 바라보았다. "그럼 모든 게 잘 마무리되겠구나." 선생님이 확신 없는 말투로 말했다. "지금 부모님과 함께 집에 돌아가겠니?"

"그게 나을 것 같습니다." 내 대답을 기다리지도 않고 아버지가 말했다. "아리엘도 함께요."

"가서 교과서만 챙겨 올게요." 내가 말했다.

하지만 곧장 사물함으로 가는 대신, 나는 화학실로 가서 엠마가 날 발견할 때까지 창문으로 안을 들여다보았다. 엠마가 곧 복도로 나와 속삭였다.

"왜 불렀대?"

"경찰이었어! 내가 슈퍼마켓에서 도둑질하는 녹화 영상이 있대!"

"네가? 슈퍼마켓에서? 그게 말이 되니?"

"부모님이 오셨어. 아리엘이랑 같이 집으로 갈 거야."

"걱정하지 마, 미란다. 무슨 일인지 밝혀질 거야."

엠마가 다시 들어가고 나는 교과서와 가방을 챙겨 교무실로 돌아갔다. 아리엘도 이미 짐을 챙겨 교무실에 와 있었다.

차에 올라타자 어머니가 입을 열었다. "교장 선생님이 낙서 사건에 관해서도 이야기했어. 미란다, 네가 아니란 거 확실하니?"

"네." 나는 화가 머리끝까지 나서 말했다. "저 아니에요."

"아리엘." 어머니가 엄중한 목소리로 말했다. "혹시 네가 그랬니?"

"저요?" 아리엘이 되물었다. "이해가 잘 안 돼요. 제가 왜 벽에 낙서하고 물건을 훔치겠어요? 전 절대 그런 식으로 미란다 언니가 창피해할 만한 짓은 하지 않아요."

나는 아리엘이 화가 나면 멀린 박사 연구실에서 배운 딱딱한 말투로 돌아간다는 걸 알아차렸다.

"어디 가는 거예요?" 아버지가 우리 집으로 향하는 출구로 나오지 않았다는 걸 깨닫고 내가 물었다.

"당연히 병원이지. 진찰받으러 가는 거야." 어머니가 대답했다. "선생님이 기다리고 있어."

항의하려 했지만, 잠시 생각하니 그게 낫겠다는 생각이 들었다. 적어도 종양이나 그런 것 때문에 내가 미쳐 버렸다는 선택지는 지울 수 있겠지…… 검사 결과에 문제가 없다면.

나는 눈알을 굴렸다. 인생이 여기서 더 복잡해질 수 있을까?

병원에서 온갖 검사를 받았다―혈액 검사, MRI, 콘 박사님의 여러 검진까지. 결과는 모두 정상이었다. 박사님에게 결과를 들은 어머니는 몇 년은 젊어진 것 같았다. 그걸 보니 마음이 무거워졌다. 아리엘도 검사를 받았다. 콘 박사님은 아리엘이 회복된 걸 보고 기뻐했다―심지어 살짝 미소 짓기까지 했다. 아버지는 클리닉에서 연구하는 새로운 약 덕분이라고 말을 꾸며 냈다. 어차피 콘 박사님이 아팠던 아이가 이브라는 사실을 알아낼 길은 없다. 아버지가 얼마나 쉽게 박사님을 속여 넘기는지 지켜보는 일은 꽤 충격이었다. 박사님은 아버지가 진실만을 말하는 좋은 사람이라고 생각하고, 그래서 아버지의 말을 곧이곧대로 믿었다. 소름이 끼쳤다.

집으로 돌아오는 길에 아버지는 눈앞에 닥친 문제로 주의를 돌렸다.

"누가 됐든 이번 일의 배후에 있는 사람이 널 해치려는 것 같아 걱정이구나." 아버지가 운전대를 잡고 말했다.

"그러니까요!" 내가 말했다. "엠마랑 저도 그렇게 생각해요. 하지만 대체 무엇 때문일까요?"

"그러게, 왜일까?"

"이번 주말 출장은 취소하는 게 낫겠어." 어머니가 아버지에게 말했다.

"나도 집을 비우는 게 내키진 않아. 하지만 이번 건은 정말 중요한 일이야." 아버지가 대답한 뒤 잠시 생각에 잠겼다. "출장 기간을 줄여서 월요일까지는 반드시 돌아오마. 괜찮겠니?" 아버지가 물었다.

"그 전에 감옥에 갇히지 않는다면 말이죠?"

평소에는 부모님이 집을 비운다면 기뻐했을 테지만, 이번만은 불안한 마음이 들었다. 또 누가 내게 어떤 누명을 씌울지 모르니까!

"이번 건이 무산되면 우린 파산할 수도 있어." 아버지가 말했다. "클리닉 매수 수익이 딱 이 회사를 인수할 정도야. 좋은 기회야. 너도 앞으로 걱정 없이 살 수 있을 테고. 중요한 일이야, 미란다."

"저도 스스로 앞가림할 만큼은 똑똑한 것 같은데요." 내가 뚱하게 말했다.

"물론이지." 아버지는 주저하듯 천천히 대답했다. "하지만 앞으로 너랑 아리엘에게 들어갈 의료 비용이 얼마나 될지 모르잖니."

"그러게요." 내가 쏘아붙였다. "그건 모르죠."

인간 복제가 무슨 문제를 일으킬지 대체 누가 알 수 있을까? 조로증? 암? 정신 질환? 나는 한숨을 내쉬었다.

"계약만 체결되면 곧바로 돌아올게." 어머니가 나를 안심시켰다. "그동안은 집에 붙어 있어야 해. 알겠지? 주말에 필요하면 언제든 곤잘러스 변호사한테 연락하면 돼. 곤잘러스가 네가 감옥에 가게 내버려두진 않을 테니 그런 걱정은 말고. 사실 곤잘러스가 슈퍼마켓과 얘기를 끝낼 때쯤엔 가게 측도 애초에 문제를 제기하지 말 걸 그랬다고 후회하게 될 거야."

이번만은 부모님이 나를 지키려고 세워 둔 철옹성 같은 보호막이 든든하게 느껴졌다.

하지만 여전히 찝찝한 기분이 들었다. 멀린 박사가 배후에 있다면, 대체 왜 도둑질을 선택했을까? 분명 또 기분 나쁜 깜짝 선물을 준비하고 있을 게 뻔하다. 대체 어디까지 가려는 걸까? 무엇보다 중요한 질문은 이거다. 왜? 대체 왜 이런 일이 일어나는 거지?

35장

~~~~~~

토요일 아침이었다. 전화벨 소리에 잠에서 깼다. 엠마가 수화기에 대고 비명을 지르고 있었다. N 어쩌고 하면서. N 이라고?

"엠마, 잠깐만!" 내가 외쳤다. "뭐라고? 무슨 말인지 하나도 못 알아듣겠어."

"CNN!" 엠마가 소리쳤다.

"그게 뭐?"

"CNN. 틀어 봐!"

지난밤 바닥에 던져두었던 리모컨을 주워 들어 텔레비전을 켜는데 아리엘이 방으로 걸어 들어왔다. 아리엘이 화면을 가리키며 소리쳤다. "멀린 박사야!"

"쉿!" 나는 아리엘의 팔을 잡아당겨 침대에 앉혔다.

멀린 박사가 이야기하고 있었다. "네, 그렇습니다. 제가 처음으로 인간 복제에 성공했습니다."

숨이 턱 막혔다. 아리엘은 숨이 가쁜 건지 우는 건지 모를 소리를 내뱉었다.

나는 전화기에 대고 속삭였다. "내 이름 나왔어?"

"아니, 아니." 엠마가 소리를 지르며 대답했다. "아직 아니야. 조용히 해 봐."

나는 전화기를 움켜쥐고 귀를 기울였다. 화면을 뚫어지게 바라보면서. 멀린 박사 얼굴 아래로 굵은 글씨의 헤드라인이 지나갔다. **벨리즈 클리닉**.

"벨리즈?"

"벨리즈는 중앙아메리카에 있는 나라 이름이야." 아리엘이 말했다.

갑자기 이런 생각이 머리를 스쳤다. 내가 지금 꿈을 꾸고 있구나. 바로 그거야! 내가 최초의 복제인간이라는 걸 알게 된 그 순간부터 두려워했던 악몽이 틀림없다. 발각되는 것. CNN을 비롯한 온갖 언론사가 우리 집 앞에 들이닥치겠지. 당연히 학교도 못 갈 테고. 친구들은 나를 무슨—그래, 복제인간처럼 바라볼 터였다. 인간이라고 볼 수 없는 존재. 아리엘을 언론으로부터 보호할 수도, 평범한 삶을 살 수도 없을 거다. 나는 눈을 감고 잠에서 깨려고 애썼다.

"들었어?"

주위의 소리를 모두 흘려보내던 참이었다. 들어서 뭐 해? 어차피 꿈속인데.

"아니." 내가 말했다.

엠마가 전화기에 대고 또 소리를 질렀다. "네가 아니야!"

"뭐라고?"

"들어 봐! 화면을 보라고!"

사진 한 장이 텔레비전을 가득 채웠다. 아름다운, 완벽한 얼굴이었다. 검은 머리에 커다랗고 푸른 눈. 아기 사진이었다.

"아담." 멀린 박사가 말했다. "이름은 아담입니다. 너무 어린 나이에 세상을 떠난 청년의 복제인간이지요. 청년의 부모님께서 생체 조직을 보존해 두었고, 이 아기가 그 결과물이지요."

카메라가 뒤를 비췄다. 간호사가 작은 포대기를 안고 무대로 올라와 카메라 앞에 아기의 모습을 보였다. 몰려 있던 기자들이 헉하고 숨을 들이쉬었다.

"엠마." 내가 전화기에 대고 말했다. "이거 꿈이지, 응?"

바보 같은 질문이라는 건 알지만, 꿈에서는 바보 같아도 괜찮으니까. 아무튼 이제 깨고 싶은 생각뿐이다.

"미란다, 꿈이 아니야. 넌 깨어 있어. 맹세할게." 엠마가 마침내 소리 지르기를 멈추고 말했다.

"꿈속에서 맹세하는 거지."

"아리엘한테 꼬집어 달라고 해."

"그게 무슨 도움이 되는데? 꿈에서도 꼬집을 수 있잖아."

전화벨이 울렸다. 어머니다.

"어머니 전화야." 내가 말했다.

"아줌마도 그럼 꿈이겠네?"

"끊지 말고 기다려."

"미란다?" 어머니가 말했다.

"네."

"혹시 지금 텔레비전 보고 있니?"

"네."

"그럼 진정하렴."

"진정했는데요. 이거 꿈이잖아요."

"아니, 애야. 꿈이 아니야. 전 세계가 동시에 똑같은 꿈을 꾸는 게 아니라면 말이지."

전화기가 손에서 빠져나갔다.

"미란다?" 멀리서 어머니 목소리가 들려왔다.

아리엘이 전화기를 집어 들었다. "어머니?"

두 사람의 이야기는 들리지 않았다. 나는 텔레비전을 멍하니 바라보았다.

멀린 박사가 이야기하고 있었다. "아담은 건강하고 모든 면에서 정상입니다."

"어머니 아버지가 첫 비행기로 돌아오신대." 아리엘이 알렸다. "엠마 언니도 오고 있대." 아리엘이 덧붙였다. "아무래도 생각했던 것보다 흥미로운 주말이 되겠는데."

나는 그저 화면만 뚫어지게 바라보았다.

"마저 들어 보는 게 낫겠어." 내가 말했다. "박사가 우리를 언급할 수도 있잖아."

기자 회견은 영원히 끝나지 않을 것만 같았다. 우리는 앉아서 멀린 박사가 우리 존재를 전 세계에 알리기를 기다리고, 기다리고, 또 기다렸다. 그러나 곧 기다림은 끝났다. 아니, 이야기는 끝나지 않았다. 이제 CNN은 닥치는 대로 다른 과학자와 국회의원을 인터뷰하고 있었다. 하지만 우리 이야기는 없었다. 어디에도.

"이해가 안 돼." 내가 말했다. "첫 번째 복제인간은 나잖아.

멀린 박사는 왜 저 아기라고 하는 거야?"

"아담." 아리엘이 말했다.

"아담." 내가 되풀이했다. "불쌍한 녀석. 하지만 아직도 이해가 안 돼."

"어쩌면 아담의 부모는 세상에 알리고 싶어 했는지도 모르지. 아니면 멀린 박사랑 모종의 거래를 했든지."

"우리는 알리고 싶어 하지 않았고. 박사도 우리 이야기는 할 수 없을 거야. 간을 얻기 위해 널 죽이려고 했잖아. 또 얼마나 많은 복제인간이 죽었는지 누가 알겠어. 이렇게 되면 박사는 아무런 불법도 저지르지 않은 셈이야."

"맞아, 정확하네."

로나 아줌마가 방으로 들어섰다.

"전화 통화를 하는 것 같던데."

로나 아줌마가 어디까지 알고 있는지 알 수가 없다. 아줌마는 바보가 아니다. 분명 많은 걸 알고 있을 터였다. 하지만 물어볼 때마다 아줌마는 그저 어깨를 으쓱하며 말하곤 했다. "부모님이 알아서 잘 하실 거야, 미란다."

"CNN에 떠들썩한 뉴스가 나왔어요." 내가 말했다. "첫 번째 복제인간이래요. 멀린 박사가 발표하던데."

아줌마의 얼굴이 새하얘졌다. "이름도 나왔니?"

"네, 제발. 아줌마, 말해 주세요. 다 아시잖아요, 안 그래요?"

"조금은 알아." 아줌마가 주저하며 대답했다. "이름이 뭐라던?"

"아담이요." 아리엘이 끼어들었다.

"아담? 남자애 이름이잖아."

"멀린 박사가 남자애를 복제했나 봐요." 내가 말했다.

"그래, 그래." 로나 아줌마가 고개를 끄덕였다. "아침은 뭘 먹을래?"

"아침이라고요?" 귀를 의심하며 내가 물었다. "지금 누가 아침을 먹을 수 있겠어요?"

"난 먹을 수 있는데." 아리엘이 대답했다. "파프리카 오믈렛 만들어 주실 수 있어요, 아줌마? 팬케이크랑요."

나는 아리엘을 빤히 바라보았다. "농담이지?"

"아니. 배고프다고!"

"엠마도 오고 있어요, 아줌마. 엠마 것까지 팬케이크 넉넉하게 만들어 주실래요?"

로나 아줌마가 고개를 끄덕이고 동의하듯 말했다. "엠마는 언제나 잘 먹지. 너도 그래야 할 텐데."

나는 침실로 가서 세수하고 이를 닦았다. 그러고 나서 갈색 칠부바지에 갈색과 녹색 줄무늬가 있는 반팔 셔츠를 맞춰 입었다. 프로그래밍되었다니 하는 말인데, 난 이런 재난 상황에서도 옷차림에 까다로운 사람이라고! 밖으로 나오니 아리엘도 옷을 갈아입은 상태였다. 그 애는 청바지에 새 샌들을 신고 주황색 폴로 티셔츠를 입은 채 다시 텔레비전을 보고 있었다.

"피셔 박사님, 이게 사실이라고 보십니까?" CNN 앵커가 물었다.

"전체 과정을 따로 분석해 확인해 보기 전에는 알 방도가 없습니다."

"듣기로는 이 이야기를 책으로 출간하기 위해 아담의 부모에게 상당한 돈이 지급되었다고 하는군요. 출판사 측에서 자체 의료팀을 고용했고요."

"저도 들었습니다. 저도 그 팀에 참여하고 싶네요."

그때 초인종이 울렸다.

"엠마!" 내가 외쳤다. "세상에, 다행이다."

36장

~~~~~~~~~~~~~~~~~~~~~~~~~~~~~~~~

"이거 팬케이크 냄새야?" 엠마가 차로 데려다준 조시 오빠에게 손을 흔들며 물었다.

"그래." 내가 나무라듯 엠마의 어깨를 툭 치며 말했다.

"우리가 알던 세계가 끝나 간다고 해서 배가 고프지 말란 법은 없잖아." 엠마가 항변했다.

나는 아리엘과 엠마를 따라 부엌으로 가서 두 사람이 음식을 먹어 치우는 걸 바라보았다. 그리고 마당에서 갓 딴 자몽 반쪽과 마멀레이드를 바른 토스트 한 쪽을 먹은 뒤, 아리엘의 오믈렛을 한 입 훔쳐 먹었다.

"뭐야!" 아리엘이 투덜댔다.

"그럼 이제 어쩌지?" 아리엘이 노려보는 눈길을 무시하며 내가 물었다.

"모르겠어." 로나 아줌마가 부엌을 나갈 때까지 기다렸다가 엠마가 대답했다. "지금까지는 너희 둘한테 아무 영향도 없을 것 같긴 해. 어쩌면 멀린 박사가 너희를 아예 빼놓으려는 건지도 몰라."

내가 침울하게 말했다. "우리가 이렇게 별 탈 없이 빠져나갈 수 있다고 생각한다면 그건 착각이야. 좋게 마무리될 리가 없어. 분명 뭔가 잘못될 거야. 사람들이 멀린 박사가 해 온 일을 샅샅이 뒤질 테니까 결국 우리에 대해서도 알아낼 거고. 게다가 네 번째 복제인간이 있을지도 모른다는 걸 잊으면 안 돼. 누군가 나를 곤란에 빠뜨리려 하고, 그건 오늘 발표랑 분명 어떤 식으로든 관련되어 있을 거야. 머리가 터질 것 같다."

"너희 아빠한테 물어보면 어떨까?" 내가 엠마에게 물었다. "우리가 어째야 할지 알려 주시지 않을까?"

"지금 엄마랑 사막에서 하이킹하고 계시지만 않다면 그렇겠지." 엠마가 말했다. "하지만 내일이면 돌아오실 거야. 메시지는 보내 놨어. 신호가 터진다면 더 일찍 오실 수도 있고."

"그러니까 결국, 멀린 박사가 뻑적지근한 발표를 한 이번 주말에 하필 양쪽 부모님이 모두 안 계시다는 거네."

엠마가 나를 빤히 바라보았다.

"박사가 계획한 걸까?"

"넌 어떤 거 같아?" 내가 되물었다.

"박사한테 우리를 감시할 만한 능력이 충분하긴 하지." 엠마가 천천히 말했다. "이상한 우연이긴 하잖아."

아리엘이 물었다. "부모님이 올 때까지 우린 뭘 하지?"

"머리가 터지지 않도록 조심해야지." 엠마가 말했다.

나는 부엌을 빠져나와 수영장으로 가서 의자에 주저앉았다. 여느 날처럼 아침을 배부르게 먹고 상황을 가볍게 넘기려는 엠마와 아리엘을 이해할 수 없다.

최악의 재앙이 닥친 날이다. 한 치의 의심도 없이 오늘부로 내 인생은 달라질 터였다. 하긴 내가 복제인간이란 걸 알게 된 순간 이미 돌이킬 수 없이 달라지긴 했지만. 하지만 지금까지는 적어도 평범한 삶을 꿈꿀 수 있었다. 어쨌든 그 누구도 사실을 알지 못했으니까. 이제는 아무리 애를 써도 꼼짝없이 세상에 알려질 거다.

더 착잡한 생각도 떠올랐다. 어쩌면 나 스스로 나서야 할지도 모른다. 그렇지 않으면 멀린 박사는 천재로 칭송받을 테니까. 악독하고 끔찍한, 자기밖에 모르는 진짜 모습은 가려지고 사람들의 존경을 받겠지. 살인자. 박사는 우리를 사람이 아니라 사고팔기 위한 재산으로 여겼다. 충분한 돈과 지원을 손에 넣는다면 박사가 또 얼마나 많은 우리를 만들어 낼까? 하지만 박사의 정체를 밝힌다면 나 자신뿐 아니라 아리엘과 부모님에 관한 진실도 만천하에 드러날 터였다.

부모님은 살인 모의로 감옥에 갈지도 모른다. 그럼 아리엘이랑 나는 어쩌지? 끔찍한 위탁 가정으로 보내져 괴물 취급을 받는다면? 감옥에서 고통받는 부모님에 대한 죄책감은 둘째치고라도 말이다.

엠마가 뒤따라오는 소리를 듣지 못한 나는 내 옆에 놓인 라탄 의자에서 인기척이 날 때까지도 알아채지 못했다.

"좀 어때?" 엠마가 물었다.

"방금 말한 것처럼 머리가 터지기 직전이지."

"알아, 나도 그래. 이제 무슨 일이 일어나도 이상할 게 없잖아, 안 그래? 우리 아빠만 해도 봐. 전부 알면서도 너희 부모님을 고발하지 않았잖아. 그게 문제가 되면 의사 면허를 잃을 수도 있는데도."

"거기까지는 생각 못 했어. 점점 더 최악이네."

"맞아. 그래도 아리엘을 너무 자극하면 안 될 것 같아. 아마 이게 뭘 의미하는지 모를 거야."

"그래, 네 말이 맞아."

"그럼 이제 어쩌지?" 엠마가 물었다.

나는 머리를 양손으로 감쌌다. 눈물이 터져 나오기 일보 직전이었다. 그때 전화벨이 울렸고 곧 아리엘이 밖으로 나와 손에 든 전화기를 탁자 위에 내려놓았다.

"부모님이 프랑크푸르트 공항에 계신대. 그래도 내일 아침까지는 못 오실 거야."

"차라리 잘됐어." 내가 중얼거렸다. "어차피 분명 상황만 악화시킬 거야."

아리엘이 얼굴을 찌푸렸다. "언니, 언니는 부모님한테 너무해. 두 분은 언니랑 화해하려고 여태 노력하셨잖아. 언니를 사랑하셔." 그리고 아리엘은 잠시 말을 멈췄다. "언니는 운이 좋은 거야."

또다시 전화벨이 울렸다. 모르는 번호였다. 나는 전화를 받았다.

"미란다." 조그마한 목소리가 들렸다.

"네."

"나 이브야."

"이브!" 나는 엠마와 아리엘에게 외쳤다. "이브 전화야!"

"잘 지낸대?" 엠마가 물었다.

"잘 지내?" 내가 물었다.

"지금까지는."

"그게 무슨 말이야?"

"멀린 박사님이 나를 완전히 잊은 것 같아. 여기가 어딘지도 모르겠어. 날 가뒀어. 박사님이 오지 않은 지도 몇 주나 됐고. 더는 검사를 하지도 않아."

"좋은 신호인지도 몰라."

"그럴지도 모르지. 박사님은 내가 다 나았대."

"정말 잘됐다." 나는 엠마와 아리엘을 향해 엄지손가락을 들어 보였다.

"응, 하지만 두통이 다시 시작됐어. 박사님은 나한테 관심이 없고. 뭐가 어떻게 돌아가는 건지 모르겠어."

나는 엠마와 아리엘을 보며 고개를 저었다. "자, 첫 번째로 할 일은 네가 어디 있는지 알아내는 거야. 널 거기서 꺼내 와야겠어. 누가 널 돌봐 주니?"

"간호사 몇 명."

"어떤 사람들인데?"

"하는 일이 없어."

"하는 일이 없다고……." 내가 중얼거렸다. "좋아, 그럼 간호사들이 방심한 틈을 이용할 수 있을 거야. 아니면 속여 넘기거나. 지금 전화는 어떻게 하는 거야?"

"거실에 있는 전화기를 슬쩍했어."

전화기 화면을 다시 확인했다. 발신자 표시 제한이 걸리지 않은 걸 보니 멀린 박사도 경계심이 약해진 모양이다. 지역 번호는 760이었다.

"이 근처네! 데저트야. 거기서 빠져나오기만 하면 널 찾을 수 있을 거야."

"이제 끊어야 해."

그리고 딸깍, 전화가 끊어졌다.

"들었어?" 내가 엠마와 아리엘에게 물었다.

"이 근처에 있대?" 엠마가 말했다.

"멀린 박사가 정부에서 자기나 이브를 찾아내지 못하도록 그 애를 멀리 데려갔을 거라고 생각했는데." 내가 말했다.

"아마 그랬을 거야. 이브가 알아차리지 못하게 비행기를 태워서 돌아왔을 수도 있지. 아니면 기억하지 못하게 약을 먹였거나. 이브는 괜찮대?"

나는 내가 들은 이야기를 전해 주었다.

"어쩌면 아담을 만들었다는 걸 발표하기 전에 이브를 처리하고 싶었는지도 몰라." 엠마가 말했다.

"그럴지도." 내가 동의했다. "불완전한 복제인간은 장사에 별로 도움이 안 될 테니까, 안 그래?"

"정말 그런 거라면 이브를 찾아내야 할 것 같은데." 엠마가 다급히 말했다.

"맞아. 멀린 박사가 무슨 짓인들 못 하겠어. 어쩌면 이브가 죽을 때까지 방치하는 건지도 몰라." 그때 번뜩 스치는 생각이 있었다. "예전 연구실에 이브를 가둬 둔 건 아닐까? 어떻게 생각해?"

"아냐, 우리 아빠가 연구실을 싹 치우고 멀린 박사 밑에서 일했던 사람은 전부 해고했어."

당연히 그랬겠지. 생각이 갈피를 잃었다. 이미 아는 사실이었는데.

"전화번호로 인터넷에서 주소를 검색할 수 있어." 내가 말하고 휴대폰을 집어 들었다. 그 번호를 사용하는 집은 깜짝 놀랄 만큼 가까이에 있었다!

"왜 이렇게 뻔한 데 이브를 가둬 놨지?" 엠마가 물었다. "너무 쉽잖아."

나는 잠시 생각에 잠겼다. 최악의 시나리오가 머릿속을 맴돌았다.

"장소는 중요하지 않은가 봐. 이브가 곧 죽을 거고 그럼 문제도 사라진다는 사실을 알아차린 거지."

아리엘과 엠마가 나를 바라보았다. 내 말이 그럴듯하다고 생각하는 게 눈에 보였다―사실 지나치게 그럴듯해서 문제였다.

"이브를 찾아야 해." 내가 말을 이었다. "설령 이브가 죽는대도 생판 모르는 남들 곁에서 죽게 할 수는 없어."

"하지만 어떻게?" 아리엘이 물었다.

"그래, 어떻게?" 엠마가 되풀이했다.

"이 후미진 데 사는 거 진짜 짜증 난다." 명백한 사실이었다. 물론 도시에 살았다 해도 아직 운전할 수 있는 나이는 아니지만 말이다. 캘리포니아 어디에서나 마찬가지로, 우리 동네에서도 늘 자동차나 자동차를 운전해 줄 부모가 필요했다. "자전거는 어떨까?" 내가 물었다.

두 사람이 고개를 끄덕였다. 달리 도리가 없었다. 운이 좋아 이브를 찾는다면 내가 거뜬히 뒤에 태울 수 있을 터였다. 아리엘은 얼마 전 새로 산 자전거가 있다. 나도 새 자전거가 있고, 부모님이 사용하는 오래됐지만 꽤 쓸 만한 자전거도 두 대 있다. 엠마가 어머니 자전거를 쓰기로 했다.

먼저 구글 지도를 확인한 뒤, 우리는 길을 나섰다―그 전에 아리엘이 우리 모두 선크림을 덕지덕지 바르도록 했다.

아리엘은 나와 자신이 온갖 병에, 특히 암에 걸릴 가능성이 크다고 생각해 거의 강박적으로 건강을 챙긴다. 하긴 우리 둘의 유전자가 또 무슨 문제를 일으킬지는 아무도 모르는 거니까.

45분을 달려 도착한 곳은 폴로(경기자가 말을 타고 스틱으로 나무 공을 상대편 골에 집어넣어, 득점수로 승부를 겨루는 경기) 경기장 근처였다. 커다란 저택이 모인 주택 단지가 눈에 들어왔다. 외부인은 출입이 제한되고 경비원이 지키고 서 있었다. 해결해야 할 문제가 하나 더 생긴 셈이다. 어떻게 안으로 들어가지?

37장

우리는 경비원이 우리를 발견하고 의심하지 않도록 문에서 멀찍이 떨어진 잔디밭에 옹기종기 모여 있었다. 모두 기진맥진한 상태였다. 챙겨 온 물을 반쯤 마시고 아리엘에게도 건넸다. 오늘은 겨우 40도다. 내내 46도였던 지난주와 비교하면 시원하게 느껴질 정도다.

"경비원이 믿을 만한 얘기를 생각해 낼 수 있을까?" 엠마가 물었다.

"모르겠어." 내가 대답했다. "호출할 사람이 있는 게 아니라면 들여보내 주지 않을 거야." 나는 단지를 둘러싼 벽을 바라보았다. "그렇게 높진 않네. 어쩌면 자전거를 딛고 기어올라 갈 수 있을지도 몰라. 눈에 띄지 않을 만한 곳이 있는지 주변을 둘러보자."

우리는 자전거를 타고 가장 가까운 옆길로 내려갔다. 길 끝에 다다르자, 단지가 거대한 골프 코스 안에 있다는 걸 알 수 있었다. 골프장 주변에는 아파트들이 세워져 있었다.

"골프 코스를 통해서 들어갈 수 있을 것 같아." 엠마가 말했다.

당연한 말이다. 평소에도 뒷길로 들어갈 수 있는 곳들에 왜 굳이 정문을 세우고 경비원을 두는지 늘 의아했다. 우리는 계속 자전거를 타고 가다 페어웨이(골프 코스에서 잔디가 고르게 깎인 지역)와 웅덩이가 만나는 부분에 있는 틈을 발견하고 자전거에서 내려 웅덩이를 건넌 뒤, 서둘러 페어웨이를 가로질렀다―머리에 골프공을 맞고 죽는 일만은 피하고 싶었다. 우리가 다다른 곳은 막다른 골목 뒤쪽이었다.

커다란 저택들이 서로 멀찍이 떨어져 있는 동네였다. 물론 수백만 달러짜리 집들이다. 나는 휴대폰으로 지도를 확인했다.

나는 주위를 둘러보았다. "우리가 지금…… 허밍버드 드라이브에 있네. 주소는 이쪽이야. 블랙버드 웨이." 손가락으로 가리키며 내가 말했다. 잠시 멈춰 위치를 가늠해 보았다.

"그러니까 저쪽으로 가야 해."

우리는 10분을 더 가서 블랙버드 웨이에 도착했다. 먼저 자전거를 타고 집 주변을 지나다니며 상황을 살핀 뒤, 몇 채 떨어진 집 앞에 멈춰 섰다. 이브가 있는 집은 길고 낮은 단층집으로 침실이 최소 서너 개는 있을 법한 크기였고, 자동차가 두 대 들어가는 차고도 있었다. 눈에 띄는 점은 없었다. 자전거를 세워 두고 아무렇지 않게 집 주위를 돌아다니며 창문을 살폈지만, 소용없는 일이었다. 빛도 전혀 새어 나오지 않고 창문은 모두 닫혀 있었다.

"이제 뭘 해야 하지?" 아리엘이 말했다.

"그냥 가서 문을 두드려 볼 수도 있어." 내가 말했다. "간호사가 나오면, 밀고 들어가는 거지. 이브가 우리 소리를 듣고 빠져나올 수도 있잖아."

엠마가 어깨를 으쓱했다. "그게 유일한 방법인 것 같은데. 그렇게 하자."

우리는 자전거를 끌고 집 쪽으로 다가갔다. 자전거는 길가 잔디밭에 두었다. 잔디는 지난달 내내 맹렬하게 내리쬔 햇볕에도 용케 푸르고 깔끔하게 관리되어 있었다. 우리는 문으로 다가갔다. 나는 잠시 멈춰서 용기를 끌어모은 뒤 문을 쾅쾅 두드렸다. 귀를 기울였지만 아무 소리도 들리지 않았다. 정적뿐이었다. 다시 한번 문을 두드렸다. 여전히 고요했다.

"어휴!" 내가 참았던 숨을 내뱉었다.

"이상하네." 엠마가 말했다.

"너무 이상해." 내가 말했다. "들어가야 할까?"

"당연하지." 나를 지나치며 아리엘이 말했다. "이브가 아플지도 모르잖아. 멀린 박사가 이브를 여기서 혼자 죽게 내버려뒀다 해도 놀랄 일은 아니지."

"맞아. 하지만 서두르자. 뭔가 이상해. 너무……."

"너무 B급 영화 같지." 엠마가 내 말을 마무리 지었다.

문은 잠겨 있지 않았다. 우리는 현관으로 들어섰다. 어둡고 서늘해 더위로부터 한숨 돌릴 수 있었다. 현관은 거실 겸 식당으로 이어졌다. 집은 전형적인 남서쪽 사막풍 가구로 채워져 있었다. 거실에는 소파와 안락의자가 놓여 있고, 소리가 꺼진 텔레비전 화면에서는 CNN이 나오고 있었다. 또 복제인간 이야기를 하는 것 같았지만, 애써 무시하고 주변을 살피는 데 집중했다. 앞쪽 창문은 천으로 덮여 있고, 식당에 걸린 더 기다란 천은 아마 뒤뜰로 향하는 미닫이문을 가리는 것 같았다.

"저기요!" 내가 소리쳤다. "저기요!"

아무 대답이 없었다. 사람이 없는 공간 특유의 고요함이 깃든 집이었다.

"흩어지자." 내가 말했다. "엠마, 나랑 같이 침실로 가자. 아리엘은 부엌이랑 뒷마당을 살펴봐. 이브는 못 찾아도, 적어도 여기 있었다는 증거가 있을지 몰라."

아리엘이 먼저 출발하고 우리도 뒤를 따랐다. 뭔가 잘못되었다는 느낌이 들었다. 게다가 공기 중에 이상한 냄새가 감돌았다. 서둘러 첫 번째 침실로 들어가 보니 침대 두 개가 있는 방이었다. 옷장에는 이브 또래의 여자아이에게 맞을 법한 옷들이 걸려 있었다. 그러니 이브가 여기 있거나, 적어도 있었을 터였다. 욕실을 살펴보니 칫솔 세 개가 눈에 들어왔다. 거실에는 서재로 통할 법한 문이 하나 있었다. 문을 열어 본 나는 헉하고 숨을 들이켰다. 침대 두 개와 각종 장비, 전선, 천장의 조명까지, 완벽한 수술실이었다. 안에서는 묘한 냄새가 났다. 내가 안으로 들어서자 엠마도 뒤를 따랐다.

"뒤쪽 침실 두 곳은 텅 비었어." 엠마가 말했다. "세상에, 이게 다 뭐야!"

바로 그때 손가락에 이상하게 간지러운 느낌이 들었다. 이내 무릎이 휘청거리더니 머리가 핑핑 돌기 시작했다. 뒤에서 엠마가 말하는 소리가 들렸다.

"미란다, 나 상태가 좀……."

엠마는 말을 끝맺지 못했다. 뒤로 돌아서자 바닥에 쓰러진 엠마가 보였다. 머리가 뱅뱅 돌고 귓속에서는 폭풍이라도 몰아치는 듯 휭 소리가 울렸다. 아리엘이 방으로 들어섰다. 바닥에 쾅 주저앉는데 아리엘이 보였다. 그 애가 가까이 다가오자 나는 손을 붙잡았다.

"엠마를 내보내야 해." 내가 간신히 속삭였다.

아리엘이 엠마를 끌어낸 뒤 다시 돌아왔다. 그리고 나를 부축해 일으켜 세우고 밖으로 나가 신선한 공기를 마시게 했다. 나는 숨을 몰아쉬며 잔디에 누운 엠마 곁에 쓰러졌다.

"언니, 내 말 들려?" 아리엘이 말했다.

점점 머리가 맑아지고 귓속의 소리가 잦아들자, 나는 엠마 쪽으로 기어갔다. 엠마는 눈을 뜨고 있었다. 엠마가 나를 잠시 바라보더니 입을 열었다. "대체 방금 무슨 일이 일어난 거야?"

"함정이었던 것 같아. 집 안에 가스가 있었어. 아리엘이 밖을 살펴보러 나가지 않았더라면 우리 모두 나가떨어졌을 거야. 아리엘, 물 좀 줄래?"

아리엘이 자전거로 뛰어가 물을 가져왔다. 나는 엠마가 일어나 앉도록 도왔다. 우리는 병에 있는 물을 벌컥벌컥 들이켰다.

"누군가 우릴 해치려는 거라면, 여기서 최대한 빨리 벗어나는 게 좋겠어." 엠마가 말했다.

맞는 말이었다. "일어날 수 있어?" 내가 물었다.

엠마가 천천히 일어섰고, 나도 일어섰다. 머리를 망치로 얻어맞은 것 같았다. 우리는 휘청거리며 자전거에 올라타 천천히 페달을 밟았다. 내가 앞장섰고, 우리는 정문을 지나 팜데저트 쪽으로 향했다. 10분쯤 지나자 왼편 골목 안쪽으로 작은 상가가 보였고, 아이스크림 가게도 눈에 들어왔다. 우리는 골목으로 들어서 자전거를 세운 뒤 가게에 들어가 스무디를 시키고 자리에 앉았다.

"이게 무슨 일이야?" 엠마가 숱 많은 머리카락을 잡아당겼다. 엠마의 머리는 더위 속에서 자전거를 타느라 온통 부스스했고 눈은 혼란으로 가득했다.

나는 고개를 내젓고 스무디를 들이켰다.

"독성 가스였을까?" 내가 물었다.

"분명히 그랬겠지." 엠마가 말했다.

"그 집에 위장 폭탄이 설치되어 있었을까?" 아리엘이 물었다.

"우리가 문을 열면 가스가 새어 나오게 설계해 놨는지도 몰라." 엠마가 대답하더니 말을 멈췄다. "네가 바깥을 살펴보지 않았더라면 우린 다 죽었을 거야." 엠마가 아리엘에게 말했다.

아리엘이 고개를 끄덕였다. "맞아, 명백한 사실이야."

"그렇게 명백하진 않아." 내가 말했다. "그게 무슨 가스였는지 모르잖아. 어쩌면 우리를 죽이진 않고 그냥 기절시키려고만 했을 수도 있어."

"왜?" 아리엘이 물었다.

"멀린 박사가 다시 네 뒤를 쫓는 거 아닐까?" 아리엘을 바라보며 내가 물었다. "이브를 고칠 수가 없어서 널 되찾으려는 걸지도 몰라. 어쨌든 넌 완벽한 복제인간이잖아."

"그래서 우리 모두를 기절시키고 아리엘을 데려간다." 엠마가 말했다. "그 이론에 따르면 너랑 나는 어떻게 되는데?"

"우리 둘은 다시 눈 뜨지 못할지도 모르지." 내가 말했다. "너무 많은 걸 알고 있으니까."

"어떻게든 살아남더라도, 아무도 우리를 믿지 않을 거야. 네가 이미 못된 짓을 잔뜩 저질렀잖아."

게다가 부모님은 아리엘을 데려오려고 애쓰지도 않겠지. 아리엘 앞에서 차마 소리 내어 말하지 못하고 나는 속으로 말했다.

"하지만 멀린 박사한테 내가 왜 필요하겠어?" 아리엘이 물었다. "아담이 있잖아."

"아담은 아직 아기잖아." 내가 대답했다. "만약 크면서 이브처럼 문제가 생기면 어떡해? 아니면 나처럼. 자기가 완벽한 복제인간을 만들 수 있다는 걸 보여 줄 보험과 증거가 필요한 거야. 토 나오는 아기 장사 계획은 말할 것도 없고. 예쁜 금발 아기……."

잔뜩 햇볕에 그을렸는데도 등골이 서늘했다. 우리를 기다리는 일이 바로 그걸까? 멀린 박사가 우리를 놔주는 날이 오긴 할까?

"우리가 분명 이브를 찾아 나설 거라고 박사가 예상했다고 치자. 그 말은 이브가 우릴 속였다는 뜻일까?" 엠마가 물었다.

"아니야!" 아리엘이 외쳤다.

"하지만 멀린 박사가 이브를 이용해 우리를 그 집으로 끌어들인 걸 수도 있어." 내가 말했다.

"만약 그게 사실이라면 박사는 정말로 나쁜 사람이야." 아리엘이 작은 목소리로 말했다.

"박사가 눈 하나 깜짝 않고 우릴 죽일 사람이란 건 확실해." 내가 말했다. "저번에 이브를 구하려고 했을 때 이미 알아봤잖아. 이제 어쩌지?"

"그래도 이브를 찾아야 할 것 같아." 아리엘이 말했다. "이 모든 일을 전혀 모르고 있을 수도 있잖아. 위험한 상황일지도 모르고."

"하지만 지금은 우리도 위험해." 엠마가 말하고 나를 바라보았다. "미란다, 사실을 알리는 게 나을 것 같아."

"온 세상에 멀린 박사가 악마라고 알리자고?"

"그래!" 엠마가 말했다. "악마 **맞잖**아. 분명 박사가 배후에 있어. 또 무슨 짓을 하는지 누가 알겠어? 복제인간을 만들고 불완전해서 마음에 안 들면 없애 버리고 있는지도 모르잖아. 박사를 막아야 해."

"안 돼!" 아리엘이 외쳤다. "그럼 우리가 복제인간이라는 것도 알려질 거야. 우리 인생은 끝장이야."

"아리엘 말이 맞아." 내가 말했다.

"우리 아빠는 늘 옳은 이유로 옳은 일을 해야 한다고 말했어." 엠마가 내게 말했다. "결과는 신경 쓰지 말고. 어떤 결과가 닥칠지는 알 수 없으니까."

"아니, 난 알아." 내가 말했다. "CNN이랑 온갖 싸구려 잡지가 우리 인생을 집어삼키겠지. 다시는 평범한 삶을 살지 못할 거야."

387

"이브는 어떡하고?" 아리엘이 끼어들었다. "우리가 박사의 정체를 폭로하려는 걸 알면 이브를 해칠 거야. 이브가 걸림돌이 될 테니 죽게 내버려두겠지."

"그 말도 맞아." 내가 동의했다.

"멀린 박사가 체포되면 우리 부모님도 체포되지 않을까?" 아리엘이 물었다. 별로 생각하고 싶지 않았던 주제다. "부모님이 연구에 돈을 댔고 나를 미란다 언니 부속품으로 쓰려고 했잖아. 경찰에서 그걸 문제 삼지 않을까?"

나는 자리에 앉아 상황을 정리하려 애썼다. 엠마 말이 옳다는 건 알고 있다. 하지만 아리엘이 실험실 쥐로 낙인찍힌 채 평생 살아가게 해도 되는 걸까? 분명 그렇게 될 텐데. 솔직히 말하면 나도 그런 삶을 살고 싶지 않다. 그게 잘못일까? 게다가 아리엘의 말도 일리가 있다. 어쩌면 이브는 순진하게 속고 있는 건지도 모른다. 아니, 어쩌면 아예 관련이 없는지도 모른다. 그저 멀린 박사에게 버려져 죽음을 기다리고 있을지도. 부모님 문제도 있다. 부모님한테 화가 나긴 했지만, 그렇다고 감옥에 보내 버릴 정도인가?

바로 그때 휴대폰이 울렸다.

"여보세요?" 나는 가방에서 휴대폰을 낚아채 전화를 받았다.

"미란다 언니?"

"이브?"

"나 도망쳤어! 지금…… 지금은 약국에……."

"어디라고?"

"잠깐만." 잠시 아무 소리도 들리지 않았다. "111번 고속도로랑 워싱턴 대로 교차로에 있는 웨스트필드 쇼핑몰이야."

"거기 있어. 어디 가지 말고." 나는 전화를 끊었다. "엠마, 오빠한테 전화할 수 있어? 우리 좀 태우러 와 줄 수 있을까? 이브가 도망쳐서 쇼핑몰에 있대. 아까 그 가스 사건 때문에 자전거에 이브를 태우고 집까지 갈 자신이 없어."

엠마가 휴대폰으로 손을 뻗는 걸 보며, 나는 우리가 친구를 구하려는 건지 적을 구하려는 건지 궁금해졌다.

38장

─────────────────────────────

　조시 오빠를 기다리는 동안 우리는 이브를 뭐라고 소개해야 할지 머리를 맞대고 고민했다. 곧 오빠가 차를 타고 나타나 자전거를 싣는 걸 도와주었다.

　엠마가 방금 꾸며 낸 이야기를 늘어놓았다.

　"오빠, 이건 비밀이야. 엄마 아빠한테는 말고. 집에 오시면 어차피 이야기할 거니까. 오빠 친구들한테만."

　"왜?" 조시 오빠가 물었다. 엠마와 나는 오빠 학교 친구들을 많이 안다. 몇몇은 꽤 잘생기기까지 했다.

　"사실 이게 다 양육권 싸움이거든. 있잖아, 아리엘은 쌍둥이야. 아리엘이 여기 왔을 때……."

"네 사촌이 고아인 줄 알았는데." 오빠가 내게 말했다. "너희 부모님이 입양해서 네가 동생이라고 부른다고 들었어."

"사촌인 건 맞아." 내가 말했다. "하지만 저 애 아빠는 살아 있거든. 그분이 다른 쌍둥이를 데려가서 길렀어."

"이상하네."

"맞아." 내가 말을 이었다. "문제는 이거야. 우리 엄마는 그 애 아빠를 아주 싫어해서 말도 섞지 않거든. 그런데 한 달 전에 아리엘의 존재를 알아낸 이브가―이게 쌍둥이 이름이야―도망쳐서 여기로 온 거야. 아무한테도 말하면 안 돼!"

"그러면 안 되지." 조시 오빠가 말했다. "지금쯤 그 애 아빠가 엄청 걱정할 거 아니야. 경찰을 부를걸."

"아니야. 이브가 이 근처 친구네 집에서 지낼 거라고 말한 데다 매일 전화도 하거든. 이브 아빠는 이게 교환 학생 프로그램이라고 생각해."

조시 오빠가 고개를 삐딱하게 기울이고는 우리 셋을 물끄러미 바라보았다.

"좋아. 내가 들어 본 중 제일 바보 같은 얘기다. 진실은 뭐야?"

"이브는 복제인간이야." 엠마가 한숨을 내쉬었다.

"엠마!" 내가 소리쳤다.

오빠는 웃음을 터뜨렸다.

"알겠어, 말하지 마. 그냥 너희가 무모한 짓을 하지 않길 바랄 뿐이야. 엄마 아빠한테도 이야기한다니 그렇게 나쁜 짓은 아니겠지. 이제 그 말도 안 되는 복제인간 쌍둥이를 데리러 가 보자."

나는 힘없이 미소 지었다. 111번 고속도로를 따라가자 정신없이 주위를 둘러보며 홀로 서 있는 이브가 보였다. 건강해 보여서 다행이었다. 이브는 간호사가 입혔을 소매 없는 흰색 원피스를 입고 있었다.

조시 오빠가 차를 세우자 이브는 말 그대로 훌쩍 올라탔다. 나는 창가에 앉아 있었고, 아리엘이 중앙으로 한 칸 자리를 옮기자 이브가 그 옆에 안전띠를 매고 앉았다.

엠마가 앞 좌석에서 뒤를 돌아 우리를 바라보았다. "다들 괜찮지?"

이브가 불쑥 팔을 뻗어 아리엘을 껴안았다. "이제 괜찮아. 여기서 빠져나가자."

나는 손을 뻗어 이브의 손을 꼭 붙잡았다. 이브가 살아 있는 것만 봐도 마음이 놓였다.

차 안에서는 조시 오빠 때문에 누구도 별다른 말을 할 수 없었다. 어차피 오빠가 노래를 크게 틀어 두었고, 우리는 가만히 앉아 집에 도착하기만을 기다렸다.

"저녁 먹을 때 데리러 올게." 조시 오빠가 엠마에게 말했다. "엄마 아빠가 그때쯤 올 거야. 저녁은 배달시킬 거고."

"고마워, 오빠. 오빠도 노력하면 꽤 괜찮은 오빠가 될 수 있네."

조시 오빠가 씩 웃었다. "이따 봐."

집 안으로 들어서며 엠마가 말했다. "아무래도 오빠가 너를 좋아하는 것 같아."

"나를?"

"그래, 너. 원래 내 부탁 절대 안 들어주거든. 갑자기 왜 저러겠어?"

조시 오빠는 아주 귀엽게 생겼다. 꼬불거리는 검은 머리에 키도 크다. 좀 깡마르고 여드름도 많긴 하지만 봐줄 만한 정도다. 더 중요한 건 오빠가 좋은 사람이라는 거다. 웃기고, 똑똑하고, 조금 순진하기도 하다. 하지만 내 진짜 모습을 알면 절대 나와 데이트하지 않겠지. 나는 인상을 찌푸렸다.

"너희 오빠가 괴물이랑 사귀기를 바라진 않겠지."

"넌 괴물이 아니야." 엠마가 나무라듯 팔을 살짝 때리며 말했다.

그러는 동안 이브와 아리엘은 쉴 새 없이 수다를 떨고 있었다. 엠마와 나는 그 뒤를 따라 부엌으로 들어섰다. 우리는 냉장고를 털어 차가운 닭고기, 파스타 샐러드, 머핀과 레모네이드를 찾아냈다. 로나 아줌마는 보이지 않았다. 우리 곁에서 이브가 어찌나 행복해 보였는지, 이브가 우리를 함정에 빠뜨렸을지도 모른다는 생각은 머릿속에서 지워 버렸다. 이브가 눈치채지 못하게 그 애를 관찰했지만, 이브는 어떤 죄책감이나 어색함 없이 행동했다.

우리는 식탁에 앉아 허겁지겁 음식을 먹어 치웠다. 마침내 배가 고파 기절할 지경에서 벗어나자 나는 이브에게 나지막이 물었다. "기분은 좀 어때?"

이브가 고개를 내저었다. "가끔은 괜찮아. 가끔은 안 좋아."

"몸 상태가 어떤지는 모르고?" 엠마가 물었다.

"응, 몰라."

"어떻게 빠져나왔어?" 내가 물었다.

"한번 마음먹으니까 어렵지 않았어. 창문으로 기어 나왔어. 자물쇠가 쉽게 열리더라고."

"멀린 박사가 왜 다시 널 이 부근으로 데려왔을까?" 내가 물었다.

"꽤 쉽게 탈출했네." 엠마가 덧붙였다. "간호사들은 어쩼어?"

"그때는 둘 다 부엌 아니면 거실에 있었던 것 같아. 왜?"

"아까 우리가 널 찾으러 그 집에 갔었거든. 간호사들도 없고 텅 비어 있었어. 그리고 웬 가스 때문에 거의 죽을 뻔했어. 최소 기절이었지."

이브가 우리를 빤히 바라보았다. "그런 끔찍한 일이. 간호사들이 왜 그런 짓을 하겠어? 아마 사고였을 거야."

"뉴스 봤니?" 내가 물었다.

"아니."

거실에 텔레비전이 켜져 있던 사실을 떠올리며 나는 이브의 대답을 마음에 새겨 두었다. 하지만 방에만 갇혀 있었다는 이브의 말이 사실이라면, 아마 텔레비전도 보지 못했을 터였다.

"멀린 박사가 새로운 복제인간을 만들었어. 남자애야." 내가 설명했다. "그리고 그 사실을 세상에 알렸지. 박사가 우리를 제거하려는 것 같아."

이브는 잠시 아무 말도 하지 않았다.

"그럴 수도 있겠어." 이브가 주저하듯 말했다. "완벽한 아리엘이 아니라 내가 돌아왔다는 걸 알았을 때, 박사님은 엄청 화가 났거든."

엠마가 말을 꺼내기 전까지 모두 아무 말 하지 않았다.

"정말로 네가 나서서 사실을 털어놔야 할 것 같아." 엠마가 내게 말했다.

"안 돼!" 이브가 외쳤다.

나는 깜짝 놀라 그 애를 보았다. 다시 만난 이후 가장 감정적인 반응이었다.

"왜?"

이브는 진정하려고 안간힘을 쓰는 것 같았다. "언니랑 아리엘이 어떻게 될지 생각해 봐."

"알아, 나도 그게 고민이야."

"하지만 적어도 죽지는 않을 거 아니야." 엠마가 낮고 확고한 목소리로 말했다.

"죽는 게 나을지도 몰라." 내가 반박했다. "누가 알겠어? 온갖 언론의 관심 때문에 삶은 엉망이 되고 우린 보호받지도 못할 거야."

"그게 문제가 아니야." 엠마가 말했다. "박사의 정체를 밝히는 게 문제지. 위험한 사람이잖아. 온 세상이 알아야 해."

"그것보다도 먼저 이브를 어떻게 할지 결정해야 해." 내가 말했다.

"무슨 뜻이야?" 이브가 물었다.

"어머니 아버지한테 네가 여기 있다고 알리는 게 나을까?"

"두 분은 나를 별로 좋아하지 않으셨어."

"게다가 부모님이 아직 멀린 박사랑 연락할지도 몰라. 난 두 분을 안 믿어. 비밀로 하는 게 낫겠어."

"우리 집에서 지내도 돼." 엠마가 제안했다. "이브가 아프면 우리 아빠가 봐 줄 수도 있고, 사람들한테는 아리엘이라고 하면 되니까 그게 낫겠어. 엄마 아빠가 이미 이브를 알고 있기도 하고……."

"그게 제일 낫겠다." 내가 말했다. "이브, 괜찮겠니?"

이브가 미처 대답하기 전에 전화벨이 울렸다. 내가 전화를 받았다. 어머니였다.

"이제 뉴욕이야." 어머니가 말했다. "오늘 저녁 늦게 도착할 거야. 좀 어때, 애야?"

"괜찮아요." 내가 말했다.

"미란다, 괜찮을 리가 없잖아."

"이따 뵈어요."

"이따 보자." 어머니가 똑같이 대답했다.

"부모님은 저녁 늦게 도착한대." 내가 모두에게 알렸다. "분명 두 분 때문에 상황이 더 나빠질 거야."

"부모님은 항상 언니를 위한 최고의 선택을 하시잖아." 아리엘이 부모님 편을 들었다.

"두 분을 위한 최고의 선택이겠지." 내가 말했다. "생각을 해 봐. 부모님의 돈과 지원이 없었다면 멀린 박사는 우리 중 누구도 만들지 못했을 거야. 그럼 이제 와서 우리를 제거할 필요도 없겠지. 하지만 두 분이 어떻게 했지? 정말 이기적인 짓이었어. 제시카의 죽음을 가지고 장난치지 말았어야 해. 그건 제시카와 제시카의 삶을 위해서가 아니었어. 두 분 자신을 위해서지. 두 분이 미워!" 내가 불쑥 외쳤다.

모두 나를 가만히 바라보았다. 엠마가 내 손을 토닥였다. "마음 깊은 곳에서는 두 분을 사랑하니까 미워할 수도 있는 거야." 엠마가 부드럽게 말했다.

"그건 네 생각이지." 어쩌면 그 말이 맞을 수도 있다는 생각을 애써 털어 내며 내가 대답했다. "애들아, 너무 덥다. 누구 수영할 사람?"

"나!" 아리엘이 외쳤다.

"그럴 줄 알았어." 엠마가 씩 웃었다. "이브는?"

"발만 담글래. 머리가 좀 아파서."

엠마는 혹시 필요할까 봐 우리 집에 수영복을 놔 둔다. 우리는 눈앞에 닥친 일과 누군가 우리를 없애 버리려 한다는 사실을 잊으려 애쓰며 물을 첨벙거렸다.

*

부모님은 자정 직전에 돌아왔다. 그 전에 이브는 무사히 엠마네 집으로 갔다. 인사를 나눈 뒤 아버지는 양해를 구하더니 서재로 갔고, 어머니는 샤워실로 향했다. 나는 서재 문 앞에서 얘기를 엿들었다. 어쩔 수가 없었다! 아직도 부모님을 믿을 수가 없으니.

"만나서 얘기해요." 아버지 목소리가 들렸다. "우리가 박사를 건드릴 수 없다고 생각합니까? 시간과 장소를 정해서 만나는 게 좋을 겁니다. 누가 이 돈을 다 댔는지 생각해 봐요. 아담네 가족은 소설과 영화 판권, 신문 제보로 수백만 달러를 벌겠지요. 우리는? 세상에, 연구 전체를 지원한 게 누군데. 우린 파산할 지경이라고!"

나한테는 들리지 않았지만, 멀린 박사가 무어라 대답하자 아버지가 말했다. "우리가 세상에 알리기를 원치 않았던 건 사실입니다! 하지만 분명 다른 복제인간에 관한 불편한 질문이 쏟아질 텐데요, 안 그래요?" 아버지가 다시 귀를 기울였다. "사실이에요, 우리가 아무런 조치도 취하지 않았죠. 하지만 박사도 우리에게 빚을 진 겁니다."

또 한 번 침묵. "그 가족이 판권으로 번 돈이 박사한테 한 푼도 떨어지지 않았다고는 못 하겠지요." 아버지가 다시 말을 멈췄다. "그럼 아담 가족 말고 박사의 몫을 나누면 되지 않습니까." 다시 침묵. "박사의 비밀이 세상에 알려지기를 원치는 않겠지요, 안 그래요?" 침묵. "아니, 우리도 마찬가지입니다. 좋아요. 내일 봅시다." 아버지는 전화기를 내려놓았다.

나는 방으로 들어섰다. 아버지가 나를 바라보았다.

"어디까지 들었니?"

"전부요. 이젠 박사랑 협상까지 하시는 거예요? 박사는 절대 멈추지 않아요. 하다못해 살인을 저지르는 한이 있어도요. 박사를 믿으면 안 돼요!"

나는 두꺼운 가죽 의자에 주저앉았다.

"제가 했다고 의심받았던 짓들을 박사가 꾸민 것 같아요." 내가 말했다. "저와 우리 가족을 음해하려는 거예요."

"그게 가장 합리적인 설명인 것 같구나." 아버지가 말했다. "네가 벽에 낙서하거나 도둑질을 할 리는 없으니까, 미란다. 아리엘이 그런 게 아니라면 말이야. 아니면 네 번째 복제 인간이거나. 이브일 수도 있고." 아버지가 덧붙였다.

"그럴 리가요. 이브는 아파요, 잊으셨어요? 아리엘은 더더

400

욱 아무 상관 없어요!"

그것만은 확실하다. 물론 아리엘만 가스를 피하긴 했지만…… 아니, 우리를 구해 낸 게 바로 아리엘이었지! 아, 정말 미칠 지경이다! 이젠 하다 하다 아리엘까지 의심하다니!

아버지가 다가오더니 어깨를 토닥였다.

"걱정하지 마, 미란다. 다 해결될 거야. 그리고 어쨌든 벤처 기업을 인수하는 데 서명했으니 큰 문제는 없어."

어머니가 방으로 들어섰다.

"그리고 미란다, 누구도 널 해치지 못할 거야. 믿어도 좋아." 어머니가 가운을 단단히 죄며 단호한 말투로 말했다. "그건 확실해."

부모님을 믿을 수만 있다면 얼마나 좋을까.

나는 서둘러 방으로 돌아와 엠마에게 전화를 걸었다.

"어떻게 됐어?" 내가 물었다.

"뭐, 부모님이 이브를 보고 조금 놀라긴 했어. 사실 조금보다는 더 놀랐지."

"그래도 괜찮으시대?"

"멀린 박사가 다시 나타났다니까 걱정했어. 가스 얘기는 안 했고. 알잖아. 다시는 밖에 혼자 못 나가게 할걸."

"맞아." 내가 말했다. "알겠어, 아줌마 아저씨가 계실 때는 그 얘기 안 할게."

"음, 있잖아, 미란다."

"뭔데?"

"우리 아빠는 네가 이 사건을 꼭 공개해야 한다고 생각해. 박사가 우리한테 무슨 짓을 하려고 했는지 모르는데도 박사는 위험한 사람이래." 엠마가 말을 멈췄다. 뭔가 더 있는 게 분명하다.

"말해."

"네가 말 안 하면, 아빠가 하겠대."

얼굴에 열이 오르는 게 느껴졌다.

"그렇게 말씀하셨어? 아저씨는 믿을 수 있을 줄 알았는데! 믿을 수 있는 유일한 분이었는데! 내가 원치 않는데도 그러는 이유가 뭐래?"

"아빠는 어른이니까. 어른이라면 때때로 힘든 결정을 내려야 할 때가 있대. 그게 옳은 일이라는 걸 안다면."

생각을 하려 애썼다. "좋아, 알겠어. 며칠만 더 달라고 이야기해 줘, 알겠지? 좀 더 생각을 해 봐야겠어."

"그 정도는 지금으로선 아빠도 이해할 거야. 미안해, 미란다. 이미 해결할 일이 산더미 같을 텐데."

"아니, 어차피 다 서로 연관된 일인데 뭐, 안 그래? 이 와중에 우리 아빠는 멀린 박사랑 협상하느라 바쁘고 말이야."

"말도 안 돼!"

"아니, 사실이야."

"어떻게 아직도 박사를 믿으실 수가 있어?"

"우리 부모님은 현실을 있는 그대로 보기를 거부해. 색안경을 낀 것처럼. 자기들만의 현실을 만들어 내지." 나는 한숨을 쉬었다. "내가 그 살아 있는 증거 아니겠니?"

"맞는 말이야. 가서 이브 잘 있나 봐야겠다. 좀 자."

"너도. 아침에 보자."

전화를 끊고 나서도 아주 오랫동안 허공을 바라보며 침대 위에 그대로 앉아 있었다. 멀린 박사가 또 무슨 계획을 세워 뒀을까?

39장

월요일 아침, 학교에서 또 무슨 일이 벌어질지 몰라 잔뜩 긴장되었다. 누가 내게 누명을 씌우려고 할까? 나를 죽이려 할까?

영어 수업 시간이지만 집중할 수가 없었다. 멀린 박사와 아버지가 어제 나눈 대화가 머리에 맴돌았다. 인수 계약이 탈 없이 마무리되었는데도 아버지는 멀린 박사에게 돈을 나눠 달라고 했다. 그냥 욕심에서일까, 아니면 정말로 내 건강이 걱정되어서 그런 걸까? 아버지는 확실히 멀린 박사의 실험을 멈추거나 정체를 폭로하는 데는 관심이 없다. 하긴 그럴 만도 하다. 아버지가 박사의 최대 지원자였으니까. 그 모든 일이 가능했던 건 결국 아버지 덕분이었다. 반대로, 엠마네 아저씨는 세상에 진실을 알려야 한다고 생각한다. 그게 박사를 막을 유일한 방법이니까. 하지만 멀린 박사가 세상에 알려진 지금, 우리 세 사람—나, 아리엘, 이브—가 더 중요하다는 것도 알고 있다. 우리가 평온한 삶을 살아가는 게 중요하다. 아저씨가 우리 인생을 망치고 싶어 하실 리는 없다.

정말 돌겠군! 점점 더 미궁 속으로 빠져드는 것만 같다. 내가 사실을 밝히면 부모님이 감옥에 갈 수도 있다. 과연 그걸 감당할 수 있을까? 게다가 아리엘과 내가 알던 삶도 끝장나겠지. 그러니 아버지가 멀린 박사로부터 원하는 만큼 돈을 뜯어내도록 내버려두고, 아무 일도 없었다는 듯 다시 시작하는 게 최선일지도 모른다. 그것참 합리적인 결론이라고 속삭이는 마음의 소리가 들렸다. 하지만 그렇게 되면 멀린 박사가 얼마나 나쁜 사람인지 아무도 모를 테고, 아리엘이 마치 사람도 아니라는 듯 죽임을 당할 뻔했다는 사실도 잊히겠지. 이브와 내가 겪은 신체적인 문제나—희귀 유전병에 걸렸으니까—정신적인 고통도 영영 드러나지 않을 터였다. 괴물로 살아가는 건 전혀 즐거운 일이 아니다. 늘 걱정이 가득하겠지. 머리가 아프면, 뇌종양인가? 처음 흰머리가 나면, 조로증인가? 우울한 마음이 들면, 내가 돌아 버렸나? 멀린 박사는 모든 게 너무나, 너무나 완벽한 것처럼 떠들어 댄다. 하지만 이브는 완벽하지 않다. 나도 병으로 거의 죽을 뻔했고. 게다가…….

요란한 화재 경보음 때문에 내 생각은 거기서 멈추었다.

교실의 모두가 앓는 소리를 냈다. 아이들은 줄지어 나가면서 화재 훈련이라고 생각했고, 뜨거운 태양 아래 서 있을 생각에 투덜거렸다. 연기 냄새를 맡기 전까지는. 모두 서두르기 시작했다.

밖으로 나오니 이미 소식이 빠르게 퍼지고 있었다. 수가 나와 엠마에게로 다가왔다.

"화학실에서 누가 뭘 터뜨렸대."

나는 눈을 굴렸다. 또? 1년에 한 번씩은 있는 일이다.

"일부러!" 수가 덧붙였다.

"그게 무슨 말이야?" 내가 물었다.

"화학실은 비어 있었어. 누가 들어가서 그런 짓을 한 거야."

"아리엘을 찾아보자." 나는 엠마에게 말했다.

소방차가 막 도착해서 소방관들이 건물 안으로 급히 들어섰다. 아리엘은 쉬는 시간을 만끽하며 친구들과 수다를 떠는 중이었다.

"뭔 일이야?" 아리엘이 물었다.

별수 없이 웃음이 나왔다. 얼마 전이었다면 "무슨 문제가 있어?"라거나 "왜 나를 찾아다닌 거야?"라고 말했을 텐데.

"아무것도 아니야." 내가 대답했다. "그냥 인사나 하려고."

아리엘은 여동생 특유의 표정을 지어 보였다. '그래, 인사 다 했지? 창피하게 굴지 말고 이제 저리 가'라는 표정이었다. 그걸 눈치챈 엠마와 나는 자리를 떴다. 적어도 아리엘이 무사하다는 걸 알아서 다행이다. 선생님들도 학생들이 계속 햇볕에 노릇노릇 구워지게 내버려둘 수는 없었다. 기온이 49도나 되는 날이다. 소방관들이 상황을 마무리 짓자마자 다시 벨이 울렸고 우리는 교실로 돌아갔다.

하지만 자리에 앉은 지 5분도 지나지 않아 또 스피커가 울렸다. "미란다 마틴 학생은 교무실로 와 주시기 바랍니다."

나는 신음하며 아이들에게 외쳤다. "내가 한 게 아니라고!"

다들 웃음을 터뜨렸다. 반 아이들 모두 나와 함께 있었으니, 이번 일은 쉽게 증명될 터였다. 애초에 벽에 낙서한 게 나라고 믿는 사람도 아무도 없었다. 웃긴 일이다. 뭐, 늘 최악을 상상하는 몇몇이 내게 안됐다는 투로 말하긴 했지만, 대부분은 그러기에는 내가 너무 모범생이라고 생각한다. 그 애들이 내가 못된 짓을 하는 걸 상상조차 하지 못한다는 게 열 받을 지경이다. 누가 그렇게 뻔한 사람이 되고 싶겠냐고!

교무실로 도착하자 비서 선생님이 곧장 안으로 안내했다. 교장 선생님은 내가 들어가자마자 문을 닫았다.

"폭발이 있기 직전에 네가 화학실에서 나오는 모습이 찍혔어."

"고든 선생님께 물어보시면 될 거예요." 심장이 쿵 내려앉았다. 네 번째 복제인간이 있는 게 틀림없다! "전 내내 영어 수업을 듣고 있었어요."

"확실해? 화장실도 안 갔고? 전혀 안 나갔니?"

"네."

"어떻게 동시에 두 곳에 있을 수 있는지 설명할 수 있겠니?"

"아니요." 뭐, 물론 하려면 할 수 있지만, 안 할 거예요.

"미란다, 네가 선생님이 눈치채지 못하게 교실을 빠져나간 게 틀림없어. 카메라가 거짓말할 리는 없잖니."

"제가 무슨 옷을 입고 있었는데요?"

교장 선생님이 내 옷을 살펴보았다. "그 옷은 아니야."

"그럼 저도 더 할 말이 없네요. 영상을 볼 수 있을까요?"

교장 선생님이 파일을 재생하자 나는 주의 깊게 화면을

바라보았다. 헐렁한 윗옷, 멜빵—대체 내가 언제 멜빵을 입었다고—, 야구 모자. 나와 아주 비슷했지만, 내가 아니다.

"누군가 제게 원한을 품었나 봐요." 내가 말했다. "저처럼 입고, 아시잖아요. 절 함정에 빠뜨리려고요."

"왜?" 선생님이 물었다.

나는 어깨를 으쓱했다.

교장 선생님은 여전히 의심스러운 눈빛이었다. 내가 교실을 몰래 빠져나와서 옷을 갈아입었다고 생각하는 게…….

"제가 뭐 하러 그런 짓을 하겠어요?" 내가 물었다.

"내가 묻고 싶은 말이야."

"저도 모르죠. 낙서도 제가 한 게 아니에요. 도둑질도요."

"글쎄. 아주 이상한 일이구나, 미란다."

"그러게요, 교장 선생님."

"이제 가 보렴."

점심시간에 엠마와 앉아 상황을 파악하려 애쓰고 있는데, 조시 오빠가 끼어들었다.

"안녕. 나도 앉아도 돼?"

"그럼." 내가 말했다.

오빠가 엠마 옆에 앉았다.

엠마는 깜짝 놀란 것 같았다. "우리가 이런 은총을 받아도 되는 거야? 무슨 이유로 이런 영광을 내려 주는 건지 물어봐도 될까?"

"오늘 학교에서 이브를 봤다는 걸 알려 줘야 할 것 같아서. 걔 집에만 있어야 하는 거 아니었어?"

"아리엘이 아니라 이브인 거 확실해?" 엠마가 물었다.

"거의 확실해. 내가 진짜 구리다고 생각했던 네 멜빵 입고 있었거든. 그래서 알아봤지."

숨이 턱 막혔다. 이브라고? 그 옷이 엠마의 멜빵이라는 걸 까맣게 잊고 있었다.

"여기서 뭐 하는 거지?" 조시 오빠가 물었다.

"화학실 날려 버리기?" 내가 말했다.

농담이라고 생각했는지 오빠가 씩 웃었다.

"언제 봤어?" 내가 물었다.

"2교시에 히메네스 선생님 심부름하던 중에. 내가 부르기 전에 귀퉁이로 사라져 버렸어. 아주 잠깐이었지만, 그 구린 멜빵을 못 알아볼 수는 없지."

엠마와 나는 눈빛을 교환했다. 오빠 앞이라 아무 문제 없는 척 실없는 이야기를 늘어놓았지만, 곧 대화는 흐지부지되고 오빠도 자리를 떴다. 오빠가 사라지자마자 엠마가 내 손목을 붙잡았다.

"네 번째 복제인간이 아닌지도 몰라." 엠마가 나지막이 말했다. "그럴듯해. 이브도 그새 너만큼 컸잖아. 아리엘처럼."

"그렇긴 하지." 내가 말했다. "하지만 그럴듯하지 않아. 대체 왜 이런 짓을 하겠어?"

"그걸 우리가 알아내야지, 안 그래?"

"맞아. 이제 가자."

"안 돼. 넌 이미 충분히 문제에 휘말렸어. 아줌마한테 전화해서 학교 끝나고 우리 집으로 가도 되냐고 여쭤봐. 이브랑 대면하는 거야."

"대면하지 않는 게 나을 수도 있어. 아무것도 인정하지 않을지도 몰라. 차라리 미행하는 게 나을 것 같아. 현행범으로 잡는 거지."

"네 말이 맞아. 안 그럼 전부 아니라고 할 거야."

나는 머리를 흔들며 말했다. "정말 이해가 안 되네. 대체 왜 그런 짓을 한 거지?"

"아리엘 대신 멀린 박사한테 돌아간 걸 후회하는 거 아닐까?"

"왜? 이브한테 박사는 유일한 희망이잖아. 다른 사람은 전부 이브가 불치병이랬어. 박사의 치료가 성공했을지도 모르잖아."

"아닐지도 모르지." 엠마가 침울하게 말했다. "또 머리가 아프댔잖아. 이브가 다시 아프다면? 너무 아파서 행동에도 영향을 끼치는 거라면? 처음 이브가 뇌종양 판정받았을 때를 생각해 봐. 의사 선생님은 성격이 바뀔 수도 있다고 했어."

"우린 이브를 잘 모르잖아. 사실 이브의 원래 성격 자체를 몰라."

"이브는 네 복제인간이잖아." 엠마가 지적했다.

"그래서 우리 둘 성격이 똑같다는 거야?" 내가 따졌다. "그럼 나는 제시카랑 똑같고? 아리엘은 나랑 같고?"

"그 얘기는 벌써 했잖아. 그렇지는 않겠지."

"그런데도 넌 내가 착하니까 당연히 이브도 착할 거라고 생각하는 거야?"

엠마가 인상을 찌푸렸다. "아, 정말 갈피를 못 잡겠네."

"이렇게 추측만 하고 있을 필요 없어. 이브를 지켜보면서 알아내면 되지."

"조시 오빠한테도 알리는 게 좋겠어. 오빠가 태워 주지 않으면 어떻게 이브를 뒤쫓겠어?"

"오빠한테 말하면 안 돼!" 내가 항의했다.

엠마의 눈썹이 치켜 올라갔다. "너 오빠 좋아하지?"

"아니야!"

"그럼 상관없잖아."

나는 주제를 바꿨다. "이브가 너희 집에서 여기까지 어떻게 왔을까?"

"전혀 모르겠어. 그것도 알아내야겠네."

"조시 오빠한테는 이브가 의심스럽다고만 하자. 복제인간 얘기를 통으로 할 필요는 없잖아."

"좋아. 너희 어머니한테 전화해서 우리 집으로 간다고 해. 우리 집에서 출발하자. 대체 이브는 무슨 꿍꿍이지?" 엠마가 말했다.

"우리가 답을 찾아내길 바라야지."

40장

＊＊＊＊＊＊＊＊＊＊＊＊＊＊＊＊＊＊＊＊＊＊＊＊＊＊＊＊＊＊

　엠마 집에서 만난 이브는 눈에 띄게 상냥하고 유쾌하게
굴었다. 하지만 멜빵이 아니라 반바지를 입고 있었다. 대체
왜 화학실을 통째로 날려 버리려고 한 걸까? 또 나를 곤란하
게 만들려는 걸까? 아니면 학교 전체를 폭파해서 우리 모두
를 죽이려던 걸까?

　아리엘은 어머니와 함께 집으로 돌아갔다. 엠마와 내가
갑자기 아리엘과 놀겠다고 하면 의심스러울 게 뻔했다. 부
모님의 주의를 끌어서 좋을 게 없다.

　이브를 미행하는 게 점점 걱정스러워졌다. 이브가 정말로
위험한 짓을 시도했는데 우리가 막지 못하면 어쩌지? 게다

가 네 번째 복제인간이 있고 이브는 결백할 가능성도 아직 있었다. 엠마와 나는 이브가 정말 집을 빠져나가는지 확인할 계획을 세웠다.

"우리 정말 중요한 시험이 있거든." 내가 이브에게 말했다. "우리가 방문 닫고 저녁 시간까지 쭉 공부해도 괜찮겠어?"

"그럼." 이브가 냉큼 대답했다. "그렇게 해. 그나저나 오늘 하루는 어땠어?"

"아, 괜찮았어."

"잘됐네."

우리는 화학실 불 얘기는 입 밖에 내지 않기로 했다. 만약 그게 정말 이브 짓이라면 속깨나 끓이겠지.

"넌 어땠어?"

"지루했어. 집에서 텔레비전 보고 책이나 읽었지 뭐."

엠마와 나는 방으로 가서 문을 닫았다. 5분도 채 지나지 않아 조시 오빠가 들어왔다.

"나갔어." 오빠가 말했다.

오빠가 이브의 거동을 살피고 알려 주기로 했다. 비록 이브의 정체와 우리가 하려는 일을 점점 더 의심하긴 했지만.

"미행하는 거 도와줄래?" 내가 물었다.

"그래. 가자." 오빠가 선뜻 대답하더니 아줌마에게 외쳤다. "엄마, 애들 쇼핑몰에 태워다 줄게요."

"6시에 저녁 먹을 거니까 그 전엔 돌아와." 아줌마가 대답했다.

우리는 차에 올라탔다. 세 블록을 지나자 이브가 눈에 들어왔다. 엠마의 자전거를 타고 있었다.

"정말 그게 이브였다면 어떻게 학교까지 갔는지는 알아냈네." 내가 말했다. "너희 집에서 학교까지는 별로 멀지도 않잖아."

이브가 작은 상가 쪽으로 방향을 틀자 우리는 거리를 두고 뒤따랐다. 이브는 대형 음반 가게 앞에 자전거를 세우고 자물쇠를 채우더니 안으로 들어갔다. 우리도 서둘러 차에서 내려 각각 다른 방향에서 이브를 뒤쫓기 시작했다. 내가 가장 먼저 그 애를 발견했다.

이브는 감시 카메라를 똑바로 바라보았다. 그러더니 CD 몇 장을 집어 배낭에 담기 시작했다! 도망치면서 카메라에 나인 것처럼 찍히려는 거였다! 나는 이브를 바짝 뒤쫓아 가방을 움켜쥐고는 바닥에 내용물을 쏟아 부었다. CD 열두어 장이 후두두 떨어졌다. 나는 CD를 집어 다시 선반에 올려 두고는 이브의 손목을 잡고 계산대로 끌고 갔다.

"사장님하고 얘기할 수 있을까요?"

이내 더 나이가 많은 남자가 나타났다. 조시 오빠와 엠마도 우리 쪽으로 왔다. 이브는 가만히 서 있었다. 내가 왔다고 놀라지도, 내가 손목을 있는 힘껏 쥐고 있는 게 거슬리지도 않는 모양이었다.

"사장님과 둘이서만 얘기할 수 있을까요?" 내가 물었다.

"그래요."

이브의 손목을 잡은 손에 힘을 풀었다. "꼼짝하지 마." 내가 명령했다.

나는 사장과 함께 조금 떨어진 곳으로 가서 최대한 연기력을 발휘했다.

"매장 감시 카메라에 저기 있는 제 사촌이 찍혔을 거예요." 내가 이브를 가리켰다. "CD를 가방에 넣는 모습이요. 이번만 넘어가 주시면 안 될까요? 다른 도시에서 이사 와서 친구를 사귀려고 애쓰고 있거든요. 불량한 애들이랑 어울리더니 걔들이 부추겼나 봐요. 다시는 이런 일 없을 거예요."

사장은 잠시 고민에 빠진 듯 나를 바라보았다.

"이제 이 가게엔 들어오지 못할 거예요." 마침내 사장이 말했다.

"당연하죠."

417

"좋아요."

"정말 감사합니다!"

나는 돌아서서 모두에게 이제 떠나자고 손짓했다. 조시 오빠가 이브의 팔을 단단히 잡고 있었다. 우리는 엠마의 자전거를 챙겨 트렁크에 집어넣고 출발했다. 오빠가 집까지 데려다주었다.

누구도 말을 꺼내지 않았다. 오빠가 차를 주차하자마자 엠마와 나는 이브를 끌고 방으로 갔다. 조시 오빠가 끼어들려고 애쓰며 말했다. "무슨 일인지 나도 알 권리가 있지 않냐?"

"우리끼리 얘기해야 해. 진심이야." 엠마가 문 앞에서 오빠를 막아서며 말했다.

오빠는 여전히 미심쩍은 표정이었지만, 엠마의 말투에서 농담이 아니라는 걸 알아차린 듯했다. 오빠는 동의한다는 듯 어깨를 으쓱했다.

"고마워." 엠마가 말했다. "나중에 꼭 설명해 줄게."

"약속 지켜야 해." 오빠가 대답했다.

나는 문을 닫고 이브에게로 돌아섰다. "왜 그랬어?"

이브는 머리를 홱 넘기더니 도전적으로 나를 바라보았다. "왜 그러면 안 되는데?"

"앉아." 내가 말했다.

"서 있고 싶은데."

엠마와 나도 마찬가지로 서 있었다. 나는 허리에 손을 올렸다. 이브를 한 대 치고 싶은 심정이었다.

"너 그 집에서 우리가 마신 가스랑 관계있지?"

"무슨 관계?"

"나는 모르지. 내가 묻고 있잖아."

"언니들이 그 집을 너무 쉽게 찾은 거 같지 않아?" 이브가 물었다.

"우리가 그 집을 찾아내길 멀린 박사가 바란 거야?"

"그럴지도."

"그런데도 넌 우리한테 아무 경고도 안 해 줬고? 우리가 죽게 내버려두려고?" 내가 소리쳤다. "말도 안 돼. 어떻게 그럴 수가 있어!"

"아, 정말 순진하기 짝이 없어." 이브가 으르렁거렸다. "난 언니랑 나 사이에서 선택해야 했어. 그리고 날 선택했지."

이브의 대답에 소스라치게 놀라 목소리가 나오지 않았다. 엠마가 끼어들었다.

"이해가 안 돼. 이브는 아리엘을 위해 자신을 포기했어. 네가 그 애일 리가 없어."

엠마가 내게로 돌아섰다. "이브가 아닐지도 몰라! 저 애는 네 번째 복제인간일 거야. 멀린 박사가 이브를 어디 숨겨 둔 거라고."

"그게 마음 편하면 그렇게 생각해." 이브가 이죽거렸다.

"사실이야?" 내가 물었다. "네가 네 번째 복제인간이야?"

"어차피 내가 뭐래도 안 믿을 거잖아. 하지만 난 이브야. 멀린 박사님이 선택권을 줬어. 언니를 심각한 곤란에 빠뜨리거나 없애 버리면 모든 수단을 동원해서 날 치료해 주겠다고. 처음엔 거절했지. 하지만 다시 아프기 시작했어. 점점 더 나빠졌지. 그래서 알겠다고 한 거야. 박사님이 실험 중인 약을 썼거든. 다 나을 수 있대."

"이브, 박사가 최선을 다할 수는 있지만—그것도 사실 믿을 수 없지만, 그게 네가 나을 수 있다는 뜻은 아니야." 내가 말했다.

"나도 알아. 하지만 그게 내 유일한 기회야. 박사님은 언니나 아리엘이 사업을 망칠까 봐 걱정하거든. 박사님한테 두 사람은 지우고 싶은 실수야."

"미란다랑 아리엘이 박사가 불법으로 한 실험의 증거라는 뜻이겠지. 게다가 넌 또 어때?" 엠마가 말했다. "넌 최악의 결과물이잖아. 아리엘은 적어도 아담처럼 완벽해. 박사가 널 가장 먼저 없앨 거라는 생각은 안 해?"

"아니야!"

"왜?"

이브는 잠시 말문이 막힌 것 같았다. "박사님이 약속했으니까." 마침내 이브가 대답했다.

"넌 지푸라기라도 붙잡은 거고." 내가 중얼거렸다. "절망적인 상황이었으니까."

"박사님은 내가 알겠다고 했더니 아주 흥미로워했어. 내 유전 프로그래밍 때문에 언니를 절대 해치지 못할 거라고 했거든."

"박사가 그렇게 말했다고?" 내가 말했다.

"응."

"그래도 모르겠어?" 나는 폭발했다. "넌 그냥 또 하나의 실험체일 뿐이야. 박사는 네가 어디까지 가려는지 보고 싶은 거라고. 네가 나쁜 행동을 할 수 있는지, 나를 해칠 수 있는 복제인간인지 보려는 거야."

"그런 게 아니야!" 이브가 고집스럽게 외쳤다. "박사님은 날 도와줄 거야. 난 언니처럼 완벽하고 착한 아이가 되도록 프로그래밍되지 않았으니까 그럴 수 있어. 누가 언니처럼 살고 싶겠어?"

"하지만 넌 내 복제인간이잖아!" 내가 외쳤다. "넌 나랑 똑같아."

"그럼 난 자유를 되찾은 거지! 난 자유로운 개인이고 언니는 덫에 걸린 거야. 멍청하긴. 언니는 독 안에 든 쥐야."

"너도 마찬가지야!"

"아냐, 왜냐면 난 어디 연구실에 갇혀서 숨어 살아도 상관없거든. 목숨만 붙어 있다면 말이야. 앞으로 무슨 일이 벌어질지 누가 알겠어?"

엠마가 문 쪽으로 다가가더니 내게 말했다. "얘기 좀 해." 그러곤 이브에게로 몸을 돌렸다. "너는, 너는 여기 있어. 차로 바로 뒤쫓을 수 있으니까 내뺄 생각은 하지 마."

엠마는 이브의 휴대폰을 집어 들고 마당으로 나를 데려갔다. "대체 이제 어떡하지?"

"모르겠어! 아무래도 아저씨한테 이야기해야 할 것 같아."

"난 잘 모르겠어. 아빠는 기겁할걸. 너나 나, 아리엘에게 무슨 일이 생길까 봐 당장 너희 부모님이랑 멀린 박사가 한 일을 알릴 거야. 그럼 네게는 아무런 선택권도 없게 돼."

"어차피 나한테는 선택권이 없어. 당연히 나도 아리엘과 부모님 그리고 나 자신을 보호하려고 했지. 하지만 아무 말도 안 하는 게 더 위험한 것 같아. 이젠 내가 뭐라고 말해도 사람들은 '오, 쟤는 문제아야' 하고 말겠지. 멀린 박사가 그렇게 만든 거야. 화학실 방화, 도둑질, 낙서—너도 알잖아."

"이브는 자기가 다치지만 않으면 아무 거리낌 없이 우릴 해칠 거야. 우리가 어떻게 생각하든 관심도 없고." 엠마가 말했다. "그 애는 너무 위험해."

"이브가 우리를 해치게 내버려둘 수는 없지."

"어떻게 막아야 하지? 가둬 둘 수는 없잖아."

"이제 우리 부모님한테 말해야 할 것 같아. 두 분은 이브한테는 관심도 없었어. 이브가 나나 아리엘을 해치지 못하게 하려면 뭐든 할 거야."

"난 반대야. 아줌마 아저씨는 곧바로 이브를 멀린 박사한테 데려갈 거고, 설령 그 애가 박사를 믿는대도……."

내가 말을 이었다. "박사는 무슨 짓이든 할 수 있지. 박사가 이브를 데리고 실험을 한 거라면 이제 원하는 정보를 얻었을 테니 그 애가 죽도록 내버려둘 거야. 아니면 직접 죽이거나."

머리가 텅 빈 것 같았다. 뭘 해야 좋을지 도무지 알 수가 없었다. 마비라도 된 것 같은 기분이었다. 이브는 이제 적이나 마찬가지지만, 그래도 그 애한테 무슨 일이 생길지 마음이 쓰였다. 아무리 그래도 어떻게 이브를 죽게 내버려둘 수 있을까?

"우리 아빠가 항상 뭐라고 하는지 알지." 엠마가 말했다. "옳다고 생각하는 일을 해라. 가끔은 뜻대로 되지만, 가끔은 일이 틀어질 거다. 그건 네 권한 밖의 일이다."

"하지만 멀린 박사의 정체를 세상에 밝히면 우리 삶은 송두리째 흔들릴 거야. 그건 확실해. 그러니 일이 틀어질 거란 사실을 이미 아는 거지."

"하지만 아무 말 안 해도 일이 틀어지기는 마찬가지라는 것도 알잖아, 안 그래?"

"그건 그렇지."

그때 집에서 찢어질 듯한 비명이 들리는 바람에 우리는 말을 멈추었다. 이브였다.

41장

〰〰〰〰〰〰〰〰〰〰〰〰〰〰〰〰〰〰〰〰〰〰〰〰

막 퇴근한 그린 박사님이 우리보다 빨랐다. 이브는 고통스러운 비명을 지르며 머리를 부여잡고, 박사님은 달래는 목소리로 말을 걸고 있었다. 박사님이 이브의 눈을 들여다보더니 말했다. "병원으로 가야겠다. 가자. 내가 운전할게."

엠마네 아저씨인 그린 박사님이 관리하는 데저트 오아시스 병원까지는 5분밖에 걸리지 않는다. 나와 이브는 뒷자리에, 엠마는 아저씨와 함께 앞자리에 올라탔다. 이브는 너무 고통스러워 끙끙거리고 있었다. 손을 잡아 주었더니 내 손을 아플 만큼 꽉 쥐었다. 병원에 도착해 이브는 급히 실려 가고, 엠마와 나는 남아서 기다렸다. 너무나 혼란스러운 동시에 머리가 텅 비어 버려서 아무 생각도 할 수 없었다. 마침내 그린 박사님이 돌아와 작은 탁자에 우리를 앉히고 그 건너편에 걸터앉았다. 박사님이 목을 가다듬었다.

"이런 말을 하게 되어 안타깝지만, 상태가 심각하구나. 이브 말을 들어 보니 멀린 박사가 실제로 종양 수술을 했고 어느 정도 효과가 있었던 모양이야. 하지만 종양이 재발했어. 뇌 안에 있어서 수술도 할 수 없단다. 이브가 평소와 같이 행동했니?"

엠마가 나를 바라보았다.

나는 말해도 좋다는 뜻으로 고개를 끄덕였다.

"아니요." 엠마가 한숨을 쉬었다. "전혀요. 일부러 미란다를 곤란한 상황에 빠지게 했어요."

"그래, 종양이 행동에 영향을 미칠 수 있는 부위에 있거든."

"희망이 있나요?" 내가 물었다.

박사님이 고개를 저었다.

"얼마나 버틸 수 있을까요?" 엠마가 물었다.

"모르겠구나." 박사님이 대답했다. "하지만 몇 개월이나 몇 년은 아니야. 며칠, 길어야 몇 주 정도일 거야."

"우리랑 집으로 가면 안 돼요?" 엠마가 물었다.

"당분간은 괜찮아. 하지만 곧 우리의 보살핌만으로는 부족할 거야." 박사님이 우리 손에 손을 포갰다. "미안하구나, 애들아. 힘든 일이라는 거 안다."

"박사님, 저나 아리엘에게도 이런 일이 생길 수 있을까요?" 내가 물었다.

"지금으로선 모르겠구나. 복제 과정에서 생긴 문제일 수도 있고, 아닐 수도 있어. 확실한 건 네가 다른……." 박사님이 말을 골랐다. "흠, 대부분의 십 대보다 더 꾸준히 검진을 받아야 한다는 거야."

박사님은 일반적인이라고 말하려던 거다. 틀림없다.

"지금은 이브한테 강력한 안정제를 투여한 상태야. 오늘밤은 병원에 있어야 한단다."

"볼 수 있을까요?" 내가 물었다.

"지금은 안 돼. 내일 학교를 마치면 볼 수 있을 거야. 그때는 퇴원할 수 있어. 가자, 집에 가서 뭐라도 좀 먹어야지."

아저씨는 가끔 아줌마보다 한술 더 뜬다. 엠마와 나는 서로를 보며 미소 지을 수밖에 없었다. 든든한 식사면 모든 게 해결된다고 생각하신다니까.

허기를 채웠더니 정말로 기분이 조금 나아졌다. 어머니가 데리러 오기로 해서 엠마와 얘기 나눌 시간이 넉넉하지 않았다. 우리는 뒷마당으로 나갔다. 아름다운 초승달이 뜬 하

427

늘에는 별들이 수놓아져 있었다. 나는 흔들의자에 앉고 엠마는 해먹에 누웠다.

"그런데도 자기가 자유롭다고 생각하다니!" 내가 말했다. "종양 때문에 그런 나쁜 짓을 하고 있었으면서."

"넌 너무 착해." 엠마가 말했다.

"그게 무슨 뜻이야?"

"말 그대로야. 종양 때문에 이브가 달라졌다고 치자. 그래도 선택권은 그 애한테 있다고! 굳이 네 인생을 망치려고 하지 않을 수도 있었어. 그렇잖아. 모두에게는 선택권이 있어."

더는 그것에 대해 생각하고 싶지 않았다. "잘 모르겠어. 나는 똑똑하고 튼튼하도록 설계됐고, 멀린 박사 말에 따르면 착할 수밖에 없지. 그런데 봐, 어때? 다 맞잖아."

"그래. 넌 세상에서 가장 재수 없는 사람이 될 수도 있지만, 안 그렇잖아. 네 외모와 재능으로 학교에서 제일 잘나갈 수도 있는데 나나 수 같은 평범한 애들이랑 놀잖아. 그렇다고 너희 부모님이 딱히 완벽한 모범을 보인 것도 아닌데. 두 분은 네가 해 달라는 대로 다 해 주셨으니까."

"날 사랑하셨으니까 그렇지." 내가 작은 목소리로 말했다.

"아직도 사랑하셔." 엠마가 말을 멈췄다. "어쩌면 그 때문인지도 몰라. 아무도 이브를 사랑하지 않았잖아, 안 그래?

428

그러니까 넌 아리엘을 사랑하고 아리엘도 그걸 알지. 그 애가 얼마나 좋은 사람이 되어 가고 있는지 봐. 하지만 이브는 사랑받은 적이 없어서, 뭐랄까…… 생존을 택했달까?"

"하지만 이브는 아리엘을 위해 자기를 희생했잖아. 멀린 박사를 속여 가면서……."

"맞아. 그렇게 하면 우리가 자기도 사랑할 거라고 생각했는지도 모르지. 하지만 멀린 박사와 둘이 남아 보니, 박사는 이브에게서 뭔가를 얻을 생각만 했겠지. 뭐가 됐든 말이야. 이브에게 남은 게 그것뿐이라면—뭐, 그걸 선택하겠지."

"이런 말 하긴 정말 싫지만, 네 말이 맞는 것 같아. 누구에게나 한계는 있지만 그 안에서 우린 선택할 수 있어. 이제 난 아리엘과 내 인생에서 가장 중요한 결정을 해야 해. 나나 아리엘, 부모님을 드러내지 않고 멀린 박사의 정체를 알릴 방법이 있다면 얼마나 좋을까."

"있을지도 몰라." 엠마가 말했다.

"없을 거야."

"그러지 말고. 넌 엄청 똑똑하잖아. 뭔가 생각해 낼 수 있어."

"숨길 방법이 없잖아, 안 그래? 옛날에는 비밀을 지닌 사람들이 유럽이나 런던으로 떠났지. 하지만 이제 거기 언론이 더 심해. 첫 번째 복제인간이라니. 사는 동안 우리는 한순 간도 자유롭지 못할 거야."

"시간이 지나면 수그러들 거야, 안 그래?"

"그래, 하지만 모두가 알게 되겠지. 친구들 전부. 새로 생 길 친구들도. 다들 나를 괴물로 여길 거야."

"난 널 괴물로 여기지 않아."

"너 같은 사람이 얼마나 되겠어?"

"깜짝 놀랄 만큼 많을지도 모르지."

그린 박사님이 밖으로 나오는 바람에 대화가 끊어졌다.

"얘들아?"

"네?" 엠마가 대답했다.

"안 좋은 소식이 있어."

엠마가 몸을 일으켰다. "뭔데요?"

"이브가 사라졌다는구나. 병원에 없대."

심장이 쿵쾅거렸다. 이건 또 무슨 일이지?

"어딜 갔을까요?" 내가 물었다. "진정제를 잔뜩 맞은 줄 알 았는데요."

"그랬지." 박사님이 말했다. "걱정되는구나. 공격적인 모 습을 보일 수도 있어. 그 애 근처에 있으면 위험할 거야."

"아리엘." 내가 불쑥 외쳤다. 그리고 한마디 말도 없이 벌떡 일어나 휴대폰을 움켜잡았다. 집으로 전화를 걸었더니 어머니가 받았다. "아리엘 있어요?"

"아니, 친구 만난다고 나갔는데."

"누구요?"

"모르겠구나."

"그게 무슨 말이에요?" 내가 소리쳤다. "어떻게 모를 수가 있어요?"

"학교 친구가 데리러 온다고 말했어. 곧 돌아오겠다고."

"저였다면 그렇게 가게 내버려두지 않았을 거잖아요." 내가 비난하듯 말했다. "아직도 아리엘한테는 신경도 안 쓰는 거죠, 아직도요! 안 그래요?"

"나도 노력하고 있어, 미란다." 화가 난 어머니의 목소리가 떨렸다. "내가 아리엘을 데려온 게 아니잖아."

그렇죠, 어머니는 아리엘을 그냥 부속품으로 생각했으니까요, 외치고 싶었다. 하지만 무슨 의미가 있을까? 이미 여러 번 말했지만, 아무것도 바뀌지 않았다. 나는 전화를 끊고 아리엘의 번호를 눌렀다. 다행히 아리엘은 곧바로 전화를 받았다.

"아리엘!"

"응, 미란다 언니!"

"어디야?"

"이브랑 있어."

목이 콱 막혔다. 목이 너무 메어서 목소리조차 나오지 않을 지경이었다.

"어딘데?"

"아, 잘 모르겠어. 이브가 와서 언니가 우리 둘을 찾는다고 하길래 택시를 탔거든. 우리가—근데 여기가 어디지?"

갑자기 전화가 뚝 끊어졌다. "아리엘? 아리엘?"

나는 엠마와 그린 박사님을 바라보았다. "이브가 아리엘을 데려갔어. 어디로 가고 있나 봐."

"왜?" 그린 박사님이 말했다.

"그래, 왜?" 엠마도 똑같이 물었다.

"몇 달 전에 자기가 아리엘을 구했잖아." 내가 말했다. "아리엘이 무조건 자기를 믿으리라는 걸 알아. 왜 아리엘을 찾아갔는지는 모르겠지만, 이브가 없어졌다는 얘기를 듣자마자 그럴 것 같았어. 아, 아리엘한테 미리 경고할 생각을 왜 못 했을까?"

"아무도 이브가 사라질 걸 예상하지 못했어." 그린 박사님이 말했다.

"아리엘과 이브와 제가 얼마나 강한지 모두 잊은 거예요.

그 약은 평범한 아이라면 꼼짝 못 하게 만들었겠지만, 이브는 오히려 두통이 멎는 정도였을지도 몰라요. 충분히 움직일 수 있게 된 거죠." 내가 말했다.

"무엇을 하려고 움직이는데?" 엠마가 물었다.

"나도 알고 싶어. 곧 알게 되길 바라야지. 이브가 아리엘을 해친다면, 나는…… 나는……."

"이브를 죽이기라도 하게? 그 애는 별로 잃을 것도 없잖아." 엠마가 그린 박사님한테로 몸을 돌렸다. "이브한테 종양 애기하셨어요?"

"그래. 이브가 도리어 나에게 걱정하지 말라더라. 멀린 박사가 고칠 거라고. 물론 아파서 제정신이 아니었겠지."

"고친다고요? 멀린 박사가 **고칠 거**라고 했나요 아니면 이미 **고쳤다**고 했나요?"

"고칠 거라고." 그린 박사님이 말했다.

"이브는 종양이 재발한 걸 알았던 거야." 내가 말했다. "멀린 박사가 시키는 대로만 하면 다시 치료해 주겠다고 약속한 거고. 동시에 박사는 이브가 살기 위해 무슨 짓까지 할 각오가 되어 있는지 관찰하려 했겠지."

"나도 그게 걱정이야." 엠마가 말했다. "대체 무슨 짓까지 하려는 걸까?"

42장

~~~~~~

"아리엘을 왜 데려간 걸까?" 내가 물었다. 스스로에게 묻는 거나 다름없었다.

"멀린 박사가 저번에는 왜 아리엘을 데려갔지?" 그린 박사님이 묻고는 말을 이었다. "그 애의 유전 암호 때문이었지."

"게다가 아리엘이 없다면 제가 복제인간이라는 것도 밝힐 수 없으니까요. 아리엘과 이브가 유일한 증거잖아요." 번뜩 스치는 생각에 내가 덧붙였다.

"그거다!" 엠마가 외쳤다. "아리엘이 없다면 넌 그냥 도둑질하고 벽에 낙서하는 이상한 애가 되는 거야."

"그러니 박사가 아리엘을 죽일 가능성이 아주 커." 내가 말했다. 아리엘의 코앞에 얼마나 큰 위험이 닥쳤는지 이제야 실감이 났다.

"우리가 해결할 수는 없을 것 같구나. 경찰에 신고하고 아리엘이 납치됐다는 걸 사람들에게 알려야 해." 그린 박사님이 말했다.

그때 전화벨이 울리는 바람에 우리 모두 놀라서 펄쩍 뛰었다. 전화를 받은 그린 박사님은 한참을 듣기만 했다. "그래, 이브. 이해한단다." 그리고 침묵. "이브, 넌 몹시 아파. 정말로……." 박사님이 전화기를 빤히 바라보았다. "끊었어."

"뭐래요?" 엠마가 불안한 듯 물었다.

"아리엘은 무사할 거라고 했어. 하지만 경찰에 알리면 죽을 거래. 시신도 찾을 수 없을 거라고 하는구나." 박사님이 전화기를 내려놓았고 우리는 고민하는 박사님을 바라보았다.

"우리 부모님이 필요할지도 모르겠어." 결정을 내리는 데 너무 오랜 시간을 허비했다는 걸 깨달았다. 너무나 오랜 시간을. "멀린 박사랑 연락할 수 있는 건 두 분밖에 없어. 박사랑 협상할 수 있는 것도."

"좋아." 그린 박사님이 말했다. "하지만 마냥 기다릴 수만은 없어, 미란다. 어느 시점이 되면 이브를, 그리고 특히 아리엘을 위해 무슨 행동이든 취해야 할 거야."

"알아요."

어머니가 곧 도착할 터여서 서둘러 짐을 챙기고 인사를 나누며 엠마와 그린 박사님에게도 상황을 알려 주겠다고 약속했다.

차에 올라타자마자 어머니가 내게 물었다.

"왜 그렇게 아리엘 걱정을 한 거니?"

"집에 가서 이야기할게요. 아빠도 들으셔야 해요."

"아빠? 네가 그렇게 부르는 건 몇 달 만에 처음 듣는구나."

어머니 말이 맞다. 엠마와 나눈 대화 덕에 마음이 조금 풀렸는지도 모른다. 하지만 아주 조금이었다. 난 여전히 자신들의 슬픔을 이겨 내려고 나를 만든 부모님이 이기적이라고 생각한다. 하지만 내가 한 말 역시 사실이다―두 분은 나를 사랑한다.

집에 도착해 모두 식탁에 둘러앉았다. 어머니는 차를 끓이고 나는 레모네이드를 한 잔 따랐다. 갑자기 눈물이 터져 나왔다. 아리엘이 레모네이드를 좋아하는데. 다시는 아리엘을 못 볼지도 모른다. 아버지가 주저하며 내 어깨에 팔을 둘렀다. 그동안은 너무 화가 나서 아버지가 볼에 키스하는 것도 거절했는데, 지금 나는 아버지 품에서 흐느끼고 있었다.

"미란다, 무슨 일이니? 그렇게 심각한 일은 아닐 거야." 아버지가 달래듯 말했다.

"심각한 일 맞아요." 내가 딸꾹질을 하며 말했다. "멀린 박사가 아리엘을 데려갔어요. 다시는 그 애를 못 볼 거예요." 그리고 이브의 이야기와 지금까지 있었던 일을 모두 털어놓았다.

"말해 줘서 고맙구나." 아버지가 말했다.

"이브에 대해 곧바로 얘기했어야지." 어머니가 외쳤다. "세상에, 네가 목숨을 잃기라도 했으면 어쩔 뻔했니! 멀린 박사를 가만두지 않겠어."

"박사가 한 시간 안에 집으로 올 거야." 아버지가 말했다.

"왜요?" 내가 비명을 질렀다.

"농담이지?" 어머니가 말했다.

"아니. 어제 약속을 잡아 뒀어. 우리가 입 다무는 대신 수익을 나눠 주는 데 동의했거든. 오늘 그 건을 확실히 하려고 만나려 했지."

"박사를 믿으면 안 돼요." 내가 말했다. "우리 문제가 해결되면 박사는 아무 죄도 없이 자유를 얻게 돼요."

"그래." 아버지가 말했다. "그렇겠지. 게다가 아리엘도 사라졌으니 네가 복제인간이라는 증거도 없고. 우리한테 돈을 줄 필요도 없겠지."

"박사는 안 올 거예요." 내가 단언했다. "이제 올 필요가 없어졌죠."

우리는 가만히 앉아 기다렸다. 몇 분마다 엠마가 문자를 보냈다. 경찰에 연락하겠다는 그린 박사님을 엠마가 막고 있었지만, 시간이 지날수록 점점 더 말리기 힘들어지는 모양이었다. 11시가 되자 박사가 오지 않을 거란 사실은 확실해졌다. 연락도 없고, 나타나지도 않았다.

끔찍한 생각이 머리를 스쳤다. 나는 이제 안전히 집에 있다. 멀린 박사는 내가 복제인간이라는 걸 인정하지 않을 터였다. 아리엘은 사라졌다. 내가 입을 다물고 멀린 박사한테 더는 위협이 되지 않는단 걸 증명하면, 아무런 의심도 받지 않고 평범한 삶을 살 수 있다. 어쩌면 조시 오빠랑도…….

나는 마침내 엠마에게 전화를 걸었다.

"부모님은 도움이 안 돼." 내가 말했다. "아리엘을 실망하게 할 순 없어. 우리가 직접 아리엘을 찾아내야 해."

"그렇게 하자." 엠마가 대답했다. "어떻게 하지? 어디서부터 시작해야 해?"

"글쎄, 이브가 살던 집에서 시작하면 어떨까 싶어."

"굳이 왜 거기로 돌아갔겠어?"

"다른 좋은 생각 있어?"

"아니."

"조시 오빠가 태워다 줄 수 있을까?"

"물어볼게. 내일 학교 끝나고 갈까?"

"좋아."

"그래도 한번 고민해 봐." 엠마가 말을 꺼냈다. "이제 넌 완전히 자유야."

"알아. 나도 같은 생각을 했어. 하지만 그럼 떳떳하게 살 수 없을 거야. 아리엘의 간이 없었다면 난 이미 죽었을 거야. 멀린 박사가 아리엘을 맘대로 하게 둘 수는 없어. 그 애는 이제 내 동생이잖아."

"알아, 나도." 엠마가 한숨을 쉬었다. "아침이 밝자마자 우리 아빠가 경찰에 전화할 거야. 그러니 빠르게 움직여야 해."

나는 전화를 끊고 나서 씻고 침대에 누웠다. 아리엘이 없는 집은 텅 빈 것 같았다. 어둠 속에 누워 있어도 잠이 오지 않았다. 대체 왜 더 빨리 털어놓지 않았을까? 아리엘을 보호하려는 거였다고 나 자신에게 계속 되뇌었지만, 사실은 두려웠던 거다. 내 삶이 구경거리가 될까 봐. 괴물이라는 낙인이 찍힐까 봐. 너무나 겁이 났다. 멀린 박사를 멈추는 게 옳은 일이란 건 알았다. 박사와 맞서 싸워야 한다는 것도. 하지만 두려움을 이겨 내는 건 쉽지 않은 일이다, 안 그런가? 다른 이들을 괴롭히는 사람이나 독재자들이 그래서 힘을 얻는 거겠지. 누구도 그들에 맞서 싸우고 싶어 하지 않으니까. 이제야 알겠다. 문제는 그 이후에 더 두려운 일이 일어난다는 거다.

눈물이 뺨을 타고 흘러내렸다. 불쌍한 아리엘. 그 애가 뭘 어쨌다고 이런 일을 당해야 하는지. 나도 마찬가지다. 이쯤 되니 아예 태어—아니, 만들어지지 않았더라면 하고 바라게 되었다! 하지만 이미 늦었고, 이제 내가 문제를 해결할 차례다. 싸워 보지도 않고 널 보내진 않을 거야. 나는 아리엘에게 맹세하며 간신히 잠이 들었다.

왜 잠에서 깼는지 모르겠지만, 갑자기 정신이 또렷하게 맑아졌다. 침대 옆 시계를 보니 새벽 1시다.

원래대로라면 멀린 박사가 집으로 왔어야 했다. 하지만 박사는 나타나지 않았다. 이 도시에 있지도 않을 거라면 애초에 약속은 왜 한 걸까? 어쩌면 아빠와의 약속도 일종의 보험이었는지 모른다. 아리엘을 빼돌리지 못했다면 아빠와 거래를 했을 거다. 하지만 아리엘을 잡았으니 거래도 필요 없어졌겠지!

휴대폰을 집어 들었다. 엠마가 비몽사몽 전화를 받았다.

"엠마, 조시 오빠한테 태워다 달라고 할 수 있어?"

"그래, 물어본다고 했잖아."

"아니, 지금!"

"지금?"

"그래."

"왜?"

"생각해 봐. 멀린 박사가 아리엘을 데려갔잖아. 아리엘과 이브는 살아 있는 한 내가 복제인간이라는 증거야. 이브는 어차피 곧 죽을 테고, 나도 완벽하지 않아. 어쩌면 아리엘도 굳이 살려 둘 필요가 없을지도 몰라. 그럼 그 애를 죽이고 그 조직을 이용해 더 많은 복제인간을 만들겠지. 나는 불완전하니까 내버려둔 거야. 이미 한 번 죽을 뻔했잖아. 흠이 있다는 거지. 아리엘이 없으면 박사의 정체를 밝힐 수도 없어. 박사는 아리엘의 DNA만 보관할 수 있으면 그만인 거야. 당장 오늘 밤일지도 몰라. 폴로 경기장 옆에 있던 집에 이브를 데리고 있었잖아." 내 입에서 말이 쉴 새 없이 튀어나왔다. "둘 다 데리고 있을 만한 다른 곳이 없을 거야. 거기 가 봐야겠어."

"알겠어." 엠마가 말했다. "오빠한테 말해서 최대한 빨리 너희 집으로 갈게." 그러곤 잠시 생각하더니 물었다. "경찰한테 연락해야 할까?"

441

"안 돼! 만약 내 예상이 틀리면, 내가 미쳐 버렸다는 증거만 하나 늘어나는 셈이야."

엠마가 전화를 끊었다. 나는 청바지와 운동복을 입고 운동화를 신었다. 살금살금 복도를 지나는데 부엌에서 위스키를 마시는 아빠가 보였다. 근심이 가득해 보였다. 어머니는 어디 있는 걸까 궁금했다.

"미란다?"

아니 세상에! 바로 뒤에 있었네!

나는 최대한 아무렇지 않은 척 돌아섰다. "네?"

"여기서 뭐 하니?"

"아무것도요, 그냥 물 좀 마시려고요."

잠옷을 입은 어머니는 막 잠자리에 들려는 것처럼 보였다. "청바지 입고?"

"잠이 안 와서요. 밖에 잠깐 앉아 있을까 했어요."

어머니가 고개를 끄덕였다.

나는 부엌으로 가 냉장고에서 물을 꺼내 유리잔에 따랐다.

"너도 잠이 안 오니?" 아버지가 물었다.

"네."

"같이 있어 줄까?" 이렇게 말하는 아버지의 눈에 담긴 기대가 슬펐다.

"아니에요, 아빠." 내가 말했다. "그냥 잠깐만 앉아 있으려고요. 테라스에 있을 거예요."

아빠는 조금 진정된 것 같았다. 적어도 내가 아빠라고 불렀으니까.

나는 물컵을 들고 부엌 바깥의 테라스로 가서 아빠가 보이는 의자에 앉았다. 이 자리에서는 곧장 도로도 바라볼 수 있다.

그때 아빠가 날 따라 밖으로 나왔다!

"미란다?" 아빠가 내 옆에 앉았다.

"네?"

"네 잘못은 하나도 없어."

아빠랑 싸우고 싶지 않았다. 아니, 아예 얘기를 하고 싶지 않았다. 아빠가 엠마랑 조시 오빠를 보기라도 하면!

"알아요."

"그래?"

"네." 아니, 사실 모르지만, 당장은 아빠를 들여보내야만 했다. 나는 할 수 있었는데도 제때 옳은 일을 하지 않았다. 하지만 그건 아빠도 마찬가지였다. 내가 아빠 딸―과정은 어찌 됐든―이라서 그런 걸까.

"저기, 아빠. 저 잠깐 혼자 있고 싶어요. 그래도 괜찮죠?"

"그럼." 아빠가 주저하며 말했다. "하지만 너무 자책하지는 마."

얘기하지 않겠다고 결심했는데도 말이 튀어 나갔다. "네. 하지만 제가 잘못했을 때 책임을 지는 법을 배워야 하잖아요, 안 그래요? 이 얘기는 하고 싶지 않으신가요?"

"아니, 하고 싶단다. 하지만 널 만든 게 옳지 않은 일이었다고 생각하지는 않아. 네가 얼마나 훌륭한 아이니. 우리는 널 많이 사랑해. 그게 실수였다고 생각한다면 우린 동의할 수 없단다."

아빠는 술잔을 내려다보았다. 곧 울 것 같은 목소리였다.

"그럼요, 아빠. 알아요."

"그래?"

"네. 그러니까 살아 있어서 기뻐요. 얼마 전까지는 반대로 생각했지만요. 세상을 다 준대도 바꾸고 싶지 않아요." 놀랍게도 나는 진심이었다.

아빠가 미소 지었다. "고맙구나, 미란다. 고마워."

"이제 좀……."

"아, 그래. 감기 걸리지 않게 조심하렴."

26도니 괜한 걱정이었다. "그럴게요."

"너무 오래 밖에 있지 말고. 내일 학교 가야지."

"그럼요."

"넌 이제 자유야, 너도 알겠지." 아빠가 말했다. "평범한 십대가 될 수 있어. 누구도 네 비밀을 알지 못할 거란다."

"네. 저도 조금 전에 깨달았어요."

"기분이 어떠니?"

"행복해요."

"너는……."

"아리엘만 아니라면요."

아빠는 대화가 위험한 방향으로 흘러갈 수 있다는 걸 알아차렸다. "이제 난 들어가마."

좋은 타이밍이었다. 진입로로 들어오는 차가 보였으니까.

43장

~~~~~~

나는 자동차 뒷좌석에 올라타 재빨리 문을 닫았다. 조시 오빠가 도로로 빠져나오더니 차를 세웠다.

"여기까지야." 오빠가 말했다. "무슨 일인지 알기 전에는 한 발자국도 안 가. 엄마 아빠도 이 상황을 알아야 한다는 생각이 강력하게 든다."

"오빠한테 말하면 오빠를 죽여야 해."

자신 없는 내 농담을 오빠가 받아쳤다. "정말 하나도 안 웃겨. 이제 다 털어놔. 엠마, 난 네 오빠야. 동생이 위험에 처하게 둘 순 없어."

엠마가 앞자리에서 몸을 돌려 나를 바라보았다. 나는 어깨를 으쓱했다. 엠마는 그 의미를 알아들었다. 심장이 쿵쿵 뛰었다. 오빠가 어떻게 반응할까?

엠마가 말했다. "문제는, 저번에 한 말이 농담이 아니었단 거야. 엄마 아빠는 벌써 알고 있어. 미란다는 정말로 복제인 간이야. 아리엘이랑 이브도. 멀린 박사가 꾸민 짓이야. 박사 가 아리엘을 납치했고, 우리는 아리엘이 위험한 상황에 놓 여 있다고 생각해. 박사가 그 애를 죽일지도 몰라."

"엠마!" 조시 오빠가 폭발했다. "지금 시간이 몇 시야. 내 일 아침에 영어 시험도 있다고. 재미없어."

"엠마 말은 사실이야." 내가 말했다. "오빠가 몰랐으면 했 어. 내가 괴물이라고 생각하지 않길 바랐거든."

오빠가 내 목소리가 심상치 않다는 걸 느꼈는지 되물었 다. "진심이야?"

"완전." 내가 대답했다.

"그건 불가능하잖아."

"그렇지 않다는 거 알잖아. 텔레비전에서 멀린 박사가 새 복제인간 얘기하는 거 봤잖아. 내가 첫 번째였어."

그게 결정적 한 방이었다.

"이런 세상에." 오빠가 말했다. 그러곤 잠시 쉬었다가 말 을 이었다. "그럼 경찰을 불러야 하는 것 아니야?"

"맞아." 내가 동의했다. "먼저 아리엘이랑 이브, 멀린 박사를 찾고 나서. 증거가 없으면 아무도 안 믿을 거야. 휴대폰을 챙겨 왔어. 세 사람을 찾으면 곧바로 신고할 거야. 신문사에도 알리고. 로스앤젤레스 타임스 전화번호를 알아. 멀린 박사의 짓이 알려지면 박사도 우리를 해칠 수는 없겠지."

"결정한 거야?" 엠마가 물었다.

"한참 전에 결정했어야 하는데. 어쩌면 아리엘을 구하기엔 너무 늦었는지도 몰라." 차오르는 눈물을 억누르며 내가 말했다. 나는 조시 오빠의 어깨를 툭툭 쳤다. "이제 갈까?"

"어디로?" 오빠가 물었다.

우리는 방향을 알려 주었다. 밤길을 달리며 아프기 시작했던 작년 이맘때를 떠올렸다. 그때는 내가 곧 죽으리라고 확신했고, 두려움에 떨고 있었다. 이제 다시 두려움이 나를 사로잡았다. 모든 것이 변할 터였다. 어느 쪽으로든.

1년 전에 그랬던 것처럼 자동차 전조등 빛이 우리를 스쳐 지났다. 나는 창문을 내리고 얼굴에 부딪치는 공기를 느끼며 어둠 속 꽃과 레몬 나무 향기를 흠뻑 들이마셨다. 앞으로도 두려운 순간은 많을 것이다. 하지만 나는 두려움 속에서 살지는 않겠다고 다짐했다. 두려움 때문에 어떤 결정을 내리지는 않을 것이다. 그 결과로 가장 큰 두려움이 현실로 닥치게 되었으니까. 아니, 아직은 희망이 있을지도 모른다. 어쩌면 아리엘은 살아 있고, 우리가 그 애를 찾아낼 수 있을 거다. 지금까지는 아리엘을 충분히 잘 지켜 내지 못했다.

조시 오빠의 목소리에 나는 깊이 잠겨 있던 생각에서 빠져나왔다.

"미란다, 이 말은 해 주고 싶은데……."

"뭔데?"

"음, 그게 그러니까, 넌 그냥 너야. 괴물 같은 게 아니라. 정말이야. 물론 네가 다르게 만들어지긴 했지. 그래도 거기에 너무 연연하지 마." 오빠는 마치 자기 자신을 설득하려고 애쓰는 것 같았다. "그게 꼭 네가 다르다는 뜻일까?" 오빠가 말을 이었다.

"누가 알겠어?" 내가 말했다. "복제 동물들은 조로증으로 고생해. 나도 어른이나 걸릴 병에 걸릴 수 있어. 골다공증이나 암 같은 거. 이미 한 번 죽을 뻔하기도 했고."

"그래, 뭐, 그건 별로지만. 사실 어린아이들도 자주 암에 걸려. 내가 하고 싶은 말은, 실제로 일이 닥치면 그때 해결하면 된다는 거야. 우리 모두 그렇잖아, 안 그래?"

"맞아." 내가 말했다. 이제 정말 눈물이 흐르고 있었다. 오빠는 왜 저렇게 상냥하게 말하는 거야?

내 감정이 동요됐다는 걸 깨달은 오빠가 오디오를 켜더니 노래를 재생했다. 재즈가 나오는 걸 보니 아줌마가 마지막으로 차를 쓴 모양이었다. 그래도 확실히 마음을 진정시키는 효과는 있었다.

조시 오빠가 골프 코스 뒤편에 차를 세우자 우리는 차에서 내렸다. 그새 달빛은 흐려졌지만 천천히 거리로 향하기에는 충분했다. 거리에 도착하자 곧바로 전에 갔던 길이 떠올랐다.

"계획이 뭔데?" 집 근처에 도착해서 오빠가 물었다.

"딱히 계획이 있는 건 아니야." 내가 속삭였다. "그냥 여기 있나 보려는 거지."

"그래도 계획이 필요해." 오빠는 포기하지 않았다. "너희 둘은 밖에 있어, 내가 들어갈게."

"절대 안 돼!" 내가 외쳤다. "안 돼. 난 저기 있어도 이상할 게 없어. 누가 날 보면 적어도 멀리서는, 아리엘이나 이브라고 생각할 거야. 나 혼자 들어가는 게 낫겠어. 휴대폰에 엠마 번호를 띄워서 누르기만 하면 전화가 걸리게 해 놓을게. 세 사람이 안에 있으면 바로 전화할게. 그럼 경찰을 불러."

"말 되네." 엠마가 말했다. "똑같이 생긴 사람이 들어가는 게 낫겠어. 어떻게 들어가지?"

"안에 무지막지한 사람들이 있어서 네가 아예 전화를 걸 수 없으면 어쩌려고?" 조시 오빠가 물었다.

"뭐, 그쯤 되면 도움이 필요하단 걸 두 사람도 알 수 있겠지."

"좋아, 2분이야." 조시 오빠가 말했다. "2분 안에 나와서 아무도 없다고 말하지 않으면 경찰에 연락할 거야."

"좋아."

나는 문이 잠겨 있을 거라고 생각하며 가까이 다가갔다. 그럼 창문으로 들어갈 생각이었다. 아니면 뒷문으로. 그것도 안 되면—뭐, 초인종을 누르고 누가 나오나 지켜볼 수밖에. 불이 켜져 있는 것 같지는 않지만 안심할 수는 없다. 일부러 어둡게 해 놨을지도 모르니까.

쿵쾅거리는 심장을 붙들고 손잡이를 잡았다. 물론 잠겨 있었다. 집 뒤편으로 쭉 걸어가니 거실로 통하는 게 분명한 미닫이문이 보였다. 문을 밀어 봤지만 이번에도 소용없는 일이었다. 나는 다시 앞으로 달려갔다.

"조시 오빠, 미닫이문이 있어. 좀 도와줄래?" 내가 말했다.

"그래. 하지만 경보가 울릴 거야."

"괜찮아. 들어갈 수만 있으면 돼. 누가 뛰쳐나오면 적어도 안에서 무언가 일이 일어나고 있단 걸 알 수 있겠지."

"해 보자."

우리 셋은 서둘러 뒤편으로 갔다. 조시 오빠가 몇 번 발로 세게 차니 자물쇠가 떨어져 나갔고, 우리는 문을 밀어 열었다. 예상했던 대로 요란한 경보가 울렸다. 나는 어두운 색의 무거운 커튼을 밀어젖혔다. 실내는 온통 불이 밝혀져 있었다. 어울리지 않는 빨간색 하와이안 셔츠를 입은 덩치 크고 험상궂게 생긴 남자 하나가 뒤쪽 방문을 쾅 열어젖히고 식당으로 걸어 들어왔다.

"저리 가 있어." 내가 조시 오빠한테 속삭였다. "저기요." 내가 남자를 불렀다. "누가 여기 들어오려고 했어요."

남자는 나를 뚫어지게 바라보았다. "나는 네가……." 그러곤 수술실을 힐끔 바라보았다.

"저 남자가 방금 쳐들어왔다고요." 나는 조시 오빠가 있는 쪽을 가리키며 그 깡패 같은 남자한테 외쳤다. "가서 잡지 않으면 계획이 다 틀어질 거예요!"

남자는 잠시 머뭇거리는 듯하더니 문밖으로 달려 나갔다.

엠마와 조시 오빠가 남자를 잘 처리하기만을 바랄 뿐이었다. 여전히 경보가 울리고 있었고, 나는 작은 방으로 통하는 문을 열었다.

"나가!" 세 사람이 동시에 외쳤다. "여긴 무균실이야. 나가!"

누군가 테이블 위에 누워 있었다. 이미 살이 뭉텅 잘려져 나가 있었다. 온통 피바다였다. 얼른 뛰어가서 얼굴을 살폈다. 아리엘! 아리엘의 목에는 관이 삽입되어 있었다. 나는 아리엘의 몸에 난 절개 자국을 멍하니 바라보았다. 모두 마스크를 끼고 있었지만, 키가 작은 사람이 분명 멀린 박사였다.

"멈춰요!" 내가 비명을 질렀다. "멈춰!"

"너무 늦었어." 작은 남자가 말했다. "마침 마무리하던 참이야. 이제 눈만 남았지." 역시 멀린 박사가 맞았다.

"그게 무슨 뜻이에요?"

"신장, 심장, 폐, 간은 끝났다는 뜻이지. 벌써 떠났거든. 운송기를 타고 말이야. 꽤 짭짤할 거야." 다리에서 힘이 다 빠져나가 젤리가 된 것 같았다. 나는 휘청거렸다.

"여기서 내보내." 멀린 박사가 명령했다. 누군가 내 팔을 붙잡고 거실로 끌어냈다.

나는 몸부림쳐 그들을 떼어 내고 숨을 헐떡이며 바닥으로 쓰러졌다. 속이 메슥거렸다. 부들부들 떨리는 몸을 진정시키려 애쓰며 다리 사이에 머리를 묻었다.

눈물이 왈칵 쏟아졌다. 멀리서 희미하게 사이렌 소리가 들려왔다. 문득 박사에게도 이 소리가 들릴 거라는 생각이 스쳤다. 박사는 탈출하려고 하겠지. 하지만 절대 놓치지 않아. 주위를 둘러보았다. 구석에 커다란 책상이 보였다. 어디서 솟아났는지 모를 힘으로, 나는 수술실 앞까지 책상을 끌고 갔다. 그리고 필요하다면 박사를 잡아 두는 데 힘을 보태려고 책상 앞에 자리 잡았다.

시간이 천천히 흐르는 것 같았다. 누군가 문을 밀고 있었다. 아주 세게. 점점 더 세게. 책상이 조금씩 뒤로 밀렸다. 동시에 앞문에서는 쿵쿵거리는 소리가 들리기 시작했다. 나는 문으로 달려가 순식간에 자물쇠를 풀고 문을 열어젖혔다. 경찰이다!

"저 안에 있어요!" 내가 손가락질을 하며 있는 힘껏 외쳤다. "책상 뒤에요!"

경찰이 책상을 밀어냈다. 문이 활짝 열리고 마스크를 벗은 멀린 박사가 다른 사람들과 함께 비틀거리며 문밖으로 나왔다. 나는 사람들을 제치고 방으로 들어가 아리엘의 시신 쪽으로 다가갔다. 그리고 아리엘을 가만히 내려다보았다. 박사 일당이 몸 위에 시트를 덮어 두었는데도 너무 끔찍해서 차마 바라볼 수가 없었다. 다시 눈을 돌렸을 때, 다른 테이블 위에 시신이 또 하나 놓여 있는 게 보였다. 나는 무엇을 보게 될지 몰라 두려워하며 테이블 쪽으로 천천히 다가

갔다. 이브일까?

"미란다 언니?" 가느다란 목소리가 들렸다.

"이브?" 내가 속삭였다.

"아리엘이야." 그 애가 말했다. "저게 이브야. 제때 도착했네. 꼭, 꼭 경찰같이 말이야."

나는 울면서 웃었다. 아리엘의 팔에 링거가 꽂혀 있었다.

"다음은 내 차례였어. 박사가 표본을 채취하려고 했나 봐. 그리고, 음 아마 더는 내가 필요 없었던 것 같아. 이브가 날 데리러 와서 언니가 너무 멍청하다고 깔깔 웃었어. 그러곤 날 여기로 데려왔어. 이브는 어디 있어?"

"이브는 죽었어."

아리엘의 눈이 질끈 감겼다.

"누가 좀 도와주세요!" 내가 소리쳤다.

경찰관 한 명이 서둘러 다가오더니 어깨에 붙은 무전기에 대고 뭔가 말했다.

"구급차가 오고 있어요." 경찰관이 말했다.

나는 아리엘의 손을 꽉 잡았다.

얼마 뒤, 구급차를 타고 온 젊은 여자 의사가 아리엘의 상태를 확인했다. "진정제를 투약했던 것 같네요. 몇 시간 안에 괜찮아질 겁니다."

옆방에서는 멀린 박사가 자신을 연행하려는 경찰에게 항의하는 소리가 들렸다.

이제 모든 게 끝난 건가?

아니면 이게 시작일까?

44장

카메라 플래시가 사방에서 터져 앞이 보이지 않을 지경이었다. 게다가 아리엘이 아픔을 참기 힘들 정도로 내 손을 너무 꽉 쥐었다.

"미란다! 미란다!"

"한 분씩 질문해 주세요." 그린 박사님이 말했다. "부탁드립니다. 질서를 지켜 주세요."

"그린 박사님! 박사님은 언제부터 아셨나요?"

"여러분, 제발요!"

기자 회견을 담당하는 젊은 남자 직원이 조금이나마 장내를 진정시키려고 안간힘을 썼다. 탁자에는 아리엘과 나, 그린 박사님 그리고 어머니 아버지가 자리 잡았다.

"이제 그린 박사님이 질문에 대답해 주시면 되겠습니다."

그린 박사님이 사건을 시간순으로 정리해 설명했다. 가만히 듣고 있기만 해도 고통스러웠다. 하지만 스스로 다시 한 번 되새겼다―늘 모든 게 밝혀지는 순간이 가장 악몽 같을 거라고 생각했는데, 실제로 가장 끔찍한 악몽은 아리엘이 죽었다고 생각한 순간이었다. 물론 이브를 떠올리면 고통스럽다. 정말로 그렇다. 하지만 이브는 이미 너무 아픈 상태여서 결국 숨을 거뒀을 거다. 적어도 멀린 박사가 이브에게 본심을 털어놓지는 않아서 다행이었다. 박사는 이브에게 병을 치료하기 위해 수술을 하는 거라고 말했다. 그러니 이브는 편안하게, 두려워하지 않고, 희망을 품고 떠났다. 만약 내가 그날 밤 그 집을 살펴보는 대신 잠을 잤다면 아리엘도 죽었겠지. 경찰은 멀린 박사가 다음 날 아침 두 구의 시신을 화장터로 보내도록 준비해 뒀다는 걸 밝혀냈다. 박사는 벨리즈 연구소에 보관하려 한 DNA를 제외하고는 이브나 아리엘이 존재했다는 증거를 전부 없애 버릴 계획이었다.

때때로 아리엘은 이브인 척 나를 놀린다. 하지만 두 사람의 다른 점은 한눈에 알아차릴 수 있다. 박사를 붙잡은 날에도 병원에서 어머니 아버지를 기다리며 혹시나 해서 아리엘에게 몇 가지 질문을 했다.

"어머니 아버지가 언제 출장을 떠났지?"

"지난 금요일."

"어디로 갔지?"

"유럽."

"네 제일 친한 친구 이름이 뭐지?"

"젠."

"네가 내 물건 중에 제일 좋아해서 매일 훔쳐 쓰는 게 뭐
지?"

"회색 셔츠."

"다른 건?"

"보라색 치마."

전부 아리엘만이 알 수 있는 것들이었다!

부모님이 집으로 우릴 데리고 왔을 때, 나는 모든 일을 낱
낱이 털어놓았다. 아빠가 내 손을 꼭 잡았다.

"이 모든 걸 너 혼자 헤쳐 나가게 두지 않을 거야." 아빠가
말했다.

"알아요."

그리고 아빠가 나를 껴안도록 두었다. 어머니도 마찬가지
였다. 그다음 기적 중의 기적이 일어났다. 부모님이 아리엘

을 힘껏 안아 준 거다!

어머니가 말했다. "멋진 딸이 하나 더 생겼으니 우리는 운이 좋구나. 쉽지는 않을 거야. 하지만 우리는 가족이잖아. 하나로 뭉쳐서 헤쳐 나갈 거야. 이번 주에 너희 둘을 다 잃을 뻔했다니. 그랬더라면—그래, 너희를 대체할 자식은 없어. 앞으로도 그럴 거야." 어머니가 나를 안심시켰다. "다시는 없을 거란다. 누구도 널 대신할 수 없어."

말이 나왔으니 말인데, 부모님은 지난주 내내 진짜 부모처럼 굴었다. 그리고 어떻게든 나와 아리엘을 보호하려 애썼다. 아빠가 내 이야기로 꽤 큰 출판 건을 계약하긴 했지만, 그 정도는 괜찮다.

아직 학교로 돌아가진 못했다. 앞으로도 돌아갈 수 있을지 모르겠다. 쉽지는 않겠지. 내 말이 전부 사실이란 걸 알게 된 교장 선생님이 대체 무슨 생각을 했을지! 심장 마비가 오지는 않았으려나 모르겠다.

"미란다!" 아빠가 내 손을 두드리고 있었다.

"네?"

"너한테 질문이 있대."

"복제인간이라는 건 어떤 기분인가요?"

아하. 중요한 질문이군. 나는 어떻게 대답하는 게 좋을지

곰곰이 생각했다.

"잘 모르겠어요. 복잡한 것 같아요. 제가 누군지, 제시카가 누군지, 유전적으로 계획되었다는 게 뭔지 잘 모르겠어요. 전 그냥 복제인간이 아니에요. 아시겠지만 능력이 강화된 복제인간이죠."

"그게 어떤 기분인가요?"

"모르겠어요." 내가 대답했다. "전 계속 고민하죠. 하지만 모두가 그렇지 않나요? 내가 그걸 타고났을까? 고집 센 성격은 할머니를 닮고, 엄마나 아빠에게는 예술적 재능을 물려받았을까? 우리 모두 어느 정도는 프로그래밍이 되어 있잖아요, 안 그런가요? 하지만 우리는 동시에 자유 의지를 가지고 있죠. 선택할 수 있어요. 그 선택으로 다른 사람을 돕거나 해칠 수도 있고요. 이브는 제 복제인간이었어요. 하지만 아주 나쁜 선택을 했죠."

아리엘이 상태가 조금 나아졌을 때 해 준 이야기 중 가장 충격적인 게 있었다. 멀린 박사는 아리엘과 이브를 동시에 제거할 수 있도록—물론 이브에게는 실제 계획을 털어놓지 않았지만—이브에게 아리엘을 납치하라고 시켰다. 하지만 나를 곤란에 빠뜨리고, 음해하고, 일상을 방해한 건 이브 본인의 생각이었다. 대체 왜 그랬을까? 이제 아무도 알지 못하겠지. 어쩌면 나와 친구들과 부모님과 내 행복을 질투한 나머지 순수한 악의에서 그랬는지도 모른다. 멀린 박사로서는 내가 무슨 말을 하든 사람들이 믿지 않으면 더 유리했으니 기꺼이 동의했겠지만, 결국은 이브의 생각이었던 거다!

"그게 두려운가요?"

"뭐가요?" 또 생각이 샛길로 빠졌다.

"이브가 그런 나쁜 결정을 한 게 두려운가요?"

"아뇨!" 내가 대답했다. "오히려 정말 스스로 결정을 할 수 있겠다는 희망이 생기는데요."

"하지만 이브는 아팠잖아요!" 또 다른 기자가 외쳤다. "미란다한테도 그런 일이 일어날 수 있을까요?"

그린 박사님이 끼어들었다. "기자님에게도 일어날 수 있는 일입니다. 누구도 미래를 내다볼 수는 없죠."

갑자기 아리엘이 자리에서 일어났다. "저도 할 말이 있어요."

방 전체가 찬물을 끼얹은 듯 조용해졌다.

"미란다 언니는 좋은 언니라는 얘기를 하고 싶어요. 언니가 복제인간이라고 그렇게 걱정하실 필요 없어요―언니가 제 목숨을 구했다는 걸 잊지 마세요. 언니는 영웅이에요. 적어도 저한테는 그래요."

462

아리엘이 자리에 앉았다. 나는 팔을 뻗어 그 애를 힘껏 안아 주었다.

"사실 아리엘이 제 목숨을 구한 거예요." 내가 말했다. "그러니까 아리엘이 제 영웅이죠."

엠마와 조시 오빠가 회견장 뒤쪽에 서 있는 게 보였다. 엠마가 엄지손가락을 치켜들었다. 나는 씩 웃었다. 뉴스가 나가면 다시는 웃지 못할 거라고 생각했는데. 하지만 글쎄, 나는 강하다. 이 정도는 견딜 수 있다.

그린 박사님 말이 맞다. 누가 미래를 내다볼 수 있겠는가?

미란다 복제하기

2024년 1월 5일 1판 1쇄

지은이	캐럴 마타스
옮긴이	김다봄
편집	김태희 장슬기 윤설희 최경후 이여름
디자인	신종식
제작	박흥기
마케팅	이병규 이민정 최다은 강효원
홍보	조민희
인쇄	코리아피앤피
제책	J&D바인텍

펴낸이	강맑실
펴낸곳	(주)사계절출판사
등록	제406-2003-034호
주소	(우)10881 경기도 파주시 회동길 252
전화	031)955-8588, 8558
전송	마케팅부 031)955-8595 편집부 031)955-8596
홈페이지	www.sakyejul.net
전자우편	literature@sakyejul.com
트위터	twitter.com/sakyejul
인스타그램	instagram.com/sakyejul_teen

표지 그림 ⓒ 권서영
표지 서체(고체) ⓒ 박한웅

ISBN 979-11-6981-181-1 44840

ISBN 978-89-5828-473-4 (세트)